呜呼！上失其道，而杀其下，非理也。不教以孝，而听其狱，是杀不辜。三军大败，不可斩也。狱犴不治，不可刑也。何者？上教之不行，罪不在民故也。

——孔子

赵力 张育新 著

# 最后的旗

## ③ 末世微光

当代世界出版社

### 图书在版编目（CIP）数据

最后的八旗.3，末世微光 / 赵力，张育新著. -- 北京：当代世界出版社，2015.7

ISBN 978-7-5090-1028-0

Ⅰ．①最… Ⅱ．①赵… ②张… Ⅲ．①长篇小说－中国－当代 Ⅳ．① I247.5

中国版本图书馆CIP数据核字（2015）第123005号

| | |
|---|---|
| 书　　名： | 最后的八旗.3，末世微光 |
| 出版发行： | 当代世界出版社 |
| 地　　址： | 北京市复兴路4号（100860） |
| 网　　址： | http://www.worldpress.com.cn |
| 编务电话： | （010）83908456 |
| 发行电话： | （010）83908409 |
| | （010）83908377 |
| | （010）83908455 |
| | （010）83908423（邮购） |
| | （010）83908410（传真） |
| 经　　销： | 全国新华书店 |
| 印　　刷： | 北京天正元印务有限公司 |
| 开　　本： | 680mm×990mm　1/16 |
| 印　　张： | 20.75 |
| 版　　次： | 2015年9月第1版 |
| 印　　次： | 2015年9月第1次 |
| 书　　号： | ISBN 978-7-5090-1028-0 |
| 定　　价： | 36.00元 |

如发现印装质量问题，请与承印厂联系调换。

版权所有，翻印必究；未经许可，不得转载！

# 目　录
## Contents

### 第一章　万民衣伞 / 001

上谕军机大臣：

　　总管清瑞纵令门丁及户司佐领乌尔兴保等，索取烧锅规费，并丈量余荒地亩索加照费，克扣修城墙公项，侵吞厘捐，威索管押人犯钱文。清瑞又勒令铺头索捐万民衣伞，种种借端勒索，如果属实，必应从严参办。

——《清光绪朝实录》

### 第二章　光绪匪患 / 026

　　当胡子，乐子多，骑着大马把酒喝，搂着女人吃饽饽。

——古城子民谣

### 第三章　九九归一 / 056

　　人文聿起，佳胜宜征。混同江波浪翻空，汇成学海；拉林山岗峦挺秀，涌起文峰。

——古城子通判　郭锡铭

### 第四章　种种救赎 / 087

　　四万六千垧，种地不用耪，到秋不打粮，全靠胡子抢。

——古城子民谣

## 第五章　洪水滔滔 / 124

客岁徂秋飓风暴雨连降数旬，遍地皆水。又值冬雪濛盖，平地数尺。今春融化，而高阜之区已属泥泞，何况洼地之田，水深数尺，直至五月初旬，丁等始行耕垦，耕垦甫竣，忽复淫雨连绵，洼地注水一二三尺不等，以致小苗被水，颗粒无有。

——古城厅衙门清代老档

## 第六章　晾网地 / 146

先有古城子，后有哈尔滨。

——古城子民谣

## 第七章　跑毛子 / 169

前军一月失三城，江北江东尽是兵。独处孤危拼一死，莫将成算话残更。

——古城厅通判　柳大年

## 第八章　寻盟之哀 / 196

堂堂成命忽收回，城下寻盟万古哀。圣祖高宗应堕泪，边陲牧养愧栽培。

——［清］古城文人　曾恕初

## 第九章　末世微光 / 225

及废科举，谋学堂，公知人心之习旧而难于杂新，乙巳夏，乃捐廉千金为士绅倡，士绅翕然，捐私产或田或房，未匝月，积巨款，遂于启心书院旧址创设官立中学堂。继又于文昌官院内增设高、初两等小学堂，为他邑模范。

——《古城志》

## 第十章　改良之巅 / 269

不用掐，不用算，宣统不过二年半。

——宣统朝民谣

## 第十一章　虎烈拉 / 300

东死鼠，西死鼠，人见死鼠如见虎。鼠死不几日，人死如圻堵……

——［清］师道南《死鼠行》

# 第一章
# 万民衣伞

上谕军机大臣：

  总管清瑞纵令门丁及户司佐领乌尔兴保等，索取烧锅规费，并丈量余荒地亩索加照费，克扣修城墙公项，侵吞厘捐，威索管押人犯钱文。清瑞又勒令铺头索捐万民衣伞，种种借端勒索，如果属实，必应从严参办。

——《清光绪朝实录》

**【包衣奴才】**

五月十三，珈蓝菩萨关老爷磨刀。老话说，大旱不过五月十三。再旱的天象也要淋下几滴雨，给关老爷润磨刀石。一白天都青天瓦亮的，半夜刮起一阵怪风，砸了阵铜钱大的雨点。随着黑云翻滚，天上掉下一条大尾巴，连天接地的，从城东南的炮台扫起，一溜边关，吹落了总管衙门银库的屋瓦，刮掉了文庙大殿的房脊，掀倒了兵营的山墙，顺手把监狱的东厢房和前门脸，吹得瓦落墙塌。大尾巴从粟末书院收起，载钦查点家院，寸物未损，只是黄五爷留下的那片龙鳞，居然不翼而飞了。"真是一场怪风！"载钦忧心忡忡地对溥泉说。

总管双福奉调离职，新总管清瑞却迟迟未能到任，吉林将军奕榕派札拉丰阿暂署古城子总管。札拉丰阿是一介武夫，在省城待得挺舒坦，却不好违抗奕榕，执拗着来到古城子，整日在后宅里守着酒壶。

洋土栈掌柜余庆涵，鼓捣民界佃户私种罂粟。种罂粟的收益好过种粮，营子里的京旗、屯丁也纷纷效仿。溥泉、托云忧心再出一个郭二坏，再说穷鬼庙后的小土包也越来越多了，遂请求制止平毁。札大老爷迷瞪着眼睛，慢吞吞地说道："我是暂署总管，等清总管来了自有处分。"

古城子的黑油沙土地适宜罂粟生长，比拉林河细沙还小的籽种撒在地上，须臾变成了汗毛般细小的嫩苗，眼瞅着气吹似的罩了垄，闹洋洋地变成了五彩缤纷的花海。

载钦忧心罂粟成灾，接长不短地问溥泉："你们的总管大人啥工夫能到任啊？"溥泉叹气道："应该快了，札大人张罗着交接呢。"载钦轻易不发牢骚，憋了半天，说："这个札大人，嗔是的，连庙里的大泥像都不如，咋能任事儿不管呢？"溥泉苦笑一声说："阿玛，您老别看他任事儿不管，上面说他暂署古城子有功，回去还擢升了。"载钦摇摇头，拿着黄五爷当年的腔调，叹息道："我爱新觉罗的江山啊……"

风灾刚过，溥泉穿上官服，赶到总管衙门，商量救灾的事。札拉丰阿把怪风撇在一边，如释重负似的对官吏说："告诉诸位一个好消息，古城子的正堂香主今儿就到了。托大人，你去紫云戏楼安排几桌，再点几折戏，给京城来的新总管接接风。"溥泉沉声问道："札大人，银库、文庙、监狱都遭了风灾，是不是要马上派人修缮？"札拉丰阿说："等新总管来了再说吧。你也别闲着，给我拉个作陪乡绅耆老的名单，京官礼数多。"回头对乌尔兴保说，"你小子懂礼数，代表我到大封堆[1]，迎接古城子的新总管。"

新总管的车队到了永和门外的驿站，清瑞叫停队伍，在驿亭吃了杯茶。吹面不寒的杨柳细风，叫人觉着格外舒坦。清大人有意让古城子的官绅等一等，这是应有的礼数。候到日老爷西移，他才慢吞吞地上了轿。札拉丰阿领着古城子的头面人物，一直躬身等在永和门口。等到大家都懈怠了，清瑞才坐着官轿，在一班随行的簇拥下，缓缓而来。百岁子算不上乡绅，但愿意跟着瞧热闹，他哗楞着鹰嘴铁核桃，贴着穆隆阿的耳朵说："您瞧这闪神儿[2]，跟钦差似的。"官轿停稳，下人撩开轿帘，清瑞的一张脸分娩似的渐次露了出来。看见这张脸，载钦不由得一怔。穆隆阿贴着载钦的耳边问道："你看看，这个清大人像不像你家的包衣奴才阿贵？"载钦点了点头，说："脸儿上扒下来似的，就是脸光溜了点儿，阿贵就算活着也七八十岁了。"

晚宴上，札拉丰阿介绍了新总管，似乎是放下了烫手的山芋，有些喜不自胜。清总管痰嗽一声，自我介绍道："本官是京都满洲镶黄旗头甲喇宗室瑞彻佐领下包衣，钦赐从二品花翎实缺副都统衔总管。一步侥幸，奉旨到古城子当差，初来乍到，人地生疏，有劳诸位共济一堂。本官在任期内，务使百姓丰衣足食，安居乐业，不负皇天后土。"载钦和穆隆阿相互递了个眼色，心下凄然道：不是冤家不聚首，这厮果然是阿贵的儿子！

载钦一辈子胆小怕事的，想不到事还跟到了古城子。心里憋闷，晚上根根梢梢地告诉了溥泉。溥泉看着房笆，半天没言语，他心里明白，

---

[1] 大封堆：古城子每里挖一个土堆作为界标。

[2] 闪神儿：方言，模样，神情。

看清瑞白天的闪神儿,肯定不是个好相与的主儿。载钦叹口气说:"不是冤家不聚头哇……"溥泉安慰道:"阿玛,没啥可怕的,大清朝还没完呢,咱毕竟是他的主子!"载钦说:"官大一级压死人,你加点小心才是。"溥泉说:"大不了这个官差就不干了,咱爷们照样吃朝廷的俸禄。"

一大早,大西北上飘来一片云气,到了古城子头上没头没脑地浇了一阵雨。老话说,早晨下雨一天晴,一会儿工夫太阳就出来了。雨水把空气洗得清亮,各种鸟鸣比赛似的叫成一团。

清瑞听着诵书声,一个人摸到了宗室黄家。载钦正在给弟子开示《论语》,连忙出来接着清瑞。在后院洗漱的溥泉,也赶紧跟着父亲迎到当院。清瑞见载钦父子来迎,忙摆出大礼参拜的架势,嘴里的"奴"字还没出口,被载钦拦挡住了:"使不得,使不得,您是父母官,咱就别讲老礼儿了。"清瑞这个头本也没打算磕在地上,顺势下了台阶。溥泉把清瑞让到椅子上,载钦坐了另一把椅子,溥泉垂手站在阿玛身侧。杨氏烧好了一壶茶,泡上上好的碧螺春。虚应了一会儿故事,清瑞面色一敛,说:"奴才这次到古城子任职,在京城就听说您老人家在此屯田,还有抓帽胡同的穆隆阿,又听说少主子溥泉也在衙门当差,今后还要仰仗老主子、少主子多多教诲呢。"载钦客气地问道:"令尊大人还硬朗?"清瑞答道:"走了快十年了。呵呵,在世时常念叨你们。对了,他老人家总提抓帽胡同一桩未了的公案,钦犯荷儿一直活不见人、死不见尸……"载钦面色一僵,喝口茶掩饰道:"这可是千年谷子万年的糠,你不提,早就忘在耳门子后了……"

送走了清瑞,载钦心意惶惶地去了百草堂。穆隆阿是京旗的主心骨,有个为难着窄,都愿意让他拿个主意。载钦把清瑞一大早登门的事学说了一遍,脸色焦急地等着穆隆阿表态。穆隆阿思谋片刻,喷了口烟说:"我看不用在乎他,他无非是敲山震虎,压压你这个当主子的。"载钦舒了口气说:"要是这个就好说了,我不是衙门的人,溥泉大不了辞职不干。主子伺候包衣捏儿麻[1],跌份儿!"穆隆阿说:"他要是个好官,咱们就帮衬

---

[1] 包衣捏儿麻:满语"男仆"。

着他。要是个没底儿的贪官,你当主子的也不能惯着他。"

急雨过后,罂粟花齐刷刷地落了一地,古城子飘着妖冶的异香。随着花落,小拇指肚儿大小的罂粟葫芦,齐刷刷地露出小脑袋,顶着露水珠儿。新总管清瑞开印办公,右司委协领托云报告说:"古城子连年遭灾,大田不得收获,今春许多旗民铤而走险,偷种罂粟,下官估计总面积突破了二百垧,请总管大人定夺。"清瑞闭着眼睛摇了半天脑袋,慢吞吞地说:"来古城子的路上,本总管已然看见了。托大人,不是本总管埋怨,种地那会儿都干啥去了,嗯?现在丰收在望了,马上要割收熬膏了,让本总管下令平毁。如此一来,老百姓所用籽种、工夫不都白搭了吗?再说,二百垧可不是个小数目,收获了就是白花花的银子!银子都打了水漂,你让老百姓吃什么、喝什么?本老爷初来乍到,决不做这失民心的事。我不追究你们失察之责,你们也别跟老百姓较劲儿,还是从中宽免,皆大欢喜吧。今年姑且准许收割,明年起一律不准偷种,倘被查出,从重处罚。"托云无话可说,溥泉反驳道:"清大人,这个口子万万开不得!罂粟的收获是农田的数倍,投入少,不受虫灾冻害,古城子曾种过这个东西,一垧至少收获七百五十两鸦片,一两鸦片约值一两银子,一垧地的鸦片就能换来二百石上等小麦。即使扣除各种成本,缴纳二十倍的税费,鸦片的收成也大大高于粮食……"清瑞笑道:"溥大人这笔账倒是算得明白。"溥泉接着说道:"旗民趋利,必然争种罂粟,粮食面积就会大面积减少,若遇灾年,老百姓吃什么?罂粟泛滥,吸食者必多,鸦片害人有目共睹……"清瑞面色不悦,半晌说道:"溥大人,空谈误事。当年林则徐禁鸦片是何等偏激,却从未禁止百姓种植罂粟。他曾说,所恨者,内地之民嗜洋烟而不嗜土烟。吉林将军衙门为了筹措军费,尚且两害相权取其轻,允许民间开洋土栈,以开财源。旗民既然喜吸地产土烟,古城子旗民有十倍于种田之利,官有二十倍税费的进项,用土烟抵制洋烟,遏止白银外流,何乐而不为呢?我看这件事就不必议论了!"转身命令笔帖式,"马上起草个公告,把我的意思告诉官民人等,以安民心。"

总管衙门口贴出告示,把清瑞的意思文绉绉地说了一遍。意思是今年政策宽限，明年不得再犯。罂粟种植户本来还提拉着心思，如此一来彻底宽了心。洋土栈掌柜余庆涵，在四门搭设收购点，悬挂招贴，大大方方地收烟膏。还在观望的旗民，后悔今年没摸准官府的脉，发誓来年要大干一场，把自家的几亩好地，全都种植鸦片。

国产烟土种类繁多，以云南的"云土"为最上乘。其次是东三省产的"东土"，"东土"中产量最大、色香味俱佳的，要数"古城土"。"古城土"除了供给省城外，行销东三省各地和京津一带，成了抢手货。这年，罂粟一跃为古城子大宗收入，空虚多年的总管衙门银库，积存下大笔银两。

"要想富，种罂粟，吃香喝辣吞云雾。"百里闻香味，千户噏烟枪，抽大烟成为时尚。烟户感激清瑞的"仁政"，敲锣打鼓送来两块德政匾，一块是"宅心仁厚"，一块是"泽被旗民"。清瑞欣然受之，笑着说："本老太爷爱民如子，谁要是想祸害你们，门儿都没有！""是非颠倒了！"溥泉哀叹一声，托病回家。

清瑞正好就坡下驴，温颜说道："少主子既然有意归隐，奴才也不敢挽留，您在家静养，啥时候想回衙门当差，奴才随时恭候。"溥泉挂印回家，跟阿玛一块管理粟末书院。清瑞奉请将军衙门批准，让托云接管左司事务，乌尔兴保委署右司协领。

乌尔兴保是个没是非的人，跟着英雄就是好汉，跟着乌龟就是王八蛋。清瑞如此抬举，让乌尔兴保受宠若惊。办理完交接，乌尔兴保带着礼物到总管府串门。行过大礼，乌尔兴保拍着胸脯子献忠心："清大人，您老人家就是我的再生父母，今后鞍前马后的差遣，我乌尔兴保赴汤蹈火在所不辞。"清瑞示意乌尔兴保落座，乌尔兴保半个屁股搭在椅子上，跟清瑞说话。清瑞夸奖了乌尔兴保几句，话头一转说："乌协领是个懂事的人，不像溥泉，啥年月了，还摆主子的脸色，本官不跟他一般见识，让他安心歇着吧。马上要开征七厘捐了，你是新官上任，得给本总管露上一手。"说到溥泉，乌尔兴保莫名地来了兴致，他躬身凑近清瑞，神神秘秘地说："老太爷，溥泉在古城子的根基很深，扯耳朵腮动。左司托协领是他法玛的得意门生，二人有同窗之谊，您老得提防着点儿。还有一个人您老得注意。"清瑞问:"谁?"乌尔兴保说:"百草堂的穆大先生。这个人德高望重,对古城子有再造的恩德,和将军府又是表亲,和皇武殿汪家、前翰林府砦家关系甚密,后翰林府余家也买他的账。别看他平素不问官场的事,关键时候说话,有一句,是一句。"

清瑞在脑子里过滤一遍穆隆阿,一个须发皆白的老头,想不出什么特别之处。阿玛倒是说过,这穆隆阿不好摆弄,但也没乌尔兴保说得这么能格儿[1]。清瑞放下穆隆阿,一个无职无权的干巴老头,又能翻起几朵浪花,太看重他倒叫他觉着自己了不起了。清瑞的脑子里闪过余庆湎,这个人倒是懂些经济。他问乌尔兴保:"这个余庆湎插旗放炮的,不知是个什么货色?"乌尔兴保躬身答道:"回大人的话,余家是古城子的坐地炮、臭糜子。他爷爷老翰林余名异是古城子土著中第一个文人,跟载钦的阿玛黄五爷斗了一辈子。这小子是末枝孙子,排行老十七,靠开烟馆发的家,论势力远不如长枝余庆湏、余庆泽兄弟。"清瑞扑哧一笑,一语双关地说道:"这小子尖头日脑[2]的,尽跟本官玩花活儿,你得教他懂些揆程。"乌尔兴保附和道:"没错!有俩钱烧的,忒不懂事,改三过五的,我开导他。"

溥泉以原品病退,回到粟末书院教书。阿玛载钦愤愤地说:"咱当主子的不伺候那个小奴才!"小舅子百岁子跺着脚对姐姐惋惜:"这话咋说的!姐夫咋能吃屎跟狗置气呢?好端端的协领说摔耙子就摔耙子了……"又担心姐夫上火,特意备了桌酒席,把几个知近亲友找到一块,喝酒解闷。酒席一开,穆隆阿感慨了一句:"君子哉蘧伯玉!邦有道,则仕;邦无道,则可卷而怀之。"溥泉是解元出身,熟读四书五经,知道这句话出自《论语》,起身谢道:"叔叔夸奖了,愚侄愧不敢当。"图敏说:"贤侄,你要是感到憋屈,就去投老五,他的将军衙门正缺你这样的人手。"溥泉谢道:"在官府当差这么多年了,说来惭愧,忙忙碌碌,一事无成。下来

---

[1] 能格儿:方言,有本事,有能力。

[2] 尖头日脑:方言,怪模怪样。

更好,无官一身轻,回书院舌耕度日,也落个清闲自在。"百岁子在一旁不忿,撸胳膊挽袖子地骂道:"清瑞这个老瘪犊子,敢欺负主子,反了纲常了!他强龙咋也压不过地头蛇,逮机会得抄呼抄呼他……"穆隆阿昂然斥道:"他不是强龙,咱爷们也不是地头蛇。他多行不义必自毙,用得着你抄乎?"桃儿身子骨不舒坦,让武昌代她过来倒杯酒。武昌不清楚当年的过节,安慰溥泉:"这大清江山不还是你爱新觉罗家的么,不当那个上挤下压的豆饼官,兄弟还照样吃朝廷的俸禄,对不对?他清瑞再能嘚瑟,也是一个包衣奴才。"百岁子把手中的鹰嘴铁核桃一砸,威风凛凛地说:"没错。他敢嘚瑟,姐夫你就学咱们的五爷,往总管衙门的大门口一站,让那个瘪犊子出乖露丑。"

正说话间,银凤班班主欠登趋步进来,凑到百岁子耳边小声说道:"爷,欲仙烟馆余掌柜明晚要包场,请新任总管看戏。"百岁子正在气头上,摆手道:"不伺候!我的戏班子不给那帮瘪犊子演戏。"穆隆阿笑道:"别斗气。来的都是客,戏该唱还得唱。俗话说天地大戏台,戏台小天地。咱古城子的这出大戏,才要开场呢!"

余掌柜包场看大戏,商绅们都收到了请帖,唯独没有载钦父子的。余庆涵没解释。不用解释大家也明白,主子来了,清老太爷他不舒坦。清总管被请上雅座,作陪的有一品振威将军图敏、大先生穆隆阿、欲仙烟馆掌柜余庆涵。余庆涵点了《大赐福》做开场戏——赐福天官奉玉帝敕旨,偕禄、寿二星及五财神,同往福地降福。清瑞知道,这是余掌柜吹捧自己,是古城子的赐福天官。他摇头晃脑地打着节拍,跟着台上的天官哼唱:

"雨顺风调万民好,庆丰年人人欢乐。似这般民安泰乐滔滔,在华胥世见了些人寿年丰,也不似清时妙。似这等官不差民不扰,则俺奉玉音将福禄褒。瑞霭祥光紫雾腾,人间福主庆长生。欣看四海升平日,共沐恩波享太平。"

开场戏落幕,欠登拿着戏单趋步到了主桌,谄笑着请点第二出戏。众人谦让一番,清瑞接过戏单,粗略浏览一下,点了一出《六国大封相》。

穆隆阿乜了清瑞一眼,在心里哼了一声。点到第三出戏,穆隆阿不再谦让,小烟袋往戏单上一点,说:"就唱这!"欠登一愣,见大先生眼神凌厉,只好退下。一阵锣鼓家什响过,白脸曹操登场道白:

"执掌威权,收天下,文武英贤。汉室江山气运终,群雄四方各争锋。老夫坐镇许昌地,搜罗天下众英雄。老夫曹操,汉室为臣……"

"好!"百岁子先报了一声好。余庆涵急赤白脸地问道:"这是咋点的么?"穆隆阿微笑道:"《徐母骂曹》,老旦戏,好看得很呢!"清瑞脸色铁青,想发作又不好发作。发作了,就自认是祸国殃民的白脸曹操。要是硬挺着把戏看完,会让古城子的商绅瞧不起。他慢慢站起身,对众人拱手告辞:"各位耆老,本官公务在身,先走一步,诸位慢慢欣赏……"

## 【衬祀之争】

余庆涵被清瑞骂个狗血喷头:"你这是请本老太爷听戏吗?纯粹是扯王八犊子!我问你,谁让你把那几个老棺材瓢子整来的?"陪在一旁的乌尔兴保,也曲着手指头点戳着余庆涵,埋怨道:"亏你还是个书香门第,连人情世故都不通,整这些乱糟糟的干啥……"

看戏时请上古城子诸老,是乌尔兴保给余庆涵出的主意,想做个样子给士绅们看看。没曾想大先生整了那么一出儿,叫清瑞下不来台。余庆涵拍马屁拍在马蹄子上,百口难辩,他抽着自己的嘴巴,一个劲赔不是。清瑞打了个悠长的哈欠,眼泪鼻涕流了满脸。余庆涵知道清大人犯了烟瘾,借坡下驴道:"总宪老太爷,到欲仙楼整两口儿?"清瑞咳嗽一声,说:"咋说的,那里是本老太爷去的地方吗?"乌尔兴保给他递了个眼色:"麻溜地,去把家巴式儿取来,再找个牌儿亮乖巧的伺候着。"

欲仙楼的姑娘中,最有名的是"四大名旦"——黑牡丹、白芍药、玻璃翠、鞑子香。余庆涵把她们一块领进总管府,在外间候着。清瑞吸了一阵烟土,灰黄的脸上有了几分血色,拿眼睛询问伺候着的余庆涵。

余庆涵朝厅外招了招手,环肥燕瘦站了一地。清瑞从头到脚撒眸一遍,点头说:"黑牡丹不错。"黑牡丹嘤咛一声贴在清瑞肩上。乌尔兴保奉承说:"大人就是有眼光,黑紧黄松白有水,黑牡丹是古城子的花魁。"清瑞拍了拍黑牡丹的手背,笑骂道:"妈巴子的,听乌大人的意思你是尝个遍了。还傻杵在这儿做啥?麻溜收七厘捐去呀!"

七厘捐是将军衙门新开的税种,不管经营啥买卖,每百吊卖货额抽收七百文钱,用作剿匪专款。衙门给古城子额定的数目是六千吊。乌尔兴保按户摊派,落实一万二千吊。商家知道乌尔兴保坐地起价,都不肯花这份大头钱。

认领七厘捐的地点在查街处。乌尔兴保本想跟着清大老爷分杯羹,没想到连个毛也没捞着,心里窝着一肚子气。还没进查街处的院,里面传出一片争吵。推开大门,院子里挤满了商铺执事。广远店执事人王老佐、广成店执事人邢老厚、德祥店执事人安老锡,正在与查街处笔帖式荣贵争竞。荣贵是个结巴嘴子,遇到三个伶牙俐齿的商人,半天整不出一句囫囵话来。

乌尔兴保咳嗽一声,院子里静了下来。他慢悠悠地走到正房的台阶上,叉着腰挪揄道:"呵,三英战吕布啊!接着整。妈拉巴子的,后台挺硬啊,可惜猩猩怪被处决了。"三个店铺的东家是郎安广,猩猩怪安奎的堂弟。"都给本大老爷消停点!不是猩猩怪当政那会儿了。七厘捐是将军衙门定的章程,专门用来收拾胡子的,我看哪个敢耍老猫肉狡抗不遵。衙役们,把这三个瘪犊子拿下,掌嘴三十,枷号游街,关进大牢。"

"乌爷且慢。"郎安广从人堆中挤出,凑到乌尔兴保跟前,"乌爷,别气坏了您的身子。您老先把他们放了,有话跟我说……"乌尔兴保一个大耳刮子,把郎安广抽个跟斗:"操你讷讷的!你算个什么东西,乌爷也是你叫的?再跟我嘚瑟,连你一块儿收拾喽。"王老佐、邢老厚、安老锡被挨个掌嘴,之后带上木枷,游街示众。

郎安广挨了乌尔兴保的大嘴巴,也没能保下三个执事人,在古城子彻底栽了面儿。郎安广的阿玛老贡生郎福亮,决定自个儿出面会会老乌。

郎福亮捐了个七品衔候补知县，把箱子底的官服找出来套在身上，带着怒气到了查街处。

乌尔兴保杀鸡儆猴，见郎家的执事人游街示众，商户们赶紧签字画押，答应上缴七厘捐。郎福亮穿着七品官服，大摇大摆地到了查街处，商户们不再画押，直着脖子看热闹。乌尔兴保的气不打一处来，张口骂道："我操！给你两根葱，还真装起相（象）来了。老子是皇上钦命正四品实缺佐领，你花钱捐了个二百五的虚衔，就想和我平起平坐？也不搬块豆饼照照，自个儿是个什么东西！"郎福亮披戴了这身行头，本以为乌尔兴保能给点面子，不想兜头遭到奚落，脸上青一阵红一阵，跺着脚骂道："姓乌的，你也不撒泡尿照照自个儿是啥东西？我家祖宗跟着老罕王打天下，先灭的就是你们尼堪外兰。都怪我家祖宗手软，没一刀剁了你祖宗，蹦出来你这个孽种！"乌尔兴保反唇相讥道："少跟我摆谱！你还有脸提祖宗，和珅是不是你家的祖宗？瞅瞅你这德性，兔子没尾巴——随根儿。"两个人对骂了一阵，乌尔兴保说："本大老爷走得正、行得端，不像你们郎家，一屁股稀屎……"郎福亮被彻底激怒了，咬牙骂道："你是老鸹落在黑猪背上了。去秋闹匪患，由你向商民募捐摊派的吧？摊集的四十大锭宝银，一锭没用，你把它弄哪儿去了？"乌尔兴保腾地红了脸，理屈词穷地说："少扯犊子，整这乱糟糟的。"郎福亮得理不让人，冷笑着追问道："说啊！弄哪儿去了？"乌尔兴保恼羞成怒，一脚把郎福亮踢了出去。

郎福亮闪了腰，佝偻着直不起身。家里人怕落下病根，搀着他去了百草堂。穆隆阿看过他的伤，只是闪了筋骨，开了几包治疗跌打损伤的草药。抓药时，大先生闲问他是咋受的伤。郎福亮心里憋屈，听大先生一问，掉下几滴眼泪："大先生，忒窝贬人了。乌尔兴保借着七厘捐，苛敛一倍的银子。我揭了他的短，他就往死里踹我。您老是个见证人，豁出老命我也要告他。"穆隆阿叹了口气，说："乌尔兴保学坏了。你告他，他的后面还有人呢。"郎福亮说："管不了那么多了，这口气不出，我就得憋死。"

商人都受了乌尔兴保的窝贬，憋着一肚子火，敢怒不敢言。听说郎福亮要去将军衙门告状，明里暗里撺掇他。郎福亮本就是一句气话，被众人抬上老虎背，有些骑虎难下。好在撺掇他告状的商家，多少都出几个银子。输赢无所谓，花的又不是自己的钱，郎福亮选个日子，大张旗鼓地去了省城。没几天，将军衙门户司发来传票，饬令古城子总管衙门，将公议会账目以及皇武殿、永兴复、复兴昌等十余家执事，弹压到省，到庭作证。

商人众口一词，指证乌尔兴保贪污银两。乌尔兴保不屑地撇撇嘴，承认确曾攒集了四十大锭宝银："这笔宝银，下官遵照总管清瑞大人的指示，已存入一家钱庄，用做不时之需。不信，可以问清大人。"清瑞事先已笑纳二十大锭宝银，含糊其辞地说："本官知道此事。"主审官顺水推舟，当庭判道："商民告官，事出有因，法外施恩，免于笞罪。今后，要遵法交捐，不得横生是非。乌尔兴保宝银存入钱庄，未列入账目，亦有不妥，责令将宝银退还商民，本人留省查看。贡生郎福亮辄敢僭穿官服，实属违犯朝廷法度，即行革退。"

倒乌的这场官司，雷声大雨点稀，谁也没伤着筋骨。商家收回了银子，自是无话可说。郎福亮出了口恶气，商家拿来打官司的银两，多少还略有结余。至于那身七品官服，不穿也罢。上秋，乌尔兴保全须全尾地回了古城子，还当他的委署右司协领。清瑞安抚他："乌大人千万不要因此而含怨，也不要畏首畏尾。要任劳任怨，不负我之厚爱。"

时光如白驹过隙，转眼古城子开埠已经一个甲子。穆隆阿给总管衙门写了个折子，恳请为富老中堂建祠。清瑞草草地看了折子，在上面批了八个大字：

银库空虚，多此一举。

穆隆阿看过批示，并不恼怒，特意剪裁了一张大红纸，又写了一个传单：

富老中堂,再生爷娘。披肝沥胆,屯田边疆。
我衣我食,来作天良。我子我孙,数典毋忘。
六十甲子,乐土一方。建祠公祭,官无银两。
吾土吾民,齐力输将。急公好义,功德无量。

候到帖子上的墨迹干透,大先生亲自去了将军府,又去了粟末书院、皇武殿汪家、紫云戏楼杨家……大先生亲自发起,各路乡绅都在发起人下面签了字。有了有分量的发起人,剩下的事交由百岁子跑腿儿,到各商绅官兵家中劝募。

百岁子路过欲仙楼烟馆,余庆涵把他截在路边。百岁子在商绅中劝募,古城子尽人皆知。余庆涵问百岁子:"杨爷,看把你忙的,还差多少银子啊?"百岁子哗楞着鹰嘴铁核桃,乜着精瘦干黄的余庆涵,调笑道:"老十七,十勾还差四勾,怎么着,你财大气粗要包圆么?"余庆涵肃着脸说:"包圆可以,得让我挑这个头。"百岁子啐了一口,骂道:"你一个臭糜子,有什么资格挑头给富老中堂建祠?爷的叔祖是古城子首任协领,正宗的开国元勋,要挑头也得爷挑头。你老小子不就有两个小糟钱吗?"余庆涵并不恼,晃晃脑袋说:"百岁子,你说了也不算。你最好问问古城子的开国元勋图老将军和穆大先生,看看他们怎么说。我在这里恭候你的佳音。"

余庆涵有此一说,百岁子不敢擅专,径自去了将军府。将军府的门子认识他,连忙进去通禀。百岁子贼头贼脑地往里面撒眸,却见三姨太领着一个小哈哈珠子,在玩藏猫猫的游戏。小哈哈珠子径直跑向自己,钻进长袍里面。事情来得太突然了,小东西紧紧地抱着他的大腿,让他无所措手足。三姨太循声跟了过来,和百岁子撞了个照面。三姨太冷着脸子问百岁子:"你来干什么?"百岁子赔着笑脸说:"找你家老爷子说说捐建富老中堂祠堂的事儿。"三姨太凝眉说:"没事,少来嘚瑟。"百岁子红头涨脸地点点头,推出藏在长袍里的孩子。三姨太脸色大变,尖叫道:"小喜璜,快出来!"

小喜璜的脸像从自己的脸抠下来一样，百岁子轻声地叹了口气。一会儿，门子走出上房，抱歉地说："老太爷不大舒坦，建祠的事，让你去找大先生，他的意见就是老太爷的意见。"

第一次见到小喜璜，百岁子被小家伙勾去了魂。他怏怏地走在街道上，小喜璜的可爱模样在眼前晃动："嗨！父子连心啊，是我的种！"他忽然感到很委屈，特别想大哭一场。桓氏不争气，生了两个赔钱的格格。

带着情绪，百岁子晃悠到百草堂，向大先生学说了余庆涵要挑头建富公祠的事儿。穆隆阿听罢，平静地说："是好事。"百岁子吃惊地说："老爷子，您老听没听清？是头上生疮、脚底冒浓的余家老十七啊！"穆隆阿说："开洋土栈、欲仙楼，使那么多的大烟鬼家破人亡，他是个十恶不赦的坏人。但是，他今天要干的是一件好事，我们没理由不让他干好事，而要鼓励他干好事，多干好事。好事干多了，人也会渐渐往好了变化。"百岁子说："他目的不纯。"穆隆阿笑道："《尚书》云，赏疑从与，所以广恩也。一个人做好事，心里怎么想的，别人很难清楚，即便其居心不纯，宁可以为他心地善良，这样才可以导人向善。百岁子，你说是不是？"百岁子手捏着鹰嘴铁核桃寻思了半天，点点头："还是老爷子说的在理儿……"

得到大先生支持，余庆涵受宠若惊，连夜到百草堂致谢。穆隆阿客气地说："余家从老翰林开始，一向热心公益，善莫大焉。捐建富公祠，意义重大，除主祭富老中堂外，衬祀哪些人、匾额内容、楹联内容、祠堂制度规模等等，既要尊重历史，也要照顾京旗、屯丁、陈民、佃户的感情，好事一定要办好。"余庆涵至诚地说："晚辈才疏学浅，这次捐建还要仰仗老爷子您呢。愚以为，祠堂应由仪门、享堂及东西配房、碑亭等组成，主祭富老中堂，两侧至少应有四到八位德高望重的古城子历届父母官衬祀，不揣冒昧，小侄想到了四个人——前任总管双福、现任总管清瑞、首任协领明保、钦授一品振威将军原任协领图敏。匾额、楹联的事还未来得及细想，还请大先生指点迷津。"穆隆阿半天没吭声，他心里明镜似的知道余庆涵要夹带私货，沉吟着字斟句酌地说："附祀人选必须延请耆老名流和各界代表公议。我个人意见是，明保、窦心传二人衬祀当之无愧，活着的人一定要慎之又慎，免得今天立、明天拆，有失庄重。"余庆涵假装仗义说："我爷爷生前曾讲过，论开辟之功，图敏第一，明保差一大截子，这也是有口皆碑的公论。图老爷子虽说是您老的亲表哥，内举不避亲，衬祀没图老爷子，说不过去！"穆隆阿何尝不知道大表哥的功绩，他是想用他有所牵制。余庆涵接着说："当今的总管清老太爷，爱民如子，善于经济，使古城子成为吉林通省首富之区，堪称第一循吏，必须衬祀，才合民心。"穆隆阿端茶送客，起身说："祠堂衬祀事体重大，不是小孩子住家看狗玩儿，无论如何不能做出贻笑后世的蠢事。庆涵啊，你要学做好事……"

对民间建祠的动议，总管清瑞来了个一百八十度的大转弯。他想，自己在古城子做一任总管，若能衬祀富老中堂，世世代代享受公祭，也是一件可以炫耀的事。听说余庆涵挑头，派人将他唤到总管府，问他打算祭祀哪些人。余庆涵说："总宪老太爷主政古城子以来，爱民如子，泽被苍生，政通人和，百废俱兴。自然少不得您老人家了。"

富公祠建在承旭门外，由余庆涵主持修建。很快，修成了富丽堂皇的仪门、碑亭、享殿和东西配房。竣工之日，余庆涵和穆隆阿商量，想请清瑞题匾。穆隆阿不容置疑地说："按照我们旗人的老礼儿，有主子载钦在，当奴才的清瑞就不敢僭越。"余庆涵无奈，怀着十八个不乐意，不得不到粟末书院求载钦提匾。载钦也不推辞，题了"古城生佛"四个大字。

基建工程顺顺当当地进入了收尾阶段，经过深思熟虑，余庆涵邀请各界名流——包括大先生在内的十几位京旗，吉林屯丁、奉天屯丁的耆老，以及捐资最多的七八个大财东，共同协商衬祀事宜。会商地点在刘二华堂店。余庆涵早早地在店门口迎候，态度谦和，笑容可掬，拱手礼让参加会议的人。人聚齐了，余庆涵谦让一番，走到台前开始说话："诸位长辈、乡谊、同仁，今天邀请诸位，主要是确定衬祀人选的事。古城子设治六十年，循吏乡贤辈出，且各有千秋，优中选优，亦难免挂一漏万，鄙人不敢自专，特请诸位举荐，以合民心。"

第一章　万民衣伞

百岁子转悠着鹰嘴铁核桃，抢着说："凡事最重原始，趟古城子荒原第一犁的是吉林屯丁，我们吉林屯丁推举首任协领明大老爷。"

众人没有异议，噼里啪啦鼓掌通过。

皇武殿烧锅掌柜武昌说："古城子试垦之初，是奉天屯丁力挽难以为继的局面，原任协领图老太爷功不可没，我们奉天屯丁推举图老太爷。"

众人没有异议，又鼓掌表示通过。

砳四海憨憨地一笑，慢声慢语地说："我谁也代表不了，不过，有两个乡贤大家可不能忘喽，一个是创办粟末书院的黄五爷，一个是老翰林余名异。"

众人齐声报好："资政大夫说得极是！"

砳四海借儿子的光，受朝廷覃恩诰封二品衔资政大夫。余庆涵更是喜出望外，自己的爷爷衬祀，这工夫总算没白搭。

载钦提议："窦心传劝课稼穑，垦务规划皆出其手，功劳与明保比肩，应该衬祀。"

众人交互点头，没有异议地通过了。

刘二华堂说："前总管双福双老太爷惩恶扬善，修筑城墙，让我商民永享太平。咱们不能人走茶凉，应当衬祀。"

众人一起鼓掌。

人数停在六名上，不再有人提议其他人，场面有些冷清。

余庆涵干笑一声，说："地有八方，庙有八大金刚，咱们富公祠也要满这个数才合适。我荐举两个人，诸位看行不行？一位是与巨匪马傻子周旋，保我古城子一方生灵免受涂炭的大先生穆隆阿，一位是爱民如子，把古城子变成通省第一富庶之区的总管清瑞老太爷。"

穆隆阿站起来推辞道："迎匪入城，实属无奈之举。鄙人自知德薄，绝不敢狗尾续貂。"

载钦也提出异议："古城子成为吉林首富不假，但靠种植罂粟花换来的繁荣，其功过是非尚需后世评说。清总管是我家的包衣奴才，我当主子的不同意他衬祀。"载钦不仅是古城子最先入屯的京旗耆老，还有着清瑞主子的特殊身份。载钦如此大义凛然，众人发出啧啧的赞叹。几个罂粟种植大户虽心中不满，也说不出个所以然来。

余庆涵失之东隅，收之桑榆，知道再辩论下去有害无益，便知难而退，宣布散会，把邀请大家参观富公祠、到紫云楼听戏的议程取消了。

余庆涵直接去了总管府，清瑞侧歪在炕上抽大烟等喜讯，见余庆涵急匆匆地赶来，笑着问："袝祀的事儿定下了？"余庆涵哭丧着脸说："回老太爷的话，定下了。"清瑞觉察出他的脸色不对，手中的烟签悬在烟枪上边，问："都有谁啊？"余庆涵说："明保、窦心传、图敏、双福、黄五爷、老翰林。小的力举您老人家，有人坚决反对……"清瑞把烟签子一扔，拍桌子骂道："哪个瘪犊子敢反对我？"余庆涵说："是黄带子载钦。"清瑞气得破口大骂，把烟枪狠狠地摔在地上："和那帮玩意儿一块袝祀，我还不稀罕呢！掉价儿……"说着，一口痰堵在了嗓子眼，憋得四肢乱蹬，余庆涵又是捶背，又是掐人中，折腾了半天才缓醒过来。

袝祀名单传到了将军府，病榻上的图敏听说有自己，高兴得一下子坐了起来，苍白的老脸泛起红光，问大儿子图里亨："还有谁？"

图里亨回答："一共六人。有明保明大人。"

图敏点点头。

"还有窦心传。"

"窦老西子啊，那个老小子一走，就没了音讯，不知还在不在人世间了？"

"前任总管双福双大人。"

"是个让人敬服的好官。"

"黄五爷和余老翰林。"

"呵呵，这二位活着的时候较了一辈子的劲儿，归其到了又蹲到一个庙堂里了。有这两个老爷子，祠里准热闹。"

图敏的眼睛里充满了憧憬，忽然对儿子说："麻溜把大先生给我找来，把寿衣准备了，富老中堂和黄五爷他们来接我了……"

富公祠的开光仪式本来打算由总管清瑞主祭，清瑞托病不出，改为大先生穆隆阿。穆隆阿在副主祭余庆涵的陪同下，恭恭敬敬地站在仪门前。参祭官绅衣着新鲜，按照长幼尊卑排列整齐。祭桌上摆设着筷子九双，酒杯九个，饭碗九个，炖菜五碗，果鲜五盘。猪一口，羊一头，吉利饽饽一大盘，豆面卷子一大盘，大银锭一副，高香三支，布帛十匹，喜炮一盘，大香炉一个，高烛台一对。

吉时一到，总司仪百岁子用他嘹亮的嗓音带着戏台念白的声调唱礼：

"东阁大学士文诚公祠堂开光暨公祭典礼开始——"

"嗵！嗵！嗵！"响了三声地炮，震得人们耳膜生疼。

"起鼓。一通鼓——二通鼓——三通鼓——"

"请主祭穆隆阿剪彩——开中门——"穆隆阿率官绅耆老，走过仪门，举手把罩在享堂中门匾额上的红绸轻轻地拉了下来，银凤班、南家班奏起了雄壮豪迈的"将军令"。众人趋步进入享堂。享堂的梁上高悬着三块金字大匾，都是道光皇帝赞扬富俊的圣谕，中间为"不凋松柏"，两侧为"清慎公勤"、"恪尽厥职"。

"肃立。主祭就位——助祭就位——司事者各司其事——鸣鼓降神——"

"盥洗。奏乐——引——复位——"在司事者的引领下，穆隆阿随着乐曲声，到旁边的盥洗处象征性地洗了洗手，用白手巾擦干，回到原位。

"上香。奏乐——诣东阁大学士文诚公、诣首任协领明公、诣知县衔窦公、诣一品振威将军原任协领图公、诣都统衔双眼花翎乌能伊巴图鲁副都统衔总管三等轻车都尉双公、诣乡贤四品宗室黄公、诣乡贤翰林余公香案前。跪——叩首——再叩首——三叩首——兴——平身复位——"

"奏乐，献礼——"

"献祭文——"

## 【万民衣伞】

古城子遭遇了前所未有的干旱。拉林河干得见了底,断了流的水沟子,龟裂得七裂八半的,开裂的地缝子能立住锄头。谷子苗长出一寸多高,佝偻着伸不开叶子。低洼处的黄豆苗,手一搓成了粉末。

城内商民捐资,请银凤班到龙王庙唱戏,祈祷龙王爷早降甘霖。作为古城子总管,清瑞应邀坐在头排雅座。所谓的雅座,无非多了一溜条桌,上面摆着粗瓷大碗,可以喝茶。有清瑞总管在座,今天的粗瓷大碗换成了青花小盏。百岁子点了一出《打面缸》——妓女周腊梅厌倦卖笑生涯,跪求县衙,官判从良。县太爷垂涎美色,图谋不轨,当堂断与差役张才为妻,却令张才火速前往山东投递文书。县太爷趁机潜往张家,调戏新娘。孰料王书吏与四老爷捷足先登,争着来占便宜。张才察觉他们不怀好意,毅然改变日程回家,灶台烫酒燎出王书吏,打面缸缸底痛煞四老爷,最后床下请出县太爷,一群糊涂昏庸的大小官吏,出尽洋相。狗肉红扮演三花脸的县太爷,踩着鼓点,摇头晃脑地上场道白:

"一棵树儿空又空,两头都用皮儿绷。老爷我坐堂打三下,扑通扑通又扑通。自家,糊涂县太爷是也。昨日未能衬祀,大伤自尊,今日闲暇无事,叫皂隶抬放告牌去者……"

狗肉红的插科打诨,引得台下哄堂大笑。清瑞气得脸色铁青,不再顾及自家身份,青花小盏使劲摔在地上,喝道:"这个满嘴喷粪的戏子,给我拿下!"几个衙役窜上戏台,把狗肉红摁了个嘴啃泥。班主欠登上前劝解,被一巴掌打得跪在台上。百岁子气不忿,跑到台上质问:"我们唱社戏求雨犯了哪门子王法,凭什么抓……"话还未说完,被衙役一脚踢翻,鹰嘴铁核桃滚落到台下。

眼见戏班子要吃大亏,载钦从台侧走到台前。载钦拖着一根白辫子,面目慈祥地在台上立定,台下立马静了下来。摁着欠登的衙役,侧身拿眼睛瞄着清瑞。见载钦出面,清瑞先有三分气馁。载钦拿出主子的身份,点着清瑞问道:"戏子插科打诨,古已有之。皇宫不禁,官府不拿。清大老爷凭什么搅场子?若惊了龙王,求雨不成,你担当得起吗?"大庭广众的,清瑞不敢公然犟嘴,若是载钦发起主子脾气,难保不被弄得灰头土脸的。他冲衙役挥了挥手,衙役们放开狗肉红,跳下戏台,在众人的哄笑中灰溜溜地离开了龙王庙。

三天大戏,没求下一滴雨。城乡百姓迁怒于清瑞,骂他狗长犄角,惊吓了龙王。百岁子突发奇想,学着大先生的样儿,写了几张传单,通知各营子和民界乡绅百姓,会聚到牛头山下龙母庙恳恩祈雨。传单上写道:

龙王受惊怪罪,无雨庄稼难活。快去乞求龙母,方能回心转意。

百岁子打着赤脚,袒胸露背,头戴柳条圈,带着戏班子,吹吹打打出了永治门。商民们自发跟在后头,顶着火辣辣的日头,赤脚走了三十里土路,才赶到龙母庙。傍晌午,祈雨队伍陆续在龙母庙汇合。人们相信,是总管清瑞得罪了龙王,只有感动了慈善的龙母娘娘,才能把龙王劝好。求雨仪式隆重而热烈,戏班子特意演了一出皮影戏《秃尾巴老李》。龙母庙前香烟缭绕,鼓乐齐鸣,人们虔诚地跪在龙母金身前,祈祷她出面劝说龙王,拯救苍生。

也是赶巧,祈雨的人众刚献上猪头三牲,北崴子方向忽然传来一阵旱天雷,惊天动地的,叫人神情一悚。贴地皮刮起凉风,天际涌起一团黑云,随着炸雷而崩颓,须臾铺满天空。一时间狂风大作,豆粒大的雨点打在人们赤裸的脊背上。众人磕头欢呼,感谢龙王龙母的慈悲。候着大雨初歇,人们用柳条编成大轿,抬着百岁子回了古城。

龙王爷憋了一肚子气,闷气一消,布起雨来没完没了。甘霖过后,妖冶的罂粟花包围了古城子,空气中荡漾着怪异的香气,叫人莫名地兴奋。将军府一只过气的芦花母鸡,连着下了八个双黄蛋。总管衙门去势的叫驴,拼命挣脱缰绳,撵着郎贡生家的母马,跑了三条大街。气得郎贡生拿着鞭子边抽边骂:"一个没卵子的东西,也敢跑出来欺负人。"

虽说罂粟桃刚开始灌浆,余庆涵水没来先叠坝,开始盘算烟土收购的事儿。古城子土烟名气在外,十几家商号拉开架势,打算抢购烟土。要是烟土被挖走一块,洋土栈的利润势必大打折扣。余庆涵盘算好了,要想吃独食,还得请清瑞帮忙。

余庆涵求见总管清瑞,清瑞正侧歪在炕上抽大烟。换作别人,要在门房等一个时辰。余庆涵是清瑞总管的座上宾,清瑞挥了挥手,余庆涵弓着腰进了内室。清瑞撩了撩眼皮,撇了撇嘴唇说:"余掌柜,跟咱家一块整两口。"余庆涵摆了摆手:"老太爷,小的没那个口福。"清瑞说:"不整也好,整上就成累了……"

清瑞过足了烟瘾,显得精气神十足。余庆涵谄媚道:"看老太爷这精神头儿,十八似的。明儿我让玻璃翠过来,好好陪陪太爷。"清瑞扑哧一笑:"别整没用的,你小子就是个金边儿尿壶,全仗着嘴儿好,又啥事抓瞎了?"余庆涵被看穿了心机,也不羞惭,拉过椅子坐在炕边,说:"烟土马上就下来了,小的想和老太爷商量一下收购的事儿……"不等他把话说完,清瑞摇头道:"商量个屁!昨儿接了将军衙门的公文,奉上谕禁种罂粟。饬令总管衙门,把禁种情况按月结报一次。等着吧,马上就要平毁罂粟地了!"余庆涵一惊,噌地蹿起来,急赤白脸地道:"朝廷一会儿让种,一会儿不让种。眼瞅着罂粟熟了,这又急三火四地严禁,这不是要烟民的命吗?"清瑞哼了一声,抢白道:"朝廷啥时候让种了?那是本老太爷法外开恩!这次朝廷要动真格的了,我犯不上为这些刁民抗旨不遵。不是说靠种大烟繁荣不对吗?这回就让你们尝尝毁大烟受大穷的滋味!"余庆涵赔笑道:"您老还为衬祀的事儿生气呢?老太爷,您大人大量,反对您的就那么几个老古董,百姓可都念着您的好呢。"清瑞撇嘴揶揄道:"在哪儿说的?窑子娘们的被窝儿里?人家当官啥也不干,老百姓还送一把万民伞呢。本老太爷带来多大的好处,你们可倒好,除了拿嘴忽悠,哪儿干过一件亮堂的事儿?我算是伤透心了。"余庆涵明白了清瑞的心思,拍着胸脯子说道:"老太爷若再法外开恩一次,我拿全部家产保证,率领商民送您老人家一把万民衣伞!"清瑞嗔道:"你小子哪点都好,就是太独性。得了,明儿本老太爷发个公告,要求各佐领、民界、查街处、驿站随时查禁，官员按月具结上报，造造声势，这事儿就算结了。你私下告诉烟户，该咋整咋整。要是有人敢跟你抢生意，让查街处责治他。"

总管衙门贴出了禁烟告示，限令种烟户拔除罂粟，违令者依例枷号。此令一出，大烟翻着跟斗涨价。期限未到，烟户打着糠灯割烟桃。瞎棚灯散发着苏子的气味，像一簇簇鬼火，在漆黑的原野里晃动。罂粟种植大户挤到洋土栈，想从余庆涵这儿讨个实底儿。余庆涵见大家急猴似的，卖关子说："诸位，今年这个关口不太好过。平毁罂粟是皇上的圣意，将军衙门态度坚决，不但要平毁，还要按月上报，由清老太爷亲自具结。"余庆涵的话让大家绝望。绝望得像掉进枯井的兔子，眼前一抹黑，无处抓搔。等众人怨气稍停，余庆涵抿嘴一笑，接着说道："幸亏总管老太爷爱民如子，在余某的恳恩下，对在座诸位网开一面，你们都抓点紧，把罂粟麻溜割回来。"泄了气的皮球又鼓了起来，众人七嘴八舌，都夸清老太爷的好。余庆涵冷笑一声："都别说嘴了，老太爷又听不见。都心里有点数，我答应老太爷，按坰给他老人家凑点冰敬。改三过五，找个好由头，再送一把万民衣伞，也不枉清大人袒护咱们一回。"

古城子的罂粟获得大丰收，大大小小的烟馆云雾缭绕。优质烟膏换回白花花的银子，银子带动了吃钱的赌博业和娼妓业，一时间，赌窝暗娼遍布城乡。大街小巷传唱着民谣：

首善之区，贪官污吏。赌窝热闹，烟馆林立。淫窟处处，死倒遍地。

民谣是民心，谁作的，说不出个子午卯酉。古城子民谣不胫而走，随着烟客传到省城。将军铭安风闻，特意召清瑞到省，询问古城子民风。诫勉道："清大人，你虽身为武职，其实是个治民之官。治民之官贵在人望政声，人言可畏，你当好自为之啊。"清瑞辩解道："卑职署理古城子，古城子始为全省首善之区。古城子刁民健讼，以造谣为能事，请军宪大人明察。"铭安瞅了清瑞一眼，拉长了声调说："你是京官，早晚得回京，干了一溜十三遭，带回去一把万民伞，还是带回一个民谣，清大人思量思量吧！"清瑞躬身回道："军宪大人教训得极是，下官谨记了。"

从省城回到古城子，清瑞憋了一肚子气。古城子民风彪悍，他早就有所领教，可是叫军宪大人耳提面命一回，心里就像吞了个苍蝇。他让门子把乌尔兴保、余庆涵叫到总管府，要想办法把自己弄得光堂点，把卡在嗓子眼儿的苍蝇吐出去。

余庆涵垄断了烟土市，正忙着往外发货。门子一请，才想起自己的疏忽，竟多日没给清老太爷请安，赶紧撂下手上的生意，颠颠地跑到总管府请罪。清瑞嘟噜着一张黑脸，坐在太师椅上生闷气。见余庆涵嬉皮笑脸地进了内堂，劈头盖脸地骂道："你小子土也收了，钱也赚了，面都难见了。我的万民衣伞做好了吧，嗯？"余庆涵愣怔一下说："早安排妥妥地了，您老就赡好吧……"清瑞把茶杯使劲往桌上一放，说："你糊弄小孩子呢？一把伞不就是几匹破布么！要不是你紧着撺弄，军宪大人提示，我扯这份犊子有啥用？"余庆涵说："咋能做布的呢？必须是锦缎的，多齐些钱，剩下的给您老人家作冰敬。"

乌尔兴保一脚门里一脚门外，见余庆涵站在那儿挨训，想躲已来不及了。清瑞指着他训道："你都干了些啥？弄得街面上怪话连篇的，都传到将军大人耳朵里去了。麻溜把万民衣伞给我张罗出来，丧民心还是得民心，就看这玩意儿上有多少人名了。"余庆涵应承道："老太爷放心，我立马派人发布条签名，保证让您老人家满意。"清瑞说："你的话数屁的，一阵风就没了，没法儿信。老乌，你俩一块想辙。"乌尔兴保安慰说："现在的官员哪个不贪？跟他们比，老太爷是一等一的清官。将军大人耳根子软，古城子商民送万民衣伞，就证明民心向背了。"清瑞满脸惆怅，感叹道："好官难做好人难当啊！"

余庆涵的万民伞顺风顺水，那些得到好处的烟户，事先得到了余庆涵的点拨，不但争先恐后在万民伞上签字，还攀比着拿出几吊制钱的冰敬。余庆涵乐呵呵地让清瑞老太爷过目。老太爷眯眯着眼睛从上往下看，越看脸越长，看到最后索性不看了，回头申斥余庆涵："你这是咋整的，签名的除了种大烟的就是开烟馆的。不知道的瞅着光堂，知道的还以为本大老爷也是开烟馆的呢？怎么也得整几个古城子名流吧？"余庆涵没想到清瑞挑眼这么大，嗫嚅着有些为难。乌尔兴保溜缝说："别杵着了，麻溜想辙去吧。"

出了总管府，余庆涵还是一肚子为难，他在心里骂清瑞："也不撒泡尿照照自个儿，还古城子名流签名，古城子名流有得意你的吗？"心里话不能说出口，看在银子的面子上，还得把这个橛子砍圆喽。他想起了百岁子，虽说这个东西不太着调，可自打求雨之后，突然有了个半仙之体，城子里的人信他。要是有百岁子牵头儿，不愁溥泉入道儿，到时候载钦、大先生没准也得入彀。想到这儿，余庆涵笑眯眯地去了紫云楼。

余庆涵要了壶茶，拉着百岁子聊天。戏楼后面是演员住的地儿，狗肉红这些个角儿在咿咿呀呀地练嗓。俩人从天气说到求雨，由求雨说到民情，一会儿一壶碧螺春见了底儿。余庆涵起身告辞，在楼梯口，像忽然想起啥似的站住脚，回头冲百岁子说道："哎呀，真是疏忽，绅商们正张罗着给清大人上万民伞呢？这么大的事哪能拉下杨掌柜的。杨掌柜的，一会儿我让他们送过来，您赏光签个字，愿意的话就捐十吊制钱，不愿意就算了，您出个签名比银子有分量。"百岁子说："余掌柜的，万民伞的事我有所耳闻，您这是派捐呢还是自愿认捐？"余庆涵说："小门小户当然是派捐了，您这样的绅商全凭自愿。"百岁子点点头："如此说来，余大掌柜就白费口舌了。"余庆涵讪不搭地离开紫云楼，百岁子冲他的背影啐了一口，随后去了宗室黄家。溥泉正在书案上临帖，百岁子帮着压住宣纸，歪着头说："姐夫，余庆涵又起幺蛾子了，张罗着要给你家的奴才清瑞送万民衣伞呢。"溥泉提着毛笔，恨恨地说道："这是既想当婊子又要立牌坊啊，走，咱去找大先生想个辙。"

两人相跟着去百草堂，找穆隆阿拿主意。两人说完，穆隆阿苦笑一声道："古语云道法自然。衬祀不成，就琢磨万民衣伞，万民衣伞若再不成，说不定还要起什么幺蛾子呢。是疖子总得出头，由着他们作吧。"

余庆涵的万民伞终于完工，虽说少了古城子名流的签名，但是制作精美。伞盖下的流苏是万民所敬，写着每个捐赠者的签名。商绅和烟户敲锣打鼓，把万民衣伞送到了总管衙门。清瑞出来迎接，装模作样辞谢了三次，余庆涵也装模作样硬塞三次。仪式过后，余庆涵在信和店办了两桌酒席，恭贺清瑞大人享受古城子民众的爱戴。

信和店里推杯换盏，粟末书院也是彻夜灯光。载钦以主子的身份，写信给将军衙门清讼局，揭发余庆涵、乌尔兴保相互勾结，募捐万民衣伞时敲诈贪污。在信和店阿谀奉承的喧哗中，载钦写完最后一个字，疲惫地坐在椅子上，看着窗户纸上透过一缕晨光。

清讼局公事公办，以捐送万民衣伞不合朝廷法度，杖责余、乌各八十。接着，朝廷的御史微服到了古城子，详查细访。清瑞是个没有根基的野鬼，朝廷里没有奥援。又逢慈禧太后决心整顿吏治，抓了清瑞的典型。慈禧太后下懿旨：清瑞笞四十，罚俸九个月，革职不用；勒令乌尔兴保提前退休。

# 第二章
# 光绪匪患

当胡子,乐子多,骑着大马把酒喝,搂着女人吃饽饽。

——古城子民谣

## 【乱世来了】

清瑞独坐大铁车,讪不搭地出了永和门。初来古城子,清瑞在这儿摆足了谱,如今,连个送行的人都没有。最能给自己拍马屁的乌尔兴保,连个影儿也不见,余庆涵就更提不起来了。他凄惶地举目四望,驿道两旁罂粟花开得正盛。一个百无聊赖的叫花子,摇晃着哈拉巴,像是缀在车后边,长一声短一声地唱着民谣:

要想富,种罂粟,叫你吞云又吐雾。押了地亩卖房屋,老婆改嫁孩子哭。亲戚朋友都嫌怨,倾家荡产屌毛无。东乞西讨难饱肚,都赖狗官种罂粟……

突然,一阵急促的马蹄声由远而近,皇武殿掌柜武昌追上清瑞的铁车,把一个沉甸甸的钱褡子扔到车上:"清大人,这是你家主子送你的盘缠。"清瑞打开钱褡子,里面是十吊制钱。清瑞没想到会有这么一出儿,受惠于己的种烟户人影没见,倒是老主子还念着旧情。鼻子一酸,翻身滚落下车,冲着古城子方向拜了又拜:"我的主子啊……"

武昌没有回城,抄近道去了哈尔滨船口。昨天,老疙瘩的老丈人傅老镇捎信说,源聚烧锅和永发源烧锅急着出兑,让他过去掂量掂量。武昌早就惦记着这两处烧锅,一是地缘好,一处与呼兰城隔江相望,一处挨着阿勒楚喀城,有酒不愁卖;二是坐在粮仓上,周边都是一望无际的庄稼地,原料充足。

傍晌午,武昌在穿心店打尖。店掌柜认识武昌,哈腰撩起门帘:"这不是皇武殿汪掌柜吗?麻溜屋里请。"武昌要了两个小菜、一壶小烧。没吃菜先品了一口酒,含在嘴里品了品,摇着头咽了下去。开烧锅的习惯,喜欢空嘴品酒。这酒大概就是源聚烧锅的,寡淡,有异味,透出主人的心不在焉。店掌柜小心问道:"汪掌柜,小店来个卖唱女子,几天没开张了,您老能不能赏她碗饭吃……"武昌掏出一把制钱,递给掌柜的,说:"我忙着赶路,把这个送她得了。"店掌柜的连连说:"这可使不得。"却把制钱拿了,转身对坐在墙角的女子说:"还不给武掌柜磕头,这是你的恩人啊。"女子大约十七八岁,身段窈窕,款款过来施礼道:"多谢大爷。大爷若不嫌弃,小女子给您老唱一段如何?"武昌笑道:"我急着赶路,以后有了工夫一定聆听。"女子明白武昌这是客套话,以后武掌柜有了工夫,自己就不知流落何地了。想着自己孤苦的处境,女子含泪退到墙角。店掌柜叹了口气:"这个女子命苦,跟家人闯关东,被胡子冲散了,一个人流落到这里。听说她的家人在三姓金矿,她身上没盘缠,只得在小店卖唱。如今兵荒马乱的,连店钱都挣不出来。"武昌抬头看着女子,和蔼地说:"姑娘,前面就是哈尔滨船口,常有到下江的船只,你可到那里搭船到三姓寻亲。"说着,又拿出二两碎银。女子跪地磕头,泪眼看了看武昌的容貌,说:"恩人在上,受小女子一拜。今生若无缘报答,来世做牛做马,也要叩谢您的大恩。"武昌辞谢道:"姑娘言重了,些许小事,不敢图报。"

算过饭钱,武昌继续赶路。姑娘看着武昌离去,直到奔马腾起的烟雾遮没了人影,才黯然收回目光。

武昌走了两个时辰,傍黑才到哈尔滨船口。斜阳把松花江烧得火红,钓鱼郎在如火的江面上咿呀飞过。

所谓的船口,只是一个半窝在地下的马架子,里面住着船工。傅老镇平素住在上坎的晾网地,那里盖了一溜草房。傍晚无人渡江,傅老镇钻在马架子里,和船工们就着杀生鱼喝酒,天南地北地扯大澜[1]。武昌拴好马,马嘶引出了傅老镇,见是武昌到了,傅老镇热情相邀:"她二哥,来得好快呀,麻溜进窝棚一块整几盅。"武昌笑道:"老镇叔,先不忙喝酒,咱爷俩借个地方说说话。"二人在江边找棵柳树,坐在凸起的树根上说话。武昌说:"老镇叔,源聚烧锅掌柜王老洲干得好好的,干啥张罗着出手啊?"傅老镇说:"她二哥你是不知道啊,还不都是叫胡子给闹腾的。江北胡子

---

[1] 扯大澜:方言,说些不着边际的话。

不开面[1],把他家盯上了,隔三差五就去霍拉[2]一遍,糟腿子吓跑了好几个,烧出的酒都不够胡子喝的。前些日子,他家老疙瘩让胡子绑了肉票,钱凑得慢了点儿,给捎回来两只耳朵。"武昌点点头,表示明白了。转头又问:"老镇叔,那田家烧锅屯的永发源呢?"傅老镇说:"蚂蚁穿豆腐——更是提不起来了。老掌柜张乡约好一口大烟泡子,把好端端的家败了。穷急生疯,喊着闹着要卖烧锅。"武昌说:"那我心里就有底了。咱爷俩红脸白脸掺和着来,一个一个买。您老先回家弄几个菜,请王老洲到家喝酒,你们喝得差不多了,我再露面,别让人家看出来我是特意过来兑烧锅的……"傅老镇"嗯哪"一声,笑道:"她二哥真是尖头[3],我明白了,咱爷俩得让他先吐口儿,才好谈价钱。"

傅老镇吩咐老屁去请王老洲,老屁是他的老儿子,大号傅宝梁。老屁前脚走,他后脚从鱼囤子里拣几条鳌花、鲤子、黄尾巴馕,回去准备下酒菜。武昌躺在窝棚里迷瞪一会儿,约莫着时候差不多了,骑上马溜溜达达去了傅家。半道碰见了老屁,老屁说:"二哥,妥妥的了,我阿玛让你过去呢。"

武昌一掀门帘子,正对着炕梢的傅老镇。傅老镇"哎呀"一声,趿拉上鞋过来拉住武昌:"大侄子,啥风把你吹来了,麻溜脱鞋上炕,一块喝几盅。"王老洲欠欠屁股,打招呼说:"汪掌柜,稀客呀,小半年没见了。"武昌盘腿上了炕,笑着应道:"我到田家烧锅办点事,路过这儿看看傅大叔。赶巧了,王掌柜也在这儿,真是缘分!"傅大婶问了女儿女婿,热情地加了一副碗筷。几杯酒落肚,牵扯起王老洲的闹心事,借着酒劲,王老洲骂起江北胡子。武昌劝道:"这个地界是三不管,胡子来了,官兵远水不解近渴。您老要么想个妥协的招儿,要么三十六计走为上。咱老百姓不能跟胡子斗气,您老说是不是这个理儿?"王老洲说:"汪掌柜说得没错,

---

[1] 不开面:方言,不给面子。
[2] 霍拉:方言,搅和、骚扰。
[3] 尖头,土匪黑话"商人"。

我这不是紧着张罗,想把烧锅兑了,搬到古城子躲灾呢。"武昌摇头说:"王大叔,兑烧锅可不是上策,这几年年景不好,烧锅兑不上好价钱。"王老洲说:"仨瓜俩枣也得认!你老疙瘩兄弟的耳朵都让胡子割去了,再闹腾下去,还不得出人命……"说着,淌下两行老泪。他抻着袖子抹了抹,说:"让汪掌柜见笑了。"傅老镇劝道:"哭个啥嘛!活人还能让尿憋死,这不汪掌柜的来了,让他帮着寻个买主。"王老洲点头说:"那倒是好,就拜托汪掌柜了。"武昌皱着眉想了想,为难地说:"没听说古城子有谁要开烧锅的……"傅老镇说:"大侄子,干脆你就成全你王大叔得了,知根知底的,价钱也好说。"武昌连忙摆手说:"老镇叔,一个皇武殿就够我忙活的了,这可万万使不得。"王老洲说:"我在家和老伴商量过了,多了不要,少了不卖,"他伸出一只巴掌翻了翻,"就一个大数。"武昌抿了口酒,沉吟道:"要是不闹胡子,这个价不算高。我劝您老还是再挺挺,等官兵把胡子灭喽,兴许还能高点。"王老洲叹口气说:"汪掌柜,实话跟你说吧,我是一天也不想挺了……"武昌说:"烧锅可停不得,一停,房子散架,锡锅拍盖就不中用了。"王老洲把脑袋夹进裤裆,半晌,抬起脑袋伸出五个指头:"这个数能不能兑出去?"武昌皱着眉头说:"不成,您老有点亏。"王老洲一拍桌子:"爷们,你是个有仁有义的人,要是能痛痛快快地给我这个数,烧锅就是你的了!"武昌把脑袋摇成了拨浪鼓。傅老镇劝道:"哎呀!她二哥,你就算是成全王掌柜行不行?"王老洲说:"汪掌柜,你说个数,我没二话!"武昌叹了口气,苦笑着说:"二老是难为小侄了。好吧,是好人还是恶人,我做一回。我这次出来办事,手头就带五百两银票。老镇叔,您老先给我垫上一百两,弄个顺溜的数,看看行不行?"王老洲喜出望外,连说:"行行行,太行了!还是汪掌柜的仗义。"

　　王老洲揣起银票,心满意足地走了。武昌掏出一百两银票还给了傅老镇,笑着说:"老镇叔,源聚烧锅是咱家的了,我看老屁兄弟是个精明人,如果乐意,就做烧锅的执事,大工匠我从城里调,改烧皇武殿老酒,呼兰城的永兴昶有多少要多少,闹胡子的事儿还得偏劳大叔。"傅老镇笑道:"你大叔也是个老江湖了,别的不行,和江北胡子各个绺子还都能说上话，只要按规矩打点打点，绝不会不开面儿。"武昌说："这个没问题。该打点就得打点，讲究的交个朋友，不讲究的咱家的炮手也不是吃素的。"老屁说："赵炮头是我好哥们，一手神枪百发百中，用他守烧锅，借胡子个胆儿也不敢来抄乎。"武昌拍了拍老屁的肩膀："兄弟好好干，除了工钱，还有你半个干股的红利。"

张乡约的永发源，几乎处在停工状态。糟坊里堆着半发酵的老苞米，院子里散发着霉味。武昌在永发源撒眸一圈，没见着个执事人。张乡约犯了大烟瘾，躺在上房炕头上，头上蒙着一块白毛巾，紧一阵慢一阵地哼哼着。武昌和傅老镇进了屋，张乡约停了哼哼，挣扎着坐起来。傅老镇介绍说："老张掌柜的，这是皇武殿的汪掌柜的，过来看看你的买卖。"张乡约喘着说："汪掌柜的，你真是来救命的菩萨。老哥这一疙瘩一块儿，你给三百两银子，就都是你的了。"武昌在炕沿边坐稳，和气地说："张掌柜的，好汉子也难免有个马高蹬短。现在你受累了，兄弟我给你四百五十两。"张乡约说："兄弟，你仁义，老哥我走了下坡路，你老弟没落井下石。"武昌说："这话让兄弟我不好意思。要不是闹胡子，老哥的买卖不是这个数。"拣点完家当，武昌回到皇武殿，把执事人赵忠海派到永发源。临行前，武昌嘱咐说："老赵，我不是黑心占张乡约的便宜。我给多少银子，也架不住那杆烟枪咕嘟。等他接续不下去了，你从柜上列支些口粮钱，照顾好他的儿孙。"永发源改烧皇武殿老酒，直供阿勒楚喀城。赵忠海为人活泛，和阿勒楚喀副都统拉上了关系，烧锅成了官兵会哨的地儿，各路胡子都不敢去碰这个麻烦。

天刚麻麻亮，傅老屁骑着快马跑进了皇武殿，正碰上去小解的武昌，傅老屁没头没脑地嚷道："二哥，不好了，江北胡子'小宋江'孔广林拉杆子起事，把巴彦苏苏都占了，呼兰城乱成了一锅粥，夜儿后黑，船口来了三四十个胡子，扬言大队人马就要过来了……"武昌的一泡尿给吓了回去，他问老屁："兄弟，孔广林是干啥的？咋能起这么大的幺蛾子呢？"老屁说："三姓城那边的金匪。这个人原来是呼兰城的捕快，得罪了城守尉,被当地豪绅陷害入狱,逃出来后拉了杆子。手下有两员干将,一个叫方小黑子,一个叫一枝花。一枝花是个女胡子。"武昌感慨道:"这世道,女的都当胡子了?老屁兄弟,你到总柜把李炮头带上,再带上几支洋炮,麻溜回去,高打墙,多积粮,呼兰那边的酒先别送了。要是土匪来了,能说和最好,实在不行,就守住烧锅,不能让他们进去。顺便派人去一趟永发源,让他们也多留个心眼,防备着万一。"老屁抖了一下缰绳,回身问武昌:"那酒还烧不烧了?"武昌说:"烧,咋不烧呢!听蝲蝲蛄叫唤还不种黄豆了?把酒存在酒窖、酒海里,越陈越值钱。"

管护总管印务的协领托云,收到了将军衙门的六百里加急文书,饬令阿勒楚喀副都统、拉林协领和古城子总管,派官兵到松花江一线防堵小宋江。托云派出委参领安恒、骁骑校文魁,各率一支马队,分头到四方台、哈尔滨源聚烧锅待敌。武昌得信儿,悬着的心放下了一半。傍黑儿,赵忠海派人捎信说,阿勒楚喀官兵已开进永发源,吉林将军衙门的快枪营也到了。

匪警历时半个月才告解除。古城子马队冒着小雨凯旋,路过皇武殿烧锅时,武昌特意跑出来迎接。见到湿漉漉的委参领安恒,疑问道:"咋没见俘获呢?"安恒抹一把脸上的水珠,嘿嘿笑道:"咱们官兵一管儿没递,黑龙江官兵就把小宋江打散了。"武昌笑道:"可把我吓坏了。你们在源聚烧锅,老屁招待得可好?"安恒说:"不大离儿[1],一口老酒一口鱼,吃得都不想回家了。"

武昌得到了准信,连忙去荣昌厚掌柜老疙瘩武川家。自打阿玛去世,讷讷就和老疙瘩住在一起。听说江北闹胡子,讷讷担心亲家和源聚烧锅,见天地打听。武昌进了上屋,见讷讷坐在炕头上,叼着大烟袋,听着儿媳妇、孙媳妇们笑而言曰地给她讲瞎话儿[2]。讷讷见武昌进门,劈头问道:"二掌柜的,江北的胡子闹腾到哪儿了?"武昌笑道:"没等过江,就被黑龙

---

[1] 不大离儿:方言,差不多,还可以。

[2] 瞎话儿:方言,故事。

的官兵给打散花了。老太太,您老把心放在肚子里吧!"这边娘俩话音儿没落,老疙瘩的大小子光着脚丫跑进屋里,两脚泥水弄得一地,气喘吁吁地说:"太太,太太,伯都讷的胡子杀到西河沿白土崖子了!"桃儿霎时脸色煞白,问孙子:"听到准信没?胡子到没到咱家牧场?"大小子说:"没啥准信。马队没等进兵营,就急着开走了。"桃儿手里的烟袋锅把炕沿刨得咚咚响,急赤白脸地抱怨道:"这是啥世道,放着好日子不过,四下里闹胡子,这可往哪儿躲哟?"她惦念着牧场,同治五年被马傻子祸害一次,元气刚刚恢复了几年,又不消停了。她下炕穿鞋,颠颠地去了百草堂。

雨天的百草堂,清静安谧,穆隆阿手不释卷,认真地读着《医宗金鉴》,边读边拿着朱砂毛笔在书眉上圈圈点点。桃儿在穆隆阿对面的椅子上落座,数落他说:"江沿、河沿又闹胡子了,你还有心思看书?"穆隆阿撂下手里的书,一脸庄重地说:"纲常松弛,人心能不思乱?人心思乱,盗贼就会蜂起。天下大势,安久必乱,乱久必安,咱们老百姓着急也没用。你没听街上的谣儿唱吗:'当胡子,乐子多,骑着大马把酒喝,搂着女人吃饽饽。'这是啥意思?你咂磨咂磨。"桃儿叹息道:"不安分的去当胡子,咱们这些安分的可咋个活法儿?"穆隆阿笑道:"多行善事少结仇,破财免灾和为贵。"随之解释说,"咱们古城子地广人稀,胡子在暗处,官兵在明处,防不胜防,剿不胜剿。胡子的脸上不贴贴,拿起锄头是铲地的农民,拾起刀枪就变成杀人越货的胡子,这回的匪患,我估摸着,少则四五十年,多则六七十年。商家遇到乱世,没有别的办法,平素多行善事,千万别和胡子结怨。胡子也是人,除极少数是恶鬼下界,大多数也讲个江湖义气。你家城里城外的买卖多,告诉他们哥几个别使横,多用忍,千万别做舍命不舍财的土鳖。我还跟你说,胡子总比贪官好对付……"桃儿说:"我家的老二办事华堂[1],官相私相都行。老大一根筋,我总是怕他吃亏。你得空帮我说说他。"穆隆阿说:"这事好办,闲着也是闲着,等天放晴,

---

[1] 华堂:方言,圆滑。

我去一趟牧场。"

穆隆阿虽说年届耄耋,还能骑马出门。第二天天色放晴,穆隆阿单人匹马奔了韩家甸子。出城十七八里,路边一棵孤树,树下一人怀抱洋炮,冲着穆隆阿喊道:"老家伙,麻溜把钱褡子扔过来,别让大王我费事儿,我要站起来麻烦就大了!"穆隆阿没有勒马,笑着说:"我是治病的郎中,请好汉行个方便。"那人并不开面,恶狠狠地骂道:"什么狼中狗中,除了官兵,我谁也不在乎。麻溜的……"一听这话,穆隆阿知道此人是个空子。细一打量,发现他的洋炮有假,身体比例也有毛病,且脸色苍白,像个瘫巴。他把钱褡子拿出来,试探着说:"好汉,劳您大驾,自个儿过来拿吧。"那人说:"少废话,扔在地上滚蛋!"在一问一答间,穆隆阿到了跟前,凭他多年行医的经验,断定这人是个瘫巴。他笑着说道:"难怪好汉说站起来就麻烦了,敢情你是站不起来呀。"那人见勾当被人识破,腆着脸皮说:"老爷子,我是实在没法了,这才让老婆把我背到这儿,想吓唬吓唬过路客逗俩钱花,您老行行好,赏给俩大子儿。"穆隆阿没理他,苦笑道:"瘫巴都想当胡子了,这世道……"

穆隆阿到了牧场,武威公母俩又惊又喜。穆隆阿是武威的表叔丈人,是梅赫哩氏的亲表叔。穆隆阿散开绑腿,摁上一袋旱烟,舒坦地坐上炕头。武威两口子请过安,叙过家常,穆隆阿唠到了正题。"少掌柜的,古城子一哄哄的,说伯都讷的土匪过了拉林河,你讷讷放心不下,叫我过来看看。"武威说:"表叔,有这事。匪首是老二哥,前个儿把白土崖子的几个大粮户给祸害了。幸亏官兵脚跟脚就到了,这才镇唬住,土匪退到吉利屯子压下了。"穆隆阿吧嗒着烟袋问武威:"没到咱家牧场霍拉?"魏总管接话说:"派花舌子来了,要咱们捐三匹马,被大掌柜一顿臭骂给卷了回去。"武威说:"我不惯他们的菜儿!胡子烧死了我六格大爷和大娘,这个仇,我记他一辈子。"穆隆阿下意识望了眼窗外的通天神树,粗大的树干上还留着火烧的疤痕。他叹息一声说:"你六格大爷的糟烂命!多仁义个人儿,虎拉巴[1]地被官府给吓疯了。刚过上几天舒坦日子,又叫土匪给烧死了……咳!不说了,说了伤心。 少掌柜的,你也过了知天命的岁数了,大道理用不着我讲。胡子里丧尽天良的毕竟是少数,多多少少都心存着良心和义气,盗亦有道,是不是这个理儿?如今胡子遍地,牧场隔山窎远的,你得学会独善其身,一家老小太太平平地活着。活着,比啥都强……"穆隆阿想起桃儿当年虎口逃生的情景,接着说道,"听表叔一句劝,官兵来了,咱供吃供喝;胡子来了,咱也供吃供喝。赤手空拳的老百姓,不能和兵匪斗气。"武威绷着脸说:"不是侄子不听劝,是实在做不来。"穆隆阿说:"你做不来,就让小魏总管做。这个世道,扛枪的队伍要老百姓供养,古城子又要添民衙门了,衙门也得靠老百姓供养。古人说得好哇,'宁做太平犬,不做乱世人',咱生在乱世了,就得顺着世道活着……"

武威一愣,问穆隆阿:"咋?又要添个衙门?嗔是的,一个总管衙门喝民血就够呛了,还弄个民衙门做啥?"穆隆阿说:"吉林将军铭安奏请朝廷说,古城子要设个亲民之官,升格为古城厅。把拉林扩进来,总管衙门降为协领衙门。一山二虎,瞧热闹吧……"又嘱咐魏长庚,"小魏总管,你是个厚道君子,和胡子打交道的事儿就仰仗你了。胡子头多是讲义气的穷苦人,你空闲时学点胡子黑话,多烧点冷灶,给咱们多留几条后路。即便遇见不开面的,也不能舍命不舍财。正蓝旗四甲喇五屯的钱永禄,前些日子被江北土匪砸了窑。土匪向他勒索钱财、烟土,这个老钱伸着脖子叫号,要钱没有,要命一条!步匪把老钱的儿子绑了,当着老公母俩的面,拿火烤胸口、肚皮和命根子,烤得焦烂。你说说,命都没了,要钱有啥用!"魏长庚点头应承道:"您老放心,有您的话在,小的知道该咋做。只要有我魏长庚在,大掌柜一家老小绝对安全。"穆隆阿笑道:"我要的就是这句话。"

穆隆阿在牧场盘桓了几日,肥鸭子鲜鱼,顿顿不重样。见牧场暂时无虞,心情释然,才放心地回了古城子。天黑前,穆隆阿到了西门,却

---

[1] 虎拉巴:方言,意外。

见城门已经关闭。门楼上的官兵见是大先生，才把城门打开。穆隆阿觉得气氛不对，问看门的兵弁："天还大亮的呢，咋就把城门关了？"开城门的兵弁苦笑着敷衍道："大先生，您老回家再问吧。"

穆隆阿满腹狐疑地回了百草堂，怀瑾两口子问过安，沏了一壶碧螺春，伺候他喝得。怀瑾把茶盏收好，看似轻描淡写地说了句："阿玛，托云公母俩殁了。"穆隆阿一怔："走的时候还好好的，得了啥急症，说殁就殁了？"怀瑾说："您老去牧场那天，大海沟马贼交得宽越过大封堆，到营子里抓人票，托云无将可调，只得亲自带兵防堵。官兵贪生怕死不肯进击，托云一人冲进了敌阵，刀劈了交得宽，马贼一齐开枪，托云中弹身亡。尸体抬回家刚入殓，谁知银珠格格悬梁殉夫了。"怀瑾接着抱怨说，"托云战死，下边的官兵却毫发无损，恬不知耻地撤回来了，差点被商民的吐沫星子淹死。"

掌灯时分，砦翰林到百草堂登门拜访，身后跟着紫云戏楼老板百岁子。砦翰林穿着素淡的长袍，刚打省城赶回来，给连襟托云公母俩送葬。落座之后，怀瑾的娘子沏上一壶好茶，立时满屋清香。砦翰林刮着茶杯盖，眼睛看着大先生："老前辈，晚辈冒昧造访，有件事想征求您老人家的高见。"穆隆阿客气地说："砦大人请讲，老夫愿意不揣鄙陋，帮着参详。"砦翰林说："参加托云夫妇葬礼，街谈巷语，都憎恨官兵剿匪不肯卖命。我与几个官兵交谈，他们说，自咸丰兵兴以来，为国捐躯的官兵不受待见，都埋在了乱葬岗子，遗孀孤儿也没人搭理，所以，都把为国捐躯的当成了冤大头。我思谋着，匪患日重，古城子要想太平，就得有一支舍命保乡的队伍。因此，一要宣扬精忠报国、舍生取义；二要借着给托云发丧的机会，动员商民捐建个昭忠祠，让托云和先后捐躯的官兵有个享受香火的去处。"穆隆阿点头说："砦大人所言极是。这件事本是总管衙门分内的事，可前任总管清瑞一直拖着不办。你的这个倡议，老夫我举双手赞成，官府不办咱自个儿办。"百岁子接话说："您老有这话就妥了，具体的事就不敢劳动您老了，大侄子张罗着！"

过了两天，紫云戏楼的斗子车敲起响器，班主欠登站在车头，一声接一声地吆喝着:"各位父老乡邻,今日起本戏楼义演全本《忠义杨家将》,所得善款,用于捐建古城子昭忠祠,欢迎官民士绅、善男信女听戏捐款,留名后世⋯⋯"

当晚,紫云戏楼爆满。临时管护总管印信的参领安恒、钦赐二品衔吉林府尹砦翰林、将军府诰封一品夫人裕瑚鲁氏、宗室黄带子载钦、百草堂穆大先生、汪家老太太桃儿、前翰林府砦四海、后翰林府余庆泽,以及老爷庙道长邹机太、广泰号木局老掌柜刘二华堂等各界名流,都坐在前排的位子上捧场。砦翰林捐出第一笔五百吊制钱。欠登躬身接过银票,亮着嗓门喊道:"钦赐二品衔吉林府尹砦大人捐善款一千吊!"砦翰林一怔,身边的穆隆阿微笑着解释:"紫云楼的臭规矩,赏钱都翻倍说,图个上下都有面子。"

大戏开演之前,百岁子扮上戏装,登场来一段杨老令公:

"叹杨家秉忠心大宋扶保,到如今只落得兵败荒郊。恨北国萧银宗打来战表,擅抢夺我主爷锦绣龙朝。贼潘洪在金殿帅印挂了,我父子倒做了马前的英豪。金沙滩双龙会一阵败了,只杀得血成河鬼哭神嚎。

"我的大郎儿替宋王把忠尽了,二郎儿短箭下命赴阴曹,杨三郎被马踏尸首不晓,四八郎失番邦无有下梢,杨五郎在五台学禅修道,七郎儿被潘洪箭射花标,只落得杨延昭随我征剿,可怜他既得尽忠又要尽孝。血染沙场、马不停蹄为国辛劳,可怜我八个子把四子丧了,我的儿啊!可怜我一家人无有下梢。"

他唱得有板有眼,如泣如诉,赢得一阵阵喝彩。桃儿对穆隆阿说:"这个小兔崽子,扮人像人,扮鬼像鬼。才这点小岁数,他这辈子,不知要生出多少幺蛾子呢!"穆隆阿点了点头:"咱们活一天就往正道上领一天,死了,去见双录公母俩,也有颜面。"桃儿说:"总是梦见他们,这些日子,我家的那个死鬼总招呼我跟他去⋯⋯"穆隆阿笑道:"你是惦念妹夫了。早早晚晚,咱都得到那边团聚去,能太太平平地活到今天,该知足了!"桃儿说:"知足。"眼泪跟着流了下来。

一个全本唱得,募得了足够的捐款。经商界公议,委托刘二华堂承建。

九月十五，昭忠祠竣工。灵堂里依次供奉着首任总管西常阿、代总管托云，以及以下二百三十名捐躯官兵的牌位。牌位上，满、汉两种文字写明死者的旗佐、官职、生卒年月，牌位前是香炉碗，点着一炷黄香。各界名流送来的挽幛、匾额挂满了享堂。正门双开，门柱上黑地儿金字楹联是砦翰林的墨宝：

　　涞流春水依然，烈士有知，黄泉犹忆故乡乐
　　北帽秋涛无改，风云所聚，群魄疑擎战帜来

享堂享案上供奉着猪头、羊头、黄米饽饽、四色果鲜。上方悬挂着江宁将军图里琛书写的匾额"忠义可风"，半行半草，遒劲有力。堂柱上的楹联是大先生手笔。穆隆阿抚今追昔，写了一副更具古城子特色的挽联：

　　先帝倡回屯，令昔日废人，横枪跃马，千里驱驰，刀斧丛间争效命；
　　中堂图设治，看今朝乐土，献帛刑牲，万民追忆，运粮河畔共招魂。

## 【祈福】

光绪四年，虎年。按照古城子的妖道令儿，正月二十七主老人吉凶。这天要擀面条，给老人拴腿，免得被阎王爷招了去。汪家少奶奶傅氏，给老太太桃儿做好了酸菜瘦肉卤儿，挑出一碗热气腾腾的宽心面。

天不好，老太太心情不好。她盘坐在炕头儿，眼睛扫着窗户外面的小清雪，自语道："收老人喽。七十三，八十四，阎王不叫自个儿去。我也该去见那个没出息的老死鬼了……"傅氏对着地面"呸呸"吐了几声，说："大正月的，太太啥也没说！"桃儿笑道："不碍事。我都活到八十四了，死了也是个喜丧。呵呵，抓帽胡同出来的人都长寿，明年就是你穆隆阿安邦阿玛和载钦老公母俩九十大寿了。你的死老公公见天夜里催我过去，怕是没福分给他们祝寿喽……"

一过正月,载钦先撂倒在炕上。喝了几服汤药也不见好,大先生把了把脉,安慰说:"过了二月就好了。"载钦听出话中的玄机,对乌雅氏和溥泉公母俩说:"我是过不去二月了,你们麻溜去预备我的后事吧。我和大先生有点体恤嗑,单独唠唠。"

乌雅氏和溥泉夫妇抹着泪眼出了屋。载钦平和地对穆隆阿说:"趁着还明白,我得拜托你一件事。你得先答应我,我才能说。"穆隆阿笑道:"都这般年纪了,啥事我都答应。"载钦干枯的手指抓住穆隆阿的手:"实不相瞒,老哥老嫂还偷着信着主呢,老哥蒙主恩召的日子不远了。溥泉这小子不信主,你也不信,可我们信。老哥求你想想招儿,给老哥请位牧师,在墓地上给我祷告祷告行不?"穆隆阿万万没想料到载钦有此要求,一时难住了。他看着载钦充满乞求的目光,终于使劲点了点头,说:"您放心老哥,我就是头拱地,也把这件事给您办妥了!"

上哪儿去找牧师啊?古城子没有,阿勒楚喀城和江北的呼兰城有,总管衙门对那些洋牧师防范甚严,办这事必须做到神不知鬼不觉才行。穆隆阿在回家的路上边走边寻思,进了家门,把怀瑾叫到一边,悄声说:"你载钦叔怕是不行了。他在京城那会儿,信了洋教,过去这么多年了也没撂下。洋教有洋教的说道,教徒临终时必须请牧师做临终关怀。你立马去一趟阿勒楚喀城,到教会找洋牧师,就说古城子有一位基督圣徒,上天国前想跟他见个面,请他无论如何鸟悄[1]儿过来一趟。"怀瑾打怵道:"咱们在那边没认识人,这大老远的,人家能来给这个面子吗?"穆隆阿说:"你多带些银子,说点软乎话,千难万难你也得请来。嗐!你载钦叔,那是个多有身琛[2]的人哪!一辈子就求阿玛这么一回……"怀瑾不再犹豫,换一身衣服准备出发。穆隆阿说:"我把斗子车停在八里地二屯的屯东头,你们回来时,乘车进城,千万别让任何人知道!"

---

[1] 鸟悄:方言,秘密,不出动静。
[2] 身琛:方言,不轻易求人或麻烦人。

怀瑾也是扔下五十奔六十的人了，他有生以来见过一次卖《圣经》的红胡子洋人，只是远远地瞟了一眼，人模鬼样的，很像城隍庙墙壁上画的小鬼。风闻洋牧师都是些蛮不讲理的主儿，弄得官老爷们避之不及。他心里依旧犯怵，但为了载钦叔的临终愿望，也只能豁出去了。

怀瑾到了阿勒楚喀城，壮着胆子进了洋教堂，一股说不清道不明的气味扑鼻而来。守门人是个老山东子，倒是彬彬有礼，听他说明来意后，颠颠地进去通禀。很快，一个中年洋牧师笑盈盈地迎了出来，用流利的中国话说："欢迎您阁下，辛苦了，里面请。"

洋人是法国牧师约瑟芬，他亲自给怀瑾斟了一杯红茶，问过情况后一脸的激动，竟满口地应允了，这大大出乎怀瑾的预料。怀瑾狐疑地问道："牧师先生，去古城子很劳苦，不知做一次洋道场需要多少费用？"约瑟芬笑道："为基督圣徒服务，这是我的荣幸和义务，请放心，不需要任何经费。"

约瑟芬很明白事理，没等怀瑾提出乔装的要求，便主动换了一身中国人的行头，和怀瑾骑马并辔奔向了古城子。

在约瑟芬给载钦做临终关怀前，穆隆阿支走了溥泉公母俩和所有的家人亲朋，只让信教的乌雅氏在场。为了这一刻到来而垂死挣扎的载钦，见到牧师后，激动得出现了最后一次回光返照，他向牧师表示了敬意。约瑟芬态度慈祥，坐在载钦的身旁和他聊天，极尽夸奖和安慰。当载钦耗尽最后的力气时，约瑟芬站起身来，庄重地用浑厚的男中音说道：

"全能的上帝，求你看顾你这位仆人，他现在躺卧不起，极其虚弱。求你以你的圣子，我们的主耶稣基督复活所应许的永生安慰他。阿门。"

载钦嘴角挂着微笑，毫无痛苦地走了，享年八十九岁。

约瑟芬不能去墓地，只好在灵前朗诵祝文："我们要祈祷，至高掌权的主基督啊，求主拯救你的仆人爱新觉罗·载钦，脱离所有凶恶，从一切捆锁中把他释放；这样，他就能在永恒的居所中，与你的众圣徒同享安息；在那里，主与圣父和圣灵，一同永生，一同掌权，唯一上帝，永无穷尽。阿门。"

载钦的丧礼仍按照陈满洲的传统进行，棺材埋在了黄五爷的脚下。抓帽胡同的亲友，粟末书院的历届学生都来参加丧礼，幡旗从街里延续到墓地，极尽哀荣。汪家老太太桃儿坚持着要去送葬，谁劝也不听，孙男娣女们只得依了她，几个人小心地搀扶着，走走停停，到了墓地。她哭了一阵载钦，又去黄五爷坟头哭了一阵，嘴里念念有词，谁也没听清一句囫囵语。

从墓地回城，桃儿又想起一出儿，跟儿孙们说："不行，我得去百草堂。"武昌拦挡着哄劝道："您老劳累了小半天了，再说这不刚跟我表叔见过面吗？您先回家歇一会儿，明儿咱再去百草堂。"桃儿生气了，呱嗒撂下脸子，说："嫌麻烦是不？不劳驾你们，我自个儿去！"武昌连忙赔个笑脸，叫过自己的儿子，让他麻溜回去套车。

为了载钦的丧事，穆隆阿忙活得疲惫，毕竟年龄不饶人了。他躺在炕上刚歇息一会儿，门帘一挑，武昌搀着桃儿进了屋。穆隆阿勉强打起精神，说桃儿："这大冷的天儿，快上炕头。"桃儿说："不了，我想起几句体己话，过来和你唠唠。武昌你留下，别人都回吧。"

穆隆阿见桃儿一脸严肃，边装烟边笑问道："姑奶奶，还是上炕里暖和暖和。你这神叨叨的，唱的是哪一出哇？"

桃儿盘腿坐上炕，候到气息喘匀，盯着穆隆阿的眼睛说："大先生，今年这个坎儿，我怕是过不去了。这些日子睡不着，就爱瞎琢磨，有两件事放心不下，不办妥喽闭不上眼睛。"停一下又说，"先说这头一件，想给我可怜的阿玛和两个阿哥找个享受人间香火的地儿，不能总当游荡的野鬼。思来想去，觉着你先前修的穷鬼庙挺相当。我想让武昌扩建一下，请个老道做住持，塑像供奉。他们有了归宿，我死了心也踏实了。再一个，我担心胡子祸害我的儿孙，想做个积德的事。我心里合计了，打算开个粥厂，给汪家传个名声。"

穆隆阿吧嗒着关东烟，脑袋里想着辙。桃儿看着他半闭的眼睛，两根弯弯的长寿眉探过脸颊，透着睿智和慈祥。片刻，穆隆阿挑起眼皮，说："行。不过，要想办妥这两件事，你得把当年的事儿说给武昌听，让他知道个所以然。武昌嘴严,心里有数。建庙的事有些唐突,要琢磨个由头,顺理成章才妥当。开粥厂的主意好,古城子不容留闯关东的人了,逃荒的饥民不得不往北走,饿急眼了就落草为寇。西老老渡口是必经之地,你就在那儿设个粥厂,他们离开时吃上一顿饱饭,会念着古城子和汪家的仁义。"

事情说妥,桃儿把武昌叫进屋,让他先给穆隆阿跪下。穆隆阿肃着脸,受了武昌一跪。他虚着抬了抬手,让武昌起来说话。桃儿老泪纵横,让武昌有些糊涂。穆隆阿长叹一声,说:"二掌柜的,你讷讷有话对你说……"

桃儿轻易不回娘家了。图敏阿哥老两口殁了,回去看着老物件伤心。再说年岁大了,腿脚不灵便,都是子侄媳妇们过来探望。桃儿拄着拐棍去了将军府,把大奶奶裕瑚鲁氏吓了一跳。裕瑚鲁氏连忙迎到门口,搀住桃儿说道:"我的老姑奶奶,您老咋自个儿来了?"

桃儿说:"我梦见你死去的公公了,回来叨念叨念。你公公跟我生气了,瞪着眼睛骂我忘恩负义!"裕瑚鲁氏说:"老姑奶奶,这话是咋说说的,谁不知道您古道热肠啊?"桃儿叹了口气,说:"也是陈芝麻烂谷子,你公公不提都忘到耳门子后了。当年那会儿,你公公独轮车推着我去金州,半路上把钱丢了,五天五夜水米没打牙。后来碰见一个老要饭花子和两个小要饭花子,见我可怜,把一点稀粥给我喝了。我活了过来,那爷仁连病带饿都死了。老要饭花子临断气时告诉我说,'我叫陈十五[1],这两个是我的儿。等你们过上好日子了,给我们找个容身的小庙,免得在阴间流离失所,受冻挨饿。'我顺口就答应了。千不该,万不该,我……我把这事给忘了。要不是你公公给我托梦,死了有何脸面去见人家……"裕瑚鲁氏舒了口气,说:"啧啧,老姑奶奶,这算啥大不了的事,修一个不就得了。"桃儿说:"朝廷有揆程,老百姓是不能滥建祠庙的。你是一

---

[1] 陈十五:即陈德,德字,十五划。

品诰命,大将军的夫人,身份高贵,姑奶奶想求你说句话。"裕瑚鲁氏笑道:"行行行,漫说是说句话,就是出资搭建也是应该的。"桃儿说:"你听姑奶奶的,把官府和你我两家主事的都叫到将军府,就说你家老爷子生前有嘱托,要修座穷神庙,报答一饭之恩,以后的事让武昌干。"裕瑚鲁氏说:"姑奶奶您就睄好吧,明个儿我就操办。"

穷鬼庙扩建成穷神庙,庙宇朴素坚固,正殿三楹,东西厢两楹。正殿供奉着三尊彩绘泥像,个个瘦骨嶙峋,衣衫褴褛。东厢住着从关帝庙请来的道士,一切供奉由汪家负责。花子头儿张祥为人乖巧,主动要求按时祭祀,奉陈十五为祖师爷。开光时,张祥率领全城花子,行叩拜大礼。花子这么一闹腾,收到了暗度陈仓的效果。城乡商绅们以为,这个庙供奉的是乞丐处的神祇。成为乞丐处神祇的陈家爷们,自然有了四季祭祀的享受和人间的烟火。

转眼到了春夏之交,正是青黄不接的时节。汪家在西老老渡口开设的粥厂,正式开张了。

开张前,桃儿邀着穆隆阿,一块儿去了趟北江沿。粥厂大旗杆上的杏黄旗,迎风猎猎,上面绣着四个大字"汪家粥厂"。桃儿夸赞了武昌一句:"这小兔崽子,挺能整事儿。"穆隆阿笑了笑,没言语。到了粥厂,武昌把二位老人搀扶下车,陪着在粥厂转转。三间平房,里面堆满了粮食、大海碗、筷子,院西侧支着席棚,席棚下是个灶台,有两口硕大的铁锅,里面熬着热乎乎的高粱米粥。东侧摆放着两趟条桌条凳,几十个破衣烂衫的男女老幼,或坐或蹲在喝粥。武昌大声说:"喝吧喝吧,可劲造,管够!"穆隆阿翻了他一眼。武昌不知错在何处,尴尬地一笑。桃儿过去亲口尝了尝,说:"要是能有点咸淡就好了。"武昌笑着答道:"您老说得是,咱这儿挨着罗金官网,左近打鱼的不少,离城窎远,小鱼稀烂贱的。从明天起,咱就熬鱼粥,既省粮,又有滋有味。"穆隆阿补充说:"鱼粥好,鱼粥养生。"武昌接着话茬说:"大表叔,想请您老给粥厂写个对联……"穆隆阿看了武昌一眼,说:"这就不必了。朱彝尊先生有个现成的对儿——'同是肚皮,饱者不知饥者苦';'一般面目,得时休笑失时人'。武昌,施舍之人最忌嘴脸,好汉不吃嗟来之食。我刚才剜你一眼,就是这个意思,明白不?"武昌的脸一红,大礼谢罪道:"您老教训得是,小侄一定改过!"穆隆阿说:"要记着,谦谦君子,敬重苍黎。"

半个月后,钦差大臣延茂办差路过粥厂,欣然命笔,赠送了"仁义汪家"四个大字的墨宝。于是,粥厂又立起一个旗杆,挂上了"仁义汪家"的旗帜。

桃儿了却了心愿,给自己张罗起寿材和送老衣裳。她对儿子武昌豁达地说:"讷讷十岁就该死,多活了七十四年,繁衍孙男嫡女一百多口,可是够够的喽。"武昌说:"讷讷,你不觉得身子骨越来越硬朗了么?"桃儿说:"可不咋的,这阵子怎么比年前还舒坦呢?八成是阎王老爷不想要我……"

穷神庙来了个挂单的风水先生,叫汤秉乾。汤秉乾长着一双鹰眼,会相看阴阳两宅。百岁子好信儿,请他看看自家的坟茔。汤秉乾拿着罗盘,前前后后比划了好一阵,说:"辛山乙向,算是个好风水。"百岁子不解,问了一句:"怎么还'算是个好风水'呢?这几家坟茔是当年黄五爷给看的,是古城子最好的阴宅。"汤秉乾赔着笑脸说:"这位爷,小的不敢和你拔犟眼子,你顺着我的手指头往那边看。"百岁子瞪着眼珠子看了半天,平坦坦的一片,除了蒿草就是稀疏的几颗庄稼,没啥出奇的地方。百岁子摇摇头:"不就一片碱巴拉地么,能看出啥甜酸来?"汤秉乾说:"你是不懂阴阳五行,在我们眼里那是一条龙脉。"百岁子一惊,扑哧笑道:"龙脉?把祖坟埋那儿后世能出皇上?"汤秉乾诡异地笑了笑,没再说话。百岁子凑到汤秉乾跟前,说:"老先生,我宁信其有,不信其无。你开个价儿,帮我选个吉域。"汤秉乾把脑袋摇成了拨浪鼓,推辞说:"不行不行,我要是给你选了龙穴,这双招子就得瞎!我一个无依无靠的老光棍,将来靠谁养活?"百岁子笑道:"你太能扯犊子了!瞅瞅你的两只鹰眼,贼溜溜地亮,看个阴宅就能瞎?你要是真瞎了,我给你养老送终。"汤秉乾沉吟半晌,捻着下巴上稀疏的鼠须,说:"也罢,这是咱俩的缘分,有你这话,我豁出去了。"

百岁子新选了坟茔，在镶黄旗一户吉林屯丁的恒产田上。这块地是碱巴拉地，长不好庄稼。百岁子用好地和他串换，没花一个大子儿。择了个吉日，百岁子把阿玛、讷讷和二娘的坟挪了过去。也是赶巧，百岁子迁坟的大礼刚成，汤秉乾突然惨叫一声，鹰眼变得死灰，瞬时失明了。突然的变故把百岁子吓了一跳，也更加笃信父母埋在了龙脉上。他把汤秉乾接到家中，待为上宾。

百岁子的小妾桓氏，是欠登的妹子。欠登觉着百岁子家大业广，食用无忧，介绍妹子给百岁子做了妾，挨肩生了三个，四六风死了两个，只站下一个格格惠娣。百岁子没有正妻，桓氏常惦记着扶正。见百岁子整天宠着个瞎子，不由心中厌恶，摔碟子摔碗，说些三七嘎牙子话。汤秉乾眼瞎耳不聋，身边无人时对百岁子说："掌柜的，你别怪老瞎子嘴冷，得抓紧找个正宫娘娘，生个大命之人才是正事儿。"百岁子笑道："我这个侧室总央求我把她扶正，所以一直犹豫着。您老这么一说，我就管不了那些了，明天就张罗。"

戏楼老板百岁子选老婆，上赶着的还不是一家。百岁子这边一漏口风，那边媒人踢破了门槛。百岁子选定的新人博尔图特氏，是委参领安恒的老妹子。博尔图特氏人长得不俊，却很受端详，奶大腚大，一看就是个能生养的娘们。博尔图特氏得味看戏，由戏及人，看上了百岁子。

百岁子大婚，瞎子汤秉乾是大知宾。事先，汤秉乾掐算好日子，测定新房家具摆放的方位，挑出忌讳属相之人。连新婚日几时合房，都有十二分讲究。一直到博尔图特氏怀孕，这才恢复了正常。家人蒙在鼓里，背后骂汤秉乾是"瞎子妖道"。

博尔图特氏十月怀胎，分娩的日子居然占了乾隆皇帝的生日——九月二十五。博尔图特氏半夜觉病，一直折腾到天亮。累得通身水洗似的老牛婆，颠着小脚跑出来报喜："掌柜的，大喜了，是个带把儿的，万里挑一……"百岁子出手阔绰，赏给老牛婆一个小银元宝。汤秉乾肃着一张脸，翻着白眼仁说道："守住房门，猫啊狗啊的，都不许进。第一个踩生的得是属龙的全科人！"汤秉乾转头对着百岁子，补充道，"如夫人桓氏属狗，对少爷有冲撞之虞，整个月子里不得进产房。"又说，"少爷的名字相当重要，掌柜的可曾想好？"百岁子拍着后脑勺说："光顾着乐呵了，还没倒出工夫想呢。"汤秉乾本就没打算百岁子这一单，自作主张说："少爷之名可取《周易》坤卦之意，命名'元德'。元，为天，为首，为大，为善，为开端，为根本。乾卦，六十四卦之首，上上卦，象曰：'天行健，君子以自强不息。'卦辞'元亨利贞'。如何？"百岁子点头说："妥，妥，妥妥的……"

小元德出生的当天夜里，古城子发生了一件亘古未有的事：总管衙门的大牢炸狱了。

被判了死刑的江北胡子坐地炮孙延梁，趁狱卒打瞌睡之机，扭断刑具，夺走抬枪，率领众囚犯顺手牵羊，砸了余庆涵的肥窑，绑走了他的老儿子余琥霁、大孙子余忱则，向城西方向逃窜而去。

余庆涵的老伴申氏，连哭带嚎地跑到欲仙楼，把余庆涵从妓女的被窝里薅出来："你这个没心没肺的老犊子，还有心思在这儿乱着？咱家进胡子了……"刚要发火的余庆涵一怔，边穿衣服边问，问明情况后，骑上马直奔马队兵营。

此时，古城子总管衙门将撤，厅衙署正在组建，上上下下没个管事的人。他"咚咚咚"砸了半天大门，才出来一个兵丁骂骂咧咧地问道："深更半夜的，敲什么敲？！"余庆涵急赤白脸地说："军爷，别闹了。快麻溜的吧，我家进胡子绑票了，快去救救他们吧……"睡眼惺忪的兵丁打了个哈欠问："尽扯淡，胡子还敢进城起屁。"余庆涵说："好像是大牢炸狱了，我家老伴说，个个穿着囚服。军爷，你倒是麻溜的呀。再不追，可就来不及了……"兵丁白了他一眼，不紧不慢地回去报告。余庆涵猴急地等了一刻钟，终于见了值班的骁骑校德喜的面。德喜又根根梢梢地问了个仔细。护理总管印务的委参领安恒，闻讯赶到衙门，骂德喜："大牢炸狱了，你还磨蹭什么？麻溜去把他们捉拿归案！"德喜素与安恒不和，没好气地带着马队出发了。

九月末的天气,冷风刺骨。马队出了西门,天上又扬起雪粒子。德喜没个目标,为了应付差事,沿着大道往前跑,一直跑到大封堆,连个人影也没看见。他调转马头,扬了下鞭子喝道:"收兵。"兵丁问他:"不追了?"德喜反问:"上哪儿追去?余庆涵那个老王八犊子忒不开事儿,咱们犯不上给他卖命。把鞋底跑破了,谁花钱给咱们买鞋?!"一个兵丁幸灾乐祸地说:"这回,余家得破费几个糟钱,两个秧子,没个千八百吊是抽不回来了。"德喜哼了一声:"挣那么多的黑心钱,总得有个消化的地儿,这就叫江里来、河里去。"

余庆涵公母俩站在西门楼子上,抻着脖子瞭望,盼着官兵能把儿孙营救回来。从早晨等到偏晌,雪幕里才影影绰绰地出现了马队。马队到了跟前,却不见自己的儿孙,不由大失所望。申氏一屁股坐在地上:"我的儿呀!我的大孙子呀……"哭了一阵,开始抱怨余庆涵:"你这个老犊子,就是舍命不舍财,你不给官兵点油水,人家能给你拼命往回夺人?"余庆涵没好气地说:"捉拿炸狱犯人,他们责无旁贷,我凭什么装冤大头?"申氏说:"你不装冤大头,我的儿、我的孙可就惨了……"余庆涵呵斥道:"别号丧!都死不了,那些个千刀杀的胡子,还指望着那两棵摇钱树呢。"

第二天晚上,韩家店三掌柜韩永诚到了欲仙楼,给坐地炮过话来了。韩、余两家沾着圈亲戚,余庆涵的老姑马莲,是韩永诚的亲家母,辈分较尊。

余庆涵问道:"韩家大叔,两个孩子没事吧?"

韩永诚说:"毛发无损。余大掌柜你放宽心,胡子有胡子的规矩,秧子房[1]从不虐待秧子。"

申氏插话说:"能不能冻着饿着?"

"不能够,热炕头紧着他俩睡,好嚼谷紧着他俩吃。大当家要钱不要命。"

"大当家的没说要多少钱?"

---

[1] 秧子房:软禁人票的地方。

"大当家的说，月干张配。"

"什么？"月干张配是土匪黑话两千八百吊，余庆涵像被土蜂子蛰了似的跳起来："两千八百吊！我操坐地炮没开怀的妹子，让他来抽我的血、剜我的心得了……"

韩永诚苦笑道："余大掌柜，我看在咱们是亲戚的份儿上，隔山弯远地顶风冒雪走这一趟，也就是给你们之间传个话，是多是少，你给个明白话，我也好有个交代。说这些气话，有啥用处。"

余庆涵赌气说："你告诉坐地炮，顶多给他一千吊。嫌少，就撕票，我赔着收尸。"

申氏一听，坐在地上嚎道："我那苦命的老儿子呀！我那苦命的大孙子……"大儿子公母俩闻声也进了屋，跟着一起嚎哭。申氏拉着他们说："都给你爹跪下，他不赎人，咱娘们就跪死在这里，让他讨小的，再给他生养……"

"你这个老死婆子，说的是人话吗？我这不是在讨价还价么？"

韩永诚也劝："家里出了事，一致对外才是。你们麻溜起来，听大掌柜一人独断。"

一家人这才坐下来，反复掂量了半天，最后决定出两千吊赎人。银票交给韩永诚，由他当保，保证把人票全须全尾地送回来。韩永诚拍着胸脯子说："明个儿，就是你一家子的团圆日。"

大牢炸狱，欲仙楼被绑票，自然成了古城子街谈巷议的话题。百岁子转悠到百草堂，绘声绘色地把各种传闻向大先生学说了一遍，笑着说："您老思谋思谋，这余家老十七把大墙垒一丈多高，坐地炮是怎么跳过去的？"穆隆阿说："墙高不如德高。余家是不是和坐地炮结仇了？"百岁子说："坐地炮是沧州人，会点武巴抄儿，好打抱不平。余家圈荒时欺负沧州老乡，他出头干仗，余三秧子向衙门告密，说他在拉林河南抢了一个老客的马，双方结下了梁子。"穆隆阿说："这次被坐地炮裹挟的囚犯，有没有咱古城子人？"百岁子答道："有，有五个呢。"

穆隆阿叹息一声："完了，咱古城子终于有人当马贼土匪了……"

【旗衙门·民衙门】

　　古城子单设民衙门的传闻,辘轳把儿响了一冬带半夏,终于知道井口在哪儿了——古城厅首任通判陈治走马上任了。陈老太爷是湖南衡阳人氏,余庆洒续弦夫人荀氏的表妹夫。

　　永和门响了三通鼓,惊飞了城门檐扑拉窝的老家雀,一惊一乍地在天上盘旋。百岁子正在韩钱串子茶馆里跟茶客们信马由缰地吹牛,南朝北国的,擒狼抓虎的,被这三通鼓搅了兴致。百岁子抻着脖子探头朝街上张望,正巧官轿过街,官衔牌上写着:"钦赐四品衔候补知府、实任古城厅正六品抚民理事通判"。百岁子含在口里的茶水"噗"地喷了出来:"我操他亲讷讷的!原来就是个六品实缺,我阿玛的重孙子。大爷我倒要瞧瞧,这个小破民官,耗子尾巴长疖子——能有多大的能(脓)水?"韩钱串子叽咕着眼睛,笑着说:"正好民女刘寡妇有冤无处申,有没有能水,等放告的日子就看他的真章了。"百岁子问韩钱串子:"刘寡妇在哪儿呢?"韩钱串子来了兴致,反问道:"您想给她出个头?妥,您等着,我去给您找去。"

　　韩钱串子喜欢热闹,不大一会儿,领着刘寡妇回了茶馆。刘寡妇一进门纳头便拜,捣蒜似的。百岁子拦挡说:"这可使不得,别折了我的阳寿,快站起来说话。"

　　刘寡妇不是本地人,家住拉林河南的孤榆树,中年丧夫,只有一个独生子刘裕春,十四岁送到同成德药铺学徒。去年腊月,结识了武生员兴旺,跟着舞枪弄棒,打架斗殴。他被兴旺灌醉,晃晃悠悠地在街上卖呆,看见了一个头戴绢花的女子,兴旺逗弄他说:"小春子,你不是总想当古城子第一豪杰吗?你要是敢把那个小娘们头上的花儿摘下来,才算得上古城子第一豪杰。"刘裕春本就少不更事,又仗着酒劲儿,过去把女子撞倒,还没来得及摘花,便被旗衙门的官兵当差拿获。刘裕春一上大堂就熊了,如实招供,可一提到兴旺指使,就没来由地遭到衙役的毒打,把左眼给打瞎了。刘寡妇一把鼻涕一把泪地苦求百岁子,韩钱串子在一旁笑着说道:

"您能在关里演一出《冯魁卖妻》，就不能再仗义一把，再来一出鲁提辖侠义拳打镇关西？"

百岁子要帮刘寡妇，本是随兴所至的信口开河。经韩钱串子一架弄，把鹰嘴铁核桃"啪"地拍在茶桌上，吩咐说："拿笔来，大爷我要为刘寡妇写状子！"百岁子虽不通文墨，却看过别人写的状子，照猫画虎写道：

妾妇中年殇夫，仅遗子刘裕春，年十四，送至同成德铺内学徒。去岁十二月间，出店即遇武生秀才兴旺。我子年幼，不分青红皂白，被其引诱结盟，以强悍架使，竟成刎颈之交，忘了养生之业。醉酒摘花，乃兴旺使之，今衙役不抓兴旺，却毒打我子，致使左眼失明。欲置我子于死地，妾妇晚年将孤苦无依。民妇情急，哀叩青天太爷做主。

百岁子瘪嘴咬唇悬腕使力，一招一式别有气度。状纸一成，引得众茶客齐声报好："刀笔邪神，句句叨在理儿上。"百岁子洋洋自得地说："但凡是个明白事理的官，保赢。"

民衙门放告，刘寡妇击鼓鸣冤。陈治接了状子，传被告武生员兴旺到堂。兴旺摇摇晃晃进了民衙门，背手站立不跪。陈治一拍惊堂木，喝道："大胆刁民，见了本官为何不跪？"兴旺抖擞着一条腿，指着刘寡妇说："她是民人，我是旗人，按理，您得给我个板凳坐坐才是。"陈治大怒，责问道："你也是个带着前程的武生员，天下哪有原告跪着、被告坐着的道理？"兴旺冷笑道："就因为我是旗籍生员，才只跪旗衙门的老太爷，不跪你民衙门的小太爷。"说罢，竟扭身扬长而去。

民衙门第一次升堂，堂前围了一圈看热闹的，见状给兴旺闪开一条缝隙，大喝一声倒彩："好！"

被晾在堂上的陈治，脸上一阵青一阵白，半晌，给自己找个台阶，对刘寡妇说："你儿子乘醉调戏妇女，是罪有应得。主使人兴旺乃是旗人，你去旗衙门控告吧……"刘寡妇哭倒在地，想起百岁子事先教的言语，一把鼻涕一把泪地哭诉起来："青天太爷，将军衙门有公文，古城子的诉讼案件一律归古城厅受理。协领所属的官员只管旗务，抓捕盗匪，不得干预阻挠讼案。青天太爷不管，小妇就无处申冤了。"陈治无言以对，使劲一拍惊堂木，喝道："退堂！"转身进了内衙。

第二天，街上小儿传唱着一首新编的童谣：

刘寡妇冤，兴秀才虎，陈太爷一推六二五。当官不给民做主，何必来敲三棒鼓？

陈治听了又羞又恼，躲在内堂喝茶。正百无聊赖，门子来禀报，有自称大老爷内亲的本地商绅余庆涵来访。陈治愣怔了一下，断定是大表姐夫的本家。

主宾落座，余庆涵先把自己和余庆涽的关系说清楚，笑着说道："只因是实在亲戚，才不顾攀龙附凤之嫌，冒昧地过来拜见陈大太爷。"陈治不失尊严地说："既是姐夫的堂弟，自然是好亲戚了。就不必拘泥礼仪，在家行家礼，叫我一声兄长就可以了。"余庆涵辞谢说："岂敢岂敢，您是父母官，理应敬重。"这句话触到了陈治的痛处，陈治长叹一声："本官走南闯北，没见到像你们古城子这样刁健的民风！"余庆涵宽慰道："老父台，您不必为几个刁民生气。您初来乍到，头三脚难踢。把局面打开了，古城子还是蛮有油水的。"陈治问余庆涵："但不知有何见教？"余庆涵胸有成竹地说："俗话说，一山难容二虎。您老要想在古城子立住脚，首先得把旗衙门震唬住。"陈治点点头，亲自给余庆涵添了杯茶，接着问道："怎样才能镇住旗衙门？"余庆涵笑道："现在旗衙门没个正当香主，协领衙门的印信暂时由委参领安恒管护。安恒是个狗屁不是的庸官，下面的衙役私自拆扒旧总管衙门的门窗，他都制止不了。您老何不借题发挥，向将军大人捅他一下，让他颜面扫地呢？"

陈治抚掌称妙，第二天一早起程，亲自去省城汇报。

吉林将军铭安大怒，以六百里加急下发饬令，大骂安恒不晓事理，勒令他立即把拆毁的衙署门窗、监狱木板墙，照旧装上。并说，如果陈治回任查出新的拆毁痕迹，唯拿安恒一人是问。又申明旗衙门所属官员只准管理旗务、抓捕盗匪，不得稍加干预、阻挠民衙门事务。还说，今后协领衙门归阿勒楚喀副都统衙门节制。

陈治二马投唐从省城回到古城子，举手投足平添了几分底气，本该过去和旗衙门沟通的事，也改用行文了。按照他的要求，书吏行文给旗衙门，催促移交讼案卷宗。措辞中居高临下，要求在移交时"不得遗漏含混"。

安恒看得文书，气得把文书撕个粉碎："他不就是个小民官吗！旗衙门降格了，我从二品协领还没跌份儿，少来这套！"吩咐笔帖式，"拖着不办，看他姓陈的还能起什么幺蛾子！"

陈治见旗衙门不肯交出司法权，又来问计余庆涵。余庆涵笑道："不交更好，反正您也不忙着办案，改三过五，啥时候想要了，您就把文书端给将军衙门，让旗衙门吃不了兜着走。"又献计说，"您得先招兵买马，把两班衙役弄全科，人多势众，就不怕旗衙门起屁了。"陈治摊开两手说："手里镚子儿皆无，门子师爷的开销还没着落呢，哪有银子养活衙役？"余庆涵说："这有何难！您要是能让犬子余琥霁做班头，保准让您既有银子又有兵。"陈治说："如此，捕快班头就是他了。"

余琥霁果然不负陈治的期望，上任后，回到余家窝堡插旗招兵，几天后，招到足足二百人。二百人分作十路，带着土地底档到圈荒和晾网地，逐户丈量，凡有偷垦偷耕的，一律按《大清律》欺隐田粮论处，笞四十、一百不等，并处没收土地。若肯认罚，一坰罚款一吊零五百文，其中，一吊用于捕快班购买号衣、枪械、饷银，五百文上缴民衙门。

永和门又响起了十一棒锣。姜六格的老儿子五十三，骑着高头大马，进了久别的古城子。和他并辔而行的是两位身穿豹子补服的武将，一位是赵顺，一位是明海，都是早年西征的古城子养育兵。赵顺的脸上有一道深深的刀疤，头戴一品顶戴花翎，身穿黄马褂。明海面庞黑瘦，领回来一个身材修长的西域美女。三人身后跟着五辆大铁车。一辆大铁车上插满了招魂幡，写着八十八位血洒疆场的古城子官兵的名号。五十三的官衔牌上写着：钦加二品顶戴、赏戴花翎、古城子协领、管理八旗屯田事务五十三。

安恒率官兵商民夹道迎接，整个场面是悲喜交加，有哭有笑。仁义汪家的老太太桃儿、百草堂大先生穆隆阿，也白发蹀躞地站在人前。桃儿是五十三的至亲，但不能说。刘大小子一家反而成了唯一的亲戚，表哥表弟一大帮，围着五十三嘘寒问暖。桃儿感慨地对穆隆阿说："瞧他那张脸，简直是从六格脸上扒下来似的。"穆隆阿点点头，又想起了疯六格在京城光着屁股满街跑的情景。五十三小时候常听阿玛讲穆隆阿叔叔和桃儿姑爸爸对姜家的大恩大德，连忙过去行了跪拜大礼。穆隆阿说："公事要紧，都等着你这个新协领呢，别简慢了大家。"

五十三在永和门做了简单的讲话，他谦恭地说："诸位父老乡亲，五十三奉旨回乡，将以整顿旗务，训练军队，剿灭土匪为要务。拉林地界归属古城子后，幅员广袤，一江三河，兼有东山，横亘百里。五十三自知责任重大，还望诸位父老多多指点，全体官兵齐心戮力，以不负皇太后、皇上的鸿恩。"

安恒把五十三迎进旗衙门，如释重负地笑道："姜大人，您总算回来了！这段时间，咱们旗衙门被他们民衙门给熊坏了，就差没骑脖梗上拉屎了……"五十三问安恒："陈大人已是五十多岁的人了，难道不懂官场上的揆程？"安恒冷笑着说："懂，太懂了。专门使坏整人，三天两头地向将军大人打小报告。"五十三笑道："照安大人这么说，两个衙门是尿不到一个壶里了？"安恒"嗯"了一声，牢牢骚骚说："当初就不该设什么民衙门，一山怎能容下二虎。"

料理完公务，五十三带着妻儿先去了汪家，拜过"大恩人"桃儿后，又去百草堂。

五十三心里有事儿，趁妻儿和怀瑾两口子唠嗑，单独向大先生讨教。一杯茶下肚，聊到了两个衙门的矛盾上。五十三说："按说民、旗分治，一方管诉讼，一方管旗务，井水不犯河水，不知何故却水火难容呢？"穆隆阿说："矛盾在人而不在衙门。安恒带兵打仗尚可，但缺乏见识，平庸浮躁。陈治为人阴险，老于世故，总想威福自专。如果两个衙门这么斗下去，对古城子可不是什么好事啊。你千万不能意气用事，凡事以大局为重。"五十三点了点头，若有所思。穆隆阿转了个话题，叮嘱五十三："你汪家姑爸爸老了，念旧，多去看看她。她不愁吃喝，就乐意有个人气儿。"

两个衙门的冲突说来就来了。

上半夜，安恒带兵巡街夜查，在永和门附近，发现一个人影翻墙跳进城内，当场抓个正着。跳墙男子满不在乎地说："我是民衙门捕快班余琥霁的部下。"安恒不信，说："少跟我扯犊子，我看你小子来路不正，说话支支吾吾的，不是胡子就是个棒子手。"不容分说把人带回队里，吊在梁柁上严刑拷打，结果还真是个货真价实的民衙门的捕快。人被打成了血葫芦，安恒不知该如何处置，便去请示五十三。五十三问清缘由，命令他立马放人。

下半夜，安恒继续带兵夜巡。在十字街口，有人从路边卖肉的床子下钻出，玩命似的向东奔跑，安恒随后一路猛追。追到东牌楼旁，余琥霁从暗处冲出，带着手持棍棒的衙役，打得安恒等人落荒而逃，两个兵丁被打伤活捉。安恒喘着粗气跑回衙门，带上六十多名官兵，提着灯笼去寻仇。还没到十字街，只听一阵鼓噪，一百多个民衙门的勇役，在余琥霁率领下把他们包围。没等安恒反应过来，灯笼被踹灭，人被掀翻，抬猪一样抬进了民衙门。逃脱的兵丁赶忙去向协领五十三报告。

余琥霁年少轻狂，聚集马步勇役二百多人，簇拥着通判陈大老爷，吹着军号，向协领五十三的府邸进发。此时，天刚拂晓，商民不知道发生了什么事，以为土匪进城了，惶恐乱窜。余琥霁敲开了五十三家的房门，五十三穿着二品官服，从容地走出内堂。见五十三如此镇定，陈治心下有些气馁，硬着头皮说："姜大人，鄙厅衙役无端被旗衙门巡街官兵抓去吊打，我们已然拿获了三名凶手，这事你必须当堂说清。"五十三正色道："陈大人，如此似乎不合朝廷法度。你且带人回去，明天写个正规公文交给本官，咱们按朝廷的揆程办。"

早晨，五十三收到了陈治的公文。五十三也把"余琥霁设谋起衅，聚众二百余人，开枪鸣号，惊吓旗民商贾，殴伤官兵，锁绑虐待凌辱朝廷命官，有乖体制"的公文，送达陈治。接着，穆大先生等古城子贤达联名呈文给两衙，询问昨夜何人械斗，同时把情况反映给了吉林将军衙门。吉林将军大怒，下令锁拿陈治、余琥霁到省受审。安恒向五十三请缨："安某愿锁拿陈治，押送省城。"五十三撩了安恒一眼，说："此事由民衙门自己负责押送，旗衙门上下人等，一律不得参与。"

为了给安恒出气，百岁子准备了一挂鞭炮，带着一帮卖呆的闲人在永和门候着，准备在陈治、余琥霁出城时，弄出点动静羞臊羞臊他们。正眼巴巴望地等着呢，脑袋被人不轻不重地敲了一下，回头一看，是气喘吁吁的穆大先生。大先生手中的翡翠鎏金小烟袋瑟瑟发抖，点戳着骂道："小兔羔子，谁让你干这下三烂的勾当？"百岁子不敢顶嘴，捂着脑袋溜下了城门。

# 第三章
# 九九归一

人文聿起,佳胜宜征。混同江波浪翻空,汇成学海;拉林山岗峦挺秀,涌起文峰。

——古城子通判 郭锡铭

【问贤初治】

大先生穆隆阿老了,头脑大不如从前清亮。百草堂早已交给怀瑾料理了,他偶尔帮着参详个疑难杂症。怀瑾也老大不小奔了六十,可是古城子人习惯了,仍称他"小先生"。

老人觉轻,公鸡刚叫一声,大先生磨磨蹭蹭穿好衣服,到后院炮制黄芪。黄芪是地道的卜奎芪,具有补气固表、利水退肿、托毒生肌的疗效。一般医家炮制黄芪,无非是蜜炙、酒炙、米炒,大先生却用童子尿。浸泡后,晒干烘焙存性,专治妇科诸疾。黄芪片下到铜锅里,升腾起一团骚哄哄的白气,弥漫在院子里。桃儿推门进了院,嗔怪道:"你这是弄啥?骚气拉哄的这么难闻。"穆隆阿笑道:"炙黄芪。待一会儿味道就好闻了。"

桃儿盼死却不得死,活在阴阳两界之间。想起啥事,麻溜下地就走。到穷神庙一待就是半天,和三个泥像有说不完的话。到坟茔地,也没完没了,一会儿和蓼花吵嘴,一会儿跟黄五爷逗闷子。到狐仙山就更不可思议了,老太太能把汪家、黄家、大先生家的白狐狸、梅家的巨蟒给请出来,和它们唧咕玄天玄地的事儿。

她坐在穆隆阿的对面,看着大先生翻动铜锅里的黄芪,入定似的半晌没言语。大先生翻得黄芪,掏出翡翠鎏金小烟袋装烟。桃儿突然一撩眼皮,苏醒似的问他:"大先生,您的学问大。我问问您,人死了能咋样?有没有下辈子?"穆隆阿笑道:"不知生,焉知死。咱们中国的佛经讲六道轮回,道教认为人修炼后可以羽化成仙,洋教讲上天堂,谁知道哪个是真哪个是假。"桃儿说:"我信六道轮回。"又问大先生,"按照六道轮回的理儿,你说我下辈子能托生个啥?"穆隆阿抄起木铲子又开始翻炒黄芪片,半天才说:"你一辈子没干昧良心的事儿,我觉着可以入三善道。"桃儿叹了口气,说:"昧良心的事确实没做过,亏心的事,还是有的……"穆隆阿奇怪地问她:"你亏什么心了?"桃儿支吾了半天,没言语,起身走了,边走边说:"我下辈子托生个人,大先生你也托生个人,别忘了,还托生在一个胡同里!"

锅里的黄芪片糊了，冒出呛人的黑烟，把愣怔的穆隆阿呛醒，他连忙用木铲子往外铲，铲得了喘了口气，自言自语道："这个小老太婆，说这些乱糟糟的有啥用？"

第二天早晨，桃儿殁了。她是自己穿好寿衣躺在棺材里殁的，神态安详，跟睡着了一样。汪家一百余口为她送葬，协领五十三亲为主祭，亲戚朋友、左邻右舍，受过仁义汪家恩惠的穷苦人都来送她一程，沿街商铺纷纷在门口燃香路祭。

桃儿头晌入土为安，穆隆阿下晌又去了她的墓地。他知道，桃儿昨天是特地和自己告别的，怎么着也得回个话。他坐在桃儿坟头，抽了一袋烟，什么也没说。半天，扶着酸麻的大腿站起身，西天一片火烧云，给桃儿黑色的坟头抹上一层金。穆隆阿叹了口气，对着坟头说："荷儿妹子，您就知足吧！"

从汪家坟茔回到百草堂，儿子怀瑾迎在门口，说："阿玛，有位先生在堂屋里等您呢。"穆隆阿推门进屋，见一中年人站在堂屋，正在仰观乾隆爷题写的金匾。这人中等身材，穿着洁净的蓝长衫，两肘打着补丁，一脸书卷气。穆隆阿拱手笑道："贵客来我陋室，不知有何见教？"来人回过神，一边施礼一边做自我介绍："晚辈郭锡铭，锦县内务府汉军镶黄旗人，咸丰五年举人，因喜欢读书，人送绰号'书箱子'。奉旨来古城子署理抚民通判，因仰慕老先生大名，特来求教。"穆隆阿"哦"了一声，说："原来是新任府台大人光临寒舍，怠慢得很，快请上座。"亲自取出上好的杭白菊和宁夏枸杞，沏了一杯新茶。

郭锡铭谦恭地侧身坐下，开诚布公地说："朝廷在古城子增设民衙门，本为亲民。可是两衙争斗，弄得贻笑大方。晚辈才疏学浅，历练不足，不敢贸然上任。您老是古城贤达，卑职特地前来拜访，还望不吝赐教。"

穆隆阿客气道："赐教二字不敢当。既然府台大人见问，老夫知无不言，愚者千虑，唯在大人取舍。"他轻嗽了一下，接着说道，"两衙之设，民间颇有微词，但木已成舟，埋怨无益，只有妥协原谅，各司其职，两衙才能相辅相成。协领五十三为人端方，大人礼贤下士，若能和衷共济，实乃古城商民之福。"

郭锡铭连连点头:"事有交叉,过度谦让就有推诿之虞,争先恐后又难免相悖。晚辈愚钝,请老先生指点迷津。"

穆隆阿笑道:"大人果然是有备而来。以老夫愚见,万事万物皆有阴阳,两衙若各司其职善加燮理,则可利万物而不争。比方说,眼下古城子盗匪多如牛毛,旗衙门之责在于剿贼匪,民衙门之职在于正民心。一个治标,一个治本,标本兼治,古城子也就太平了。"

郭锡铭起身长揖,谢道:"老先生一席话,如醍醐灌顶,晚辈受益了。"

穆隆阿说:"过去,拉林河南闹马贼,松花江北闹胡子,古城人没一个人掺和,都知道落草为寇是件入不了祖坟的砢碜事。现在则不然,民谣唱'当胡子,乐子多,骑着大马把酒喝,搂着女人吃饽饽',把是非颠倒了,以耻为荣了。府台大人,您上任后,一定要想方设法收拾民心啊。"

郭锡铭一脸庄重地说:"您老放心,本官到任后,定当力挽民风,让富老中堂创建的古城子面目一新。"

穆隆阿叹口气道:"您的前任,把古城子搞得一塌糊涂,拨乱反正,谈何容易。老夫以为当下的急务有三:裁冗员,以绝勒索;理积案,以杜健讼;轻税负,以纾民力。"然后,根根梢梢地把三件急务说个详细。怀瑾见天色已晚,到紫云楼要了几样可口的下酒菜,郭锡铭也不推辞,二人把酒相谈,一直唠到灯火阑珊。

郭锡铭走马上任了。按照衙门规矩,依次办好三件事:宴宾、放告、祭孔。

宴宾就是入乡问俗,体察民情,官员与乡绅借机互相摸底。宴宾地点选在了紫云戏楼,客人有穆隆阿等名流乡绅,也有旗衙门的协领五十三等官吏。酒过三巡,班主欠登端来戏簿,请新官老爷点戏,郭锡铭谦让,五十三也谦让,穆隆阿笑道:"我来点,就唱一出《将相和》。"这出戏点得讲究,赢得一片掌声。接着,由郭锡铭点戏,点了《除三害》。最后,是五十三点戏,点了《天官赐福》。百岁子笑道:"三位爷点戏,绝对讲究,好兆头!"

放告的日子定在第二天，特许百姓围观。升堂时，郭锡铭身穿六品官服端坐案后，身旁只有一个书吏，堂上站着两个衙役。须臾，诉状呈上几十个，多是睚眦小怨，鹅鸭之争，郭锡铭心中暗笑，置之案上。

刘寡妇也递上状子，状告武生员兴旺诱良害孤。郭锡铭看过状子，吩咐衙役："押犯人刘裕春、传武秀才兴旺。"兴旺端着膀上了大堂，撇着大嘴冷笑。郭锡铭问道："被告因何不跪？"兴旺说："我是旗人，只跪旗官，不跪民官。搬个凳子来……"郭锡铭怒喝道："大胆刁徒，作奸犯科在先，藐视本官在后，依《大清律》，脊杖二十，枷杖示众三日，然后再审。"兴旺乃是个武把式，在公堂欺负衙役少，竟拉开架子与衙役支巴起来，两个衙役也不是吃素的，两闷棍就把他打翻在地，围观百姓齐声喊打。二十大棍之后，兴旺被打得血肉横飞，瘫在地上不能张狂了。郭锡铭冷笑道："兴旺，你也是个有功名的人，也该知道大清律条，公然在大堂之上抗法，按律打死勿论。今天，你若据实招供，本官饶你一死，若敢狡赖半句，休怪王法无情！"围观百姓呐喊："打死他！打死他！"兴旺眨巴几下眼睛，权衡轻重，龇牙咧嘴告饶道："小的知罪，愿意从实招供。"兴旺如实招供，签字画押，又取了受害女子、旁观者及刘裕春等人的证言，郭锡铭当堂宣判："罪犯兴旺，依恃世族功名，结盟为匪，架使刘裕春调戏妇女，咆哮公堂，抗拒衙役。依律剥去功名，杖二百，枷号三个月，拟斩监候。罪犯刘裕春，光天化日之下调戏妇女，按律流三千里给军人为奴，本官念你年少无知，受坏人引诱，又被打瞎一只眼睛，且家有寡母无人奉养，法外开恩，免予追究，回家与老娘安分度日去吧。"众人折服，齐齐赞一声"好"。百岁子环顾左右笑道："民衙门终于来了一个能看懂状子的官，这案子断得干净利索快！"话音刚落，有人"嘿嘿"冷笑道："杨爷，你先别夸他，看我难为难为他！"百岁子扭头一看，是二道街专门给人写状子的讼棍佟铁嘴。百岁子哗楞着鹰嘴铁核桃，把嘴一撇："你小子又来这一出了，这把憋着什么坏呀？"

佟铁嘴不接他的话茬，举手向身后勾了勾二拇指，从胡同里走出两拨人，一拨搀着余大切糕，一拨搀着刘四混子，两个人都是二道街的小混混。进了大堂,都躺在地上耍赖。郭锡铭见状问道:"这是怎么回事呀?"余大切糕哭唧尿相地说:"刘四混子无缘无故动手打我,把我打得不能动弹了。青天老太爷,您可得给小民做主啊!"刘四混子耍赖皮说:"是他先动的手,把小的踢掉腰子了,这辈子是没法娶媳妇了,青天老太爷,您得让他给我扎古病、赔我个媳妇。"郭锡铭问二人:"你们可有旁证?"二人一脸坏笑:"没有。"郭锡铭察言观色,知道是两个无理取闹的混混,笑道:"这个案子好断。大热的天,你二人先到墙根凉快凉快,容本官忙过之后,给你们个说法。"二人被抬到衙门的土墙根。郭锡铭对书吏耳语一句,书吏笑着走出了大堂。余大切糕和刘四混子躺在墙根凉快,时不时哼唧两声,佟铁嘴站在一旁得意了,低声对百岁子说:"没辙了吧!哼哼,我倒要看他能腾到啥时候……"他的话音儿刚落,墙头上落下一堆土,有人大喊:"大墙要倒了,砸死人了!"余大切糕、刘四混子吓得忘了装病,蹿起来就跑。大墙纹丝没动,众人恍然大悟,继而哄堂大笑。两个衙役像拎小鸡一样,把两个混混拿到堂前。郭锡铭大喝一声:"大胆的刁民,竟敢戏弄本官,该当何罪!说,是何人支使?"二人开始咬牙挺着,直到上了大刑才如实招供:"这事儿不赖我们,都是佟铁嘴使的坏。"郭锡铭喝道:"带佟铁嘴。"佟铁嘴心服口服,磕头告饶道:"大人明察秋毫,小的再也不敢调词架讼了。"郭锡铭冷笑道:"看把你们三个闲的!本官问你,是认打还是认罚?"佟铁嘴问:"打是怎么打?罚是怎么罚?"郭锡铭说:"打,就是依《大清律》,诉讼不实,杖一百;藐视上官,枷号三个月,流放黑龙江。认罚,就到老爷庙东神道挠三个月的墙根,免得你们没事打官司玩儿。"三个人你瞅瞅我,我瞅瞅你,异口同声说:"小的们情愿挠墙根。"

挠墙根是一个费手爪子的活儿,刚挠了半天,十个指头就磨破出血了。百岁子溜达过去看热闹,憋着坏笑说:"三位爷这是闲着没事儿了,在这儿挠墙根玩呢!嘿嘿,还敢不敢在郭太爷跟前唧瑟了?"佟铁嘴龇牙咧嘴地说:"杨爷,少说两句风凉话行不行?求您老给求个情,挠十天行不行……"

郭锡铭有此一罚，实是为了杀一儆百，以止无理闹讼。墙上贴着郭锡铭签署的示约[1]：

古城原系满洲故里，风俗淳厚，根本质朴。近来人心不古，凌竞以起，世情叵测，争讼渐行。竟以睚眦小隙，轻举控告，诉讼不已，累月经旬。差役侵渔，盘缠耗尽，一旦雪释，竟至荡产倾家。此等恶习，殊堪痛恨。本通判莅任后，力求整顿。现值农忙之际，除有切肤之痛、不共戴天之仇准控外，其余一朝小忿不准叠起讼端。为此特告旗民人等一体咸知。

百岁子没到民衙门找郭通判给佟铁嘴求情，一步三摇地去了百草堂，想找小先生怀瑾要包草药。百岁子头天晚上睡觉踢了被子，觉着肚子丝丝拉拉的，不舒坦。一进门，见大先生和溥泉爷俩坐在院子阴凉处喝茶说话，毓谦侍立一旁添茶续水。毓谦是新考中的附贡生，正在修举子业。

大先生笑道："说曹操曹操到，过来坐下喝茶。"

百岁子坐下后，调笑道："说我干啥？该不是残念我吧？"

溥泉说："老爷子看你闲得就差去挠墙根了，想给你安排个好差事。"

百岁子问："啥好差事，还劳动老爷子想着小侄？"

溥泉说："老爷子打算张罗重修孔庙。"

古城子孔庙修于同治十三年，正殿一楹，偏殿两楹，极其简陋。加之年久失修，斑驳陆离，破败不堪。祭孔结束时，郭锡铭对穆隆阿发了句感慨："古城士气，栽培宜亟啊！"或许是说者无心，穆隆阿却放在了心上，找来溥泉，商量重修孔庙的事。

百岁子冲溥泉推辞说："大姐夫，这个我可不行。弟儿的这点墨水，孔圣人能看上眼儿？！您是解元，您牵这个头，那才是正堂香主呢。"

溥泉说："你要是不肯，就让毓谦干。新任通判郭大人年轻，交流起来方便，也显得咱古城子后继有人不是？"

---

[1] 示约：官府的公告、布告。

百岁子说："这就对了！大侄子毓谦在前面干，后面有老叔我照管，保证万无一失。"

毓谦看了法玛一眼，大先生点了点头。毓谦说："毓谦少不更事，恐难胜任。既然二位长辈吩咐，一定勉力为之。侄子想与汪庆发联手，共襄此事，不知可否？"汪庆发是皇武殿烧锅掌柜武昌的孙子，排行老七，比毓谦小两岁，同年附生。论起辈分，要尊毓谦一声表舅。

大先生捋着雪白的胡子笑道："好啊！第三代、第四代的哈哈珠子该登台亮相了……"又对孙子说，"这件事是百年大计，断不可浮躁。你们小爷俩先谋划个方案，请刘小华堂设计个图样，做好预算，一切妥当后，再去恳请两衙老太爷立项捐修……"刘小华堂是刘二华堂的长子，本名刘数非，因子继父业，接了广泰号木铺掌柜，做派酷似其父，故而市井叫他"刘小华堂"。

百岁子哗楞着手里的鹰嘴铁核桃，撸胳膊挽袖子说："用人不疑，疑人不用。老爷子、大姐夫，你们就睛好吧！龙生龙，凤生凤，肯定差不了。"

正事儿说得了，百岁子开始扯闲白，说："刚才我路过老爷庙，看见佟铁嘴和两个瘪犊子挠墙根呢。佟铁嘴的手爪子都挠烂了，央求我找郭大人求情。嘿嘿，我才不扯他呢，最好把他们都挠成秃爪子……"

大先生说："杀人不过头点地。你去给说个情。"

"郭大太爷能给我这个面子？"

大先生肯定地点点头："能。"

百岁子怵怵忐忐地进了民衙门内堂，把鹰嘴铁核桃揣在兜里。郭锡铭见百岁子登门，热情地说："这不是紫云戏楼的恩骑尉杨大掌柜么，快请坐。"百岁子被这个称谓弄得很舒坦，笑着施礼道："鄙人无事不登三宝殿，冒昧地想给佟铁嘴三个人求个情，能不能把三个月减为十天？手爪子都挠烂了……"郭锡铭爽快地答应道："可以。只要改邪归正，写个悔过字据，找几个社会贤达作保，我这里马上就放。"

百岁子感到自己挺有面子，屁股在椅子上坐实，至诚地说："府台大人，您到古城子的作为大伙都看见了，但您要想赢得民心，还得马上办妥一件事。"

郭锡铭看着百岁子的眼睛："杨掌柜，说说是啥事？"

"把捕快班那群喝民血的狼给撤了！"

郭锡铭点点头："我初来古城子，已经耳闻这些东西不着调。不过，眼下撤了他们有些难处，捐税无人来收了。"

百岁子探了探身子，脑袋靠近郭锡铭，掰着指头算账道："民界圈荒偷垦偷耕的除了余家，全都登记在案了。余琥霁私定一垧罚款一吊零五百文，捕快班坐留一吊，交民衙门五百文，弄得怨声载道，乃至激起民变，许多老实巴交的农民都落草当了胡子。大人若能把这群喝民血的狼撤了，必将大快人心。若能再把一垧罚款改为输捐一吊，势必人人踊跃输纳。这个捐由乡约缴送，每垧只要给他们二十文的辛苦费，个个都得屁颠屁颠的。民衙门干赚八百八十文，坐超原来进项的七八成。"

郭锡铭抚掌而笑，说："杨兄高论，正合本官心意。减赋增收，一举两得矣！"

百岁子更加受用了，脑袋突发灵光，又献一计："府台大人的仁政一出，万民喜悦，那些被逼落草为寇的就会改邪归正。杨某愿捐资开设个'劝善堂'，准许他们到堂学习《圣谕广训》[1]，只要能改过自新，官府既往不咎。这件事恩典出自大人，不知可否？"

郭锡铭沉吟半响，点头道："刑赏忠厚之至，可行。"

出了民衙门，百岁子又转悠起鹰嘴铁核桃，颠颠地到百草堂去报喜。大先生赞叹了一句："好，积下一份阴德。"

百岁子心说："我儿当了皇帝之后，这个事儿就得载入青史。嗔是的！不是什么人都可以做皇阿玛。"想到龙脉龙穴，又想起养在将军府里不能相认的儿，百岁子晴朗的心情登时变得混沌了。

---

[1] 圣谕广训：清朝颁布的官方书籍，内容主要为康熙圣谕十六条和雍正圣谕。

## 【劝善堂】

三伏天，孩子脸，说变就变。刚才还晴天朗日的，眼见从北崴子涌起一团黑云，翻翻滚滚压过古城子，古城子瞬间变得晦暗无光，屋子里不得不点上瞎棚灯和蜡烛。通天彻地的大霹雷响过，瓢泼似的大雨灌了下来。牤牛河发出"哞哞"地怪叫，洪水从山下来，冲进拉林河谷，再冲向松花江，与松花江上游的洪峰扭结在一起，立起一面数里长的水墙，掀翻舟船，把两岸庄稼和房屋推得无影无踪，来不及逃命的男女老幼，被洪水毫不留情地吞噬。洪峰过后，水面上到处漂着人畜尸体，还有庄稼棵子、圆木、碎板子。

傅老镇在江沿干了大半辈子，啥样的洪水都见过。透过雨幕看着凸起的江面，知道上游发大水了。河槽子宽着呢，这不算个啥事。看了会儿江面，他神闲气定地坐在窝棚门口吧嗒烟。几个伙计围着瞎棚灯，吵吵把火地推牌九。

突然，塔头沟出现一道黄线，傅老镇搭个眼蓬仔细观看，登时吓得打了个激灵。一队黄皮子[1]出了塔头沟，一个叼着一个的尾巴，凫过波涛翻滚的江面，抖落抖落毛，奔向江边的秦家岗。接着，两只狐狸游出江面，冲着翻卷的江水呜咽两声，同样奔向秦家岗。一只铁锅大小的甲鱼上了岸，拼命往一株柳树上爬。傅老镇磕了磕烟袋，对推牌九的伙计们发叽歪："麻溜收拾家伙，去上坎！"伙计们玩得正恋乎，说："赶趟，等雨住了再走……"傅老镇骂道："河神爷都上树了，胡黄二仙也搬了家，你们不要命了？"说着，自己扛起行李先蹽了。伙计们虽不情愿，也收拾东西跟了上去。众人刚到上坎，水墙从上游推了下来，泊在江边的大船被打入水底，窝棚上的木头、缮房草顺水漂走。傅老镇倒吸一口凉气，招呼大伙跪在泥水里，胡乱地给河神爷磕头。

没等洪水退落，满嘴大泡的傅老镇带着伙计沿江而下，去找自己的

---

[1] 黄皮子：方言，黄鼠狼，古城子人对它极其敬畏。

大船。一直走到淘淇官网,连一块船板也没找到。傅老镇急火攻心,坐在岸上放声大哭:"列祖列宗!不肖子孙对不住你们在天之灵了……"船是他爷爷的爷爷用全家积蓄打造的,从乾隆朝一直用到光绪朝,修修补补,仍钉梆铁牢。如今,这份祖传的家业竟毁在了自己的手上。傅老镇哭够了,没精打采地返回哈尔滨。一路上,到处都是从洪水中侥幸逃生的难民,个个两手空空,连个讨饭的家什都没有。

  路过鸟河官网,傅老镇顺道看看渔把头老葛。老葛坐在渔窝棚门口,脑袋几乎插进了裤裆。见老朋友傅老镇来了,老葛咧了咧嘴,笑出一脸苦涩。院里一群破衣烂衫的妇孺,闹哄哄地煮粥喝。傅老镇奇怪地问老葛:"老哥,您家来客了?"老葛抬起头,红着眼珠子说:"屁的客!吃大户的来了,我今年的口粮啊……"傅老镇说:"你是死熊?把她们撵出去不就得了。"老葛哭唧唧地说:"有胆儿你照量照量?没等到跟前呢,这帮不知羞臊的老娘们就脱裤子。"傅老镇探头往里一瞧,果然见几个妇女半裸着身子,领着孩子们埋头喝粥。傅老镇叹了口气:"真是饿急眼了,顾得嘴就不顾脸面了。"

  傅老镇辞了老葛,黄昏时分到了荒山嘴子。傅老镇对伙计们说:"别歇了,过了阿什河,到家喝酒。"众人不顾天黑,摸着月亮地儿赶路。突然,柳条通里蹿出十几条大汉,个个手提棍棒,拦住了傅老镇们的去路。为首大汉厉声喝道:"山树是爷栽,大路是爷开,要想从此过,留下买路财。"傅老镇久在江湖,一听这切口[1]知道是个空子,抱拳用黑话问道:"报报迎头,什么万[2]?"对方一怔,使横说:"少跟我整那些没用的,拿钱来!"傅老镇冷笑一声,假充绿林好汉说:"你们不是溜子[3],还想在这儿吃横把[4]?爷跟你们甩个万,爷姓家财大[5],哈尔滨摆船的。山不转水转,

---

[1] 切口:即江湖黑话,又叫"点春"。

[2] 报报迎头,什么万:黑话,互通姓名。

[3] 溜子:黑话,土匪。

[4] 吃横把:黑话,靠枪抢劫。

[5] 家财大:黑话,姓富。

是开面的并肩子，把路让出来，江湖上就多了个朋友，为难招灾，也多个船窑基[1]。若是不开面，爷手里的炮管子[2]可不是吃素的！"对方是一群铤而走险的饥民，被傅老镇一席黑话震唬住了，乖乖地让出一条路。

回到家中，已然三星西斜。老伴听到狗叫，老早地等在了门口，埋怨说："现在不太平，赶夜路做啥？"傅老镇舒了口气说："还不是担心这个破家！"老伴说："有啥担心的，古城子的官兵驻扎在源聚烧锅里了，一胯子远，胡子得长多大的胆儿敢来咱家？"又问傅老镇，"船找到了吗？"傅老镇摇摇头，没好气地说："都饿贴壳了，麻溜给我们弄口吃的……"

按照汪家二掌柜武昌的吩咐，老屁在烧锅外开了个临时粥厂，煮鱼粥赈济灾民。水大，鱼难打，只能用杂鱼小虾蛤蜊肉凑合。来喝粥的除了顾乡约屯、苇塘沟屯的灾民外，很多人来自江北，缕缕行行的，络绎不绝。烧锅炮台上插着古城子马队的军旗，扛枪的兵丁每隔两个时辰换一次岗。

扛枪的兵丁全部是糟腿子扮的。前天，协领五十三带着马队浩浩荡荡开进烧锅，夜深人静时，又偃旗息鼓地撤了。临走时，五十三给老屁留下一面军旗、两套号衣，嘱咐说："本官走后，你把烧锅的大门关了，炮台插旗，让糟腿子轮流穿号衣站岗，以震慑江北的胡子。"老屁扑哧笑了，伸出大拇指说："姜大太爷，您这是在玩无中生有的疑兵计呢！"五十三说："都快用空城计了，手头就这些兵，只能虚虚实实了。"筑有土围子的烧锅，都插着古城子马队的军旗。真正驻军的靠河寨、金钱屯、老者网，反倒看不见一个穿号衣的官兵。在外人看来，古城子有一道钉帮铁牢的铜墙铁壁。

老屁满脸堆笑地给难民舀粥，眼睛和嘴都不闲着："大妹子，眼生得很啊，你是哪疙瘩的？"

---

[1] 船窑基：黑话，在江河的家。
[2] 炮管子：黑话，枪。

"江北薄荷台的。"

"老爷子,您老是哪疙瘩的?怎么有点面荒……"

"你这个小兔羔子,别装屁!忘了小时候在我脖子上骑梗梗,尿我一脖子尿?我是陈家洼子你六大爷。"

老屁立马变得恭敬,关切地问:"陈六爷,您家也遭灾了?"

陈六爷说:"就剩下这身破衣烂衫了,都没了……"

老屁说:"您老别喝粥了,找我阿玛喝酒去。切,你们老哥老弟的大半辈子,有啥抹不开的!我家也遭灾了,大船没了,张罗着造船呢。您老是行家,过去搭把手。"

目送陈六爷走了,老屁接着舀粥,心情变得郁闷了。一个身材魁梧的汉子站在他面前,虽说是来喝粥的,眼神却透出一股英气。老屁心中一凛:"会不会是来踩盘子的胡子?"心里有事,面上却不带出来,他笑着问汉子:"大兄弟,从哪疙瘩来呀?"

"巴彦苏苏。"汉子操着一口浓重的山东口音。

老屁停下手中的勺子,说:"听说那疙瘩又闹胡子了,能不能给我学说学说?"

"俺就是来讨口吃的,有啥可学说的……"

老屁给他舀了满满一碗粥,把勺子交给伙计,领着山东汉子找个僻静处坐下。他特意给山东汉子加了一个发面饽饽,一块咸苤蓝疙瘩,等他吃得了,自我介绍说:"我是本烧锅的执事人,姓傅,大伙儿都叫我老屁。兄弟,您贵姓?"

"俺叫秦得良,山东牟平人,在巴彦苏苏给钱老财扛长活。这场大水,把东家的庄稼、房子冲个溜溜光。没办法,听说您这里放粥,过来讨口吃的。"

老屁点点头:"解一饥难解百饱,大兄弟下步作何打算呀?"

"俺没啥手艺,就会种地,在坎上找个好东家种地呗。"

"你轻手利脚的,怎么没靠窑?没听说么,当胡子,乐子多,骑着大马把酒喝,搂着女人吃饽饽。"

"……"

"嘿嘿，老哥就是顺口说说，你别起戒心。老哥若心存不善能在这儿开粥厂？漫说你不是吃横把的，就是，我也不会向官兵告密。你打听打听，江湖上谁不知道我们仁义汪家。"

秦得良说："傅掌柜，实不相瞒，俺也曾动过那个念头。一枝花绺子的大当家，绝对是个劫富济贫的好人。别看是个女子，却为人仗义，从不杀人放火，也不生拿硬抢……"

"一枝花？是不是小宋江孔广林绺子的那个女当家的？"

"就是。"秦得良说，"孔广林攻打宾州城，被吉林洋枪队打花哒了。败退时又遭到官兵的尾追，听说去了伯都讷。一枝花收拾残部进了大黑山，如今又成了气候，手下有两百多个喽啰。"

老屁咳了一声："一个女人家，吃横把总不太合适。"

"傅掌柜说得是，可入了这个道儿，想回头也回不来了。"

老屁说："咋回不来？我朋友百岁子在古城子开了个劝善堂，只要胡子肯洗心革面，就可以到那儿学习，重新做人，官府既往不咎。"

"这事儿挺稀罕，俺也耳蒙地听说了，不敢信实。俗话说，当一天胡子怕一辈子兵，哪有这等天上掉馅饼的好事。"

老屁说："这么着兄弟，我给你写个条儿，你到古城子实打实地瞧一眼，就啥都明白了。"

"中，那就麻烦傅掌柜了。"秦得良搓着手说。

老屁心下为自己的眼力得意："没走眼，是个想弃暗投明的土匪崽子！"

秦得良可不是土匪崽子，他是一枝花四梁八柱中的外四梁之一——写字匠，此行的目的就是要打探一下劝善堂的虚实。有了老屁的字条，不但有了通行证，也有了一份保险。他离开粥厂，径直去了古城子，找个僻静处的客栈落脚，慢慢打探劝善堂。

劝善堂设在穷神庙的西厢房。秦得良扮作闲散香客，给祖师爷陈十五敬了一炷香，还施舍了一吊钱。大概是不常遇见外地人施舍，住持请他到方丈吃茶。二人扯了一会儿闲篇儿，自然扯到对面的劝善堂，劝善堂的诵书声格外嘹亮。秦得良问住持："俺看那些念书的不僧不道的，都是些啥人啊？"住持道："施主有所不知，这些都是改邪归正的胡子。听过《圣谕广训》，就算是改过自新了，官家免追刑责，该种地种地，该经商经商。"秦得良笑道："真是百闻不如一见。请教道长，不知有何条件才准许自新？"住持说："凡是主动自首，经乡邻担保，都准许到堂学习。"秦得良问："外省的胡子可以吗？"住持笑道："这些人本就古城子的少，江北河南的多，贫道想必是可以吧……今儿正好劝善堂杨爷来了，施主不妨直接问问他。"秦得良掏出一块碎银，客气地说："眼瞅就晌午了，烦劳道常备些素酒斋饭，请杨爷过来一叙如何？"

不大一会儿，百岁子一步三摇地来到东厢，秦得良连忙施礼，把老屁写的纸条递了过去。百岁子屈屈着眼睛仔细看过，说："原来是傅老弟的朋友，失敬，失敬。"

秦得良把百岁子让到主位，百岁子谦虚地请道长上坐。一番推让，三个人坐下来喝酒。酒是上好的皇武殿老酒，入口清冽。一坛酒喝了一半，秦得良端着酒碗开了口："不瞒二位，本人是江北一枝花绺子上的文字匠，听说杨掌柜开了个劝善堂，特意过来碰碰码[1]。"

百岁子扑哧一笑，把手里的鹰嘴铁核桃往桌子上一放，笑道："秦老弟，我傅老弟的条子上已经写清了。"

秦得良一怔，看着百岁子，等着他接着说下去。百岁子点着那张纸条："秦老弟，我傅老弟的条子上有说道，只有他认准的道上朋友，才给我写纸条。"

秦得良说："如此，倒叫杨爷见笑了。俺们大当家的早就想把绺子挑了，只是担心弟兄们的归宿。听说杨掌柜宅心仁厚，开劝善堂，派俺过来踩踩盘子，看看顺不顺。"

百岁子一拍胸脯："这事到我这儿妥妥的，杨爷我是狐仙堂的横批

---

[1] 碰碰码：黑话，见见面。

——有求必应，能来多少来多少……"

住持拦挡说："杨爷，以前劝善堂接收的都是些小崽子，一枝花可是个挂了号的巨匪首领，非同一般，您老最好先和官府沟通好了。"

百岁子觉得有理，笑道："是有点冒鼓玄天了。要是官爷反悔了，不就害你们踩了窟窿桥么！你在这等着，我进城问清楚，去去就来……"

秦得良说："俺等杨爷的准信儿。"

百岁子骑马飞奔回城，直接去了百草堂，说给大先生穆隆阿听，激动得打着响鼻说："一下子招安二百多胡子，不得了！"穆隆阿表情凝重，半晌才说："你去趟协领衙门，把五十三请过来，这事儿，在家说合适。"

一会儿，五十三相跟着百岁子来到百草堂。路上，百岁子囫囵半片地说了半截，五十三已然心下震惊。穆隆阿又把成破利害一说，五十三还是拿不定主意。穆隆阿说："朝廷招安土匪古已有之，但咱古城子尚无先例。你和民衙门郭大人商量一下，为这些迷途知返的穷苦人，向阿勒楚喀副都统和吉林将军恳恩。"五十三说："这事很可能要碰钉子。吉林将军对黑龙江胡子的态度一向是防堵，只要不过江就万事大吉。试试吧……"

恳恩的呈文第三天就被驳了回来，吉林将军和阿勒楚喀副都统坚决反对。斥责五十三、郭锡铭："境内盗匪尚炽，招安什么邻省土匪，实属不晓事体。尔等仍以防堵为第一要务，若再无事生非，唯你二人是问。"


古城子的冬天强横霸道，有着不由分说的气势。庄稼刚上场，一场大雪把大地捂得严严实实。雪一停，天地冷清着脸，觅食的老羌雀铺天盖地飞过，让响晴的天色阴一阵晴一阵的。旗衙门的兵丁慵懒地打开城门，城外已经排着一溜等着进城的大铁车。城门两侧站着两个花子，各拿一个拴着麻绳的铁抓子，凡是进城的柴草车，都要搭上一钩，拽下一两捆柴草。车老板害怕捞散花，早早地在车上浮搁着一捆，不等花子动手就扔了下去。这个规矩，说不清是什么时候立的，却给古城子平添了另类的和谐。

百岁子在柴草市叫了一大铁车蒿杆儿，跟着车去了穷神庙。卖蒿杆儿的车老板笑着说："这位大爷识货，蒿杆儿的炭火硬，放在火盆里满屋子暖和。要是煨几个豆包，带着蒿子香，那就是皇上都想吃的好嚼谷了。"百岁子吧嗒下嘴："爷从小就得味这口，外焦里嫩，要是再沾点糖稀，那就更蝈蝈了。"

百岁子进了劝善堂，学习《圣谕广训》的小崽子们连忙下跪，参差不齐地喊道："杨大恩公老爷洪福齐天！"百岁子对此特别受用，虚着抬抬手说："都起来吧。下雪了，爷怕冻着你们，拉过来一车蒿杆儿，麻溜去卸喽。"

教授《圣谕广训》的先生姓宁，见小崽子们出去卸车，凑到百岁子跟前请示道："杨爷，有两个要自新的胡子，找不到乡邻担保，收不收？"百岁子问："为啥？"宁先生说："闯关东过来的，还没找到东家，就在一枝花的绺子里挂住了，两眼一抹黑，谁也不认识。"百岁子说："你把他们叫过来，我来过过眼。"

一会儿，宁先生领进两个干瘦的小伙子，看上去不到二十岁，从面相看，都是忠厚老实之人。

百岁子上下打量几眼，问道："两位是哪儿的人啊，报报你们的万，说说因为啥拔了香头子[1]？"

年岁稍大的答道："回杨大老爷的话，俺叫华满仓，俺弟叫华满囤，山东梁山人，逃荒到巴彦苏苏投奔老乡，跟着老乡入伙当了胡子，干了俩月，未曾杀人放火。山上无粮，大当家的要打阿勒楚喀城，转战伯都讷。在宾州遇到官兵，俺哥俩被打散了。早就听写字匠说过，古城子开了劝善堂，可以改过自新，我们哥俩就冒蒙来了。"

"好。"百岁子对宁先生说，"可以留下。爷给他们找担保人，好好观察观察，要是肯出力气，爷另有安排。"

百岁子听到一枝花到了吉林界的消息，心中暗暗高兴，暗忖道："使

---

[1] 拔香头子：黑话，洗手不当土匪了。

劲地折腾,把吉林将军折腾出尿来,他就得请我杨爷出面招安了。"

果不其然,在回城途中,百岁子碰见了大舅哥委参领安恒,带着马队匆匆地出了承旭门。百岁子拦住马头笑着问:"大哥,哪儿疙瘩又闹胡子了?"安恒说:"阿勒楚喀城被一枝花困住了,我们前去解围。"百岁子挠挠脑袋,说:"大哥,您可得小心着点儿,一枝花是个女胡子头,别让她的大咂咂把你闷……住。"本来想说"闷死","死"字对出征将士不太吉利。安恒哈哈大笑,说:"老妹夫,你放心,抓回来一定送到劝善堂去,是闷死还是稀罕死,全由着你。"古城子习俗喜欢开玩笑,深一句浅一句都行。

百岁子心不搁事儿,直接去了百草堂。大先生坐在热炕头上围着火盆抽烟,他凑到跟前说:"老爷子,告诉您老一个好消息,一枝花打阿勒楚喀城了。"穆隆阿瞅了他一眼:"不着调。这也算好消息?"百岁子解释说:"怎么不是好消息呢!您想啊,官兵要是治不了他们,招安的事不就有指望了么。"穆隆阿抹搭他一眼,磕了磕烟袋:"听你的意思是希望土匪得手哇。小兔崽子!都多大了,还少不更事呢!匪警兵燹,遭殃的是老百姓!一枝花主动自新,官府不许,这次闹腾起来了,官府镇压不住,再去求人家自新,那可就匪不匪,官不官了……"百岁子没听懂其中的道理,依旧按着自己的思维走:"叫他们敬酒不吃吃罚酒,一枝花来了,看他们还装不装犊子了!"

没等古城子的援兵赶到阿勒楚喀,一枝花便主动撤离了。两天后,神不知鬼不觉地兵临伯都讷城下,伯都讷官兵驰援阿勒楚喀,城内空虚,商民无奈开城迎接。吉林将军大惊,忙调各城官兵去收复伯都讷。一枝花补充完给养,连夜奔袭长春厅。

韩钱串子茶馆又热闹了起来,这里是战况和谣言的发布地,茶客们有着无限的想象力,说不清哪个是真的哪个是假的。韩钱串子笑眯眯地挑起一个接一个的话题,逗弄得茶客们口干舌燥,茶水特别下货。

韩钱串子新近买了一对岫岩玉球,像模像样地拿在手里转悠。他听一个茶客贬损一枝花,颇不以为然,煞有介事地说:"从阿勒楚喀去伯都讷,最便当的路线是经由咱古城子,一马平川,无遮无拦。可人家一枝花讲究,念着古城子的官爷和杨爷的招安美意,怕惊扰了咱这一方仁义官民,硬是绕道行军。嘿嘿,你们这帮茶客别忘喽,没有劝善堂,能太太平平地在这儿喝茶吹牛么!"这话让百岁子十分地受用,他对韩钱串子说:"给大伙儿换一壶高末,算在我的账上。"站起身来,叹息一声道,"嗐是的!当初他们要是听爷的,哪有这次匪警……"韩钱串子说:"瞅着这个架势,没准将军大人还得请您出山呢。"百岁子把脑袋摇成了拨浪鼓:"不去,坚决不去!爷我虽说是个世袭罔替的恩骑尉,却不受他的管,对我呼来喝去,不好使。"百岁子还要接着吹下去,戏园子班主欠登忙三火四地跑到茶馆,大声说:"我的大妹夫,你可让我好找。协领姜太爷、通判郭大人请你到旗衙门一趟,说有要事与你相商。"百岁子左右环顾一下,慢条斯理地问:"多半天了?"欠登说:"快半个时辰了。"百岁子瞪了他一眼,踱着四方步出了茶馆。

百岁子进了衙门,五十三披头说道:"情况紧急,将军衙门来了加急文书,重提招安一枝花的事,饬令郭大人和你为特使,昼夜兼程,到长春厅招安一枝花。"百岁子连连点头,出主意说:"劝善堂有两个一枝花的崽子,可否派他俩骑快马,先向一枝花通报一声。"郭锡铭说:"行,这样咱俩就从容了。"

招安一枝花进行得很顺利。秦得良佩服百岁子,一枝花信任秦得良,能打擅杀的一枝花绺子全部缴械,跟着郭锡铭和百岁子,屡屡行行回了古城子。穷神庙搁不下了,余下的安置在刘二华堂店。一般的土匪崽子听三天的《圣谕广训》,便可以办改过自新的手续了。安恒从中挑选了三十名炮手,充实到旗衙门的马队。最后,剩下了一枝花和她的四梁八柱,住在穷神庙,候着将军衙门发遣。

百岁子第一眼看见一枝花,不由得怦然心动。一枝花虽饱经风吹日晒,红润的脸蛋依然十分迷人,尤其是那腰条和圆圆的屁股,让他联想起草甸子上的小草驴。他几次想撩骚,却心里发怵,一是这个女子的身上似乎带着芒刺，不怒而威；二是害怕她身边狗一样忠诚的四梁八柱。百岁子心里刺痒，每天泡在穷神庙，和他们一起喝酒唠嗑套近乎，混个脸熟。

这天，是农历初一，百岁子又去了穷神庙。推门进屋，见一枝花和四梁八柱正在虔诚地焚香叩拜一幅画像。百岁子细细端详了半天，笑问一枝花："画像上的恩公是谁？我怎么看他有点像皇武殿烧锅的掌柜武昌呢。"一枝花泪盈盈地说："我也不知道恩公的名讳。那年逃荒流落在穿心店，差点饿死，是这位恩公搭救了我。"百岁子问一枝花："恩公的眉宇间是不是有颗红痣？"一枝花吃惊地说："是啊！杨爷是如何知道的？"百岁子说："你给我道个万福，我就能把你的恩公找来。"一枝花大大方方地道了个万福。百岁子说："今天是初一，你的恩公肯定来给穷神庙的祖师爷上香，你看看是不是他。"

每月的初一、十五，无论咋忙，武昌都要来穷神庙，祭拜姥爷和两个舅舅。讷讷生前说，姥爷喜欢喝酒，每次必带一小坛皇武殿老酒。在柜上处理得诸事，武昌备上祭品香烛，拎着酒坛，坐上斗子车去了穷神庙。住持把享殿打扫得干干净净，站在仪门候着汪家二掌柜。斗子车叮叮当当地进了院，百岁子借机捅了下一枝花软软的腰："你看看，赶车的那位是不是你的恩公？"一枝花瞥见武昌，身子一软跪了下去，百岁子边搀扶边说："别介呀！我再让他和你碰碰码，顺溜了，再认恩人也不迟。"

待武昌祭拜完毕，百岁子凑过去搭讪道："二阿哥，别忙着走，到劝善堂坐坐，和兄弟扯一会儿。"武昌推辞说："我哪有你逍遥，家里还一大堆事儿呢。改日得闲，再和你闲谈。"百岁子拉住武昌："叫你进来你就进来，有要紧事，屋里好说话。"武昌笑着摇摇头："杨爷今儿怎么有点神神叨叨的？"进了穷神庙，百岁子把武昌按在椅子上："你坐稳当喽，看看这位女子是谁……"武昌定睛一看，惊讶地问道："这不是穿心店卖唱的女子嘛！你咋到这儿来了？"一枝花扑通跪在地上，四梁八柱也跟着磕头，磕得"咚咚"山响。武昌连忙起身搀扶："快起来，不必，不必了……"

众人重新坐好，一枝花收了收心神，把自己如何寻亲、如何被三姓城恶霸逼婚、如何投奔了小宋江、如何拉杆子吃了横把,以及如何被百岁子招安,根根梢梢说了一遍。百岁子插话说:"二阿哥,你瞅瞅,他们供奉着你的画像呢。"武昌"哎呀"一声,说:"麻溜拿下来!些许小事,哪受得了这么大的感念。"转头问一枝花,"姑娘,不知你以后作何打算啊?"一枝花说:"等着吉林将军发落呢。"她指了指身边的四梁八柱,"他们都是我的生死弟兄,是好是歹都在一块儿。"武昌点点头:"姑娘,你我重逢也是缘分,晚上我请客,喝咱家的三十年陈酿。"百岁子接茬道:"你出酒,我出下酒嚼谷,在咱家戏楼里喝酒听戏。"

百岁子搭着武昌的斗子车回了城,路上,腆着脸说:"二阿哥,一枝花真招人稀罕,您是她的恩人,成全了我,给我当三姨太得了。"武昌乜了他一眼,说:"你怎么见一个稀罕一个?人家相没相中你呀?我可告诉你,别来混的,她手下的四梁八柱可不是吃素的,小心把你的卵蛋挤化了。"百岁子矮下声说:"你一句话的事儿。"武昌给马一鞭子:"人家把我当成恩人供奉,这种不着调的话,二阿哥说不出口。"

晚宴开心热闹,四梁八柱都是海量。百岁子献殷勤,清唱了一段《包公赔情》。一枝花技痒,也清唱了一段《贵妃醉酒》。百岁子给个碰头彩,众人也叫好不迭。见人们意犹未尽,百岁子试探着问一枝花:"你会不会《四郎探母》?我会唱杨四郎。"一枝花早看出了他的心思,冷着脸说:"我只会唱佘太君。"武昌在一旁憋不住笑,打圆场说:"杨爷,我看你演《钓金龟》里的小张义还行,让一枝花扮康氏。"百岁子说:"这有啥,戏台上面无父女。只要能和一枝花同台演出,就是装孙子也成!二阿哥,点戏你是个棒槌,这是老旦戏,人家是小旦……"不想一枝花却爽快地答应了:"恩公既然喜欢这出戏,我就献献丑。"为了尽兴,俩人到后台扮上了妆。武昌赏给琴师一个小银元宝,笑着吩咐:"好好伺候上去!"

早晨起来,百岁子心情特别舒坦。吃早饭时,回味起昨天晚上的事儿,咧嘴自己笑了。博尔图特氏嗔怪道:"看把你美的,喝着老婆尿了?"瞎子老汤不见外地说:"人逢喜事精神爽,杨爷要有喜了。"百岁子吃惊地回道:"老汤,你是咋知道的?"老汤得意地说:"别看我眼瞎,心里明镜儿似的,人世间的事没有能瞒过我的。"博尔图特氏撇了撇嘴,啧啧一声,扭搭着出了门。百岁子小声问汤瞎子:"老汤,你给掐算掐算,那个女子和我的宝贝儿子犯不犯克?"瞎子老汤笑道:"九五之尊,什么人能克得了!你只管娶,三妻四妾,那是你的福分。"话音儿刚落,外屋"啪"的一声,好像是瓦盆摔碎了。老汤挤咕一下死鱼眼。百岁子刚要发火,听见有人站在当院喊:"杨爷,郭大人请您到民衙门去一趟。"

百岁子满打满算以为是好事,招抚了一枝花,肯定是将军衙门有赏赐。他乐呵呵地进了内堂,却见郭锡铭阴沉着脸色。郭锡铭把一件公文递给他,让他自己翻看。

公文的封面写着:

将军衙门为巨匪一枝花等需古城子、阿勒楚喀、伯都讷三地商绅具保方准自新札饬事。

百岁子打开细看,不由得大吃一惊。吉林将军要求,一枝花及其四梁八柱,必须有古城子、阿勒楚喀、伯都讷三地的一百名坐商、大粮户签字当保,甘愿连坐,才准许自新。敕令要求文到十日内具结,否则,由古城子依律就地处决。

"妈了个巴子!"百岁子跳起来骂道,"当初是咋说的,这不是让咱俩坐蜡么!堂堂的封疆大吏,一张嘴咋还不如窑子娘们的……"

郭锡铭叹口气说:"发牢骚没用,快去想辙吧!"

出了民衙门,百岁子狗咬尾巴乱转圈儿,一时没辙,想了想还是去了百草堂。这些年,大先生就是大家的主心骨,遇到为难着窄,都找大先生参详参详。听完百岁子气急败坏的讲述,穆隆阿沉吟一下说:"这个保,我第一个当。"大先生铺开宣纸,思考片刻,以一枝花的名义写了一封帖子,恳求三地商绅出面担保。大先生的帖子写得言语恳切。之后,大先生签字画押按了手印,郑重地交给了百岁子,吩咐说:"你带上一枝花,先拜古城子的绅商，签够五十人，就去阿勒楚喀，三天之内能签多少签多少。然后直奔伯都讷，仍以三天为限，不足部分，回古城子补。记住，千万不能把什么就地正法的话告诉一枝花。"

一则是一枝花在古城子名声好，二则有大先生作保在先，第二天，古城子的保人签名就过了五十。汪家在阿勒楚喀、伯都讷有许多客户，武昌写了几封信让百岁子带上。百岁子带着一枝花，挨家挨户地拜过，在阿勒楚喀花费了两天半，签了二十四人。二人连夜飞奔伯都讷，伯都讷城内绅商念及一枝花破城时秋毫无犯的德行，踊跃签字具保，两天签了三十八人。二人大喜，打马回了古城子。

过了拉林河，天上飘下鹅毛大雪。百岁子心情见亮，学着林冲念了一句道白："好大雪——"

"大雪飘飘扑人面，朔风阵阵透骨寒。彤云底锁山河暗，疏林冷落尽凋残。往事萦怀难排遣，荒村沽酒慰愁烦。望家乡，去路远，别妻千里音书断，关山阻隔两心悬……"

一枝花笑道："杨爷，出来那会儿你急三火四的，今儿又高兴得像个孩子。多大岁数了，还不定性？"

百岁子浩叹一声，落下两行热泪："你是不知道啊，这一百个担保签不下来，吉林将军那个老犊子就要要你们的命！我能不急？！"有了签保垫底儿，百岁子把憋在心里的秘密和盘托出。

一枝花恍然大悟，翻身下马，跪地磕头道："谢杨爷救我和众兄弟的大恩大德……"百岁子连忙把一枝花扶起，言不由衷地说："区区小事，不足挂齿……不足挂齿。"本想借着热乎气求婚，嘎巴了几下嘴，没说出口。一枝花看着他欲言又止的样子，爽快地说："我虽是个风尘女子，内心仍存着贞洁。杨爷的心思，我早就看出来了。说句真话，我实在不喜欢你这身家雀骨头。不过，这次你能如此仗义，我就依了你。回去后，托人来明媒正娶吧。"

百岁子连忙应承："妥……妥……妥妥的！"

一枝花说："我的嫁妆特殊点，我得把四梁八柱带着。"

百岁子皱起了眉头，心里话："哪有嫁女带一帮舅子的？"一枝花冷笑一声说："放心，吃不着你的。给他们找个合适的地儿，开个镖局，足够自食其力的。"百岁子"嘿嘿"了几声，说："我没那么小心眼儿。这个主意好，古城子啥都不缺，就缺这个行当，那几个家伙一个个楞头虎眼的，是跑江湖的料儿！满仓、满囤两个小崽子挺机灵的，一块带来，咱不在乎人多。"

## 【儒林奋勉】

老话说，"七九河开，八九雁来"。七九刚过，拉林河泛起清凌凌的桃花水，放排人把码在上游岸边的红松，喊着号子推进拉林河，一路激荡，从上游冲到中下游。进入古城厅境，拉林河由一路向西转成正北，汇入浩渺的松花江。

毓谦、庆发和刘小华堂，牵着马登上车家城子渡口的平板船，高兴地说："终于到家了！"他们刚从盛京城归来，在盛京考察了那里的文庙、魁星楼，把整个结构、规格，以及绘画、雕刻、摆设，记录和描画得一清二楚。船老大笑着对毓谦、庆发说："二位秀才老爷回得及时，民衙门郭大太爷贴出了《观风告示》，让全厅旗民籍的贡生、监生一体考试，争个雌雄呢。"庆发问船老大："没说哪天考试？"船老大回道："听说是四月初二，还有四天。"庆发又问："这里可有告示？"船老大说："上了岸，望山屯牌车乡约家的大山墙上贴着一张，是郭太爷的大手笔，老有学问了，任凭谁也念不成句，只有私塾朱老先生才能念下来！"

几个人弃舟登岸，径直去了望山屯，远远地看见一位银须飘飘的老者，站在《观风告示》前，在给两位青年人讲解。老者是私塾的朱老先生，大概看出了毓谦他们的身份，老先生不再作声，站在旁边冷眼瞧着。待三人来到告示前，老先生手捋长髯笑着搭讪道："府台大人文章锦绣，高深奥妙啊！我等山野村夫正愁着读不成句呢。几位远道来的小先生，可否一颂,让我等一开茅塞啊?"

这篇文章,是郭锡铭熬了两个通宵,翻阅了许多书籍后,精心写成。文中用典奇崛,用字冷僻,没有相当学问是读不明白的。朱老先生揣摩了一天,才算文通字顺了。他想借机难为难为一下过路的小秀才,也让自己的两个得意门生知道什么是饱学的宿儒名师。

汪庆发浏览一遍,觉得诘牙拗口,有多处弄不明白,心下气馁,红着脸对毓谦说:"吉甫叔,还是您请吧。"吉甫,是毓谦的字。毓谦微笑着向朱老先生深施一礼:"班门弄斧,后学不才,试读一下,还望老先生不吝斧正。"说完,恭恭敬敬地从头到尾朗诵了一遍,抑扬顿挫,声情并茂:

"照得采风问俗,累朝重太史之书;论秀书升,多士任斯文之寄。功深芸策,价重南金;品别英才,声蜚北苑。方今圣天子,艺林首重文轨同昭,野无遗贤,廷多硕彦。况又宏开珊网,典举宾兴。敢云绾到铜符,缘忘翰墨。此兴养必先兴教,而临民尤贵观民也。

"查古城自创建以来,士气之栽培宜亟。看蒙养之肄习,他年悉是才人;听比户之弦歌,名下断无虚士。人文聿起,佳胜宜征。混同江波浪翻空,汇成学海;拉林山岗峦挺秀,涌起文峰。进说语于守贞,不刊名论;考史才于勉道,只剩遗书。远溯芳徽,应闻风而兴起;代生奇杰,乐此日之观摩。

"本署府系衍汾阳,家居辽海。溯丁年之守墨,敢夸养到芸窗;登卯岁之贤书,愧未荣邀杏宴。东序西胶之地,十载传经;蛮烟瘴雨之乡,一行作史。莎厅花满,报最堪期,榆塞风清,量移兹土。观政恰逢秋月,不辞鞅掌夫簿书;咏歌好趁春风,愿缔因缘于文字。

"兹择四月初二日举试观风,合行出示晓谕。为此,示仰阖属贡、监生童知悉:尔等学深渊海,籍判旗民,一体临场,万言待试。须投考于先日,再给卷于当堂。文宜三上求工,雕龙绣虎;诗必八叉立限,弄月吟风。本署府得失心知,窃比中郎试竹;等差手定,向欣老眼无花。果能孚甲生心,断不苦辛辜负。聊为支分鹤俸,助五夜之焚膏;问谁的破鸡坛,饱三余之书味?杏花桂子,卜他时预定科名;捃藻摘华,宜今日先征学养。良殷予望,毋阁尔音。切切特示。"

朱老先生心中暗暗称奇,一时来了兴致,考问道:"观风之典出于何书?"毓谦应声回答道:"源于南朝刘勰《文心雕龙》'铭德慕行,文采允集,观风似面,听辞如泣'。"

朱老先生一笑,又问:"何为杏宴?"

"盛唐进士发榜后,新科进士在杏园聚会,是为杏园探花宴。"

朱老先生再问:"何为鸡坛?"

"晋人周处《风土记》载,越俗性率朴,初与人交,有礼。封土坛,祭以犬鸡,后遂以鸡坛为交友拜盟之典。"

朱老先生彻底宾服了,赞叹道:"这位小友果然学富五车,可否到寒舍一叙?"毓谦本来回家心切,见老先生诚心相邀,施礼道:"多谢抬爱,如此,晚辈们就叨扰了。"

朱老先生名叫朱稼轩,出身名贵,是南宋大儒朱熹二十二代玄孙,曾在京都郑王府教授其子孙,因耿直气傲,得罪了郑亲王,罢黜流落到关外,隐居望山屯,以舌耕为生。他的两个高徒,一个叫姚希贤,一个叫姚希圣,是西河沿的秀才,在老先生的指点下研修八股文。朱家是屯子里的大门头,三合院的草舍,朴素干净,一尘不染。老公母俩身边只有一个奶干闺女,小字佳媛,知书达理,待字闺中。众人分主宾坐下,品茗论文,只是冷落了刘小华堂。朱老先生天性爱惜人才,吩咐老伴预备了一桌丰盛的开江鱼宴,杀了一只正下蛋的母鸡。

酒过三巡,微醺的朱老先生来了豪迈,把女儿佳媛叫了过来,为客人们满上一杯酒。佳媛长得如花似玉,袅袅婷婷,却又落落大方。待女儿退下,朱老先生郑重其事地说:"老夫素爱才俊,今天发个宏愿,古城观风之试,你们当中若有蟾宫折桂者,老夫就把小女许配给他。"庆发、希贤、希圣悚然动容,目光追向佳媛离去的屋门。唯有毓谦神闲气定,似乎不为所动。老先生看在眼里,心下暗暗称奇:"这是谁家的娃娃?真乃我东床快婿也!"

宴罢夜归,毓谦回了百草堂。见儿子风尘仆仆归来,小先生怀瑾如释重负:"我儿你可回来了,再迟就赶不上观风考试了!"毓谦笑道:"一进古城地界,备考临考之风扑面而来,斯文盛矣!"大先生穆隆阿还没睡,笑眯眯地问过来给他请安的毓谦:"考察得如何呀?"毓谦简明扼要地向法玛做了汇报。之后打开柳条箱,把渤海大海米、盛京酱驴肉、唐山油栗子、京都山楂糕,拿出来摆在法玛的面前。"这是您老最得味的,尝尝对不对胃口……"穆隆阿撕下一块酱驴肉,嚼了半天,还是囫囵吞了下去,自嘲道:"味道还是老味道,牙口不是过去的牙口了,老喽!"

四月初二,毓谦带上装着文房四宝的篮子,踱步去了粟末书院。书院门前人头攒动,参加观风考试的旗民两籍的贡生、监生们,依次经过检查,进入考场。门口碰见了姚家兄弟,兄弟俩抿着嘴,一副志在必得的样子。南河沿张家、后翰林府余家、仁义汪家、将军府梅家,或叔侄数人,或堂兄弟数辈,都来应试。旗衙门协领五十三为监考官,手下的兵丁认真地查验考生是否有夹带。主考官是民衙门通判郭锡铭。郭锡铭笑容可掬,站在门口迎接考生。

一通锣声响过,考试开始。郭大人打开信封,展开试题:《古城赋》。他解释说:"本官为什么要以赋作为考试的文体呢?赋的特点,以铺采摛文、体物写志为手段,以颂美、讽喻为目的,可以使诸位的才华得以尽情发挥。古城,是诸位的家乡,没有偏怪之虞。"

毓谦展开纸张,用镇尺压好,开始边研墨边整理思绪。一池浓墨研罢,毓谦开始提笔挥毫:

夫古城之文运者,渤海古郡,金源旧府。南控辽吉,北接库兀。先帝宵旰,倡回屯以教养;中堂勤劳,行试垦而卓著。吾官沥胆披肝,吾民风餐露宿。宅宅佃佃,终成乐土;攘攘熙熙,渐衍名埠。

呜呼!俗尚浇漓,人心不古,铜臭弥漫,斯文何处?于是郭公高雅举试以观风,群贤遵命闻鸡而起舞。雅音浏亮,贵在体物成章;逸思清明,岂止文坛独步……

最后，毓谦以"醉翁之意不在酒，府台之心不在赋！"作为全篇的结尾。

郭锡铭别开生面，当场公开批卷发榜。当读到毓谦的《古城赋》时，眼睛为之一亮，击节而赞："这篇文章，堪称本次考试的扛鼎之作。通篇华而不艳，立意为先，读之铿若钟鼓。头八个字概括了古城文运，追远慎终，言简意赅；接下来的八个字写出了古城形胜，超拔俯视，气若长虹。尤其是结尾一句，道出了本官此举的初衷，且韵味无穷……"众人见府台大人如此赞扬，也都交口称赞，公举第一名。毓谦一举夺魁，被披红插花，拥上高头大马，由郭通判亲为执缰，游街夸冠。商绅百姓、士子学童见了，纷纷艳羡不已。大先生叼着翡翠鎏金小烟袋，直着腰杆子站在百草堂前，看着孙子一脸谦和地从眼前走过，憋着笑骂了一句："你瞅把这小兔羔子神气的……"

朱老先生是个不拘常理的怪人。第二天，居然带着女儿来到百草堂。毓谦没对家人说过在望山屯的这宗事儿，弄得怀瑾、含笑公母俩一时不知所措。还是穆隆阿老爷子做主，说："理学大儒朱子的裔孙，错不了，这门亲事我应了。"

御匦关家有艳福，祖孙三代的媳妇都是古城子第一流的美人。朱老先生大喜，以家礼参拜了穆隆阿。关家择了个良辰吉日，按照京旗人的老礼儿给毓谦、佳媛操办了喜事。

毓谦的婚事，耽搁了重修文庙的大事。

穆隆阿想抱重孙子心切，老爷子羡慕桃儿，比自己小五岁，要是活到今天，五世同堂。这天，儿媳妇含笑买了一坨山楂糕，喜滋滋地说："老爷子，你大孙子媳妇有喜了！"穆隆阿一愣："你说啥？再说一遍。"含笑说："佳媛怀了孩子了。"

"好好好。"穆隆阿手里拿着烟袋四处踅摸，问儿媳妇，"我的小烟袋呢？"含笑说："看把您老乐的！在自个儿手上呢。"又说，"有人给毓逊提亲了。"

"谁家的闺女？"

"永兴复七掌柜家的小格格。"

"给回了吧！"

"牌儿挺亮的格格，亲上加亲，挺好的，为啥回了……"

穆隆阿吧嗒两口烟说："不为啥。咱家的百草堂是指望不上毓谦了，接百草堂的只有毓逊这孩子。治病救人的营生，媳妇最好别找商人家的闺女……"

含笑嘖嘖一声，没再接老爷子的话茬。

百岁子自来熟的品性，推门进了百草堂，打千儿问安后神秘兮兮地说："老爷子，告诉你个大好事，郭大人荣升了。"

穆隆阿说："这是个好官，你张罗张罗，是送万民伞，还是立个德政碑，总之，要给人家个体面。"

百岁子说："我刚才把这个意思透露给郭大人，郭大人坚决不同意。他说，金碑银碑不如百姓的口碑。只要古城子绅商百姓能说声好就知足了，不必劳民伤财。"

穆隆阿点头道："难得，难得呀。"

柳条通的布谷鸟叫了三遍，穆隆阿的重孙子跃周已经会叫"太法玛"了。穆隆阿今年九十九岁，依旧精神矍铄，两眼炯炯。四月十八，是他九十九岁大寿。

百岁子撺弄说："老爷子，古城子开天辟地，您老是第一寿星。这个大寿，咱得往大了操办，让江宁将军图里琛用江宁织造的锦缎，给您老人家做一件寿袍，凡是和抓帽胡同有瓜葛的老亲少友，无论天南海北，都招呼着，让他们备上寿礼，给老爷子体体面面做个大寿。"穆隆阿摇头说："别麻烦了，让孙子媳妇给我做碗长寿面吃就得了。"怀瑾说："那可不成，您老要是嫌麻烦，办个堂会，让亲友跟着您老沾沾喜气。"穆隆阿点点头，算是答应了。

一进农历四月，应了"立夏鹅毛住，刮倒大榆树"的农谚，古城子进入了风季。强劲的西南风，把窗户纸刮得哗啦啦作响。从初一上午开始，狂风卷着黄尘，无孔不入地乱钻，百草堂柜面上的灰尘，掸过一茬，接着一茬。穆隆阿老爷子严丝合缝得盖碗茶,里面也挤进沙尘,喝到嘴里一股土腥味。到了初三的后晌,风渐渐停了,天空如晦,满眼黄澄澄的阴霾。

屋子里黑瞎瞎的,穆老爷子叼着小烟袋坐在大门口。南大甸子的柳条通影影绰绰,东大岗则一片混沌。突然,他耳蒙蒙地听见了抖空竹的啸声,时而高亢雄浑,好似千军万马;时而宛若蝉鸣,万籁空寂;时而像山谷鹿鸣,缥缈悠扬;时而如鸽子哨,声入云表……

载钦、禄儿手里拿着空竹向自己招手,他情不自禁地跑了过去,一脚就迈进了抓帽胡同。大柳树下,坐着桃儿和黄五爷家的格格,"支啊、蔓啊"地欻嘎拉哈。他又开始抖自己拿手的"流星赶月"、"盘丝跳绳"、"双跳空竹"、"横空出世",胡同口的哈哈珠子们大声报好。

一会儿,自己的讷讷、太太,还有弟弟,都出来看自己抖空竹。接着,黄五爷、陈德公母俩,还有六格,也围着观看。五爷不抹油嘴了,陈德穿像穿、戴像戴,体体面面的。

包氏依旧是个年轻小媳妇,躲在门里露出半边脸,不出声地招呼自己,大门贴着双喜字儿,洞房布置得干净利落。二人刚要上炕,大表哥图敏公母俩、双录公母俩笑呵呵地来了,后面跟着不知为啥事赌气囊腮的蓼花。汪半城还是临终的样子,用手戳点着自己,半嗔半怪地说:"你们这几个小鬼……"

黄五爷哗楞着鹰嘴铁核桃,问:"我的翡翠鎏金小烟袋呢?"

穆隆阿浑身上下摸了个遍也没找到,自言自语说:"我一直在身上带着,咋就没了呢?"

五爷笑着说:"别找了。生带不来,死带不去!"

穆隆阿无疾而终,笑眯眯地走了。

老人去世的当日,古城子出了几件异兆。先是穆隆阿的老宅,无端涌出一阵异香。既非灵芝也不是棒槌,有点古色古香的味道。随后在古城子西南观音寺上空,蓝哇哇的天空起了一朵祥云,祥云中隐见观音显形。

观音手持净瓶，伫立在云头有一炷香的工夫，悄然隐形。接着，旗衙门跑进一只麒麟，旗丁费力追捕，麒麟跃上房脊，并不急于逃走。旗丁的箭镞对准了麒麟，被协领大人五十三挥手喝止。麒麟冲着五十三点了点头，跃下屋脊。

古城县志记录下另一桩异闻：

四月初三，韩家店汪记牧场通天神树被大风刮倒。该神树高十丈，树冠阔十三丈，冠如亭盖。不知其几百年，为土著所敬仰，子嗣不兴，辄往祷之，屡验。自同治十三年起，官府率绅商百姓公祭之。

大先生的丧礼极其隆重，由皇武殿烧锅掌柜武昌代东。武昌庄重地叼着翡翠鎏金小烟袋，率领全城官绅百姓送葬。拉棺椁的大铁车东出承旭门时，奇迹发生了——坚硬的青石板上碾出两趟深沟。

武昌叹息道："大先生这是舍不得咱古城子啊！"

# 第四章
# 种种救赎

四万六千垧,种地不用榜,到秋不打粮,全靠胡子抢。

——古城子民谣

## 【米贵如珠】

农历五月,正是侍弄地的季节。古城子农谚说:"有钱难买五月旱,六月连雨吃饱饭。"可是,刚进五月,连绵的雨水下个不停。后翰林府老掌柜余庆泽——余三秧子坐在炕头上,百无聊赖地用纸牌摆八门。四姨太聂氏进屋请示:"老爷,还吃干饭吗?"余三秧子撂下手里的纸牌,坚定地说:"吃!怎么不吃呀?老爷我活这么大岁数,什么旱涝虫灾没经过。古城子是块宝地,大灾不过三年。咱余家亘古以来就存三年吃粮,没等囤子见底,新粮保证接续下来。吃!古城子的人饿死一半,咱翰林府余家也不能喝粥。"聂氏指了指窗外的雨幕,嗫嚅地说:"老爷,又下涝套子雨了,今年要是再歉收,囤子里可就见底了……"余三秧子狠狠地瞪了她一眼,骂道:"闭上你的乌鸦嘴!"聂氏吓得退了出去。

聂氏是城南聂乡约屯聂货郎的四闺女,小名聂四丫,牌儿不算亮,但年轻,比自己的大儿子余琥霖整整小了一轮。女子长着一副好身板,有腰有腚,尤其是前胸的两个充满奶水的大咂咂,永远是硬铮铮的。它们在滋养着余家的一小一老,小的是没满月的丫头,老的是余三秧子。七年前,余三秧子倒腾爷爷留下的古旧书籍,发现一本宋版秘籍《仙寿通玄》。在长寿方中,他对少妇乳发生了兴趣,接连纳了三个小妾,供养着自己。

余三秧子在城里有两个家,一个是易地新修的余翰林府,住着自己和读圣贤书的儿孙,还有带着奶水的四姨太聂氏。一个是外宅,住着没奶水的二姨太和三姨太,还有学前孩童。此外,南河沿还有个土围子,住着少掌柜余琥霖一家,以及二十几个长工、炮手。余琥霖管理着"四万六千垧"的经营。每年,按四万垧向官府交纳捐税,每垧三吊四百二十文。余家按每垧六吊钱发包给佃户。正常年景,坐收近十四万吊。连着三年水里捞秆棵的年景,虽说朝廷减缓了捐税,可自家终是没了收益。人吃马喂,全靠老本儿。

余庆泽重新洗牌,连续摆了三把八门,一门也不开,气得把纸牌扔到炕梢,倒头侧歪在炕头的行李卷上,打了个悠长的哈欠,重重地嗽了一声。老掌柜大声咳嗽,是要抽大烟的信号,聂氏连忙进屋,手脚麻利地点烟灯、烧烟炮、递烟枪,伺候着老爷吞云吐雾。一会儿工夫,余三秧子浑身通泰了,惬意地看着窗外淅沥的雨幕,西厢房家塾里传来儿孙们的读书声:

"颜渊问仁。子曰:'克己复礼为仁。一日克己复礼,天下归仁焉。为仁由己,而由人乎哉?'颜渊曰:'请问其目。'子曰:'非礼勿视,非礼勿听,非礼勿言,非礼勿动。'"

余三秧子露出不屑的神态,心下嘲笑孔老夫子迂腐。这个世道,有钱就是大爷,怎么舒坦怎么来,什么礼不礼的!如果不是挂着翰林府的招牌,不是参加科举考试升官发财,他断不会找个先生教这些不着调的东西。

突然,抑扬顿挫的吟诵被慌张的脚步声打乱,洪升店执事人佟铁嘴披着油布雨衣慌慌张张地跑进当院。自打挠墙根栽了面儿,佟铁嘴改弦更张,当了余家洪升店的执事。佟铁嘴站在外屋地请示道:"老掌柜,旗衙门查街处又来收店簿钱了,咱给还是不给?"余三秧子骂道:"都穷得快尿血了,哪有闲钱答对那帮兽儿,不给!"佟铁嘴说:"查街处吃惯了街面儿,要是硬抗着不给,就怕日后……"余三秧子打断佟铁嘴的话:"你怕他咬你腚!嗔是的,你的铁嘴呢?咱翰林府走得正、行得端,他们要敢刮旋风,咱还有民衙门呢!"佟铁嘴不好多说,道了声"告退",冒着大雨回店去了。

天刚擦黑,聂氏上炕躺下,老掌柜要吃咂咂。按照书中所说,要像婴儿那样直接吸吮才有效果。余庆泽正吃得酣畅,雨地里传来脚步声,有人影在窗户外,喘着粗气。聂氏觉警,惊问道:"谁?"外面带着哭腔道:"是我,我家老佟让查街处抓了……"窗外站着的是佟铁嘴的老婆赫氏,她拿不准该不该敲窗户,已被屋里发觉了。余三秧子扑棱坐了起来,抹掉胡须上的奶水,没好气地问道:"犯了啥事?作奸了还是犯科了?"赫氏哭道:"还不是因为没给他们店簿钱。"余三秧子穿上衣服,让聂氏把赫氏让进屋。赫氏落汤鸡似的,一会儿脚底存了一汪积水。余三秧子厌恶地乜了一眼:"说说,到底咋回事?"赫氏哆嗦着答道:"老佟晚上没事,到南街苏连成家喝酒,查街处的不由分说,把他们几个抓了起来,说是偷设赌局……"余三秧子挥了下手,说:"你去跑趟腿,把民衙门的戴得胜给我叫来,就说我找他。"

不大一会儿,戴得胜顶着大雨跑进院。路上,戴得胜从赫氏口里知道了个大概其。进了门,戴得胜抹着头上的雨水说:"三爷,兄弟听您的,该咋处置您老说句话!"余三秧子抻了抻胳膊,说:"旗衙门忒不是东西,跑到我这儿刮旋风,你去找几个弟兄,把佟铁嘴给我抢回来!"戴得胜应了一声,回头钻进黑洞洞的雨幕,瞬间失了痕迹。天还没亮,院子里一阵吵闹,戴得胜带着佟铁嘴回来了。戴得胜让大家站在院子里,自己跟着佟铁嘴进了上屋。余三秧子已经睡醒,坐在地桌旁的太师椅上,揉着眼睛看着他俩。佟铁嘴赶紧上前施礼,感谢老掌柜的恩德。戴得胜说:"三爷,老佟全须全尾回来了。查街处那些个瘪犊子跟我使横,被我几下就制服了。熊样儿,敢到三哥家的字号刮旋风,错翻了眼皮!"余三秧子点点头,拿出一张银票说:"黑灯瞎火的,让你们顶风冒雨折腾一趟,带着弟兄们去喝口酒吧。"戴得胜笑道:"三爷,您老就是好脸儿[1]。"

余三秧子让佟铁嘴公母俩换了一身干爽的衣裳,吩咐说:"这事儿还不算完,今晚就别回家了。你到下屋把塾师叫起来,把状子写下,告他查街处诬赌掇财。天一亮,你就到民衙门击鼓鸣冤,让玉通判给咱们做主。"这几年,民衙门的通判像走马灯一样,一年换一个。此时的通判叫玉衡,拉林河南伯都讷旗人,虽说是花钱捐的官,却办事凌厉,比较在意自己的政绩。

第二天,玉衡受理了佟铁嘴案。按照程序,民衙门行文给旗衙门,请协领五十三把连春移送到厅会讯。连春是五十三的姑表弟,已故代总管托云的儿子,是个不着调的主儿。受手下衙役的撺弄,到处勒大脖子,

---

[1] 好脸儿:方言,讲究,出手大方。

连百草堂、皇武殿、永兴复、紫云戏楼也不放过。街面上有句俚语："连爷敲竹杠——两眼一闭爱谁谁。"五十三看过来函，知道肯定是表弟理亏，把连春叫到内堂询问。连春瞪着眼珠子撒谎说："表哥，你放心，这事儿咱占着理儿呢……"

玉衡早就知道查街处名声很臭、民怨很深，想借机惩戒一下，征得旗衙门的同意，开堂公开审理。玉衡问连春："连大人，洪升店执事人佟铁嘴告你诬赌掇财，可有此事？"

连春一口回绝，发誓说："绝对没有。昨天晚上，本官带兵查夜，查得南街民户苏连成家容留佟铁嘴偷设赌局，当即拿获设赌之人佟铁嘴等三人，耍钱鬼两人。不料被你们民衙门皂隶班头戴得胜等二十多名衙役手持棍棒，殴打官兵，抢走赌具宝盒，致使佟铁嘴等逃脱。仅剩下押宝筷子、口袋宝账和没收的三十三吊钱帖。请老太爷替本官做主，重惩佟铁嘴、戴得胜。"

玉衡问："佟铁嘴告你吃街面未遂，挟嫌报复，可有此事？"

连春说："纯粹是胡嘞嘞，本官只吃炸酱面，从不吃街面。"连春的俏皮嗑引得看热闹的商民一阵哄笑。

玉衡敲了一下惊堂木："你说当场拿获设赌之人三名，耍钱之人两名，可确实？"

"千真万确。"

玉衡冷笑一声："俗话讲，一人不喝酒，俩人不耍钱。你却捉住两个耍钱人，奇也怪哉！我倒要问问你，他俩是如何耍钱的……"

"对不住，另外两个耍钱鬼趁乱蹽了。"

"你可有其他人证物证？"

"有押宝筷子、口袋宝账和没收的三十三吊钱帖为证。"

"怎么能证明这些东西是佟铁嘴等人的？三十三吊钱帖，仅仅够买一石米的，呵呵，这是多大的赌局？"

连春死乞白赖地说："反正就这，我能证明……"

玉衡笑道："今天就审到这儿吧，退堂。"

玉衡深谙官场规则,如果继续审下去,连春必败无疑。为了照顾旗衙门协领五十三的脸面,审案要适可而止。

接到玉衡的通报,五十三气得脸都白了,把连春叫到内堂一顿臭骂:"混账东西!你把旗衙门的颜面丢尽了。赶快托人与佟铁嘴说和,把钱帖退给人家。"又问连春,"谁让你收店簿钱的?"连春犟嘴说:"一个店面也就收个三五吊小钱,停了,我们喝西北风去呀?"说完,梗着脖子出去了。五十三叹了口气:"这个不着调的东西,哪点像我那二姑爷[1]呢?"

进了六月,正是二麦灌浆、大田需要雨水的时候,天上的乌云像被笤帚扫了似的,干干净净,一片瓦蓝。在火辣辣的烈日下,泥泞的道路被烘干了,泡子里的积水龟裂成了开片,踩在上面,脚心麻痒。

协领五十三到米市上查看行情,走到富康久粮米铺,见掌柜龚子万正在用毛笔改写牌码:小米一石三十四吊五百文。五十三皱了皱眉头,问龚子万:"龚掌柜的,这价码是不是太离谱了?"龚子万说:"姜大太爷,您老是有所不知呀,如今是一天一个行市,昨天阿勒楚喀都涨到三十五吊了。没办法,高来高走,小店也就挣几十文的辛苦钱……"五十三苦笑道:"古城子本官的俸禄最多,月俸刚够买一石小米,真是米贵如珠了。"龚子万说:"不是小的说话丧气,瞧这个天气,来年怕是有银子也买不到米了。"五十三厉声说:"放肆!你敢在本官面前制造恐慌?"龚子万狠狠地掌了自己一个嘴巴:"小的该死,小的顺嘴喷粪……"

对灾荒的恐惧情绪,从年初就开始蔓延了。古城子的记忆中,灾荒占了很大的成分。五月涝六月旱,谁家的谷仓都不殷实。刚进正月,稀粥已经照影了。正月十七衙门开印,八旗佐领、骁骑校联名写信,恳求衙门开仓,赈济缺粮的贫困京旗和屯丁。旗衙门的义仓里存着五千石陈谷,钥匙掐在五十三手里,他却不敢贸然放粮。年景莫测,这点救命粮,不到万不得已是不敢用的。

---

[1] 姑爷:古城子满族人家对姑夫的称谓。

从米市出来，五十三径直去了皇武殿烧锅。武昌吆喝着两个糟腿子，给饥民发放酒糟。酒糟散发着难闻的酸腐气。见五十三登门，武昌笑着过来打招呼。汪家活着的人，只有他知道两家的老表亲关系。回到柜上，五十三问武昌："二掌柜的，你家三个烧锅给我封存的粮食动没动？"

"协领大人放心，一粒不少。"

"其他烧锅呢？"

"没人敢动。"

"好。"五十三至诚地说，"幸亏汪兄去年秋收时给我提个醒，强制境内每家烧锅都封存一二百石高粱。现在看，这些粮食千金难买了！"

武昌给他斟了杯茶，关切地说："八旗的官爷是不是又闹着开仓放粮了，您可得挺住。"

五十三喝了口茶，眼光从茶杯上探出来，说："兄弟我心里有数，只要老百姓还能挖到野菜，就饿不死人。你看今年的年景，掐脖儿旱，新粮能有几分收成？那是穷棒子的烟袋——没嘴（准）儿。要是贸然开仓，往后就没一丁点指望了。"

武昌问五十三："听说南河沿民界有老百姓劫道抢粮，被民衙门按土匪罪拟斩，可是真的？"

五十三点头说："有这码事，二泡子的饥民王宝，还有许万升，领着上百村民，在栈道上截住了和泰福粮栈的三辆运粮车，把车上的十一石小米分掉了，还给车老板打了欠条，表示秋后加倍归还。车老板到十八牌练总孙兆印那儿告状，孙练总非但不查办，还劝粮商积德行善，就地赈济。还有鲁家店的饥民，拦住裕丰和粮栈的运粮车，强行留下一半粮食，就地平分了。运粮车到了下坎，又被热闹屯的饥民拦住，把剩下的粮食也分了。该牌的地方贝殿富还算晓事，把带头抢粮的乔使来、史玉来拿获归案了。"

武昌低头往翡翠鎏金小烟袋里装烟，摁实，拿火媒点燃，深深吸了一口，说："从这些情节上看，没有武力威胁，还打了欠条，充其量是饥饿难耐哄抢而已，不该按土匪罪论处啊。"

五十三"嗯"了一声："我是冒着干预民衙门讼案的罪名,向玉衡大人求过情,总算以'没有持械'为由,拟从轻发落,把带头的各杖八十,枷号两个月,追缴所抢粮食。"

武昌不胜感慨,吧嗒着烟,想到了自己的姥爷、舅舅,意味深长地说："天地不仁,以万物为刍狗。圣人不仁,以百姓为刍狗。饥民可怜,还是网开一面的好……"

粟末书院里,溥泉也在关注着古城子的年馑。他继承了先辈的遗愿,继续修《古城志》。他尊崇法玛的史笔风格,提笔在光绪十五年大事记中写道:

光绪十五年,四万六千垧绝产,民群起劫粮,或为胡匪,百姓不以为非。

六月十五日,旗衙门协领五十三开仓放粮,向京旗、屯丁发放粮食二千八百石,赈济极贫、次贫户。

二十一日,民衙门通判玉衡在古城内、拉林仓开设粥厂,搭灶安锅,舍粥赈济,活饥民无数。

是年,玉衡杀铤而走险饥民九十三人。转年正月,死于任上,识者批其杀伐过重。

## 【滚蛋滩】

百岁子娶了一枝花,便把紫云戏楼交给她经营。一枝花会唱戏,也懂戏,又有在绺子里当过大当家的经历,管理一个小戏班简直是牛刀宰鸡,班主欠登被她支使得滴溜溜乱转。大福晋博尔图特氏怵着胡子出身的三姨太,不敢在她跟前端"正宫娘娘"的架子,二姨太桓氏更是柳顺条杨,看一枝花的眼色行事。瞎子老汤听出了家庭关系的变化,自以为有建言之功,仍端着一人之下万人之上的架儿。

这天，是德胜镖局走镖的日子，给吉林永衡官钱银号押镖到胭脂沟金矿。百岁子好上了这道儿，老早就装束停当，玩着手里的鹰嘴铁核桃去了镖局。总镖头是原绺子里的顶天梁[1]陶炮头，管直[2]，出枪快，百发百中，从未失过镖。这次走镖，押的是三十大箱宝吉钱局新铸的银币，分六车装，银币太招风，上面装着中药饮片。头车插着一杆三角镖旗，上绣着"德胜"二字。陶炮头率众镖师拜过祖师神力达摩王，山呼一声："合吾一声镖车走，半年江湖平安回！"百岁子喜欢这种带有神秘色彩的仪式，兴奋得把手中的核桃转得山响。

镖车出了北门，郊外一片灾荒景象。过了沟口，行人变得更加稀少，路两边密匝匝的柳条通，无边无际，不时传来凄厉的狼嚎。百岁子有点害怕，浑身起了一层鸡皮疙瘩。并辔而行的陶炮头笑道："大掌柜，要是跟前儿总有柴火子喘[3]，这一道就太平无事了。"百岁子愤愤地说："妈巴子的！这几年也真是邪性了，官兵越多，胡子也越多，摽上了。"陶炮头哼了一声："您老别撇清，没有吃横把的，咱镖局的生意能这么火爆！"

说话间，打头的镖车"吱呀"一声停下了。车老板惊慌失措地跑过来，小声说："师傅，遇到黑门槛[4]了。"陶炮头搭个手棚向前望了望，一根荆条横在了路上，他回头对百岁子说："杨爷，您瞧，还没出古城界，就遇到恶虎拦路了。"接着，恶了声音喝道，"轮子盘头！"镖师们和车老板如临大敌，立马把所有镖车围成一圈，亮出家伙。百岁子瞪着眼珠子四下踅摸，什么也没看见，心里纳闷："一根草棍儿就吓成这样儿，也忒熊了点……"

陶炮头抱拳，亮出他铜钟般的嗓子，对柳条通喊道："祖师爷赏口饭吃不容易，是朋友网开一面放条生路。"镖师们大声齐喊："合吾[5]、合吾！"

---

[1] 顶天梁：土匪中的炮头。
[2] 管直：黑话，枪法准。
[3] 柴火子喘：黑话，狼嚎。
[4] 黑门槛：黑话，劫道的。
[5] 合吾：古代押镖口号。

柳条通死一般寂静,没人搭话。

陶炮头又说:"请问是哪路好汉,出来碰碰码,报报迎头。在下先报个万,我是德胜镖局镖头仙人摘[1],也吃过几年的横把,江湖上人称打五省。"

柳条通"哗哗啦啦"一阵响,蹿出几十个蒙面汉子,有的拿枪,有的拎棍,个个怒目圆睁。为首的没蒙面,用锅底灰画了脸,很像戏台上的李逵,长着一对阴天乐的小眼睛,叉腿掐腰喝道:"来者可是江北一枝花绺子里的顶天梁?"

"正是在下,请大当家的报报万。"

那人稍有收敛,抱拳答道:"在下治水万[2],江湖上都叫我过江龙。哈哈,久仰大名,兄弟不知,不知者不怪,请吧。"说着,把摆在路上的荆条拾起来扔了,蒙面人迅速闪到路旁。

陶炮头拱手相谢:"山不转水转,打五省交下你这个朋友了。这次给苦水窑[3]押镖,油水少,一点小意思,给兄弟们喝碗梦头春。"说着,从怀里掏出一个钱袋子,扔给了过江龙。镖师们警惕地护着镖车,飞快地冲了过去。

头车经过过江龙身边,他顺手搭了一把,"嘿嘿"冷笑道:"什么草药能这么沉?里面八成藏着老瓜吧!"刚要掏家伙,陶炮头手疾眼快,枪口顶在他脑门子上。过江龙连忙改口说:"兄弟开句玩笑,大哥别误会……"

天上飞过一只斑鸠,陶炮头说:"给大当家的弄个下酒菜。"甩手"啪"的一枪,斑鸠应声坠落,子弹打在鸟头上。过江龙被镇住了,勉强挤出个笑脸,伸出大拇指说:"果然名不虚传,好快的喷子[4]!咱们后会有期。"

---

[1] 仙人摘:黑话,姓陶。
[2] 治水万:黑话,姓龙。
[3] 苦水窑:黑话,药铺。
[4] 喷子:黑话,枪。

一招手,领着喽啰钻进柳条通。

百岁子吓出一身冷汗。这会儿又抖擞起精神,嗔怪陶炮头:"你咋不一枪插了[1]他?"

陶炮头笑道:"江湖有江湖的规矩,挂了彩儿事小,土了点[2]事就大了。再牛哄,也不能恃强凌弱,动不动下死手。仇家多了,镖局就没法再跑江湖了。"

中午,队伍赶到西老老渡口,在汪家粥厂歇马打尖。皇武殿烧锅掌柜武昌恰好在这儿主事,见百岁子来了,连忙打发伙计到罗金网弄来些江鲜,请镖师们吃鱼喝酒。伙计弄回一条二十来斤的黑鱼棒子,杀了一大瓦盆生鱼片。武昌笑着说:"生、熟两鱼可劲造,我这儿也是景阳冈的酒馆——三碗不过冈,一人顶多一碗酒。不是二哥我抠门,现在江匪日甚一日,官兵在松花江沿岸多次和江匪交手,都灰头土脸地整不过人家。听说江对过儿的滚蛋滩上压着一股悍匪,匪首叫镇三江,十分凶悍,杀死了好几个官兵。上午,安恒领兵渡江,营救被镇三江绑走的三十多个肉票,也不知咋样了。"做饭的在一旁插嘴道:"够呛!前几天,安大老爷在涝洲东土城子荒甸上,碰到镇三江的绺子,人家不愿意和官兵结梁子,向南扯呼[3]了。安大老爷不领这个情,与一队委参领明大老爷合兵尾追,把镇三江包围在土城子张家大院里。胡子管直,官兵不敢进攻,一个兵勇刚露头,天灵盖就叫人家一枪揭瓢儿了。半夜,镇三江神不知鬼不觉地从张家大院撤到滚蛋滩,官兵连个毛都没摸着。嘿嘿,那是一帮熊货!"

百岁子不乐意听了,翻了一下眼睛,一口干了碗中的酒,把空碗往桌子上一蹾,龇牙咧嘴地对陶炮头说:"不管官兵咋着,是匪就怕兵!咱们不如趁着他们二虎相斗,歘着空儿闯过滚蛋滩。"

陶炮头也干了碗中酒,对镖师说:"麻溜吃饭,过一刻出发!"

---

[1] 插了:黑话,杀了。

[2] 土了点:黑话,死了人。

[3] 扯呼:黑话,逃,赶快逃。

滚蛋滩的路是沙子底儿，拉着重载的镖车跑不起来。滩上长满了柳条通，间或还有山里红树、桑树、榆树，半人深的荒草接天连地。百岁子既紧张又兴奋，他甚至希望能遭遇镇三江，看看打五省能不能打过他，也是帮了自己的大舅哥。镖师们警惕地四下张望，随时准备应付突发事态。车开到"狼窝"，前面传来一声枪响，接着密集得像爆豆一样，陶炮头示意车队不要停，继续赶路。他的手下意识地搭在枪把儿上，脸色阳阳如平常。百岁子的鹰嘴铁核桃险些掉在地上，心提到了嗓子眼。

官兵和江匪是在新开口交火的。安恒的马队陷入江匪的包围圈，镇三江显得很犹豫，并不急于发动进攻。官兵们惊慌失措，胡乱地打着枪，勒得胯下的战马不停嘶鸣。安恒躲在沙窝里大喊："镇静——镇静！"

百岁子见大舅哥被围了，命令陶炮头："麻溜的，快去营救安爷！"陶炮头厉声道："你咋呼啥！消停点儿！"他用手点了四个镖师，示意他们押着镖车继续赶路，自己招呼其余镖师，迂回到镇三江的阵地旁边。进入射程后，陶炮头让镖师们钻进柳条通，晃动柳条以作疑兵，自己用块黑布蒙上半张脸，站在岗地上高声喝道："吃飘子钱的老合[1]，是哪趟线上的？"

半晌，镇三江走出柳条通，答道："江北呼兰这趟线上的。请问，你是外哈还是里口来的[2]？"

陶炮头笑道："都不是，我是作花舌子的。里面的跳子[3]是我的朋友，赏个脸儿，网开一面，放他们一条生路。"

镇三江哼了一声："癞蛤蟆打喷嚏——好大的口气，你是哪路的孙子，敢在我镇三江跟前当横？"

陶炮头笑了笑，说："看来咱俩得亮亮青子，看看谁的管直。"镇三江的手往枪把子一搭，陶炮头的枪已对准了他的脑袋。陶炮头扑哧一笑，

---

[1] 吃飘子钱的老合：黑话，江上的胡子。
[2] 你是外哈还是里口来的：黑话，你是外地盘子的人还是本地盘子的人。
[3] 跳子：黑话，官兵。

缓缓地收起枪。镇三江不服，再次迅速掏枪，还没等自己的枪举起，陶炮头的枪口又对准了自己的脑门。镇三江知道遇到了快枪，他收起枪，抱拳道："谢谢英雄手下留情，都是道上混的，老哥就给你这个面子。"

镇三江回头喊了声"呼扯！"队伍迅速向西北撤去。

胡子走得没了踪影，安恒才从沙窝子爬了出来，掸了掸官袍上的沙土，问蒙着半拉脸的陶炮头："英雄，你是哪路的朋友？"百岁子钻出柳条通："大哥，是我，你的老妹夫啊！"安恒笑道："大妹夫啊！你怎么蹽到滚蛋滩来了。那位使快枪的是啥人啊？"百岁子嘻嘻笑道："是妹夫拘来的天兵天将。"见陶炮头领着镖师飞马追赶镖车，害怕自己落了单，对安恒说，"没工夫和你扯闲篇儿了，回见吧您……"安恒害怕镇三江杀个回马枪，也不敢久留，率众连忙渡江。

百岁子追上镖车，不解地问："多英耀的事儿啊！干吗整得像老娘们养汉似的，鬼鬼祟祟不敢露脸？"陶炮头苦笑道："我的杨爷，唱戏您是行家，在江湖上您可就是个空子了。人家到嘴的鸭子，你给弄飞了，想想是啥后果？干镖局这行，官相私相都得维护，任谁都不能得罪。"

说说唠唠，镖队到了五站。从五站到胭脂沟每五十里一站，最初是朝廷为抗击沙俄侵略而设。雅克萨战争结束，这条驿路便荒废了，直到光绪十三年，吉林候补道李金镛督办金矿，才重新开辟了这条路。镖车晓行夜宿，顺利地到了胭脂沟。

百岁子回到古城子，是一个月以后的事了。经过这趟历练，百岁子对江湖上的规矩摸了个门儿清，还练就一手好枪法。安恒把百岁子在滚蛋滩解围的事，报告给协领五十三，五十三再上报吉林将军衙门。吉林将军大加赞赏，保举百岁子为古城子镶蓝旗骁骑校，兼任旗衙门马队三队委参领，负责剿匪。百岁子心里高兴，却跟五十三卖乖："这扯不扯？没在家这几天儿，您咋就把小夹板给我套上了呢？"五十三笑道："谁让你有拘天兵天将的本事呢。我还告诉你，咱们在滚蛋滩又吃了一把亏，二队营救人票时，人票没救出来，还把一个七品顶戴的披甲的命搭进去了。为了这事，我被记大过两次，委参领明海被摘去顶戴，让戴罪立功。这么说吧，现在大家都指望着你呢。"百岁子龇了龇牙，半天没吭气儿。他心里明白，滚蛋滩退匪全仗人家陶炮头名气大、枪快，跟自己没有一文钱的关系。

他百岁子有点郁闷，回到家，单独和三姨太一枝花对酌。三杯落肚，百岁子把酒杯一蹾，说："妈了个巴子的！有点吹大了……"一枝花笑着揶揄道："不算大。既然是吹，就得云山雾罩，你咋没说把孙猴子和二郎神拘来呢？那才叫个大呢。"说罢，被自己的话逗得抿嘴一笑。百岁子说："我杨家世代为官，这顶小破乌纱帽往脑袋上一扣，官身就由不得自己了。上上下下都指望着我把镇三江抓捕归案，我哪儿有那么大的本事！好老婆，你能格儿，你说咋办？"一枝花反问道："我还想问你呢。"百岁子故作深沉地说："看来只能借刀杀人了……"一枝花扑哧一笑："我可是金盆洗手了。"百岁子赖皮道："反正你不能眼睁睁地看着我丢人现眼，实在不行，我就来一出《三请樊梨花》。"

被撤了职的明海假扮成行医郎中，在北江沿一带侦察匪情。这天明海发现，镇三江带着二十余名江匪，绑着陈家洼子两个红票，压在滚蛋滩狼窝等着勒赎。明海飞马回城，请协领五十三派百岁子率队缉捕。

百岁子跟一枝花合计好了路数，心里多了几分底气，披挂领队直奔北江沿，分乘两条大船横渡松花江，悄悄地上了滚蛋滩。船夫眼尖，发现沙滩上泊着两条空船，百岁子断定必是镇三江的贼船，命人拖回江南，以截断其退路。之后由明海带路，摸到了狼窝。百岁子躲在柳条通里观察，发现匪穴是几个简易的地窨子，秧子房围在中间，门口坐着两个大姑娘，在给江匪缝补衣裳。不用说，肯定是陈家洼子的红票。镇三江正和土匪们一块喝酒取乐，两个瞭望的哨兵隐蔽在高大的红毛柳树冠上。明海立功心切，请命说："杨爷，还等什么？趁他们没发现，打他个措手不及啊……"百岁子瞪了他一眼，低声呵斥道："这个队伍是我说了算还是你说了算？不忙！待杨爷我把天兵天将拘来助阵，再打不迟。"明海疑惑地看了看百岁子，摇摇头蹲到一边。过了半炷香的工夫，柳条通里传来三声布谷鸟叫，百岁子噘起嘴，回了两声"布谷"，压低声音命令道："弟兄们，天兵天将来了，听到枪响就开火！"

官兵们还在疑惑，忽然"啪"的一声枪响，镇三江的脑瓜瓢被掀飞一半，脑浆落进酒碗。百岁子兴奋地喊了声："打！"三十几个官兵一齐开火，江匪登时伤亡大半。二当家的见势不妙，领着残部拼命突围，直奔江边。船早被拖走了，百岁子挥兵追击，逼得江匪投水逃命，官兵们站在岸上一枪一个，鲜血染红了江面。这场歼灭战仅用了一袋烟的工夫，但谁也没看见天兵天将。百岁子大喜，命令队兵割下镇三江等人的首级，把缴获的枪炮弹药、锅碗瓢盆装上船，带上救回的两个红票凯旋。

当天，古城子沸腾了。百岁子借助天兵天将全歼镇三江，成为街谈巷语的话题。经吉林将军长顺向朝廷保举，擢升百岁子为协领衔遇缺即补佐领，赏穿正三品官服、换花翎。

百岁子穿上新的行头，手里玩着鹰嘴铁核桃，在街面上晃悠，摆出一副"谈笑间，樯橹灰飞烟灭"的范儿。好事人则添油加醋，把他请天兵天将的事，传得玄而又玄，有鼻子有眼。还说他得了长白山老仙家的真传，会奇门遁甲、撒豆成兵之术。

镇三江等二十三颗江匪的人头，被旗衙门装进二十三个木笼子，在庙头市场上悬杆示众。半拉脸的镇三江，一只眼睛依然圆睁，眼神儿里带着永恒的疑惑。

三天后，木笼子开始散发出恶臭，绿豆蝇飞成了团，血水不断地往下嘀嗒。经过衙门准许，德胜镖局的陶总镖头，带着镖师，恭恭敬敬地取下人头，放进二十三口白皮棺材。棺材里放着有胳膊有腿的身子，是扎彩铺焦巧手糊的手艺。脑袋装在上边，就成了个囫囵人。刘小华堂用椴木补上镇三江的半拉脸。杆儿头张祥负责出殡，叫花子们装哭装嚎，把二十三口棺材送到穷神庙后的乱葬岗子埋了。

陶炮头站在条凳上，举着一根扁担，朝着西南山海关方向，带着哭腔高喊："兄弟，走好，西南大路哇——"

商民们感叹德胜镖局仁义，江湖上，德胜镖局也由此赢得了好人缘。

【新文庙·洋教堂】

光绪十八年，龙年。

百岁子新任古城子副都统衔协领，大年初一，汤瞎子给他唱喜嗑："您老真是奇人，有人缘，还有天缘。第一年坐衙，就遇到了二龙治水四牛耕田的好年景。"

一枝花问汤瞎子："老汤，九龙治水九牛耕田，岂不更好？"汤瞎子"嘿嘿"一笑，挤咕一下死鱼眼，拉着长腔掰扯道："龙多靠，龙少涝。一龙治水，必有水灾，九龙治水，赤地千里。一牛耕田，耕不动，九牛耕田，把地踩硬了不长庄稼。四条牛最相当，既有气力耕田，又踩不硬土地，今年赌等着吃白面饽饽吧！"百岁子来了兴致，问汤瞎子："我说半仙，你给掐算掐算，我这官场上还有几步？"汤瞎子捏着指头算了半天，一会儿面有喜色，一会儿吃惊皱眉，完了松开手指，充满玄机地说道："妙不可言。"百岁子知道"贵不可言"，却没明白啥是"妙不可言"。汤瞎子岔开话题说："前任协领五十三的命相大不如你，没天缘。皇上圣明，调他进省任靖边营营总。他呀，也就配领兵打仗……"

正月初五，旗、民两衙开印理事。毓谦和庆发带着写好的呈文，先后去了两个衙门，请求准许他们自行筹款修葺孔庙。旗衙门协领百岁子说："这是大先生的遗愿，前几年天灾人祸，上任推下任，让你俩受冷落了。现在我说了算，旗衙门没的说，全力支持。"民衙门通判孙逢源仔细看过呈文，夸奖道："难得二位贡元一片赤诚，古城子是该大力提倡儒教了，也好用正教压压日益猖獗的邪教。你们也都看到了，近二年冒出这些蛊惑人心的邪教，有的烧香集众，有的夜聚晓散，有的传徒敛财，有的制造邪术，就是不信圣人之道。本官马上与协领大人联名报请吉林将军，你们静待批复吧。"

半个月后，吉林将军长顺的批示发到古城子，同意古城子修葺文庙，倡导儒学。有了尚方宝剑，孙逢源把毓谦、庆发请到民衙门，寒暄过后说："二位贡元，你们的呈文军宪大人原则同意了。修葺学宫是地方应办的公益,但捐修容易造成硬性摊派,二位拟一个稳妥的章程,再报请批准。"毓谦说:"学生和庆发不过是两个小秀才,位卑言轻,恐难胜任。旗籍解元溥泉、民籍宿儒朱稼轩,德高望重,府台大人可请他二位主持,定会事半功倍。"孙逢源点头应允,马上派人去请溥泉和朱稼轩。

朱稼轩是毓谦的老泰山,态度积极。溥泉本是个淡泊名利的人,推让着请老亲家挑这个头。朱稼轩稍加推辞,便把制定捐修章程的事儿接了过去。朱老先生的行文风格是珍惜纸墨,一行字下去,动辄沉吟十天半拉月,自谓"慢工出巧活儿"。

富康久粮米铺掌柜龚子万一家老小信上了洋教,他手中的那本厚厚的《圣经》,是马夫"刘瞎眼"送的。

刘瞎眼是刘裕春的绰号。他被前通判郭锡铭法外开恩释放后,浪子回头,在富康久粮米铺谋了一份喂马的差事,终日勤恳,挣钱孝敬老母刘寡妇。一天,刘瞎眼上街买盐,前面一个行色匆匆的外乡人掉下一本书,他拾起来跑着还给外乡人。那人胸前带个金属十字架,对他说:"这是仁慈的主让我把这本书送给你,它会引领你脱离苦难,走进天国。"刘瞎眼莫名其妙,说:"客官,小的确实是个苦命之人,但你的书我是不能要的,怕伤了老娘的心。"外乡人十分惊奇,便去了刘家。刘寡妇把自己守寡的苦、儿子被坏人引诱学坏,如何被衙役打瞎一只眼,根根梢梢地唧咕了一遍。外乡人叹息说:"这都是你们没有信主造成的。你们是罪人,只有信主才能得到救赎,进入美好的天国。"说着,他从行李中拿出两本书,一本《圣教俚词》、一本《圣经》,告诉刘瞎眼母子:"只要每日诵读,就会成为圣徒。一旦接受了洗礼,你们活着就会得到教会的庇护,死后便会进入永生的天国。"从此,刘瞎眼母子每天诵读《圣经》,虽然似懂非懂,却无限虔诚,很快就成为信仰上帝的基督徒。还撺掇龚掌柜一家、大财主王老洲的老儿子秃耳朵,一起信了洋教。龚掌柜闲时读《圣经》,忙时算账,倒也两不耽误。

这天傍午,龚掌柜坐在店面扒拉算盘,拢一个月的流水账。刘瞎眼

第四章　种种救赎

一脸兴奋地跑进店铺，笑着说："老掌柜，报告您一个好消息，傅多玛牧师光临古城子了，他请您过去一趟。"老龚打了个激灵，撂下算盘，跟着去了西街天泰店。

傅多玛是个高鼻深目的英国青年传教士，精通西医。光绪初年，受英国基督教爱尔兰苏格兰长老会国外宣教部派遣，到中国东北传教布道行医，曾在奉天新民等地创办教会和施医院。傅多玛看上去气质高贵，身上的黑袍子很扎眼，散发出一股奇怪的异香。胸前佩戴着一枚精致的十字架，手捧《圣经》，神态慈祥。屋里还有六名中国随从，也都是基督徒，衣着干净，每人都佩戴着十字架。

傅多玛见到龚子万，微笑着用流利的中国话和他打招呼："尊敬的龚子万老先生，久仰，请上座。"龚子万跪地磕头道："牧师老爷，小的给您老请安。"傅多玛纠正说："哝哝，我们都是主内兄弟，您是长者，千万不要给我下跪，也不要叫我老爷。你我要互相尊重，因为我们都是主的孩子。"

龚子万爬了起来，半个屁股落在椅子上，谦恭地问道："傅先生，您叫小的过来，不知有何吩咐？"

傅多玛和蔼地说："龚先生，为了让古城子更多的异教徒脱离苦难，得到救赎，获得重生，我受关东长老会的派遣，来古城子传教布道。打算租几间房子，作为临时教堂和施医院。刘先生推荐您德高望重有人脉，烦请您帮我找个合适的地方，可以吗？"

龚子万点头应道："小事一桩，妥妥的，我这就给您踅摸去。"

龚子万前脚刚走，查街处委官连春后脚进了天泰店，不由分说，给店掌柜一个大嘴巴，训斥道："妈了个巴子！你这个老瘪犊子胆儿肥了，店里住了洋人为啥不报告？"店掌柜挨了打，喏喏着不敢回嘴。见店掌柜鼠迷了，连春横着膀子进了傅多玛下榻的上房，傲慢地问傅多玛："你是哪个番邦的？"傅多玛拿出护照，客气地答道："我是大英国公民傅多玛传教士，奉你们皇帝的圣旨，遵照条约，到贵地传播福音……"连春扫了一眼护照，见上面盖着总理各国事务衙门的官印，有些气馁，寻思半天，矮着声问："你打算啥时候走哇？"傅多玛答道："还没确定走的日期。"连春一怔，说："我劝你别瞎耽误工夫了。我们古城子的旗人信祖宗、信天地君亲师，没人信你那个破玩意儿……"

出了天泰店，连春直接去了旗衙门，向百岁子报告，百岁子黑黑着脸，转弄着手里的鹰嘴铁核桃，半天才说："本官接到军宪长顺的密令，对洋人传教要表面客气，暗中抵制，决不能让他们在咱这疙瘩设立什么洋教堂。你给我抖起机灵，盯紧喽，看看都有谁往那儿嘚瑟。有什么情况，及时报告。"

得了百岁子授意，连春派人在天泰店盯了两天。第三天，连春咋咋呼呼地向百岁子报告："江沿儿老把头傅老镇说得没错，头茬水上来的，没好鱼！这两天，去洋和尚那儿嘚瑟的，有龚子万、刘瞎眼、秃耳朵……都是些瘸瞎鼻蚀带滚蹄的，没一个正桩。大人您把心放在肚子里吧，这几条小泥鳅，兴不起大浪。"他忽然想起一件怪事，说："我发现他们好像在排戏，腔调怪怪的，没有文嗨嗨，也没有西皮流水，既不像老和尚念经，又不像跳大神，一帮人齐声合唱。"百岁子点戳着连春，笑骂道："不怪你表哥骂你是个废物饽饽，怎么连个戏文都听不懂？走，带本协领过去帮你掌掌眼。"百岁子家开戏院，听戏他是行家。

几个人悄悄走进天泰店，里面果然在唱歌：

"无知的罪人你在哪里？主耶稣基督他正在找你。现在是恩门打开时刻，赶快来悔改，归入基督。

"迷失的羊啊你在哪里？主耶稣基督他正在寻你。浪子啊你离开慈爱天父，害得主整天为你担忧。

"懒惰的人啊你在哪里？主耶稣基督他正在找你。如今是收割的黄金季节，遵主命尽心领人归主。

"亲爱的主啊我在这里，愿我主即刻便差遣了我。我情愿弃所有为主努力，把主的福音传遍地极。"

连春问百岁子："大人，您听明白了么？"百岁子内行地说："杨爷我怎么能听不明白，靡靡之乐！古时候，有个叫师延的家伙专门给商纣王作这种戏文。你听听,是不是挺隔路,一没有响器,萨满下神有腰铃、单鼓子,老和尚念经有木鱼,他们啥也没有。二是没角儿,你能听出黑头、老旦、小生吗?哼哼呀呀的,听得人痴傻茶呆的……"连春佩服地伸出大拇指,赞道:"难怪大人的官升得噌噌的,这世上就没大人您不明白的事儿!要我说,您干脆把天兵天将拘来,吓唬走他们算了。"百岁子哼了一声:"虮子大的事,也值当本大人拘天兵天将?朝廷养活你们是干啥吃的?都给我听明白喽,死看死守,啥时候洋和尚滚蛋,你们啥时候撤。"

百岁子从天泰店回衙,门口碰见洪升店执事人佟铁嘴,跪在地上喊冤:"青天老太爷,秃耳朵蒙骗诈财,他花三十吊钱租了我家房基,转手三百六十吊典给了洋鬼子,还要在里面设教堂。求老太爷给小民做主,至少分给我二百吊……"按说,民事诉讼归民衙门管,但佟铁嘴是旗人,他的房基地是官产,加之事涉洋教,百岁子就不能不管了,他传下令去,将秃耳朵传唤到堂讯问。

时候不大,秃耳朵被带到大堂。百岁子问道:"秃耳朵,佟铁嘴告你蒙骗诈财,将他家房屋租赁给洋人作教堂,可有此事?"秃耳朵说:"小的原是四方台陈民,因闹土匪,举家迁到城里,家父租得佟铁嘴西南隅地基一处,自盖草房八间。家父过世后,家中只有我一人,自住两间,招租六间。昨天,经龚子万介绍,以三百六十吊的价钱,把房子典给传教士傅多玛,用于设立天主耶稣教堂和施医院。地东佟铁嘴闻知后,向小人强索钱财,小人不给,不知他为何报官?"百岁子大骂道:"你这个无事生非的秃耳驴!谁让你把房子典给洋人的?咱这古城子乃是皇上钦定、富老中堂亲开的一块风水宝地。你把洋人勾搭进来,坏了咱古城子的风水,你担待得起么?麻溜把钱退给洋人。否则,我把你的嘎随[1]摘出来!"秃耳朵胆小,唯唯诺诺地离开了衙门。佟铁嘴急赤白脸地说:"你这是咋判的官司?我是要逗俩钱花,你可倒好,一顿臭骂,弄个鸡飞蛋打……"百岁子鄙夷道:"还他妈洪升店执事人呢!终是脱不了讼棍的根

---

[1] 嘎随:方言,鱼鳔。

儿。本官问你,是你那一脚踢不倒的几个大钱重要,还是咱大清国的江山社稷重要?"

刚把佟铁嘴骂走,门子慌慌张张地进来禀报:"洋和尚傅多玛求见。"百岁子挠了挠手背,说:"老太爷没空,让他在客厅候着去。"百岁子泡上一壶碧螺春,若无其事地喝得,再给茶壶续上水,这才整理一下官服,一手擎着手执壶,踱步去了会客厅。心急火燎的傅多玛,急得在客厅里兜圈儿,见百岁子出来见客,连忙过来见礼。百岁子示意傅多玛落座,慢声拉语地问道:"傅先生造访本协领,不知有何见教啊?"傅多玛说:"大人,贵国和我英国等国签订了《天津条约》,其中的宽容条款规定,对于传教士,地方官当一体保护,他人毋得骚扰,贵国信徒也受同等保护。我奉贵国皇上圣旨在关东传教,准备在贵地开设教堂和施医院,请求协领大人一体保护,准许我租赁王先生的房子。"百岁子沉吟片刻,看着傅多玛说:"傅先生,不是本协领驳你的面子。古城子不比其他地方,仍实行着八旗屯田体制,朝廷早就有章程规定,旗人地亩房产均属官产,按照定例严禁典卖给民人,更不要说是外国人了。前任失察,才使秃耳朵也就是你说的王先生,私下典了旗丁佟铁嘴名下的官产。本协领既然已发现,就不能一错再错了,这件事碍难照准。不过,请傅先生放心,若秃耳朵少还你一个子儿,我替你追讨。"傅多玛将信将疑,张着嘴没有出声。百岁子接着说道:"傅先生若是信不过,可以到吉林将军衙门调出旧档查验,本协领如有半句撒谎,愿受国法制裁。"傅多玛没想到百岁子找了这么个理由,又无从反驳,只好点头说道:"既然如此,我同意退租。"

第二天,傅多玛带着随从离开了古城子。百岁子站在城门楼上,悠然自得地转悠着鹰嘴铁核桃,看着傅多玛渐去渐远的背影,一时戏瘾难挨,晃着脑袋唱道:

"我站在城楼观山景,耳听得城外乱纷纷,旌旗招展空翻影,却原来是司马发来的兵……"

重阳节前一天,吉林将军长顺批准了古城子捐修文庙章程。百岁子、孙逢源召集朱稼轩、溥泉、毓谦、庆发，一起商量募捐的事。朱稼轩建议说："除了旗籍读书人，捐修之事就不叨扰旗屯官民了，让城内民籍商绅和民界百姓出把子力气。"孙逢源赞同说："如此最好。"扭头请百岁子表态，"您说呢，协宪大人？"百岁子扑哧一笑，鹰嘴铁核桃往桌上一拍，说："行。成与不成，让朱老爷子先照量照量……"

有了旗民两衙的恩准，朱老先生在旧文庙搭张桌子，挂起了"圣功处"的招牌，开始劝募接收善款。文人士子多家境贫寒，商绅多在观望，到场的人虽多，捐款的却不甚踊跃。朱稼轩正在忧烦，后翰林府老掌柜余庆泽缓步走到捐款长案前，把善款功德簿拿过来，一页一页翻看。捐款的多是穷困的书生，最大一笔不过十吊钱，领捐人朱稼轩也仅捐了五吊半。余庆泽冲朱老先生拱了拱手，提起案上的毛笔，沾了沾墨汁，写下一行大字：翰林府余庆泽捐善款五百吊。朱稼轩在条案后站起，随着余庆泽收笔，已经诵出了声。他向余庆泽作了个长揖，诚意邀请道："余先生不愧是老翰林的贤孙，当仁不让，敢请先生共襄此事。"余庆泽笑道："不才忝为后翰林府主人，愿为文庙添砖加瓦。"五百吊钱是个大数目，使得余三秧子摇身一变，成为古城子圣功处的执事人。半个月过去了，朱稼轩让帮办的学生拢账，全厅绅商士子百余人共捐善款五千吊，民界各牌共捐三万吊，工程款还差着一大截子。

朱稼轩向孙逢源如实汇报，抱怨说："人心不古，竟没想到商民对文化公益淡漠到如此地步！"孙逢源意味深长地说："朱老先生已然尽力了。古城子商民人心混乱，信邪教狂热有余，信正教热情不足啊……"朱稼轩听了，又连打了几个咳声。孙逢源说："人家洋教能走街串巷传教，你们能不能把坐堂先生改为摇铃郎中？尤其是那些信洋教的人，你们要是能动员他们捐款，改邪归正，不啻是一件大功德啊！"

回到圣功处，朱老先生带上得意门生姚希贤、姚希圣，去了韩钱串子茶馆。韩钱串子茶馆是古城子的"天桥"，各色人等都在那儿聚堆儿。朱稼轩要了一壶茶，听茶客们摆龙门阵，天一句地一句，讲的是洋教和文庙斗法。朱稼轩低声叫过韩钱串子，让他把秃耳朵找来。韩钱串子看热闹的不怕事大,再者不管谁来,都得扔几个茶汤钱,他冲朱稼轩拱了拱手,颠颠地去了王家。听说有人等他传教,秃耳朵二话没说,跟着韩钱串子到了茶馆,却见是大名鼎鼎的朱老先生候着,知道自己上当了。

朱稼轩看了看秃耳朵,淡淡地说了声:"看茶。"朱稼轩出身名门,学问大,有着不怒自威的尊严,让秃耳朵自惭形秽,不自觉地缩了缩脖子,气势上先矮了一截。韩钱串子给几个人续上茶水,姚希贤先开了口:"王掌柜,听说你信了洋教,你给我们说说,这个洋教哪点好?"一说到洋教,秃耳朵来了精神,一脸正色地说:"因为世人都有原罪,只有基督耶稣才能拯救,替我们流血赎罪。"姚希贤笑了,拦住话头说:"虽说是山野村夫的后代,总该读过《三字经》吧?人之初,性本善。这个道理连三岁孩童都知道,怎么到你们洋教那里就都成了罪人啦?如今的世道是有点乱,但也是犯罪的少,无罪的多。凭什么说世人都有罪?"

秃耳朵解释说:"《圣经》所说的'世人都犯了罪',不是《大清律》的标准。上帝对罪的标准要求很高,人若知道行善,却不去行,就是罪。行善背后的动机不好,如放粥、修桥、铺路,内心别有图谋,也是罪。贪心是罪,嫉妒是罪,恨人等于杀人。因为杀人是外在的行动,恨人是内在的动机。淫念等于淫行,淫行是外面的行动,淫念是内在的动机。说谎是罪,发脾气也是罪,自私、骄傲、自我中心,都是内在的罪,上帝是按这个标准看你的,你敢说自己没罪吗?人都是罪人,只有神是绝对圣洁完美的,所以,我们要接受福音,请上帝耶稣救赎……"

姚希圣性情急躁,冷笑一声,说:"中国乃泱泱千年古国,有博大精深的儒教、玄而又玄的道教、弘善法德的佛教,都是匡正人心、普度众生、救世救民的宗教。三教合一,相辅相成。"

秃耳朵说:"这位先生所言差矣。干旱洪涝,我们不信主而信泥巴做的龙王龙母;瘟疫流行,我们不信医生却信萨满跳神驱魔;官吏不信主而贪渎,百姓不信主而为盗匪,家人不信主而内讧乱伦。你们都是知书达理的读书人,如果能像我一样信主,活在世间就没了灾难,死后也能进入天国,获得永生。"

姚希贤说:"你口口声声说信主赎罪,以善心做善事。咱们古城子捐修文庙,你怎么一毛不拔呢?"

秃耳朵说:"让老百姓节衣缩食用血汗钱修文庙,文昌宫里供奉的不过是泥做的像,魁星楼里供奉的就是一段木头,整这些只能耗费钱财,不能给人们带来任何福祉。我可以把收入的十分之一献给主,却不会花一文钱支持修建文庙。"随着辩论进入高潮,秃耳朵一改进门时的猥琐,显得大义凛然。

双方谁也说服不了谁,僵住了。朱老先生感到很没面子,这要是在过去,以自己的身份和学问,无论如何也不会跟这个乡下小子对话。不曾想自己的两个高徒,竟舌战不过目不识丁的乡愚。

韩钱串子在一旁打圆场说:"秃耳朵,你的主能不能让你重新长出一对耳朵?要是能,我就信你的洋教!"

茶客们闻听哄堂大笑。

朱稼轩走街串巷的劝募没有多大起色,旗籍贡生毓谦、庆发赴盛京参加乡试,不能为劝募出力,吉林将军又屡次催问进展情况,孙逢源只好到旗衙门求助。他赧颜笑着对百岁子说:"协宪大人,恕老朽一时糊涂,信了朱老先生的话,这古城子的文庙怎能离开京旗、屯丁的支持呢。请协宪大人以公益为重,下令八旗佐领,在旗人中间开展募捐。"百岁子戏谑道:"你问过朱老爷子了吗?他的章程呢?"孙逢源笑道:"你是朝廷的三品大员,怎能和一个老儒斗气?算啦……"百岁子"哼"了一声说:"孙大人,当初倡修文庙的是已故大先生穆隆阿,旗籍贡生毓谦和庆发,他俩和刘小华堂不辞辛劳,自费到千里之外的盛京考察,却被朱老爷子坐享其成,还硬呈干巴强,不让旗人参与。嘖是的,咱古城子有今天,没旗人和民人和衷共济,行吗?"孙逢源拱手说:"协宪大人,千错万错都是老朽的一时之错。"百岁子把脸色缓和过来,说:"看在孙大人的面上,我就说句话,也让朱老爷子看看,本协领能弄出多大的动静。"

第二天,百岁子把八旗佐领、骁骑校召集到衙门,共商捐建文庙的事。他转悠着核桃说:"古城子第一次创修文庙,是同治年间经总管衙门劝募八旗屯丁捐修的,春秋致祭,成为培养人才的肇始。后来因风雨摧残,守护无人,加之修补不及时,以致倾颓已甚。这次捐修文庙,是大先生穆隆阿的遗愿,又蒙将军批准,决定捐建文昌宫、魁星楼和书院,使之具备完全格局。书院之设,是为了培养地方人才,没有满、汉之分,况且旗屯读书之人多于民界各牌数倍。现在圣功处已在商绅、民牌劝捐了四万余吊,还有三万吊的缺口。朱老爷子报赖了,恳请我在八旗界面筹措劝募捐款。这件事责无旁贷,诸位使把子力气,三天之内报捷,让他们看看,咱们旗人不仅尚武,也崇文。"

三天后,八旗佐领纷纷把善款送至圣功处,文昌宫、魁星搂、启心书院,如期破土开工。

傅多玛又回到了古城子,和他一起来的还有关东长老会的英国传教士劳旦理。他俩乘坐着带有门帘、窗帘的小车,在秃耳朵、刘瞎子的跟随下,从西门神不知鬼不觉地进了城,住在龚子万的家中。当天,龚子万三人接受了洗礼,正式加入了教会,各自都有了教名,龚子万叫龚彼得,秃耳朵叫王约翰,刘瞎眼叫刘保罗。

劳旦理熟知大清国的法律和官场规则,对秃耳朵说:"王约翰先生,你到民衙门告古城子协领,对他无端辱骂,勒令退租,不许傅多玛神父开设教堂,提出诉求。"王约翰不敢,喏喏地说:"尊敬的神父,中国习俗是民不和官斗,民告官是要滚钉板的。古城子多少告官的犟人,没有一个有好下场的。"劳旦理说:"王先生,你受过洗礼,就是受教会保护的基督徒。不要害怕,他们不敢对你无礼的。"王约翰问:"要是无礼怎么办?"劳旦理说:"我们大英帝国的领事馆,会向清朝政府提出强烈抗议。清政府害怕我们。"

有了后台,王约翰佩戴着十字架,到民衙门击鼓喊冤。孙逢源接过状子,倒吸了一口冷气。状纸封面上写着:

第四章　种种救赎

关东教区基督徒王约翰为古城子协领百岁子无端辱骂、勒令退租、不许傅多玛神父开设教堂恳请事。

看过诉状，孙逢源字斟句酌地问道："原告王约翰，你告协领百岁子无端辱骂、胁迫勒令退租、不许神父开设教堂，可有人证物证？"

王约翰说："英国神父傅多玛可以作证，地东佟铁嘴也可以作证。"

"傅多玛早已离开了古城子，你让本官如何传讯？"

"傅先生就在基督徒龚彼得，哦，就是龚子万家中居住，可以随时为我作证。"

孙逢源心里明白了，这个信洋教的秃耳朵，显然是受了洋人的教唆，有备而来，不由得浅笑道："王约翰，此案事涉洋教，且被告为朝廷的副都统衔协领，本府不敢自专，需请示吉林分巡道再作定夺，你回去候审吧。"

孙逢源宣布退堂，一个人去了百岁子的府邸。百岁子正在院子里习练武术，孙逢源站在一旁等候。百岁子呼哈了一气，才慢慢收功，抱歉地说："孙大人，怠慢了。"孙逢源说："您就不要客气了，看看如何对付这场官司吧。"两个人相跟着进了客厅，孙逢源边走边说，把秃耳朵告百岁子的事，根根梢梢说了一遍。百岁子哗楞着鹰嘴铁核桃，满不在乎地说："让秃耳驴告去，爷赌着！他妈了个巴子的，一个无国无君无祖，舔洋鬼子腚沟子的卖国贼，敢告我？我看他能把爷怎么着！"孙逢源苦笑着道："他是不能把你怎么着，就怕朝廷把你怎么着……"

孙逢源的话很快得到了验证。这个案子被劳旦理大而化之，英国领事馆向吉林将军衙门提出强烈抗议，要求严惩古城子协领百岁子，保护教民合法权益。否则，就与中国政府交涉。吉林将军长顺害怕挑起外交衅端，以百岁子为官不谨，坐降镶蓝旗骁骑校，饬令吉林分巡道调取当年屯田老档，交给傅多玛、劳旦理查阅，以证明古城子旗人地亩房屋等项确为官给采办。最后，以王约翰退掉典当房子，批准教堂在古城子另行选址而草草了事。

打赢了官司的劳旦理，离开古城子时郑重指示龚子万："龚彼得先生，一定要努力提高自身素质，向那些德高望重的社会贤达传播福音……"

百岁子稀里糊涂在古城子做了一任，又稀里糊涂地把官丢了。刚做官时觉着当官绊人，不自在；现在不当官了，反倒更不自在了。他把印信交给新任佐领喜琳，好像把魂也留在了官衙，灰着一张脸回了家。汤瞎子用孟子的话安慰他："天将降大任于斯人也，必先苦其心志，劳其筋骨，饿其体肤，空乏其身……"百岁子不愿意听这些酸词儿，抬起屁股走了，留下汤瞎子空洞着的眼眶，觑着他远去的背影。

## 【岁在甲午】

将军府大红灯笼高悬，显得格外喜庆。梅家大爷喜琳接署了古城子协领。喜琳是一品荫生出身，一直在京读书，才二十岁出头的年纪，便以实缺佐领署理了古城子协领。

喜琳的脾气秉性一点也不像父亲梅家败，举手投足都带着京旗世家子弟的范儿，锦衣玉食，心不设防。上任伊始，第一件事是摊派贺礼，庆贺慈禧太后万寿。按照朝廷的意思，古城子要送六百两白银。

查街处委官连春各家各户派捐，到了紫云戏楼，碰了个大钉子。百岁子虽然折了协领的乌沙翅，还是正六品的骁骑校。连春不敢造次，试探着说明了来意。百岁子眯缝着眼睛，好像没听明白，半晌问道："你这是自愿还是强征？"连春说："当然是自愿了。老佛爷垂帘听政，咱大清国出现了中兴盛世。她老人家六十大寿，普天同庆，官民一体贺寿，自是发自肺腑……"百岁子冷笑道："既是自愿，为何还给个数目呢？"连春苦笑道："杨爷，您千万别和我抬杠，这您得问喜大人去。"百岁子把鹰嘴铁核桃往桌上一摔："爷没工夫。"随手掏出了一枚"道光通宝"小平钱，按在连春的手心上："我就随这么大的礼儿。嫌少，我留给孩子买糖球吃。"连春不敢招惹前上司，孩儿哭抱他娘，回到旗衙门，添油加醋地报告给了喜琳。喜琳倒是心大，呵呵一笑说："没事，杨爷是跟我赌气呢,你别招惹他。摊派给他的银子,本协领替他开付了。"喜琳虽然年轻,却知道两家的关系,又同情百岁子含冤降职,自然要从中回护。连春"嚯"了一声退了出去,心下不以为然:"哼,到底是黄嘴丫子没退净,不知道官场的揆情,古城子的官兵旗人,个个像孙猴子似的,天天念紧箍咒还闹腾呢。你惯纵吧!赌等着这帮东西兴妖作怪……"

城西大粮户老掌柜姚俭旺,是秀才姚希贤、姚希圣的老爹,与翰林府余家沾点老表亲。大儿子姚希贤新婚不久,娶的是城东裴木匠家的女儿。姚老掌柜治家极严,节俭到苛刻的程度。

新娘子裴氏第一天下厨,姚老掌柜起了个露水早,背着手在厨房看大儿媳妇做饭。遵照婆婆的吩咐,裴氏舀了三瓢小米,姚老掌柜的眉头皱了起来,闷声闷气地说:"往后舀米时记着点儿,把上面的尖儿搂平。"裴氏扑哧一笑,说:"我们小门小户人家过日子,也没您老这么仔细……"姚俭旺冷笑一声:"这就是他们过不成大门大户的原因!富由节俭败由奢,把米倒回去,重舀!"裴氏涨红着脸把米倒回缸里,按照公公的吩咐,重新舀米淘洗。姚俭旺的脸放晴了,说:"这就对了。"又伸出手从盆里抓出一把小米,扔回米缸,谆谆教诲说:"别小瞧这一把米,一顿一把,一天三把,经年累月就能节省个粮山。"姚俭旺是西河沿一带数一数二的大财主,人送绰号"姚大土鳖"。

去年腊月,他家遭了土匪打劫,抢走四匹好马和上千吊财物,还把亲弟弟姚俭约绑了肉票,破费了六百吊才算赎回来。那次劫难,让他大病两个半月,差点见了阎王。

从厨房走到马厩,姚俭旺触景伤情,又想起被胡子抢走的四匹好马,心里翻了几个个儿,诅咒道:"千刀万剐的胡子,下油锅的马贼,迟早得遭报应!"院子里,弟弟姚俭约帮着车老板套车,去城里卖粮,姚俭旺嘱咐说:"晌午饭在西门外顾家馆子吃,给车老板买半斤酸菜馅饺子,打二两烧酒。碗架子里有饽饽,你带上两个,要碗饺子汤,凑合一顿吧……"卖粮车走了,他又转回粮仓,低头踅摸,看到几粒不小心掉在地上的高粱，像砸碎了水晶缸似的，捶胸跌足地抱怨弟弟道："这个败家子啊！这个家早晚得让他败喽。"连忙俯下身子，把高粱一粒一粒拣在手心，送回粮仓。

"姚大土鳖！"大门外传来一声大叫，姚俭旺吓了一跳，哆哆嗦嗦地问："谁？"

"我，你家的安大老爷。"自称安大老爷的是古城子马队二队委参领安恒，他的马队由松花江沿调防镶黄旗四屯，负责保护西河沿商民安全。

姚俭旺紧锁着眉头把安恒等人迎进屋，让大儿媳妇裴氏给倒了几碗白开水。安恒扑哧一笑，撇嘴说："大老爷不稀罕你的'柏（白）水窦章'，来，把这个给沏上。"说着，从怀里掏出一包茶叶，递给姚俭旺。姚老掌柜腆着脸接了过去，转手递给儿媳妇，说："小门小户的，接待不周，您老多担待。"安恒说："本大老爷哪有闲心挑理，我这次来，是和你说个事儿。"姚俭旺一怔，傻眉愣眼地瞅着安恒。安恒说："最近胡子挺多，像你这种大粮户得好好保护。"姚俭旺松下脸皮，迭声说："您老说得太对了，太对了！"安恒伸了下懒腰，瞭着低眉顺目的姚俭旺："我说老掌柜，你何德何能劳动我们官兵保护你呀，嗯？别跟爷耍老猫肉，你得格外津贴兵勇一千吊钱，这样就能保你太太平平了。"一听钱字，姚俭旺的老脸变得煞白，哀求道："安大老爷，小的刚被胡子抢劫、敲诈，穷得都尿血了，确实拿不出这么一大笔银子。"安恒把茶碗摔个粉碎，用马鞭点着他的鼻子叱道："你这个姚大土鳖，官家养兵你没钱帮助，胡子绑票才肯出血，看来你是敬酒不吃吃罚酒了。有人告发你弟弟姚俭昆和你老儿子姚希勤私通土匪，你家私藏违禁品。来人，把姚俭昆、姚希勤一并绑了，搜查违禁品！"

官兵们翻箱倒柜，搜出一百三十四两大烟土，押着姚家叔侄去了全兴隆烧锅。安恒命令楚乡约，把周围几个屯子的大粮户都召集上来，观摩审讯现场。

大粮户参差着到齐，安恒抱拳说："本军爷奉命保护西河沿地方百姓，初来乍到，军饷拮据，恳求诸位社会贤达和老财帮衬帮衬，共克时艰嘛。

可是，姚大土鳖却暗结匪类，不肯助饷。本军爷决定除暴安良，给诸位出出气。至于诸位，呵呵，自愿助饷，大户可助五百吊，中户三百吊，小户二百五十吊。"说罢一挥手，军汉把姚俭昆叔侄按在地上，扒下裤子，一顿暴打。二人挺刑不过，承认私通江北胡子过江龙。安恒这场杀鸡儆猴，让大粮户们个个心惊肉跳，连忙主动认账助饷。

老掌柜姚俭旺彻底蒙圈了，四处托人找安恒说和。安恒告诉来人："安爷我说出的话不能吞回去，你告诉姚大土鳖，拿一千吊就放人，不然，让他买两口棺材等着收尸吧。姚大土鳖要是觉着冤，尽可去古城厅告我。"姚俭旺又托人恳恩，安恒才开善口，答应捐纳八百吊放人。姚俭旺接出弟弟和老儿子，两人已被折磨得没了人形。

姚俭旺把人拉到城里，大车停在圣功处，姚希贤、姚希圣正在和朱老先生看图纸。姚俭旺拉着两个儿子的手号啕大哭："麻溜跟我走一趟，给你叔和老兄弟扎古伤……"姚希圣问姚俭旺："爹，这是谁给打的？"姚俭旺哭着说："还能有谁？兵大爷呗。"姚俭旺止了号啕，把安恒依势诈财的事，根根梢梢说了。在一旁的朱老先生大怒道："安恒是个什么东西！没章程打胡子，却有章程残害无辜百姓，是可忍孰不可忍！"姚老掌柜突然来了豪气，咬牙跺脚说："谁要是能给我指条道儿，我跟他安恒没完！"朱老先生把手往东南一指，说："滚钉板，找吉林将军告他去！"姚老掌柜说："有人说安恒明知胡子滋扰却按兵不动，还在军营里与妓女弹唱歌舞，这个说不说？"朱老先生喝道："说！钉板都滚了，死都豁出去了，怎么不说！"

兔子急了咬手，出了名的姚大土鳖横下一颗心，真的去了省城。三天后，将军衙门刑部来人，直接给安恒套上枷锁，押往省城。

古城子的井水苦，不宜沏茶，尤其不宜沏龙井、碧螺春之类的绿茶。韩钱串子茶馆的水，是从南河沿拉林河中流取的活水，清澈甘甜，沏出来的茶多了几分讲究。明前茶刚一到货，古城子喜好喝茶的名流，便到茶馆里品茗唠嗑。

吃过早饭,百岁子照例去茶馆,先来一顿皮包水。楼上是雅间,百岁子不去,他喜欢热闹,成为大厅里唯一的吃皇粮的爷——他如今的身份是六品骁骑校、恩骑尉世职。百岁子坐好,韩钱串子取出一只高仿莲花口茶盏,百岁子把玩两遍,说:"不大离,就是这光有点烤脸。余老翰林遗下的那只黑釉兔毫盏,温润如玉,才是正宗的宋代古董。可惜了……"韩钱串子撮了一捏西湖龙井,边沏边说:"好物件在人把玩。就比方杨爷您手里的鹰嘴铁核桃吧,瞧瞧这包浆,一看就知道是几代相传的好物件。"百岁子把核桃亮出来,说:"你好好瞅瞅,这可不是普通的包浆,还带着皇家的仙气呢!"韩钱串子细眯着小豆眼盯了半天,说了一连串的"是"。

这几天,茶馆里的话题特别重大,谈论的是倭寇在大清朝属国朝鲜嘚瑟的事。古城子旗人多,喜欢谈天论地。从皇城根过来的京旗,评论起国家大事来更是头头是道,像在说自家后园子里的果木。茶客们分成主战、主和两派。

百岁子是主战派的领袖,喝了三泡之后,他开始对众人发表宏论:"国家主权贵在防微杜渐。当初,倭寇擅自宣布琉球为其属国时,我大清就该狠狠地削他。大臣误国,态度暧昧,外交含混,结果失了琉球,差点丢了台湾。这次倭寇又在朝鲜嘚瑟,仍一味地靠什么外交交涉。嗐是的,交涉个屁,倭国不过是个弹丸之岛、蕞尔小邦,咱大清一人一口吐沫都能把他们淹死,趁其不备,攻其不意,削呀!"

主和派的领袖是豪绅梁孚贵,梁孚贵"嘿嘿"一笑,带着浓重的山西口音说:"杨爷,我大清乃礼仪之邦,泱泱大国,岂能为一个番邦穷兵黩武?况且,今年是老佛爷六十诞辰,国之盛典,不可妄谈用兵……"

百岁子说:"你个老西子懂个球!我大清在入主中原之前,就先以武力征服了朝鲜。朝鲜出事,唇亡齿寒,咱们想消停也消停不了。早打早痛快,若是坐失战机,倭寇还不得欺负到家门来。"

梁孚贵说:"杨爷危言耸听了,小日本就是长了倭瓜大的胆儿,也断不敢觊觎我天朝大国。"

第四章 种种救赎

众人你一言我一语,议论着国事,个个义愤填膺的,又说不出个所以然。说到卡壳处,韩钱串子便提拉着大尾巴壶,笑嘻嘻地给各桌添水。一时无话,只闻稀溜溜的吃茶声。

突然,街面上有人喊:"安恒撤职了!安恒充军发配了……"韩钱串子撩开门帘看了一眼,回头说:"是姚大土鳖,这个老小子……"刚要赞几句,想到安恒是百岁子的实在亲戚,把后面的话噎了回去,却又找不到合适的话语,一个劲地说,"呵呵,这老小子、这老小子……"刚才还谈笑风生的百岁子,悄没声地溜出茶馆。

农历七月初三,暑气丝毫未消,直到三星西斜,空气中才有了一丝凉意。

南门外的驿道上,急促的铃声由远而近,空旷的夜幕里传来惊心动魄的喊声:"六百里加急……"清朝驿站管理极其严密,由兵部负责,有缓件、急件之分。军事谍报,往往在公文上注明"马上飞递"字样,一般每天三百里,如遇紧急情况,有四百、五百、六百里加急。

古城驿值班笔帖式,早早骑上一匹快马,迎候在门前,接过公函,打马直奔城里。协领喜琳尚在梦中,被急促的敲门声惊醒,值班章京在窗外低声道:"喜大人,朝廷对日宣战了,吉林将军奉旨,调古城子三百名官兵,编入靖边新军,随时准备赴前线参战。将军衙门还要求古城子征募大车七十辆,往前线运送军需物资。"喜琳穿好衣服,点上蜡烛,开门接过文件,看过之后,激动得浑身起了一层鸡皮疙瘩,感叹道:"报国立功的机会来了!"他想到阿玛打长毛,十年由笔帖式擢升为将军。这次打倭寇,自己就是大清朝的戚继光。

天一放亮,开战的消息在大街小巷传开。百岁子不顾汤瞎子和妻妾劝阻,联络几位世袭罔替的骑都尉、云骑尉、恩骑尉,联名写就血书,向吉林将军长顺请战,恳请从军,领兵入朝。汪家承领了为前线制造抬枪的官差,在永治门外开办了吉林机器局古城子分号,由皇武殿烧锅掌柜武昌的孙子贡生庆发为执事人。庆发深受实业救国主张的影响,对这项官差非常热衷。他和朱铁匠,张罗着购置机器设备,采购钢管等原材料,领着七八个铁匠、木匠,一边摸索一边制造。

抬枪是重型鸟枪,长一丈,重三十斤,一次能发射五两铅弹,结构与鸟枪完全相同,但装药量、射程及杀伤威力远远大于鸟枪。发射时须两人操纵,一人在前充当枪架,将枪身架在肩上,另一人瞄准发射。这种枪为中国独有,毛病是笨重、没准头。庆发是汪家最心灵手巧的人,他打开一支江南机器局生产的边针后膛抬枪,拆了装,装了拆,一有心得,便指挥铁匠们试制、加工。

百岁子闲着没事儿,天天去机器局卖呆。他凭着一股豪气写下了请战血书,呈上去之后,天天期盼着朝廷的敕令。可是左等不来,右等不来,血书像一头入海的泥牛,杳无音信。暑去秋来,他的杀敌报国的热情,被一场场秋雨彻底浇灭了。

重阳节后,终于有了消息:吉林将军奉旨亲率三千精兵驰赴辽南,抗击入侵倭寇,饬令古城子立即招募三百名义勇,配备抬枪,枕戈待旦,随时准备奔赴前线参战。

百岁子又兴奋起来,转悠着鹰嘴铁核桃,一会儿请战,一会儿犒军。兴奋过了,还是泡在茶馆里推演战事。前线没任何消息,只能靠臆断推演战争的进展。百岁子手蘸着茶水,在桌子上画敌我战阵图,口若悬河地分析双方的力量对比、优势和劣势,提出了一个个克敌制胜的高论。茶客们围成一圈引颈观看,不时发出啧啧的赞叹。

如此,延宕到了十月初七。上午,百岁子照例用茶水画着形势图,推演清兵收复朝鲜后,如何越过太平洋横扫小日本。茶客们在一旁发表看法,为某个细节争论得面红耳赤。韩钱串子拎着茶壶,皮笑肉不笑地说:"杨爷,您就别推演战阵了,今个儿一大早,我听说将军衙门来了个六百里加急,命令准备参战的古城子义勇们就地操演,防守城池,以备倭寇来犯。嘿嘿,这是啥意思?小日本儿打进家门了!"百岁子一怔,破口骂道:"妈拉个巴子的,亘古以来没见过这么打仗的!不主动出击,却蹲在家里等着挨揍……"韩钱串子取笑道:"朝廷是不肯用杨爷,杨爷要是出山,拘来天兵天将,小日本早就屎壳郎搬家——滚球了。"百岁子端起用来做墨的一盏凉茶,"咕咚咕咚"喝进肚子,泄气地瘫在椅子上发呆。

一个衙役掀开门帘,满屋子踅摸,见到百岁子,趋步上前道:"杨爷,协领大太爷请您过去一趟。"百岁子回过神来,拿腔拿调地问道:"什么事啊?还得劳动我过去一趟?"衙役说:"小的也不知道,反正挺重要。"百岁子站起身,跟着衙役出了门。韩钱串子打哈哈说:"备不住[1]皇上召您老作天下兵马大元帅呢……"百岁子大言不惭地回了句:"那也不为过,真要让我领兵,保证三天退敌,十天平定朝鲜,一个月灭了小日本!"众茶客哈哈大笑,齐齐报了声好。

百岁子进了衙门后堂,喜琳笑着迎过来,说:"恭喜杨叔,您的血书得到了军宪大人的批准,命令你立即招募三百名乡勇,自成一营,驰赴前线九连城助剿倭寇。"

第二天天刚放亮,百岁子的招兵大旗便插在了庙头。他带着几个小马仔,沿着街面向商家募捐军饷。到了大兴涌的柜上,茶馆里的主和派梁孚贵不肯出钱。百岁子手里的鹰嘴铁核桃换成了鸟枪,他把枪口顶在老梁的奔儿篓[2]上:"梁掌柜,吉林将军有钧旨,个别商铺不肯为抗倭军队垫付军饷,我可以动用武力硬取!你这个老家伙,本就是个投降派。杨爷问你,是捐呢,还是不捐呢?你要是说错一个字儿,我就一枪把你打成筛子!"梁孚贵吓得迭声说:"捐捐捐!杨爷,您把那凉冰冰的家伙拿下去行不行?我……我捐双份儿的……"

腊月初一,白毛风飕飕地刮着,驿路无人,天无飞鸟。百岁子带着临时招募的三百名乡勇,跨过拉林河,奔赴鸭绿江前线,接受盛京将军依克唐阿节制。三姨太一枝花女扮男装,带上她的四梁八柱,与丈夫并辔而行。军情紧急,一路倍道兼程。赶到摩天岭时,九连城、凤凰城已陷落敌手,摩天岭危如累卵。依克唐阿因前锋临阵脱逃,溃退至宽甸,

---

[1] 备不住:方言,或许。

[2] 奔儿篓:满语"前额"。

镇守赛马集，与扼守摩天岭的后路总兵聂士成互为犄角。百岁子赶到中军帐时，依克唐阿正在部署如何联合聂士成部，夹攻草河口一带日寇。依克唐阿厉声问道："谁愿为先驱，夺回日寇第五师团占领的草河岭？"军帐中鸦雀无声，百岁子自告奋勇说："末将愿往。"依克唐阿大喜，补给百岁子一百支快枪和弹药，派给三名向导，命其吃过晚饭后进入阵地。

吃饭时，一枝花提醒丈夫："你没看见军帐中将领的神色吗？多有怯色。草河岭，绝不是占活[1]，咱得先派人踩踩这个翅子窖[2]的盘子。"百岁子点点头，问："谁去踩盘子？"插签柱笑道："这是我的老本行，我和线头子[3]去。"

一枝花手下的四梁八柱，多是来自巴彦苏苏老黑山的山民，既不怕冷，又善于在山区作战，枪法有准。摸个山头，对他们来说是手拿把掐的小事。可是，他们眼前的对手不是一般的土匪和官兵，而是训练有素、装备精良的日本鬼子。百岁子手下的喽啰兵，都是临时招募未经训练的乡勇，打胜尚可用，打败就不可收拾了。

三更时分，插签柱回了大营。从灶坑里扒出一堆草木灰，在地上做了个土沙盘，把山势地形道路和敌军火力部署说得一清二楚。百岁子兴奋地喝道："开磕[4]！"一枝花制止说："我和我的弟兄们四更出发，你带着乡勇埋伏在山下这个位置，看到翅子窖放亮子[5]，就率领乡勇分三路，大喊大叫冲锋，见到日本鬼子再开枪，你在后面督战，有敢临阵脱逃者，就插了他！"

百岁子的"天兵天将"出发了，他领着乡勇悄悄地埋伏在山下。过了半个时辰，山上的日本兵营突然起火，接着响起了爆豆似的枪声。百岁子大喊："天兵天将下凡了，弟兄们冲啊！杀日本鬼子啊！"乡勇们一

---

[1] 占活：黑话，目标容易拿下。
[2] 翅子窖：黑话，兵营。
[3] 线头子：黑话，向导。
[4] 开磕：黑话，开战。
[5] 放亮子：黑话，灯、放火、起火。

第四章　种种救赎

拥而上，一举攻占了草河岭。依克唐阿见百岁子部得手，挥师进击，乘胜夺回崔家房、樊家台、雪里站等地，日寇退回凤凰城。

百岁子大受鼓舞，高声叫道："兔崽子们，到凤凰城里吃年嚼谷去！"一枝花和陶炮头拉着百岁子，规劝道："小鬼子有埋伏，小心受了腥！"百岁子冷静下来，敌军撤退时毫不慌乱，前面是两山夹一沟，万一小鬼子打埋伏，想撤就难了。他连忙向依克唐阿报告，依克唐阿正在兴头上，命令道："休得胡说，命令你马上带领本部，从寿山、永山逆袭凤凰城，如敢按兵不动，杀无赦！"百岁子无奈，带着弟兄们杀向凤凰城，中途，果然遇伏，大将永山阵亡，依克唐阿丢下前队，率军溃退。古城子乡勇全数被日寇包围，一枝花为救百岁子饮弹身亡，四梁八柱死去大半。陶炮头护着百岁子，率队突围。甩掉敌军后清点人数，所剩乡勇仅一百五十六人。依克唐阿命令百岁子率残部去辽阳，参加海城反击战。

一晃儿，到了光绪二十一年闰五月，天空湿漉漉的，在古城子南门外泥泞的驿道上，走来一支疲惫的队伍，走走停停，停停走走，好不容易挨到南城门楼子下面。一个眼尖的兵丁喊道："杨大老爷，杨大老爷回来了！"

百岁子从前线带回来八十三个伤兵疲将。他跪在永和门外的泥水中，大哭道："我大清国败了！古城子二百多巴图鲁战死了……"

这年三月二十三日，清廷与日本签订了《马关新约》，答应付给小日本"酬报"银三千万两。

百岁子功过相抵，仍保留着镶蓝旗骁骑校的官职，性情却像变了个人似的，不再去韩钱串子茶馆吹牛了，整天关在家里闭门修炼。永治门外的吉林机器局分号也黄了，制造抬枪的废铜烂铁成了朱剪炉的原料。

古城子昭忠祠又多了二百一十七个灵牌。一枝花跟百岁子夫妻一场，连个尸身都没留下，只留下一个哈哈珠子和一个小格格。哈哈珠子叫明德，四岁，早慧。格格腊梅，三岁，正咿呀学语。明德问阿玛："我娘呢？"百岁子抚摸着他的小脑袋瓜儿，说："到那边伺候你法玛和太太去了……"明德说:"我也要去!"百岁子含着眼泪哄他:"孩儿不能去,你得给阿玛养老送终呢。"

这年,进京赶考的毓谦落榜而归。他满脸沧桑,神情忧郁。离开古城子一年多了,在京参加了乙未科会试。这些,对他似乎都不重要。重要的是,在他等待发榜期间,甲午海战失败,丧权辱国的《马关条约》签订,他与十八省一千二百多名举人连署了康有为、梁启超撰写的《上今上皇帝书》,亲身参加了轰轰烈烈的公车上书。然而,他们提出的拒和、迁都、练兵、变法等项主张,都遭到朝廷的断然拒绝。

毓谦不再攻读八股文,每天钻进粟末书院,埋头阅读那些与科举考试无关的书籍。

# 第五章
# 洪水滔滔

客岁徂秋飓风暴雨连降数旬，遍地皆水。又值冬雪濛盖，平地数尺。今春融化，而高阜之区已属泥泞，何况洼地之田，水深数尺，直至五月初旬，丁等始行耕垦，耕垦甫竣，忽复淫雨连绵，洼地注水一二三尺不等，以致小苗被水，颗粒无有。

——古城厅衙门清代老档

## 【平清王】

刚交五月，古城子下起涝套子雨。雨下得邪性，跟拿着柳罐兜头泼水似的，密麻麻的雨脚跑在苫房草上，仿佛奔腾着千军万马。乌云一块墨玉似的压在头顶，没个缝隙。城壕里的水浮溜浮溜的，里面生出鱼秧子[1]。鱼秧子形状怪异，不鲤不鲫，叫不上名字。城内街道成了河道，临街的店铺用泥土叠起三尺高的堤坝，阻止雨水灌入屋内。

南河沿渔民王大白话，从二泡子村摆出平底船，顺着栈道的壕沟，一直驶到永和门下。王大白话已然老得白毛蹀躞，身后跟着背着鱼篓的孙子，进城后径直去了百草堂，给猫月子的孙子媳妇抓药。他是百草堂的常客，在门口的水坑涮了涮脚，推门进屋，一边脱草帽、蓑衣，一边抱怨道："妈巴子的！丁巴儿下，丁巴儿下，人快成鱼鳖虾蟹了……"怀瑾笑着和他打招呼，王大白话从孙子手里拿过鱼篓，递给怀瑾，抱歉说："水太阔，鱼难打，弄点鲇鱼球子，将就着吃吧……"怀瑾打小就认识抓药不给钱的王大白话，鱼就当了钱，或多或少，是个意思。怀瑾道了声谢，随口问道："王叔，庄稼淹了没？"王大白话踅摸一圈，见屋里没外人，发牢骚说："别提了！自打老佛爷六十大寿那天，这老天爷就不开晴了。腊月二十九下暴雪，河套子里的雪，深得没了胯骨轴子，要是没裤裆拦挡着，还不得齐腰！整个正月大雪泡天，好不容易盼到了开春，积雪一化，洼地水深好几尺，岗地都泞得下不去脚。总算把地呲棱干了，没种上一半，又开下了。古城子开辟七十来年，都是骑马坐车乘爬犁进城，划船进城我是头一遭。道两边的地里看不到庄稼苗，到处是蛤蟆骨朵[2]，还有铺天盖地的蚂螂。能见点绿色的只有柳条通，榆树叶子全都被人撸下来当饭吃了……"怀瑾吃惊地问道："家中没存粮了？"王大白话说："有是有，谁敢敞开嘴造？你瞅这个架势，还不得颗粒无收。我们屯子都不

---

[1] 鱼秧子：方言，鱼苗。
[2] 蛤蟆骨朵：方言，蝌蚪。

敢吃干饭蒸饽饽了，一天两顿鱼粥，开始过贱年！咱爷们不外，我跟你说句不该说的话，乡下有人信'金丹道'了，传言'青天当死，金丹当立，驱洋杀官，天下大吉。'嘿嘿，还有人说，这场大水就是老佛爷造的孽……"怀瑾忙做了个制止的手势，王大白话不再嘟咕，把药裹进油纸包，披上蓑衣草帽，领着孙子告辞。

打从三月起，佟铁嘴的家门总是关着，出来进去的人都神神秘秘的。佟家来了个特殊人物——奉天朝阳金丹道教首"平清王"唐佰凌。跟随他一起来的还有四大护道将军，他的侄子唐全猷、唐全铎、唐全豹、唐全盛。佟铁嘴是他的妻侄子，被册封为王府一品军师。金丹道教主杨悦春出自承德府，江湖上称"杨四先生"。杨悦春得异人传授炼丹驱鬼法术，设总坛以行医招收信徒，以红头巾为标志，江湖上蔑称为"红头蛆"。大黑山以西有在理教，以东流传武圣门、金钟罩。杨悦春将两个道门合二而一，劝人学好，禁烟戒酒，习练刀枪不入之术，诵读《梦首经》、《葫芦经》、《文出入法》、《梵王经》、《观音咒》等六书，创立了"无上门金丹道一炷香教"，简称"金丹道"、"圣道门"。光绪十七年冬，金丹道扯旗造反，席卷科尔沁、辽宁、吉林、河北等地，开府称帝，大封功臣，唐佰凌被册封为平清王。这场闹剧四十八天就被平息，杀人二十万，有十余万蒙古人背井离乡。

唐佰凌是奉天义州人，原是金钟罩的首领。杨悦春率教徒攻打朝阳府时，唐佰凌率众响应。造反失败，唐佰凌逃出死人堆，他不敢回家，领着四个侄子，辗转投奔古城子的佟铁嘴。蛰伏数月，见风声渐松，开始到民界招徒入教，宣扬吃素学好，禁烟戒酒，习练刀枪不入之术。

雨一直下个不停，街上难见行人，查街处委官连春闲饥难忍，一个人去了馆子，要了两个下酒菜，有滋有味地喝起来。一个小叫花子往屋里探探头，吱溜闪了进来，凑到连春跟前，嬉皮笑脸地说："占爷，您老若是肯给小的一碟花生米、三两小烧，我就告诉你一个天大的秘密。"连春骂道："小王八羔子，一边去！骗吃骗喝骗到老爷我头上了。你一个要饭花子，能知道啥秘密？"小叫花子卖关子说："占爷，知道平清王不？"

连春一凛，手里的酒盅僵在嘴边，"他在您老的眼皮子底下呢！"连春换了一张笑脸，说："你小子过来坐下。"又吆喝一声，"小二，麻溜上两个硬菜儿！"小二颠颠地跑过来："请问大老爷，再来点啥？"小叫花子比划着说："溜肉段，苏白肉，半斤皇武殿老酒。"小二翻了小叫花子一眼，看连春的脸色，向后堂喊道："溜肉段一盘，苏白肉一盘，皇武殿老酒半斤咧——"

一杯酒落肚，小叫花子急着开口说话。连春夹起一筷头子回锅肉，把他的话堵了回去："急啥！这儿不是说话的地儿，吃得了，找个僻静处再说。"

连春一辈子没干过一件漂亮事儿，不是不想干，而是没机会干。这个天大的机会，砸在了脑袋上，兴奋得他老脸通红。小叫花子酒足饭饱，连春把他带到查街处，关上门单独询问。小叫花子有了几分醉意，大着舌头说："咱是奉天义州人，平清王唐佰凌是咱的老乡，他侄子唐全猷小瘪犊子跟我打过架，烧成灰，也骗不过咱的眼。夜后黑儿，咱要饭要到佟铁嘴家，老瘪犊子一口残汤剩饭也不给，还一脚把我踢了出来。咱的眼睛不揉沙子，看见院里站着唐佰凌和他的四个侄子，都他妈是朝廷通缉的钦犯。听说您老是个讲究的官爷，就特意来报告了。您老升官发财，小的也能跟着借光不是……"连春喜出望外，说："小王八羔子，你放心，爷心里有数。今天就消停地眯在这疙瘩，等爷把案子办了，古城子的好嚼谷，可着你使劲造！"

安顿好小要饭的，连春急三火四地赶到协领府，向喜琳报告。喜琳大吃一惊，连忙吩咐："这可是天大的事！我带马队官兵把守四门，在佟家外面围它三圈儿，你带着查街处的人去抓捕，咱们四更动手，千万不能跑了钦犯唐佰凌！"

四更的梆子响过，连春一声令下，埋伏在佟家附近的十几个兵丁踹开大门。外面的喧闹惊了屋里的唐氏兄弟，唐全猷、唐全铎都会些拳脚，冲出屋拼死抵抗。混战了一刻钟的工夫，喜琳带来马队，把佟家男女老幼全部拿获。连春带着小叫花子一一辨认，当即指认出唐全猷、唐全铎，却不见平清王唐佰凌和唐全豹、唐全盛。喜琳命令道:"严密封锁消息,务必查出其他人下落。"又命令马队参领,"全城戒严,凡是面生可疑之人,一律拘审。"

佟家男女老幼押进大牢,由连春亲自审问。唐全才、唐全铎乜着眼睛,摆出死猪不怕开水烫的架势,不管如何用刑一声不吭。唐全猷尿了裤子,哭唧唧地招供道:"平清王他们回义州搬家去了,不日即可回来。"连春见状,下令把佟铁嘴一家秘密收押,在城内广布眼线,带上小叫花子和唐全猷,到西河沿四家子渡口死蹲死守。一个月后,平清王唐佰凌自投罗网,被拿获归案,打入死囚牢。

喜琳审问唐佰凌:"你在古城子发展了多少党徒?"

唐佰凌乜了一眼喜琳:"劝人学好的事有,不曾发展党徒。"

"从佟家起获的一百多个红头巾作何解释?唐佰凌,还是从实招来,否则,死罪好受,活罪难熬。你躲过了本官,还能躲过将军衙门和刑部大堂么?"

唐佰凌气馁,把入教的党徒一一招供。吉林将军下令,依律把平清王唐佰凌、一品军师佟铁嘴处以凌迟,伪将军唐全铎、唐全豹、唐全盛三人斩立决,伪将军唐全猷绞立决,其余党徒押到法场陪绑,首要分子或流或判,一般信徒枷号游街仨月。

出法场时,百岁子特意到冯家棺材铺买了六口白皮薄棺材,雇乞丐处的花子抬着去了法场,皇武殿烧锅老掌柜武昌派伙计送去断头酒。酒里特意兑了些烟土,是让唐佰凌、佟铁嘴凌迟时好受些。古城子曾有过五马分尸,凌迟还是第一次。民衙门刽子手白富起,担当起凌迟之责。

白富起骑马披红,带着各色刀具,赶往法场。佟家人早早地候在西城门,塞了一百吊钱的银票,跪求道:"白爷,求您老给他个痛快的。"白富起笑道:"您就睛好吧。"

白富起嗜杀成性,却没做过凌迟。他在紫云戏楼里看过《窦娥冤》,里面的唱词说:"张驴儿毒杀亲爷,奸占寡妇,合拟凌迟。押赴市曹中,钉上木驴,剐一百二十刀处死。"大清律规定,凌迟有二十四刀、三十六刀、七十二刀和一百二十刀之分。唐佰凌、佟铁嘴为二十四刀。这让白富起很不痛快，为什么不是一百二十刀呢？

通判孙逢源主持法场，宣布了唐佰凌、佟铁嘴等人的罪状后，断喝一声："行刑——"白富起回了一声："得令！"缓步走到唐佰凌跟前，五花大绑在木柱上的唐佰凌，刚喝过掺了烟土的断头酒，咬着牙说了半句话："小子！好好伺候本王……"白富起笑着说："听说唐爷练就一身刀枪不入的金钟罩，今天，试试白爷的刀快还是你的金钟罩硬。"他从各色刀具中选了一把，"刺啦"下去，血溅在脸上，嘴里吼出皮影戏里凄哀的戏文：

"通判太爷把我传，受剐的反贼听爷言：一刀、二刀切眉眼，三刀、四刀要双肩。五刀、六刀是前胸脯，七刀、八刀手肘间。九刀、十刀剔两肋，十一、十二大腿干。十三、十四是小腿肚，十五刀下把心剜。十六刀下枭尔首，小命从此归了天。十七、十八剁双手，十九、二十两腕残。廿一、廿二切双脚，廿三、廿四两腿完。"

佟铁嘴吓得尿了裤子，四大护道将军唐全猷、唐全铎、唐全豹、唐全盛，个个面如土灰。百岁子看不下眼，骂了一句："妈巴子的！亘古以来哪有唱着戏文杀人的？白富起，老瘟犊子，你就嘚瑟吧，迟早得遭报应……"

古城子的雨一直下到老秋，转眼飘成了雪。冬月初一，将军府一品诰命夫人裕瑚鲁氏病殁了，因破案有功赏加副都统衔的实缺协领喜琳，按照朝廷丁忧制度，要停职在家守孝二十七个月，朝廷调三品顶戴记名协领瑞霖署理古城子协领。瑞霖是珲春镶红旗佐领，在省城当差。

因活捉平清王有功，连春也晋升为三品顶戴记名协领。连春对这道任命很不高兴，吉林将军这道命令，未免有点不近人情了。连春肚子里不是心思，嘴上却说："让爷干爷还不稀罕呢！满世界跑胡子，剿不胜剿，逼得燕儿不下蛋，什么好差事……"

这年，吉林全境大饥，匪患日重，朝廷特别批准：吉林省盗匪不分轻重、首从，一律按响马盗贼例斩立决，枭首示众。

【秀才修渠】

将军府三福晋树氏的腰上,终于挂上了钥匙串,这串钥匙象征在将军府的权势。大将军老爷图里琛对家人宣布:在大福晋丧事期间,由树氏执掌府里内务。

图里琛一辈子娶了七个福晋,常年住在将军府的有六个。大福晋殁了之后,还剩下五个。二福晋伊拉氏只生了个东珠格格,三福晋树氏因子而贵。这次越过伊拉氏,临时当家,地位高出了一大截儿。虽说梅家最宠着东珠,可小姑奶奶远嫁京城,想替亲讷讷撑腰眼子,也鞭长莫及。二少爷喜璜回了老宅,与长兄喜琳夫妇一起,为嫡母服斩衰。

喜璜六岁时离开古城子,随阿玛在江宁读书,后以荫生入国子监,通过考试后,调吉林将军衙门任职。虽说是丁忧回籍,面带戚容,仍不掩其英俊本色。小头鸡脸的喜琳和他站在一起,不免自惭形秽。喜璜的眉眼越来越像百岁子,只有嘴不像,百岁子是大嘴丫子,喜璜是方口红唇。

百岁子心里撂不下喜璜,趁着给大福晋吊祭的机会,带着妻妾儿女前往赙赠吊孝。杨家的大格格惠娣穿了一身白色素服,跟在父母身后翩翩地进了灵帏,犹如一只白蝴蝶,府里发出一片啧啧赞叹声。树氏见了百岁子,像防贼一样紧紧地盯着。百岁子拿五做六地交了赙赠银票,领着家眷到灵柩前,给裕瑚鲁氏行三跪九叩大礼,孝子喜琳、喜璜连连叩头拜谢。喜璜抬头的瞬间,与惠娣的大眼睛对了光,虽说是一瞬间,两个情窦初开的年轻人心跳得都不太自然。百岁子偷偷乜了眼自己的骨肉,竟落下眼泪,索性对着大福晋的棺材大哭起来。树氏蹙着眉头,拉了下百岁子的袖头:"杨爷节哀顺变,快请到客厅吃茶……"

惠娣跟着阿玛出了将军府,心里还想着那个披麻戴孝的青年。百岁子低着头,百味杂陈,一路哽咽,突然憋出了一句:"造孽呀!"本就莫名其妙的全家人都愣怔了,不知他哭灵是啥意思,更不知他这话是啥意思。

晚上喝酒,百岁子依旧不住声地叹息。汤瞎子"吱溜"一口小酒,翻着白眼仁说:"放不下了?"百岁子"嗯"了一声。汤瞎子笑道:"我给你讲个瞎话解闷。从前有个老和尚带着小和尚去化缘，路过一条河拦住了去路，一个少妇哭着哀求老和尚：'把我抱过河去吧？'老和尚便抱起少妇过了河，放下之后继续上路化缘。又走了一程，小和尚突然问老和尚：'师傅，出家人不是男女授受不亲么？你为什么抱那个女人呢？'老和尚听了大笑说：'我早已把她放下了，你怎么还没放下呢？'"百岁子豁然，把鹰嘴铁核桃往炕上一扔，说："算了，喝酒！"

封门雪下了一夜，雪片子蹭着窗户纸，天地一片窸窣。惠娣躺在被窝里，翻来覆去睡不着，闭上眼睛是梅家二爷，睁开眼睛还是梅家二爷。二爷的眼神儿，是喜欢上自己的眼神儿。惠娣胡思乱想着，迷迷瞪瞪被锣鼓声惊醒，一群人把她推上了戏台，台下是黑压压的观众，自己却不知道要演什么。琴师和喇叭匠来了个小过门，她随口唱道：

"红月娥回到绣楼胡思乱想，忽听鼓打三梆锣，常言说人得喜事精神爽，闷来愁肠困睡多。手托香腮打了一个盹，你看我还做了一个梦呢！梦见罗章来娶我。手扶楼窗往外看，一宗一样看明白。一进屯子三声炮，惊动大哥和二哥。忙得大哥往外跑，我二哥后边紧跟着。鼓乐吹的将军令，然后改作小登科。小女婿骑着高头大马，陪姑爷的骑着乌嘴骡。院子当中请下马，让到上房把茶喝……"

台下有人喝倒彩："呜，唱错了！把罗章唱成喜璜了！"惠娣一惊，自己明明没唱错，难不成是言由心生？琴师也跟着起哄，打板的也不打了。惠娣拼命地大叫一声："啊——"

原来是一场梦。屋里寂静黑暗，只能听见窗户上簌簌的落雪声。她突然感到不祥：妖道令儿说，梦见唱戏预示着要出乖露丑。

猴年的春节过得寒碜，古城子没有一拨秧歌，不少人家除夕夜都没吃上吉利饽饽。乞丐处的花子有了活儿干，每天从大雪壳子里捞出几个死倒儿，拽到穷神庙，码成马莲垛，等春暖花开后再掩埋。冻死鬼在临死前，会产生回家的幻觉，脱下衣裤，在感觉到浑身暖和的一瞬，把最后的微笑凝固在脸上。

第五章 洪水滔滔

民衙门破五开印,圣功处总理朱稼轩老先生、老爷庙住持邹机太、龙聚寺住持和尚悟觉,都被通判孙逢源请去议事,讨论向龙王龙母祈福之事。

孙逢源说:"本官无德,洪涝频仍,百姓受苦。今天,请来古城子儒道释大家,商量如何为民禳灾祈福。"朱稼轩字斟句酌地说:"尧舜在位时,天下也遭到洪涝灾害,但人们没有把罪过记在尧舜头上。大禹治水成功之后,也遭到流星雨和大地震,人们也没有把这归于天谴大禹,而是大家携手应对困难。老夫以为,只要官民戮力,共克时艰,灾害一定会战胜的。"这话听着光堂,却等于没说。邹机太说:"贫道以为,古城子淫雨大雪不断,是龙王爷爷和龙母奶奶失和所致。正月十五,应耍耍龙灯,让他们亲热亲热。阴阳平衡,自然风调雨顺。"悟觉和尚赞成说:"道长说得在理。"

正月十五的龙灯会,由旗、民两方张罗,旗人的龙灯队伍由皇武殿烧锅出资,民界的龙灯班子由余翰林府承办。正月十四开始,第一天在龙泉寺耍龙灯,取悦于龙王爷;第二天在关帝庙,取悦于关老爷和岳武穆;第三天到龙母庙,取悦于龙母娘娘。舞龙灯的汉子在大雪壳子里翻腾跳跃,个个汗流浃背。人们虔诚地舞蹈着,希望龙王龙母能发发慈悲。太阳佛前,磕头祈祷的人络绎不绝。

有人想到了土著巴拉人老萨满大其格的神力,大其格早已仙逝,他的衣钵传给了弟子大温克萨满。大温克欣然受命,举行了隆重的野祭,唱起萨满神调与上天沟通。旗民向至高无上的天神阿布卡恩都里[1]奉献了十七只白羊、十七头黑猪、十七只五彩山鸡,邀来古城子最有威望的十七个二神,敲响十七面单鼓子,燔柴祭拜,对着十七层天唱着悠扬而古老的神调。神调用的是鼻音,哼哼呀呀,伴随着单鼓子蓬蓬的敲击声,直上云霄。人们跪在没膝深的雪地上,仰天祈祷。果然,雪住了,磨盘一样的乌云裂开了一道缝隙。大温克摇动手中的神木杆,神木杆上倒绑

---

[1] 阿布卡恩都里:满族创世父神。

着翠绿的松树枝条，上端穿孔系绳的薄木片，发出呼呼的声音。鼓声听了，歌声住了，神灵附在了大温克的身体上。大温克力大无比，神木杆转动得赛过风火轮，卷起阵阵狂风。当年，老萨满用这个法术，吹散了漫天的乌云。大温克的道行浅了些，乌云开开合合、合合开开，最后，米粒子似的雪又降了下来。须臾，盖住了大温克喷出的鲜血。

妇女们想到了"扫天娃娃"——家家户户的窗户上都贴个小纸人——两手紧握大扫帚，叉腿横扫乌云。上古流传下来的群体性"扫天止雨"，没有产生效力，雪一直下到冬尽春来。

东南吹来的花信子风，融化了皑皑白雪，桃花水瞬时冲下山，江河沟汊跑起了冰排。过了清明，地里依然白亮亮的一片汪洋，麦种落不了地儿。谷雨过了，内涝还是不见缓解，田野里听不见点葫芦的敲击声，泥泞的田垄下不去糠耙。

百岁子到自己管辖的镶蓝旗各屯查看灾情，鹰嘴铁核桃扔在了家里，湿漉漉的空气中，核桃变得水唧唧的，玩着别扭。镶蓝旗十个营子坐落在城南，地势最洼，灾情也最重。都过了芒种了，连半垧地都没种上，屯丁们眼睁睁地瞅着农时，一寸一寸地溜走了。

百岁子来到被水围困的小四屯。小四屯叶屯达的家里狼烟地洞，弥漫着蛤蟆头烟叶的辛辣。南北大炕上，十几个大粮户盘腿坐着，议论着抗灾自救的话题。已经呛咕了四五天，越呛咕越泄气。众人见百岁子来了，像盼到了救星，趿拉着鞋迎到大门口。

众人簇拥着百岁子上了炕头儿，叶屯达敬上一袋烟，屯达夫人抠搜出两个鸡蛋，冲了一碗鸡蛋水子。百岁子又饿又渴，"咻溜咻溜"先把鸡蛋水子喝下，才打起了精神。他问众人："农谚说，过了芒种不可强种。你们不琢磨抗灾自救，都在这儿起啥腻？"大粮户七嘴八舌地说："杨大老爷，我们比您还急呢！天天呛呛，天天想辙，我们这几个屯子的地儿是古城子的锅底坑，井都浮溜[1]浮溜的了，水没处泄……"百岁子说："照

---

[1] 浮溜：满语"溢"。

第五章 洪水滔滔

你们这么说，就得死挺了？"一个大粮户眼窝子浅，呜呜嗨嗨地哭了。他这一哭，其他人也眼泪汪汪的，低着头"吧嗒吧嗒"一个劲地抽烟。

大家影在烟雾里，半晌没了话语，却从门口传来了一声冷笑。百岁子扭头一看，发笑者是叶家年轻塾师附贡生乔焕章，怒目嗔怪道："你这个秀才好生无礼，大家愁苦，你却发笑。"乔焕章走进里屋，给百岁子施了个礼："大人休怪学生造次。学生以为，与其做无益的向隅而哭，何不齐心治水，作一劳永逸的排涝入河工程呢？"叶乡约斥道："小乔，不得在大老爷面前胡说！咱们这个锅底坑的水如何进得了拉林河？"百岁子挥手制止叶乡约，笑着说："乔先生，快请炕头坐，跟本官说说你的治水良策。"乔焕章施礼道："学生才疏学浅，谈不上有什么良策。上古治水，鲧用堵的办法，没有成功；禹用疏导，成就了千秋功业。学生年少无知，愚者千虑，以为若解古城子内涝，亦应采用疏通的办法。因势利导，就能把水泄到拉林河里。"百岁子鼓励道："说得好，请说得再详细些。"乔焕章说："学生近日踏查，发现古城子大水漫溢不出的原因，主要是王暖屯后的那条拉拉岗的横阻。如能举全城之力挖开拉拉岗，不仅可泄我们十个营子的水，还可以将古城子周边的水引入拉林河，解万世之忧。"百岁子笑道："果然人多出韩信，乔先生言之有理。"乔焕章说："排涝工程涉及旗、民两衙门的管界，若靠私下商议，倍觉万难。杨大人如能为我等主张，请两衙共襄此事，才能事半功倍。"百岁子说："没问题，事不宜迟，你们联名写个恳恩书，其余的事儿，包在本官的身上。"乔焕章立即取来文房四宝，笔走龙蛇，写就请修排涝干渠的恳恩书，大粮户们在上面按下了手印。

恳恩书递到旗、民两衙，协领瑞霖、通判孙逢源大为震撼。瑞霖对孙逢源说："千秋大业，义不可夺，我旗衙门坚决支持，派骁骑校百岁子全权负责挖沟泄水事宜。"孙逢源捻髯道："久闻乔焕章年轻干练，民衙门召其为顺水差员，处理民界挖沟泄水事务，配合杨大人把好事办好。"很快，一条顺水壕从古城东南起，经刘顺屯南、陈镶蓝四屯、张世官屯、贾家店，在姚家店汇入拉林河。另一条起于城西，经陈镶红四屯、新镶蓝五屯，在新镶蓝二屯与来自陈正红四屯的北流排水支渠汇合，直奔民界孙仁窝堡，凿穿拉拉岗，过王暖屯吴金屯之间，在乔得喜窝堡入拉林河。憋了一春带半夏的大水，通过主干渠，奔腾地泄入拉林河。各家各户人自为战，挖了无数条小排水渠，把田里的积水排泄出去。

内涝缓解，为了抢种庄稼暂停挖壕。芒种已过去了将近一个月，再有几天就是小暑了。

百岁子和乔焕章累成了驴样儿，脸色黛黑，眼珠子塌进眼窝，两腮剩下了一层皮。百岁子喜欢上了小秀才乔焕章，暂停挖壕当天，拉着他到家喝小酒。酒过三巡，喊来惠娣，介绍说："大格格，这位就是大名鼎鼎的古城子大禹——乔焕章，跟阿玛一起治水救民的大功臣。"乔焕章连忙施礼："见过大格格。"惠娣却一反常态，耷拉着眼皮敷衍着还个礼，连句话也没说。

"这孩子！"百岁子笑着嗔怪道，"忒没规矩，见生人知道害臊了……"

地刚抢种了一半，大雨又来了。从六月初旬下到七月中旬，淫雨连绵，滂沱不止，先前挖的泄水渠窄浅处被污泥淤死。百岁子和乔焕章带着民工，把拉拉岗扩宽了一丈五尺，深挖五尺余，才确保了泄涝的顺畅。

大雨过后，温暖的太阳终于出来了。大地里的谷子像懂人语似的疯长，谷穗齐刷刷地伸了出来。灌浆时，一场怪异的黑风袭击古城，无情地摇磨着嫩嫩的谷穗，也摇碎了人们猴年的最后希望。


【城南教案】

杨家大格格相中了将军府的二爷，这事儿被她的亲讷讷二娘桓氏知道了。桓氏眼盱，奔着旺枝儿，喘吁吁地告诉了哥哥欠登。欠登赞成说："好事呀！梅家二爷我见过，一表人才，和咱家的大格格绝对有夫妻相。"桓氏说："耳朦觉着老爷想把大格格许配给乔秀才，那可咋整？"欠登说："放着大宅门不找，找个小秀才，我妹夫脑袋灌水了咋的？这事儿你甭管，娘亲舅大，我找他说去。"

百岁子有点气不顺，在家生吉林将军延茂的闲气。年底，协领瑞霖向将军衙门报灾，按照自己的意见，把灾情形容成"百年不遇之奇灾"，年景拟定为三分收成，请求减免租税、开仓赈济。延茂将军把瑞霖一顿臭骂，武断地核定为四分收成，不许放赈。还骂他百岁子不识大体，给了记大过一年的处分。百岁子抱屈呀，跑到协领衙门摔耙子："说我不识大体，我挖渠排涝的功劳为啥只字不提？这个豆饼官，爷不当了！"瑞霖劝解道："杨大人，你不用上火，军宪大人处分的不是你，是在警告本官呢。"

百岁子赌气回到家，见欠登盘腿坐在炕上，缓了脸色敷衍了一句："他大舅，戏班子有事儿？"

欠登笑道："没事，过来和妹夫扯扯闲篇儿。"

百岁子说："我哪有那个工夫，瑞协领下令，让我们未雨绸缪，购粮备赈呢。嗔是的，延茂那个老瘪犊子把古城子核定为四分年，不得放赈。要求自行调剂照顾缺粮户的口粮，义仓所存谷子少的能数出粒数，根本不够用。"

"大掌柜，你也忒认真了。办事不由东，累死也无功。将军胡说八道，你就跟着随帮唱影儿，到时候饿死人，也追究不到你，你腾出点工夫管管大格格的婚事吧！"

"咋的，这事你也知道了？我相中了乔秀才，带回家里，可大格格不搭拢……"

欠登嗔怪道："你这个当阿玛的就是心粗，大格格心里有人了，你却乱点鸳鸯谱。"

百岁子停住手中转动的核桃，吃惊地问："啥？有谁了？"

"将军府梅家二爷喜璜。"

听到喜璜两个字，百岁子一个高蹿起来，急赤白脸地说："胡扯起来了！断断不可。"

"怎么不可？大格格的牌儿亮，不怕他喜璜相不中。"

百岁子心里话："我的格格怎么能嫁给我的儿子呢！"可这话说不出口，寻思半天，才找到一个理由："人家正在给嫡母守孝，还得二十多个月才能除服。这时候提亲，绝对不行！"

"那就等，反正大格格是铁了心了。"

百岁子甩手给了欠登一个嘴巴："操你讷讷的！我还没死呢，这个家没你叭叭的份儿！"

欠登捂着脸说："娘亲舅大，你当阿玛的说不出个幺二三来，大格格的婚事就由不得你了。"

"还反了你个保定府的狗腿子……"

"有章程，你再来一个嘴巴，免得偏艡。"欠登叫号道。

百岁子心里明镜似的，知道打欠登没道理，欠登不知道底细，像个当舅舅的样儿。他舒了口气说："乔秀才那小伙子不大离儿，心慈面善。咱家大格格强势，嫁给他，一辈子不会受屈。"

"这不是理由，我看梅家二爷也挺儒气的，再说，大格格相中了，做牛做马，她乐意。"

百岁子辩论不过欠登，央求说："我的亲大舅哥，算是妹夫求你了，除了喜璜，古城子的小伙子你随便选，这总行了吧？"

"你当是挑瓜呢？大格格就相中了梅家二爷，我凭什么随便给她选？"

百岁子实在没辙，叫过欠登，在他的耳畔小声嘀咕了几句。欠登的一张脸登时变得铁青，要说什么，嘴被百岁子捂住了："就这么回事！"百岁子牙疼似的说道，"烂在肚子里的事，被你这个瘪犊子硬逼出来了。这事要是传出去，就是几条人命！"

"那该咋整？"

"你不是说娘亲舅大么，这事儿，你得想办法帮妹夫圆全喽。"

欠登翻了阵白眼，想不出好辙，说了句"造孽"，转身走了。

杨家大格格是古城子唯一进过紫禁城顺贞门的秀女。

那年，大格格十四岁，穿着簇新的旗袍，和应选的秀女们在神武门

第五章　洪水滔滔

外下了骡车,由太监引入静怡轩,六人一排接受选阅。她很打怵,尽量保持着端庄。她清楚地看见皇上直勾勾地望着自己,看着皇上伸手要留她的牌子。突然,太后老佛爷阴森森地说了句:"撂牌子。"皇上连忙把手缩了回去。就这样,娘娘的身份和她擦肩而过,带回来一支御赐绢花。

欠登为大格格的婚姻大事掂量了好几天,按照戏中的思路,编排着如何让她回心转意,使她死心塌地不再惦念梅家的二少爷。当然,最简单也最有效的办法,就是挑明了他俩亲兄妹的关系,但这绝不能够。好在二少爷还要继续守孝两年,这期间,无论如何也不会派人提亲的。

欠登把瞎子老汤使唤出来,用测八字吓唬大格格。欠登假装不知道大格格的心事,笑着问道:"惠娣,跟大舅说实话,咱这古城子的小青年,有没有能看上眼的?"大格格红着脸点点头。欠登说:"跟大舅说说,大舅帮你成全喽。"大格格嗫嚅了半天说:"将军府的二少爷。"欠登欲擒故纵地说:"行。我先给大外甥女扫听扫听,看看你俩的八字合不合。"第二天,他煞有介事地拿回来一张纸条,对大格格说:"淘换到了,走,让汤瞎子给合合。"

汤瞎子早就被百岁子吩咐过了,装模作样地掐算了半天,突然大叫一声:"不好!"

欠登问:"怎么个不好法儿?"

"这是谁家的男女?"

"这个您就甭问了,只管直说不妨。"

汤瞎子说:"按照行里的规矩,宁拆十座庙,不拆一对婚。既然是东家的内亲问我,我也就只好实话实说了。这个男子应该是个大宅门的后生,少年得志,前途无量。这个女子也出身世家望族,貌若天仙,百里挑一。按说,郎才女貌,应该是天作之合的婚姻。可是,男子水命、女子土命,这就犯了相克的大忌。我这里有现成的判词——水土夫妻不久长,三六九五见阎王。回头是岸脱苦海,各奔东西喜洋洋。"大格格脸红一阵白一阵,啐了两口吐沫,气哼哼地走了。欠登连忙跟了出去,说:"咱不听他瞎驴放屁。走,去老爷庙请邹道长掐算掐算。"邹道长也受了百岁子的嘱咐，先是测八字，摇摇头。又摇六爻，还是摇摇头。对欠登说："出家之人不打诳语，八字和卦象都不吉利。"欠登说："您老直说，怎么个不吉利法？"邹道长说："这两个孩子都是好孩子，前世是庙里的金童玉女，做得了兄妹，却做不得夫妻。"欠登故意问："做夫妻能怎么着？"邹道长说："要遭天谴。"欠登问："我愿意花大钱，您老能不能给破破？"邹道长说："这是天命，贫道不能违天命。"欠登瞅了瞅一脸绝望的大格格，二人出了庙门。

大格格说："你回去问问，做小行不行？"

欠登一怔，转身又进了内堂。一会儿，哭丧着脸出了屋，小声说："邹道长说，做大做小都一样，你的命硬，得先把二爷克死！还说，你要是思念他，他都得闹病……"

大格格的眼泪簌簌地流下来，发狠说："这辈子不嫁人了，出家当尼姑去！"

一晃儿，鸡年的端午节到了。土著把端午节叫做"孙章阿以能以"，翻译成汉语就是"五月节"。古城子的旧俗，一不赛龙舟，二不吃粽子，而是家家插艾柳、挂葫芦、吃鸡蛋。传说在很久很久以前的五月初五，天神阿布卡恩都里听说古城子人变得尖头了，便派个金牌使者下凡查验。金牌使者很聪明，装扮成一个卖油郎，边走边吆喝："卖油咧，一葫芦半斤，仨葫芦一斤。"古城子人贪图占便宜，争前恐后抢购。唯独一个老法玛不买，提醒卖油郎说："你算错账了，一葫芦半斤，仨葫芦是一斤半。"买油的人非常生气，骂老法玛多管闲事。卖油郎卖完了油，找到老法玛，告诉他说："古城子的人心都变坏了，五月初五晚上，瘟神将到这里降瘟灾。你是个好人，我告诉你个躲避瘟疫的办法——在门檐上插艾蒿柳枝，挂个纸葫芦，再吃几个鸡蛋，就可以躲过这场灭顶之灾了。"卖油郎说得了，化作一片彩云飘走了。老法玛知道这是神仙点化，便挨家逐户地通知大家，在五月初五这天，门檐上插艾蒿柳枝，挂纸葫芦，吃鸡蛋，古城子由此躲过了一场瘟灾。从此，相沿成俗。

天刚麻麻亮，惠娣乘坐着斗子车去了龙母庙，赶车人是她大舅欠登，一脸的不乐呵。桓氏躲在屋里啜泣,阿玛百岁子站在门口,绝望地嘟哝一句:"这个死爹哭妈的犟种哟……"心口抽搐,一个跟斗栽在地上背了气。绝食三天的惠娣离开了古城子,到龙母庙剃度出家了。

斗子车"吱吱呀呀"出了城门,与一辆进城的斗子车打了个照面。车里坐着一个洋人——英国传教士劳旦理。

劳旦理是二进古城子,他拿着吉林将军衙门的"尚方宝剑",要在城内创建基督教会,开设施医院,以此为据点大张旗鼓地行医布道。教会设在僻静的辘轳把儿胡同,查街处委官连春,奉命侦察教会的一举一动。他带着两个随从,坐在教会对过姜豆芽子家堂屋,扒着门缝瞄着,嘴里骂道:"洋祖宗来了,看把龚子万、秃耳朵、刘瞎眼他们嘚瑟的!哼,有他们哭都找不着北的那天……"不大一会儿,派过去卧底的报信说:"洋人领着教民选举教会执事呢。老龚想当,劳旦理没看上眼儿,还抱怨他发展的教民层次太低。呛呛了半天,最后让大兴涌老掌柜梁孚贵出任教会执事。"连春对梁孚贵再熟悉不过了,纳闷地问:"这个老西子原先不是信佛么,咋虎拉巴儿改信洋教了?"卧底人说:"梁老西子做猪鬃生意,猪鬃需要出口到国外才能赚大钱,准是为了讨好洋人,多逗俩钱呗。我听说,他信了洋教之后,通过劳旦理牵线搭桥,获得了天津卫英国高林洋行的采办权,一方面帮洋人采买拉林河一带的土特产,一方面售卖洋布、洋油、洋胰子、灯盏、洋铁桶。老家伙这把要蝈蝈了。"连春恨恨地说:"这些个见利忘义的尖头,仨瓜俩枣,就把祖宗给忘了。"

教会成立后,遇到一场连阴雨。古城子六月多雨,正常年景是三天一下、五天一拉拉。六月初二,一大早就是个漫阴天儿,小风中夹带着雨丝。农谚说:"不怕初一下,就怕初二拉拉。"初二拉拉了一小天,初三开始正规地下。这场雨之后,天就不开晴了,一直下到七月中旬。排水濠里的浊流翻滚,浪头接着浪头泄入拉林河。沤烂的庄稼的根须,发出难闻的酸腐气,谷子不待抽穗就站杆枯死了——古城子第四个灾年来了!

百岁子惦念出家的大格格,心里愧疚憋闷。雨天没公务,泡在韩钱串子茶馆吃茶骂街。他要了一壶碧螺春和四碟刘记果腊铺的小嚼谷——

冰了花、萨其马、驴打滚、江米条，独自一人喝闷茶。旁边坐着几个茶客，满嘴跑舌头地扯闲篇。一个茶客说："古城子今年又完了，真是邪了门，哪有连续四年一涝到底的？"又一个茶客说："本来一开春风调雨顺的，教会成立后阴气太重，天人感应，能不下涝套子雨？"一个茶客反驳说："这可不能赖人家教会。洋教说了，所有的人都是罪人，必须承受各式各样苦难的折磨。只有入了教，才能得到主的救赎。"

"纯粹扯犊子！"百岁子隔着桌子骂道，"我泱泱大国礼仪之邦的百姓，怎么就成了要洋天老爷救赎的罪人了？嗔是的，这不是骂人不吐脏字么！"

茶客赔着笑脸说："杨大老爷一语中的。咱们古城子那些个信洋教的不是得到主的救赎了么，他们家的地该涝照样涝。"

韩钱串子偷偷摸摸地在读《圣经》，颇有心得，在一旁笑着说："还是看明白了再说……"

百岁子把鹰嘴铁核桃往茶桌上一砸："爷才没闲工夫看那个歪理邪说！咱们中国四五千年不信洋教，不都好好的么！大汉盛唐，康乾盛世，哪个不是万国来朝，远夷率服。这个道门，那个道门，无论怎么咧咧，都咧不出咱孔夫子的仁义礼智信。信啥都不如信孔夫子，这才是中国人的正根儿！妈拉个巴子的，古城子不归我管，我也管不着。洋和尚要是敢到我的一亩三分地儿嘚瑟，我就灭了他！"

韩钱串子脸上一紧，拎着水壶回了后堂。韩钱串子的弟弟韩老五，在城南镶蓝旗地界上的洼子甸，经营了一个大车店，生意冷清，赚不到几个大钱。前些天，经他介绍，劳旦理花大价钱租赁了大车店，准备成立教堂，挂牌布道。

一个茶客笑嘻嘻地说："杨大老爷，您是装糊涂呢，还是真糊涂呢？韩老五大车店正张罗着挂牌传教呢。"百岁子眼珠子一瞪，问茶客："此话当真？"茶客说："我敢在您老跟前撒谎！不信，你问问韩钱串子。"百岁子满屋子撒睐，没见韩钱串子的人影。到后堂询问，说是去买新茶了。百岁子茶也不吃了，戴上草帽，披上蓑衣，气呼呼地出了茶馆。

第五章　洪水滔滔

顶着大雨，百岁子带上四五个差役，直奔洼子甸韩老五大车店。到了近前，果然看见"城南基督教堂"的牌子挂在大车店门口，里面传出诵读《圣经》的声音：

"上帝用泥土造人，在泥坯的鼻中吹入生命的气息，就创造出了有灵的活人。上帝给他起名叫亚当。但那时的亚当是孤独的，上帝决心为他造一个配偶，便在他沉睡之际取下他的一根肋骨，又把肉合起来。上帝用这根肋骨造成了一个女人，取名叫夏娃。上帝把夏娃领到亚当跟前，亚当立刻意识到这个女人与自己生命的联系，他心中充满了快慰和满意，脱口便说："这是我骨中的骨，肉中的肉啊！可以称她为女人，因为她是从男人身上取出来的。"男人和女人原本是一体，因此男人和女人长大以后都要离开父母，与对方结合，二人成为一体……"

"说些什么乱糟糟的！"百岁子站在教堂门口，嗥喽一嗓子，里面立刻静了下来。百岁子喝道："韩老五，你这个瘪犊子，给我滚出来！"韩老五没来得及打伞，光着头跑到门口，不待答话，被百岁子劈头盖脸一顿臭骂，然后喝令随从："把屋里的乡愚全部撵走，把那些洋玩意儿都给爷扔出去！"

差役们大吼大叫着驱赶教民，教民仗着人多与之对峙，领头的是姚俭旺。百岁子大骂道："姚大土鳖！你老小子敢暴力抗法，杨爷就灭了你！"姚俭旺知道百岁子的脾气，低着头退了出去。眼见姚俭旺一报熊，教民们一哄而散了。差役们把教堂的牌子和传教器物、书刊，统统扔进大车店旁的臭水坑。百岁子在里屋发现了王约翰，揪着他的半拉耳朵，讥讽道："秃耳朵，你那万能的主咋还没给揍一对人耳朵呢？嗔是的，有章程，你让大雨停了、谷子苗活了……"王约翰表情庄重，不做回答。百岁子又戳着韩老五的鼻子，警告说："你这个瘪犊子，要是再敢在此设立洋教堂，小心我摘了你的嘎随！"

第二天一早，劳旦理、梁孚贵、韩老五，气昂昂地进了协领衙门，就城南教堂被砸事件，向协领瑞霖提出强烈抗议。劳旦理态度强硬地说："我遗憾地正告协领先生，您必须按照《天津条约》惩办百岁子，并依据宽容条款，赔偿教堂所有损失。否则，我将通过领事馆向贵国皇帝提出交涉。"瑞霖说："劳旦理先生，本协领必须提醒你，这是在我大清国土上，且不说设立教堂，就是开办个鸡毛小店，也应该得到政府批准后方可兴建。你们擅自私设教堂已然违规，出了纠纷，尚未搞清楚谁是谁非，就以言语要挟本官，是不是太过分了？"劳旦理说："对不起协领大人，我只是希望得到公正处理。"瑞霖说："本官忙于救灾，此案交查街处，由委官连春负责审理，请诸位先回去候着吧。"

连春的平庸在古城子出名，他例行公事，把百岁子传唤到查街处，笑嘻嘻地说："我的杨爷哟，您老这几年的脾气可见长啊，把事儿整得挺大扯。您让我明白明白，到底是咋回事？"百岁子从容地编瓜结枣地说："那天，佃户老刘抓住一个姓王的偷青贼，押送到我那里，经过审理，偷青贼招供说，他是韩老五招住的民户。本官按照规定，罚偷青贼一吊钱，以示薄惩。孰料韩老五怀恨在心，暗中调唆洋人，将自家的堂牌、器物抛弃出去，反诬赖是我杨爷干的。嘿嘿，请连爷明察。"连春再平庸也不会相信这些不着调的话，憋着笑说："杨爷，您就吃柳条拉粪箕子——编吧！"话虽如此说，还是让书吏原汁原味地录了下来，端给了协领瑞霖。

教会收到这样的审理结果，把劳旦理气得半天说不出话来，带着四名信教随从，去省城申告。吉林将军害怕引起外交纠纷，饬令瑞霖妥善办理，戒躁用忍，务求化解矛盾。瑞霖长叹一声，把正红旗佐领明海叫到内堂，吩咐了一番，说："韩钱串子是正红旗屯丁，百岁子与你也有交情，你的面子大，两头说和说和，都退一步，别让洋人借着因由难为咱们的朝廷。"

明海，京旗莫尔登氏，为人厚道，穷的也交，富的也维，古城子人都尊他一声"明公"，在本旗说句话从来没不好使过。他先把韩钱串子和韩老五请到公所，亲自给他们斟了碗普洱茶，慢条斯理地唠起了家常。韩钱串子兄弟都是精明人，明白这里的马高蹬短，韩钱串子赧颜说："明公大老爷，我家老五是不是给您老出难题了？"明海笑道："还是明白人好说话。你们韩家和杨家也算得几代人的交情了，尤其这个百岁子，捧了你家茶馆多少年。为了个教门,忘了旧情,大不应该。"

韩老五赔着笑脸说:"这事,都赖王约翰没事先整明白,只求明公大老爷不追究小的们罪过,便是最大的恩典了。"

"你们不告了?"

"不告了。"

"这就对了。兄弟阋于墙,外御其侮,咱们古城子人,不能做出让洋人看笑话的蠢事。"

明海说服了韩家兄弟,接着去了百岁子的家。往常,百岁子泡茶馆,这会儿和韩家作了仇,韩钱串子茶馆就没法儿去了,一个人在屋子里转磨磨。明海拎着一坨陈了二十年的茶砖,笑呵呵地进了门:"杨爷,看看我给您带来啥东西了?"百岁子喝绿茶不喝红茶,但他明白茶品,他拿在手里端详了一会儿,嗅了嗅,抠一块放在嘴里咂品,点头说:"好东西,老货,一点呛味儿都没有。"二人落座,看茶,没说上三句,百岁子开始发牢骚,破口大骂洋教。明海静静地听着,直到他骂累了,才笑着说:"杨爷精忠报国是尽人皆知,这次砸教堂也一点儿不为过。可是,投鼠须忌器。咱大清积贫积弱,洋鬼子船坚炮利,朝廷不得不委曲求全,您惹乎他,协领为难,将军为难,朝廷也为难。信兄弟一句话,戒躁用忍,抬抬手让大家都过去得了。"百岁子沉吟了半天,说:"依着我的性儿,非一把火把韩老五大车店烧了不可。既然明公大哥说了,就依您。您说怎么着,我就怎么着。"

明海说通了百岁子,最后去了梁孚贵的柜上。此时的大兴涌成了吉北唯一的洋行,生意兴隆,忙得梁孚贵半天脱不开身。明海笑吟吟地看着。半天,梁孚贵才办完应急的事儿,一脸抱歉说:"明公大老爷,怠慢了。"明海简明扼要地讲了自己来的意图,说:"你和百岁子都是古城子场面上的人,虽说经常在一起斗嘴,也图着一个乐呵。为了洋人洋教,反目成仇打官司,犯得上么?再者说了,你也知道,打官司劳神费时,一年是它,三年五年也是它,咱古城子因官司纠缠倾家荡产的还少吗!你是个买卖人,和气生财。"梁孚贵也不愿意打官司,是遵劳旦理的指示才去的衙门,说:"小的怎敢和杨爷结怨。明公大老爷既然如此说,小的不敢再要求什么了。只要杨爷派人把教堂的牌匾给重新挂上,今后不再到教堂里驱赶教民,小的甘愿撤诉。"

洼子甸教堂重新挂牌,特意选在了古城子文庙、魁星楼、启心书院竣工剪彩之时。由于资金充裕,古城子文庙又添建了崇圣祠、大成门、圣域贤关、棂星门、泮池桥。一组仿古建筑金碧辉煌,尤以魁星楼最为壮观。魁星楼高三层十丈九尺,巍峨耸立,成为古城子第一名胜。里面供奉的魁星,由整根檀香木雕刻而成的,是仁义汪家用一万吊善款购回。魁星造型如鬼,面目狰狞,金身青面,赤发环眼,头上长着两只角。魁星右手握着一支硕大的朱笔,做出点状元的姿态,左手持一只墨斗,右脚金鸡独立,踩着一只大鳌的头上,意为"独占鳌头",左脚摆出扬起后踢的样子,以求在造型上呼应"魁"字右下的一笔大弯勾,脚上是北斗七星。

虽是饥馑之年,旗、民二衙仍不惜亏空巨万,举行了隆重的开庙剪彩及首祭大典。

开幕式上,十几家私塾的童生,分列棂星门广场两侧,齐声诵读《论语》的经典章句。随后,参礼嘉宾在典仪的引领下,整理衣冠,随着典仪高唱"启户",大成门缓缓打开。鼓生击鼓,嘉宾来到大成殿月台前。主祭官孙逢源盥洗双手,为至圣先师奠帛、献爵、上香。月台上,三十六名身着红色祭祀服装的舞生跳起庄重整齐的六佾舞。丝竹响起,唱出对至圣先师的赞美之词。百岁子的银凤戏班特意唱了三天大戏,皮影戏南家班、二人转那家班也在书院前搭起戏台。

发起者毓谦没有参加典礼,一个人坐在粟末书院里,对着满桌子的书籍冥思苦想。

洼子甸教堂十分安静,里面传出一阵咏唱赞美诗的歌声:

"不求奢华,无需宽敞,只愿关爱铺满床。卸下烦忧,远离伤害,只盼阳光洒满房。每一个人,每一颗心,总得有归宿,疗伤的窝,避风的港,家是天堂!"

# 第六章

# 晾网地

先有古城子,后有哈尔滨。

——古城子民谣

**【田家烧锅】**

傅老屁闲着没事,坐在门口晒眵目糊[1]。一只苍蝇围着他的脸嗡嗡,怎么轰也轰不走。烧锅早已停火,连续四年的灾荒,喝酒的人少了,酿酒本身也成了糟蹋粮食。从四月起,城里旗、民二衙设了粥厂,遵老掌柜武昌的吩咐,源聚烧锅的粥厂还没开门,要等到青黄不接的褃节儿上——仓里的存粮不多时。

赵炮头站在炮台上,四面望风。他皱着眉头手搭眼棚,眯缝着眼睛看了半天,回头冲傅老屁嚷道:"大柜头儿,坏了!好像是一帮老毛子,奔咱家烧锅来了!"

老屁一个鲤鱼打挺站起身,说:"麻溜关大门,让弟兄们抄家伙。"他趿拉着鞋,忙三迭四地上了炮台,瞪圆眼珠子向西张望。在二阶台地的小毛道上,走过来十几个人,其中有两个人是中国装束。所有的人都骑着大洋马,背着快枪,乌黑的枪管在阳光的照射下闪闪发光。人马后面跟着三辆洋马车,虽是满载货物,却奔走如飞,显得很轻快。

须臾,人马到了烧锅门前,老屁认出了其中一人——穿着巴图鲁坎肩的大胖子——古城子管理民界委官云骑尉恩祥,老屁笑着打招呼:"恩胖子,你不好好在衙门当差,怎么和老毛子勾搭上了?"恩祥不高兴地说:"老屁,见了恩爷也不出来迎接,放什么没味儿的屁!告诉你,朝廷请洋人帮着咱大清国修铁路了,老爷我是奉旨办差,麻溜开门,安排点好嚼谷。"

老屁怏怏地下了炮台,引领着来人进了上房,让伙计烧水沏了一锅糊米茶招待客人。俄国人整天吃牛羊肉,体味腥膻,老屁不自觉地捂着鼻子。恩祥介绍说:"李中堂老大人与俄罗斯签订条约,答应洋人在咱们这疙瘩修铁路,这是他们的勘测队。这位是队长尼古拉底哈诺夫,这位是翻译高丽棒子老金。其余的是工匠、大师傅、洋郎中。他们刚从伯都讷过来,查看路程、地势。要在你这里小住几天,店有店钱,米有米钱,

---

[1] 眵目糊:方言,眼屎。

帮着张罗张罗吧。"

老屁笑着推辞说:"这个主我可做不了,您得到城里问问老掌柜武昌。"恩祥怒道:"老屁,你跟我晒脸[1]不是?老子是奉吉林将军的钧旨办差,我说住哪儿就住哪儿,少跟我讨价还价。"

老屁挠了挠头皮,讪不搭地说:"你非要住,我也不拦挡。不过,咱丑话说在前头,我家雇用的糟腿子啥人都有,丢个东西弄死个人,你可别赖我。前些日子,一个老客非要在烧锅借宿,随身带的枪被一个糟腿子偷跑了。你们带了这么多的铁家伙,忒招风……"

恩祥打了个愣神,呛老屁道:"你说咋整?总不能把这些洋大人扔在江边受清风吧?"

老屁往前欠了欠身子,说:"离这儿不远的田家烧锅屯有个姜家店,条件相当不错,仨瓜俩枣就能把店包下来。我看住在那儿比较稳妥。"

恩祥给了老屁一个脖溜儿,带着洋人呼呼啦啦地走了。老屁揉着脖子把他们送出烧锅,长长地舒了口气,心里还是没转过磨儿:铁路是啥玩意儿?老毛子不好好在家待着,隔山跨海地跑来修啥铁路?老屁瞅着洋人屁股后的烟尘发呆,赵炮头贴着他的耳朵说:"大柜头儿,顺到手一支快枪。"老屁喜欢枪,连忙拿到手中摆弄,笑骂道:"都说山狼水贼,你的胆儿也忒大了,青天白日就敢搠包儿[2],也不怕漏水[3]?麻溜藏个稳妥的地方。"转头又说,"这些个老毛子一时半会儿走不了,你们都给我提防着点儿,他们是朝廷的客儿[4],咱惹不起,告诉下边儿都消停点,少起屁。"

老毛子铁路勘测队赖在哈尔滨不走了,很快古城子尽人皆知。没人知道铁路是个啥东西,传起来有鼻子有眼的,叫人心里忙乱。皇武殿烧锅的两个分号都在哈尔滨,老掌柜武昌放心不下,带着孙子庆发去了分号。

---

[1] 晒脸:方言,惹人生气。
[2] 搠包儿:黑话,偷抢东西。
[3] 漏水:黑话,被人发现。
[4] 客儿:方言,客人。

爷俩先到下号源聚烧锅,老屁把他们迎进上房,边沏茶边白话:"老掌柜、少掌柜,都说老毛子来咱这疙瘩修铁路,我看未必!这些天,我一直远远地瞄着,这些家伙拿些莫名其妙的东西,起早贪黑地到处比划,我怀疑是洋罗盘。准是打着修铁路的幌子,学古时候的南蛮子,来咱这疙瘩憋宝呢。"武昌问老屁:"这荒草甸子能憋啥宝?"老屁说:"小时候听我太奶奶说,当年金兀术把南朝二帝的九鼎抢过来,稀罕得没法儿,害怕被宋人偷回去,不敢放在国库里,就埋在了咱们这疙瘩,用马踏平,等长满了蒿草才撤。为了保密,把知道这件事的人全都杀了,只留下一个对他忠心耿耿的将军,命令他世代守护在这儿,为他看护着这些宝贝。"武昌疑问道:"那个将军是谁呀?"老屁说:"我家的老祖宗。"武昌扑哧笑了:"你可得把藏宝图看紧了,别让老毛子偷去。"老屁仍很认真地说:"没有藏宝图,不过有个藏宝谣,我家老爷子跟我说过,云山雾罩[1]听不懂。老掌柜,您的学问大,我念给您听听:

"'昏德铸鼎九成宫,帝鼐涂黄御笔封。宝牡苍风蔡贼体,彤阜晶魁亦得铭。我主珍藏金源地,九曲八转临江城。蒲察后族好看守,九鼎现时天地崩。'"

武昌听了,心中不免一凛。他的老姓是完颜氏,追根溯源,金兀术应是他家的远祖。傅家是说不清道不明的臭糜子,傅老镇跟山东人说自己是山东人,跟山西人说自己是山西人。如果老屁说的谣确系家传,傅家肯定是女真遗族蒲察氏无疑。傅家近三代人都没文化,无论如何也编不出这样的文字。能口口相传,必有其说道。

老屁又把如何哄骗胖子恩祥,让他带着洋人住进姜家店的事学说了一遍。武昌叼着翡翠鎏金小烟袋,夸奖说:"你做得对,非我族类,其心必异,还是敬而远之的好。"

从源聚烧锅到田家烧锅屯的上号,有二十多里的路程,中间是一疙瘩一块的民认旗东地。一路荒凉,没有村落。偶尔有一两个马架子、地

---

[1] 云山雾罩:方言,说话不着边际,令人困惑不解。

窨子,住着衣衫褴褛的佃户。佃户清一色是闯关东的汉子,这一带俗称"跑腿子窝棚"。

田家烧锅屯归属古城子管辖,是民界中的大村落。屯子里有两个烧锅,一个是汪家的分号永发源,也简称"上号",一个是田家的永兴德,俗称"老号"。去年,老号遭胡子洗劫,把生意挑了,田掌柜心灰意冷,举家去了阿勒楚喀城。屯里还有一个香坊,用朽木作原料生产黄香。屯头是个大车店,因掌柜姓姜,大家都叫它"姜家店"。武昌爷俩打马进了村子,见姜家店门口站着几个俄国人,手里拿着玻璃棒子,一边叽里咕噜地聊天,一边喝着玻璃棒子里的酒,闻着空气中弥漫的酒香,知道是皇武殿老酒。庆发没见过玻璃棒子,觉得新奇,不时回头观看。

永发源烧锅里,执事人赵忠海正和姜家店掌柜姜大明白扯闲篇。姜大明白是来柜上沽酒的,俄国人得味这口,也舍得花钱。四年灾荒,米贵如珠,酒价跟着翻跟头涨,一斤皇武殿陈酿要一块银元。

赵忠海见老掌柜进了院,丢下姜大明白过来迎接。武昌主动和姜大明白打招呼:"姜掌柜,久违了。您这是要办事情吗,怎么打这么多酒?"姜大明白笑道:"老爷子,我真得谢谢您老呢。幸亏老屄把老毛子介绍到小店,让我的买卖兴隆了。嘿嘿,那些老毛子个个是大酒包,成全了我,也成全了您的宝号,每天都得一大坛子。"武昌问:"他们什么时候走?"姜大明白说:"大概是不走了。听金翻译说,老毛子的大清东省铁路公司,原先打算从海参崴迁到伯都讷,后来相中了咱这疙瘩。测绘队准备在小店猫冬,明年开春,铁路公司就迁过来开工筑路。"武昌疑惑地问:"铁路是啥东西?"姜大明白放下酒坛子,卖弄地说:"这件事,老爷子您是问对人了,整个古城子也就我略知一二。这个铁路哇,就是在地上筑起高高的地基,在地基上铺上猫爪石,然后放上用木头做的枕头,最后铺上两根铁轨,一根接着一根,就成了铁道。在铁道上走路的是马神[1]。这个马神相当尿性,不吃草料,吃木头绊子和煤炭,呼哧呼哧地喘粗气,

---

[1] 马神:源于俄语"机器",这里指火车头。

能拉动上千匹马拉的东西，跑起来比马还快。坐在上面稳稳当当，一点也不颠屁股。有工夫，到小店去看看他们的沙盘和模型，一看就知道了……"武昌听着有点不靠谱，低头给翡翠鎏金小烟袋装烟。庆发对马神产生了兴趣，问姜大明白："马神长几条腿？""没腿，用铁轱辘跑。马神的头是铁轱辘，拉的车厢也是铁轱辘。一个车厢能装十万斤货物，一个马神能拽三十节车厢。"庆发暗暗吃惊，想到了诸葛亮发明的木牛流马："老毛子到咱古城子修铁路、造马神，图希个啥？"姜大明白摇头说："这个咱就不知道了。"武昌吸了一口烟，吐出一串烟圈儿，慢条斯理地说："咸丰朝，老毛子霸占了我大清多少土地，今天又来我满洲故里修什么铁路，黄皮子给鸡拜年，能安啥好肠子！"姜大明白悻悻地说："朝廷答应人家了，咱老百姓也抵制不了。来的都是客，全凭一张嘴。管他呢，你我有钱赚就行呗。"说着，抱起酒坛子走了。皇武殿老酒度数高，他回到店里兑上水，再卖给老毛子，一斤酒又能多赚二钱银子。

吃过晚饭，武昌躺在炕上迷瞪一会儿。庆发精力充沛，趁着法玛休息的工夫，一个人转悠到姜家店。俄国人都在饭堂喝酒，柜台上放着一个方盒子，上边是巨大牵牛花样子的喇叭，发出女人吱吱啦啦的歌声，还有许多乐器伴奏。姜掌柜双手杵着下巴，陶醉的麻子脸显得十分生动。

"姜大叔。"庆发轻轻地喊了一声。姜大明白回过神儿来，满脸堆笑说："小秀才，快进屋，屋里坐。"庆发没进饭堂，小声说："方不方便？能看看马神模样吗？"姜大明白说了句新学会的俄语——"哈拉少"，引领着庆发进了上房。

上房屋子中间放着一个大沙盘，上面有山川平原，还有一条铁路，铁路上摆着一列火车。虽然是模型，却很直观，让人一目了然。墙上挂着地图，标注着俄文，庆发看不懂。他俯身细看火车："这个就是您老说的马神？"姜大明白"嗯"了一声。庆发端详了半天，却找不到"机关"，摇头自言自语道："怎么和诸葛亮的木牛流马一点也对不上号……"

胖子恩祥侧侧棱棱[1]进了屋，塌鼻梁上架着一副墨镜，学着老毛子的样子耸了耸肩，洋腔洋调地说："克撕吧杰尼姜，涅涅涅！怎么把外人领进来了？要是尼古拉大人怪罪下来，怎么交代！"姜大明白笑着解释："不是外人，仁义汪家的秀才，过来和我结算酒账。"

"哦，原来是汪家大宅门的小爷儿，失敬失敬。"恩祥客套了一句。

庆发笑着施礼说："恩大人，不必客气。"

恩祥皮笑肉不笑地"嗯"了一声。他嫉妒汪家，当初来古城子屯田，两家相差无几，可是今天却有壤霄之别了。汪家的房产几乎占了整个东北隅，自家只有六间海青房。汪家的一个小秀才到哪儿都有人高看一眼，自己是世袭罔替的云骑尉，却处处不招人待见。

前些天，翻译金圣伯私下告诉他一个天大的秘密——俄国人要把东清铁路[2]的枢纽，建在哈尔滨船口的晾网地上。明年开工，这片荒原将寸土寸金。金圣伯没有承领资格，恩祥有，恩祥兴奋得一夜没合眼。第二天，他回到了古城子，把自家的六间海青房典了出去，带着银票直接去了协领衙门，花了七百七十吊制钱，报领哈尔滨船口的两块晾网地，共计有三百五十垧。那是一片最不值钱、无人圈种的荒原，每垧作价才两吊零二百文。

恩胖子像一个赌徒，进行一场不是上天堂就是下地狱的豪赌。赌败了，将一无所有，流离失所，甚至卖儿卖女；赌赢了，他就将点石成金，一夜暴富，拥有俄国人铁路局租界的四分之三街基地。每每想到这一天，他肉呼呼的大脑袋就感到阵阵的眩晕。

庆发和胖子恩祥没话可说，起身告辞，恩祥拦挡说："你来得正好，俄国人相中了你家烧锅，想用它作铁路公司的总部。你开个价儿，多少钱合适？"庆发推辞说："这个我不敢做主，你得问我法玛。"恩祥翻了下眼睛，不高兴地说："你回去把我的意思转达一下。告诉你法玛，别破

---

[1] 侧侧棱棱：方言，摇摇晃晃，横着膀子逛。

[2] 东清铁路：即中东铁路。

大盆端掉沿儿了。你家不卖，永兴德乐不得呢。"

庆发回到永发源，执事赵忠海正和法玛说这件事，法玛把小烟袋磕得火花四溅，说："不卖！老毛子就是给座金山银山，咱也不卖。"

武昌低头吸了半天烟，打了一阵咳声，抬起头满腔悲愤，对孙子说："李中堂，也忒荒唐了。先签了个丧权辱国的《马关条约》，已然留下千古骂名；这次又引狼入室，让老毛子深入到满洲故里修什么铁路。老毛子是什么东西？嗔是的，法玛今天把话撂在这儿，你能看到那天儿，请神容易送神难，我堂堂的天朝上国，将来就要毁在这条铁路上。李鸿章啊，天下哪有送地给外国人修路的国策？假途灭虢，连这么浅显的道理都不懂，你妄为了大清国的头等钦差大臣啊！"

## 【乱象丛生】

梅将军府的三福晋树氏得了外科[1]，一会儿哭，一会儿笑，蛇一样盘在大堂的柱子上，从将军骂到老妈子。

按照古城子老太太们的妖叨令，她这是得了"外科"，也就是鬼神和故去的家人附体了。女人得这种外科很常见，只是树氏来得太突然。

喜琳和喜璜脱下孝衫后，二福晋伊拉氏带头起屁，四福晋、六福晋也不服管了。伊拉氏说："大宅门有大宅门的揆程，大奶奶莫尔登氏才是将军府的正堂香主。如今，大奶奶既然除服了，管家的大权就得名至实归。"莫尔登氏是喜琳的原配大福晋，京旗，她的阿哥明海，是古城子三品顶戴佐领，妹随兄贵，也算是大宅门家出来的格格了。

晌午，回任古城子协领的大爷喜琳，让人把二爷喜璜叫到客厅说话："守孝期间，多亏三娘主持府里事务，甚是辛劳，我们当小辈的过意不去。如今一切正常了，就别让你大嫂躲清闲了，你过去替我向三娘道声谢。"

---

[1] 外科：方言，传被邪魔外祟所附体，西医为癔症。

喜璜听明白了，说："二弟也得回省城供职了，今天晚上辞行时，我一定把话过给三娘。"

树氏掌管了二十七个月的内务，舍不得腰间那串钥匙。

"咚咚咚，"一阵轻轻的敲门声。树氏把钱匣子塞进炕琴[1]，拉腔拉调地问："谁呀——"

"我，喜璜。"

树氏忙不迭地下炕开门："快进屋，外头冷，小心着凉。"娘俩说了一会儿闲话，喜璜小心翼翼地说："三娘，儿子明个儿就得回省城当差了，真有点舍不得走。"树氏含着眼泪说："走吧。没法子的事儿，官身由不得自己。好好当差，也混个将军当当。"喜璜笑了，说："将军是朝廷的封疆大吏，我一个风吹不着雨淋不着的文官，哪能有那么大的造化。再者说了，当多大的官操多大的心，哪如当个闲职享清福。"树氏戳了一下儿子的脑门儿，嗔怪道："你才几岁？净说没出息的话！当将军一年多少进项？当书吏多少进项？我都这么大岁数了，还不敢享清福呢。"

喜璜试探了几次，树氏就是不肯说交钥匙的事儿，喜璜只好把话挑开了："三娘，晌午大爷跟我说，您老管家太辛苦，当晚辈的过意不去，想请您老享享清福……"树氏一听，愣怔半天，赌气把拴在腰上的钥匙解下来，往炕上使劲一摔，说："大爷这是卸磨杀驴呀！你麻溜给他们送过去。娘我辛辛苦苦图希个啥？操这份心，忒犯不上，弄得一个个跟乌眼鸡似的。"喜璜赔着笑脸说："还是我娘开通，您老攒足了精神头儿，等儿子结了婚，巴不得请您老当家理财呢。"树氏的脸舒缓了，说："这话娘乐意听，你二娘、四娘一个个眼皮下浅地嫉妒我，可惜肚子不争气啊。娘有你这么个亲儿子，就不在乎她们瞎嘀瑟。三十年前看母敬子，三十年后看子敬母。"说到这个，脸上又有了笑模样，转话道，"听我儿这话是有相好的了，啥时候给娘领回来？"喜璜说："在省城，倒是有人给儿子提亲，都被我谢绝了。儿子的意思是在古城子找，知根知底，还

---

[1] 炕琴：东北一种用来装被褥的家具。

能就近侍候您老人家。"树氏点点头，说："我儿，你相中谁家的格格了？娘托人说媒去。"喜璜红着脸说："紫云楼杨家的大格格……"树氏的脸色一僵，心里叫苦不迭："这个孽障，咋哪壶不开提哪壶！"她厉声打断喜璜的话头："那个丫头片子万万不可，你也不打听打听，那是个什么人家……"喜璜说："挺好的人家啊，杨家是吉林陈满洲世家望族，在古城子也是三代官宦。"树氏拍着大腿吼道："我说不行就不行！再者说了，杨家的大格格到龙母庙出家当了尼姑，难不成你还要娶个小尼姑做媳妇么？"喜璜大惊道："来吊孝时还是个水水灵灵的大围女呢，怎么好端端地就出家了？"树氏没好气地说："你问我，我问谁去！"

"我知道。"二福晋也惦记着那串铜钥匙，跟着喜璜过来躲在窗外听动静，听喜璜没帮三娘护着钥匙，没心没肺地接上娘俩的话头，"二爷，这事儿二娘最清楚不过了。杨家大格格来吊孝，一眼就相中你了，发誓非你不嫁。可她阿玛不知道抽什么邪风，演了一出棒打鸳鸯。大格格是个烈性女子，一怒之下出家当了尼姑。"

树氏本以为能搪塞过去，却被二福晋不分青红皂白搅了局，破口骂道："我们娘俩说话，你过来放什么闲屁！"

二福晋说："我放啥闲屁了？不就说句实话么，你咋成了疯狗，逮谁咬谁呢？"二福晋热脸贴上了冷屁股，一摔门子走了。

喜璜茶呆呆地坐在炕边儿，百思不得其解。老辈子之间得有过多大的过节，能干出如此不可思议的蠢事？他站起身走到门口，给亲娘撂下一句狠话："大格格能非我不嫁当尼姑，我这辈子非杨家大格格不娶！"

第二天，喜璜一大早回了省城。家人照例在饭堂吃早膳，三福晋树氏鸟儿悄[1]闪了进来，冲着众人冷笑不止，家人都撂下饭碗，不知她要起什么幺蛾子。树氏脸色惨白，平素的圆脸拉成鞋拔子样儿，眼睛射出蛇一般的寒光，逼视着家人。冷笑戛然而止，一声号啕之后，树氏开始浑身战栗。突然，她顺着木柱爬了屋顶，盘在大柁上。一家男女面面相觑，

---

[1] 鸟儿悄：方言，悄无声息。

谁也没见到过这样的阵势。树氏放声大嚎，嚎得委屈而悲凉，哭声里夹着唱腔：

"你们这些丧良心的东西！我保着你们老的保你们小的。梅家败那个小瘪犊子，凭什么打了三百场仗肉皮儿都没伤过？都是我在暗中替他抵挡，弄得我遍体鳞伤啊！他当了将军，给自家盖了富丽堂皇的将军府，我呢？还让我在永兴复烧锅的碾坊里受穷哩……"

喜琳乍着胆子喝了一声："三娘，你不乐意交钥匙，也犯不上装神弄鬼吓唬人。赶快下来，有话好商量。"

树氏在大柁上翻了个身，反过来呵斥喜琳："你个黄嘴丫子没退的哈哈珠子，忒没规矩，敢和我这么说话？没有我，你阿玛就是个败家子。没有我，你小子能当上一品荫生？这回老毛子来咱这疙瘩修铁路，要把长虫沟截成两段，你也不去管管。我仙家的老窝没了，看谁还保佑你们梅家……"

喜琳不敢乱说话了，吩咐管家："麻溜把长房老太太请来，看看这是咋回事。"

梅家长房图里亨的老伴伊尔根觉罗氏，一辈子无儿无女，笃信道教。自图里亨去世，便皈依了盛京的三清宫，道号一贞。一会儿，老道姑一贞飘然进宅，抬头看了一眼树氏，问道："你是哪路仙家呀？"

树氏傲慢地说："我是你梅家的保家仙常四太奶。这些年你昏了头，供奉我一点儿不如你婆婆勤谨，我念你寡妇可怜，就不挑理见怪了。今天你来做啥？是来敬神的，还是来挡横的？要是挡横，你那点道行差远了。邹老道也不行，得把三清宫的方丈请来，我们才可以平起平坐。"说着，像一条游蛇似的在梁柁立柱之间穿行，吓得一贞连忙退了出去，责怪喜琳夫妇说："你们是咋搞的，咋把仙家得罪了？三福晋这是被保家仙附体了，快去找大萨满吧。"

大萨满带着二神进了将军府，精疲力竭的树氏躺在地上昏睡了好一会儿。大萨满折腾了一天一夜，才把神搬了下来，经过一番较量，却败下阵去。大萨满对喜琳说："协领大太爷，小的道行太浅，三老太太要想好,没有别的办法,只能出马。"出马,就是当职业萨满。喜琳摇头说:"不行。将军府的太太,就是被魔死,也绝对不能跌这个份儿。"

五福晋在一旁出主意说:"大爷,我听说施医院的洋郎中傅多玛会治这种病,咱们古城子有几个得癔症的女子,吃了他给的白药面儿,立马就不闹腾了。"

喜琳沉吟了一会儿,说:"挺几天看看……"

树氏闹得越发凶了。趁家人没看住,她一路风似的跑到老爷庙,盘在了大旗杆的半当腰上,立即招来一帮闲人看热闹。她俯身看着黑压压的人头,变声变调地大骂:"万不是人揍的梅家败,欺男霸女的梅家败,逼良为娼的梅家败……"围观的人惊诧地张大嘴巴,抬头望着朝廷一品大员的侧福晋,古城子旗衙门协领的三娘,听着她骂古城子最有出息的江宁将军。几个妇女招呼她:"三老太太,您可不敢胡说,快下来……"

道长邹机太无法清净,他走出方丈,仰起头和颜悦色地说:"老施主,这儿是关老爷的山门,您闹不得!"这句话果然有分量,树氏跐溜滑了下来,颠着小脚直奔紫云戏楼。树氏进了戏园子,盘在戏台的柱子上,接茬大骂图里琛。百岁子闻声而出,看着树氏疯疯癫癫的样子,心中可怜,劝解道:"三太太,您这是何苦哇?有啥想不开的,至于这个样子……"话没说完,树氏已从柱子上出溜下来,勾成鹰爪的一双手,直奔百岁子的眼珠子。幸亏百岁子多年习武,闪躲腾挪,没让树氏得手。树氏不知哪儿来的章程,紧追不舍,追出了半趟街。

喜琳不敢再耽误了,怕闹出什么丑闻,对五福晋说:"五娘,死马当做活马医,去给三娘请洋郎中吧。"又特意叮嘱了一句,"加点小心,别让人知道是咱将军府请了洋郎中。"

家人按住树氏,傅多玛翻了翻树氏的眼皮,诊断为"歇斯底里病",给了几包白色的药面儿,还送了一本普及基督教的通俗读物。树氏服了药面,情绪果然安稳了。五福晋担心再犯,又去取了两回药面儿。傅多玛告诉她:"这种药只能暂时缓解病人的情绪,只有万能的主才可以拯救她有罪的灵魂。她不能把罪埋藏在心底,要向主忏悔,这样就会得到主

第六章 晾网地 157

的原谅和救赎,她就会远离魔鬼,健康一生,将来到天国中享受无忧无虑的永生。"

吃了洋药面儿的三福晋,整天茶呆呆的,不言不语。大奶奶莫尔登氏下了严令,府内尊卑人等一律不得招惹她,门子要昼夜死看死守,不许她迈出大门半步。

源聚烧锅执事人傅老屁升官了,被古城厅任命为新成立的哈尔滨牌首任乡约。哈尔滨牌是个大牌,管辖着傅家店、四家子、马家沟、秦家岗、任家窝堡、剪草岭、田家烧锅等方圆数十里的地界。

老屁在古城厅培训三天,回到家里夸官。傅老镇在当院补渔网,见儿子趾高气扬的德性,乜了一眼说道:"乡约是几品啊?咋没顶戴花翎呢?咱家老祖在大金国是正一品的长公主驸马都尉,也没你这么大的闪神儿。"听了这话,老屁的腰杆子一下子塌了,红着脸嬉笑道:"我也没把这个玩意儿当回事,可人家说哈尔滨是全厅第一大牌。大牌的乡约,就得学会'耍大牌儿',不然让人瞧不起。"傅老镇扑哧笑了。老屁接着说道:"我这个乡约和旁的不一样,主要是跟老毛子打交道。朝廷和官府都怵着老毛子,我不怵,到我这一亩三分地儿,再强的龙也压不了我这个地头蛇。爹,您帮儿子瞅着点,老毛子有啥动静,派人告诉我一声。"傅老镇问他:"当了乡约,还在不在汪家吃劳金了?"老屁说:"劳金还得吃,乡约没皇粮,辞了烧锅执事喝西北风去?"傅老镇小声嘟哝:"一心不可二用,耽误了烧锅的营生,能对得起东家?你这个乡约,纯粹是嘎牙子上供——多鱼(余)……"

老屁有当官的心劲儿,手下各屯各设一名地方[1]。地方是他的眼线,负责监视俄国人,通风报信。早晨起来,他安排妥烧锅里的事儿,骑马去视察自己的领地。春风拂面,一排排南来的大雁,"人"字形贴在天边,成群的野鸟鸣叫在枝头,大地里已然遍地耕牛了。马家沟新来了三户山

---

[1] 地方:相当于屯长。

东棒子,是胖子恩祥的佃户。买不起牛,五个汉子拉着一副犁,汗水浸透了薄衫。

"傅大乡约——"

老屁循声望去,是田家烧锅张地方抄着毛道跑了过来。张地方气喘吁吁地告诉他:"老毛子的大队人马来了。"老屁故作镇定地说:"来就来呗,慌什么神儿。你在前面带路,本乡约去会会他们。"老屁见多识广,已经四次见过俄国老毛子。第一次是同治三年,他是站在岸上隔水看见的,影影绰绰,不大清楚。第二次是同治五年,也是隔水相望,俄国的火轮船把他家的呆赫网搅碎了。第三次是同治十一年,一群老毛子从哈尔滨船口上岸,他躲在渔窝棚里看得真切。第四次是上年,他三言两语把俄国勘测队诳到了姜家店。

姜家店停着满载货物的大车,到处是男男女女的老毛子,姜大明白满脸堆笑,操着毛子话和他们打招呼,无论对方说什么,他都不迭声地"哈拉少"。老屁使劲咳嗽一声,姜大明白这才看见老屁站在门口,迎过来说道:"傅大柜头,哪阵风把您吹来了?"张地方在旁边纠正说:"傅爷如今是乡约了。"姜大明白恭维道:"原来大柜头高升了。傅大乡约,今后小店还得仰仗您发财呢。"老屁不耐烦地说:"别说那些乱糟糟的淡话,我问你,这店里来的什么客儿呀?"姜大明白说:"俄国铁路工程公司,从海参崴迁到咱这疙瘩来了。除了原来勘测队的,其余的都是公司的戈比旦和骚鞑子……"老屁嗔道:"你能不能跟本乡约说人话?什么胳膊单、骚鞑子?"姜大明白解释说:"就是大官和小喽啰。"老屁点点头,问姜大明白:"谁是公司的大'胳膊单',让他过来见本乡约。"

一会儿,姜大明白引领过来一个老毛子,此人身材高大,留着山羊胡子。姜大明白用毛子话介绍说:"这位是哈尔滨牌傅乡约,这疙瘩最大的戈比旦。"又用中国话介绍老毛子,"这位是俄铁路公司工程师希特洛夫斯基。"希特洛夫斯基伸出手,老屁没理会那只毛茸茸的手,抱了抱拳说:"本乡约奉古城厅新任通判柳大年的差遣,过来保护你们的安全。希大人,请把你们的情况报告本乡约,以便本乡约提早安排。"希特洛夫斯基收回手,摇着头耸了耸肩,傲慢地说:"我不需要你的保护,我有自己的护路军,我所有的行动都受两国签订的《合办东省铁路公司合同章程》保护,你和古城厅无权干涉。"老屁冷笑道:"希大人,别忘了你要借地修路,有章程今后别找老子!"姜大明白一看谈崩了,用毛子话和希特洛夫斯基叽里咕噜半天,希特洛夫斯基才向老屁做出一个请进的手势。

落座后,希特洛夫斯基说:"我们是从符拉迪沃斯托克迁来的,途经宁古塔、拉林,今天到的哈尔滨。我们一共来了八十人,主要是工程师和技工,还有四十五名骁勇善战的哥萨克士兵,警卫队长是巴夫列夫斯基大尉。此外,我们还带来了一位气象员、两名厨师和一个医生。姜家店住不下,一部分住在马家沟屯,一部分住在镶黄旗二屯。我们需要开设一条驿路邮局,总站设在姜家店,经三姓屯、镶黄头屯、火烧锅,从八家子出古城境,抵达终点站伯都讷新城,感谢傅乡约主动帮忙。"

老屁点点头:"这还不大离,本乡约需要集中考虑。"老屁起身告辞,出了姜家店。张地方伸出大拇指赞道:"牛!这个大牌儿把老毛子戈比旦给耍服了。"老屁说:"这才过一招儿,朝廷都怕的洋鬼子,没一个是好弄的……"

俄铁路工程公司果然不是好弄的。他们在马家沟、姜家店、镶黄旗二屯,随意搭帐篷,到处钉木橛子。马家沟地方老鲁,带着十来个山东汉子,闹闹嚷嚷地来找傅乡约。老屁生气地骂了一句:"这帮红胡子,真把哈尔滨当成他家后园子了。"又对老鲁说,"你们是死熊啊?胳膊上长的手爪子是干啥的?他们能钉,你们就不会拔?!"老鲁说:"老毛子拿枪拿炮的,我们长几个脑袋?"老屁喊了一声:"你不会等他们走吗?你不会把橛子挪到地界外吗?"

拔橛子渐成风潮,希特洛夫斯基向吉林将军长顺发电抗议。长顺大惊,连忙以五百里加急公文,饬令古城子佐领喜琳、通判柳大年,派员弹压维护,向旗民人等解释朝廷向俄借地筑路的合同条款,消除惊恐情绪,警告说:"如若再有拔橛子事件发生,唯喜琳、柳大年二人是问。"

接到将军衙门饬令,喜琳和柳大年各派官兵,分别到旗民两界弹压百姓。

欲仙楼大掌柜余庆涵的儿子余琥霁,担任民衙门巡检。余琥霁在官场上栽了个跟斗,凭借家资巨万,又花钱捐了个正九品的差事。他带着一班衙役,气势汹汹地到了哈尔滨地界,请铁路公司俄方人员引领,开进了拔橛子的策源地马家沟屯。马家沟屯依沟而设,余琥霁下令,在屯口放了一阵排子枪,然后带队进屯,抓几个带头闹事的老山东子。老屁听到枪声,飞马赶到马家沟屯。屯子外是荷枪实弹的衙役,屯子里是一群拿着锄头、镐把的山东汉子,正剑拔弩张地僵持着。

老屁不惯着余琥霁,耍起了大牌儿,质问道:"巡检大人,你这是来帮老毛子唬洋情呢,还是来安抚百姓呢?你也算是个书香门第的后人,这地有地契,佃有文书,古往今来,谁家的地随便让人钉橛子?你要抓人,先把本乡约抓喽。"余琥霁也不含糊,瞪着眼珠子骂道:"老屁,别把乡约当朝廷命官。你要敢聚众抗法,本巡检就先拿了你!"老屁叫号道:"你拿你拿,不拿,你是大姑娘养的。"佃农们呼啦一下把老屁护在中间,手持家伙,拉出搏命的架势。余琥霁见无法收场,软了脸色说:"老屁,瞅你这熊脾气,还当真了。我这不是做做样子、走走过场,糊弄老毛子嘛。你也别和我置气,这弹压的差事是咱俩的,你说怎么办,我听你的。"老屁说:"让铁路公司说清楚,为啥没事钉橛子。只要不伤害百姓的利益,一切都好商量。"铁路公司的一个翻译说:"钉橛子是测量的标记,如果征地占地,公司自会按市价购买租赁,这个尽管放心。"老屁说:"这还像话,你回去告诉老希,这是哈尔滨牌的地界,他们无论干什么,不通过朝廷可以,但必须经本乡约同意。"翻译赔着笑脸说:"我一定把您的话向希特洛夫斯基先生禀报。"

老屁一挥手,对村民说:"散了吧,该种地就种地,今后别拔橛子了。"

佃农扛着镢头重又回到了田里。余琥霁阴阳怪气地说:"老屁,你老小子还挺有人望呢。"老屁没接他的话茬,从怀里掏出一张纸条塞给他,耳语说:"这是我刚搞到的一份电文,俄铁路公司给吉林将军衙门的,事关重大,你麻溜回去交给柳大太爷。"

柳大年看过老屁送来的电文,急忙去了旗衙门,把纸条递给了喜琳。喜琳接过来一看,上面歪歪扭扭地写着:

吉林将军阁下:

敝公司现需在阿什河口松花江边购买土地,约长八里、宽四里,用来盖造总车站、车厂、铁路人员住所,以及置放车轨木料等件。请派员会同我们的分段总监工希尔廓甫亲王,快速把地买下来。

茹格维志 谨上

喜琳吃惊地说:"这是朝廷留给哈尔滨网户使用的晾网地呀,虽说官网已撤,名分还在,这还了得!"

## 【路霸棍匪】

正当盛夏,古城子的早晚却凉飕飕的。七月十四半夜,气温骤降,西北沿江一带出现了霜冻,湛绿的庄稼一夜之间蔫头耷脑,冻死在了山上。

百岁子不设崖岸,闲着没事儿仍去韩钱串子茶馆喝茶,上朝似的踱着方步,哗楞着鹰嘴铁核桃,往茶厅中间一站,宛如戏台上的主角亮相,这一天的大戏算是正式开演了。百岁子愤愤嘈嘈地发布了一条消息:"恩胖子,这个不忠不孝的瘪犊子,把哈尔滨晾网地卖给老毛子了。妈了个巴子,一把捞了二十万两白银。"

韩钱串子眼红眼热,咂着嘴说:"恩胖子这把可蝈蝈了,二十万两白银,我的爷!十辈子也花不完哪。"

一个茶客说:"未必!来得容易,去得也容易。敢把皇家的晾网地卖给洋人,多大的孽呀?"

韩钱串子瞅了眼那位茶客,话里带刺地说:"吴二爷,您要是有这样的发财机会，就不会撇清了……"

被称作吴二爷的茶客是西官所的屯达，他哼了一声："君子爱财，取之以道。前几天，火烧锅的老毛子相中了我们屯东的关帝庙，拿白花花的银子贿赂我，要租用设什么驿站，当即被我一口回绝。香火善地，圣人庙堂，岂能出租给夷人匪类！"

这句话，赢得了一片赞叹。

百岁子接着又发布一条消息："再告诉诸位一个坏消息，东清铁路马上就要开工了，从哈尔滨向南，途经民界的王岗、蔡家沟子、双井子，从营子里穿过，在车家城子旁边过拉林河。嘿嘿，洋人、土夫一进来，这沿线一带的百姓赌等着遭殃吧。"

茶客们目瞪口呆，在沿线有房有地的主儿更是叫苦不迭，七嘴八舌地问百岁子："杨爷，那可咋办哪？"

"咋办？"百岁子说，"宁可打黄喽，也不能熊黄喽！"

荒凉的城北突然热闹起来，不知从哪儿冒出来几百号东清铁路的土夫，操着直隶一带的口音，在铁路局戈比旦的带领下，驻进了那家窝堡、万家窝堡和高家窝堡。戈比旦的后面，跟随着十几个端着快枪的哥萨克士兵，枪栓掰得"哗啦啦"山响。

翻译官站在那家窝堡幺街中间，大声喊道："老乡们，都出来听铁路局洋大人吩咐……"喊了半天，稀稀拉拉地出来几个胆大的，袖着手倚着墙根看热闹。戈比旦很生气，大声说："修筑铁路的土夫要住在你们这儿，所有村民，两铺炕要腾出一铺炕，两间房腾出一间房，四间房腾出两间房……"说罢，命令翻译挨户分派土夫。村民们不明白为什么要接待土夫，想拒绝，又怵着乌黑锃亮的枪管，还有人多势众的土夫。一时间，屯子里鸡飞狗咬，乱成了一锅粥。

那家窝堡、万家窝堡的土夫，顺利住进了民户。到了高家窝堡，地方李彦崑把他们拦在了村口，李彦崑对戈比旦说："要想进屯子找宿，请把朝廷的章程拿出来。没有章程，谁也不许进。"戈比旦掏出手枪，顶在

第六章 晾网地 163

李地方的额头上,说:"这就是章程……"话未说完,手枪竟落在李彦崑手中,枪口抵在戈比旦的太阳穴上。哥萨克士兵大惊,举枪对准了李地方。

李彦崑,镶蓝旗养育兵,学过武艺,枪法既快又准。他冷笑着命令哥萨克士兵:"都把枪给我放下,不然我就打死他!"戈比旦吓得面如土色,大声叫着:"涅涅,涅涅!"翻译官矮着声音哀求道:"李地方,有话好商量,千万不敢伤了洋大人。"李彦崑说:"马上让毛子兵和土夫们都滚蛋!滚得越远越好。"翻译官问李彦崑:"你啥时候放人?"李彦崑说:"让他跪地发誓,今后决不进高家窝堡,我就放人。"翻译官跟戈比旦咕噜了几句,戈比旦跪地咕噜几句。李彦崑对翻译官说:"让他用中国话说!"戈比旦用生硬的中国话说:"我发誓,今后再也不到高家窝堡骚扰了。"

高家窝堡事件,引来了俄铁路局的照会,戈比旦从哈尔滨调来一个连的士兵,二马投唐包围了高家窝堡。协领喜琳急得火上房,命令连春叫百岁子到现场调停。

百岁子在韩钱串子茶馆起腻,连春跑到茶馆时,他正在品第二泡茉莉花茶,连春跟百岁子说明了情况,火燎屁股似的说:"你咋还不着急呢,麻溜走哇!喜大人让你无论如何说服李地方,同意土夫进屯,免得引发外交衅端……"

百岁子一甩袖子,说:"爷不给老毛子当洋奴!谁乐意去谁去。"

"你不去调解,洋人屠村咋办?"

"他敢!"

"咋不敢,毛子兵都把枪架上了。"

百岁子喝尽剩下的茶根儿,站起来骂道:"这帮不是人揍的牲口!"

百岁子到了高家窝堡,两方还没有缓解。戈比旦哇哇大叫着,拉出向屯子射击的架势,村民们赤手空拳躲在房檐犄角,个个面如土灰。

"都他妈给我消停点!"百岁子站在村口,先发一声大吼。

戈比旦乜了眼百岁子,冲翻译官咕噜了几句。翻译官对百岁子说:"洋大人问你是什么官?要是管事的就把首恶分子抓来,让老百姓按照命令接受土夫。"百岁子斜楞戈比旦一眼,凑到跟前说:"老百姓自己的房子,凭什么非得给你们住哇？我们要是到了你们俄罗斯，行不行随便上你家的大炕？"上大炕是一句骂人话，跟"卖大炕[1]"差不多。翻译没敢翻译，说："土夫们不白住，按市价给房租。"百岁子说："给房租也得好言好语地商量不是？这么着吧，我给你们当回说和人，上等房间一百四十吊至一百二十吊，中、下等房间均价九十吊，同意的话你们就住。"翻译冲着戈比旦咕噜了几句，戈比旦耸了耸肩，摊开双手憋出两个字："同意。"

处理得了高家窝堡事件，百岁子打马回城，半道上又被连春拦住了。"杨爷，您是属穆桂英的——阵阵落不下了。车家城子的俄国总管丢了两杆快枪，喜大人让咱俩过去瞧一眼。"百岁子笑骂了一句："妈了个巴子，这还憋十开锅[2]了！"

筑路工地沿线的村屯，被搅和得鸡犬不宁。镶蓝头屯、镶蓝二屯、镶蓝三屯、双井子、蔡家窝堡、蔡家沟子、任家窝堡住满了洋人、土夫。哈尔滨牌乡约老屁首当其冲，按倒葫芦起了瓢。刚进屋没等坐下，任家窝堡地方哭哭啼啼地来告状："老毛子忒霸道，把土夫安置在屯子里，也不事先言语一声。强占民宅还聚众斗殴，老百姓园子里的蔬菜都让他们罢园了。我让乡勇维持一下，毛子兵把乡勇绑到笆篱子[3]去了。傅大乡约，你可得给我们做主啊……"老屁喘了口粗气，无奈地骂道："这帮不是人揍的老毛子，敢在中国私设公堂！"老屁骑马去了田家烧锅，找铁路工程局头目理论，守门的毛子兵不让进，一枪托把老屁打得蹲在地上。

老屁不服输，托着被毛子兵打塌的腰，到各屯搜集俄国人罪证，连夜派人呈报给旗民两衙：

自从东清铁路动工，哈尔滨牌治安极度混乱，俄国人纵容土夫频繁聚众闹事，其猖獗之状几近穷凶极恶，村屯骚扰日甚一日，或擅取硬索、

---

[1] 卖大炕：方言，卖淫。

[2] 憋十开锅：憋十是牌九中最小的牌，憋十开锅，必输无疑。

[3] 笆篱子：俄语"监狱"。

聚众逞凶，或强要投宿、奸淫妇女，种种凶横，不一而足。如秦家岗屯民人杜家娶亲，有五名土夫进去硬索酒食，次日早晨割人家菜园韭菜不给钱，还与人口角，晚上趁杜家男人外出，这五个人进屋欲强奸新妇，被村邻捉拿捆绑，立即来了七八十土夫，抢回被绑之人，还要讹钱。又有三姓屯土夫二百余人，进屯强行到各家住宿，不论有无妇女，均欲睡在一铺炕上，搅闹三天才散去。任家窝堡也遭土夫骚扰，乡勇出面维持，竟被俄兵绑架押在笆篱子里。一些土夫为了口角小事动辄自相残杀，掘土掩埋了事。以上种种恶行，民不堪命，请协领大人和通判大人为小民做主。

两天后，衙门的回复到了。老屁躺在热炕头上，龇牙咧嘴地敷淤青的后腰，问送信的差役："这么快就有回信了？"差役喝了瓢凉水，抹掉嘴角的水渍，说："给乡约老爷报个喜讯儿，俄国人答应释放任家窝堡的乡勇了。衙门还给您一个尚方宝剑，今后土夫再敢聚众滋事，您老可比照土匪罪，交由民衙门就地正法。"老屁不信，支起身子说："你小子别给我灌迷魂汤，麻溜说，到底是咋回事？"送信人说："这帮土夫，不光在咱这疙瘩撒野，还在城里恃众滋闹，商铺不堪他们的欺负，好多铺面都摘幌了。接到您老的诉状后，喜协领和柳通判二位大人，联名呈文给吉林将军。据说是将军亲自出面，铁路公司自知理亏，答应由古城子旗、民两衙严办不法土夫。"

老屁一高兴，强挺着下了炕，对送信的差役说："走，本乡约得出去巡视一圈，抓两个晒脸的！"

从车家城子洋站回来，百岁子到衙门销了差，才觉出身子骨疲乏，一步三摇回了家。大儿子元德在院子里踱着步背书，抑扬顿挫的，声若洪钟。元德出息得方头大耳，仪表堂堂，是粟末书院老解元溥泉的得意门生。在百岁子眼里，儿子的举手投足都带着帝王之相。

见阿玛进门，元德忙上前打千儿问安，指着客房说："天津来了个客人，等您两天了。"百岁子一怔，洗把脸进了客房，却见一个彪形大汉正在炕上盘腿打坐。百岁子笑着搭讪道："远方贵客来访，恕杨某怠慢了。"大汉睁开环眼，一个燕子点水，轻轻落在地上，抱拳施礼，一口的天津话说道："久仰杨爷义薄云天，在下霍三多，天津卫义和团坎字总坛银牌使者，奉总坛主曹福田口谕，特来古城子与杨爷结盟，设坛习武，扶清灭洋。"

百岁子对义和团稍有耳闻，但不知其是何道门，说："先不唠这些，您略等片刻，我换洗一下就来。"说完，出去让家人备了一桌酒席，自己换了身衣服，返回了客房。

霍三多特别健谈："我义和团以义当先，毋贪财、毋好色、毋违父母命、毋犯国法、毋伤害良民，杀洋人，灭洋教，自备资斧，所食不过小米饭苞米面，不图名，不为利，奋不顾身。最恨者，一是祸国殃民的和约，二是坏我经济的洋货，三是乱我中华的洋教。我大清国的劫运，都是洋人造成的。劫运到时天地愁，恶人不免善人留。天无雨，地焦干，全是教堂遮住天。要想灭洋，朝廷是不行了。只有我们义和团设坛习练刀枪不入之法，才能赶走洋人，重振华夏雄风。"

百岁子听得入耳，笑着问道："早年听说过铁布衫、金钟罩，不知义和团所练何种神功？"

霍三多说："主要是诵读《闭火分砂咒》。口诀是'弟子在红尘，闭住枪炮门，枪炮一齐响，沙子两边分'。请神时，升黄表，焚高香。请来关帝、赵子龙、二郎神、周仓和杨师傅等各路神仙，令弟子伏地焚符诵咒，坚合上下齿，用鼻呼吸，口吐白沫，高呼'神降矣！'则跃起操刃而舞。"

"如此就能刀枪不入？"

"哪有这么容易！要想练成刀枪不入的神功，必须是一个绝对不爱财、不干坏事、没一丝邪念，全心全意忠君报国、扶清灭洋的纯粹人。"

百岁子点了点头，问霍三多："曹总坛主的意思是……"

"请杨师傅在古城子设震字总坛口，领袖吉林全省义和团，共建扶清灭洋的大业。"

百岁子听得血往上涌，鹰嘴铁核桃往茶桌上一拍，朗声说道："震字

第六章　晾网地

号总坛主，我杨某当仁不让了！"

二人密谋了几天，成立总坛的脉络日渐清晰。

正当百岁子踌躇满志的当口，协领喜琳召他到衙门叙事。喜琳牙疼似的捂着脸，皱着眉头说："铁路土夫快上万人了，不断地滋事闹事，旗、民两衙管都不管，军宪大人责令，从八旗中挑选出马、步养育兵一百二十名，成立一支专门对付洋人土夫的练队。这个练队管带，我斟酌再三，古城子非你莫属。"百岁子心中窃喜："天赐我也！真是想啥来啥，我这个光杆的义和团坛主手下有兵了。"于是笑着对喜琳说："既然喜大人如此信任，我也就不推辞了。不过，有两个条件得说好：一是要保证及时拨发军饷，二是把高家窝堡地方李彦崑调给我当贴身马弁。"喜琳说："这都不是问题，你就放开手脚干吧。"

# 第七章
# 跑毛子

前军一月失三城,江北江东尽是兵。独处孤危拼一死,莫将成算话残更。

——古城厅通判 柳大年

【拍花子】

欲仙楼出大事了。

老掌柜余庆涵的两个小孙子,早上嚷嚷着要吃豆包沾糖稀,从奶奶手里要了俩大子儿,去了汪记糖坊。豆包在饭桌上放凉了,仍不见俩孙子回来。申氏颠颠儿地出去找孙子,汪记糖坊的伙计说,店里压根没来过孩子。申氏又到亲友家寻找,都说没见到孩子。余庆涵感觉不妙,慌忙跑到民衙门,找当巡检的儿子余琥霁想辙。余琥霁这一惊也丢了三魂七魄,连忙撒开人马,篦头发似的把城里搜了个遍,连个人影儿也没有。他带着几个衙役,骑马出城四下打听。

申氏寻孙不着,脚下一软,坐在街口大放悲声:"我的宝贝孙子……"哭嚎声引来一群卖呆的人,把申氏围拢在中间。有人恨着余家的为富不仁,幸灾乐祸地打着哈哈。丢失的毕竟是两个孩子,多数人脸上挂着同情。一个妇女安慰说:"余老太太,别哭坏了身子。两个小少爷兴许在哪儿玩呢,天黑了,自个儿就回家了。"一个汉子说:"大不了让胡子绑票,花上几个银子,赎回来就太平了。"欲仙楼最不缺的就是银子,越不缺越把银子看得紧。申氏想起当年余琥霁被绑票的事儿,哭声更大了。

百岁子哗楞着鹰嘴铁核桃,身后跟着贴身马弁李彦崑,晃晃荡荡到了跟前。人群闪开一道缝隙,把百岁子二人兜到申氏跟前。百岁子问明了情况,冲围观的人群问道:"刚才谁说是土匪绑票?有根据么?"人们唯恐问到自己,稍着脚往后挤,在申氏身边闪开一块空地。见没人应答,百岁子又问申氏:"你家最近可得罪了什么人?"申氏一把鼻涕一把泪地说:"我家老老少少都安分守己,能得罪什么人。"一人听着不忿,"喊"了一声说:"你家那个买卖,坑了多少人家,敢说没得罪人?老吓了!"街头摆地摊的说书先生用扇子柄敲打着手掌心,很明公地分析道:"这光天化日之下,胡子绑票的可能基本没有。绑个小猪羔子还得哝哝几声呢,两个活蹦乱跳的大胖小子,能不出一点动静顺顺当当地出城门?有这种本事的,只有拍花子。把手往小孩的脑袋上一拍,魂儿就勾去了,小孩就得迷迷瞪瞪地跟着他走,任谁也拦不住。"围观的女人们心下大恐,瞪大了眼睛听说书先生接着白话,"我在江湖上听人说,洋人施医院里的白药面儿,都是小孩脑子配制的。你们想想,将军府三太太的病多蝎虎,百草堂都扎古不了,喝了白药面儿立马就服帖了,啥药能有那么大的神效?听人说洋人还用小孩的眼睛制迷药,教堂里的神父还会用特制的器具,吸取男童阳精……老朽琢磨着,肯定是他们为了配药,雇佣无德之人当拍花子。"女人不再围观了,撒腿就往家跑,一边跑,一边喊着孩子的乳名。申氏想到孙子被挖眼、吸脑髓的可怕情景,越发地号啕了,气嗓头里"呼噜"一声,两腿一蹬背过气去。

百岁子心中一凛,点头说:"洋人这帮害人精,取咱们中国人的眼珠子配药,用咒水飞符摄人魂魄与之奸宿,取妇女发髻置于褥子下面令其自至,取男童女童生辰念咒摄取其魂,割取女子子宫、小儿肾子脑髓心肝,这在关内是常有的事。听说京城西什库教堂的墙壁,就是用中国人的人皮贴的,还用中国人的血涂抹。里头有无数妇人赤身露体,伸腿撂胯,孕妇剖腹钉在楼上。妈拉个巴子的!难不成祸害到了咱古城子?不管拍花子来没来,大家都加点小心。"

申氏昏厥在街头,早有人告知了余家。余家下人掐人中捶后背,申氏哼唧着恢复了清醒。听了百岁子的后半截话,申氏一个高蹿起来,发疯般地往家跑。进屋后一把抓住余庆涵的衣襟,没头没脑地说:"老爷,快去教堂,救救咱的孙子!"余庆涵摸不着头脑,吃惊地问申氏:"孙子咋在教堂里呢?"申氏说:"肯定在里面呢,麻溜的,再晚了,就掏心挖脑制药了!"

余庆涵也是混沌,没问个青红皂白,带着几个护院的炮手,咋咋呼呼来到古城子教堂。

"里面有没有喘气的?快把我孙子交出来!"

教会执事梁孚贵走出大门,问明情况,态度和蔼地说:"余老掌柜,您冷静冷静,我向上帝发誓,教堂里确实没您的孙子。"

"我操你老妈!梁老西子。少用上帝、下帝跟我打马虎眼。"余庆涵仗恃着儿子余琥霁在民衙门当巡检，从炮手那里抄过一杆快枪，顶在梁孚贵的胸口上，"说！交不交人？"

吵闹声惊动了英国教士劳旦理，他用生硬的中国话怒喝："你是什么人？不要在教堂耍野蛮，教堂是受你们皇上保护的。"

申氏领着儿子、儿媳妇，"扑通"通跪了一地，边磕头边哀嚎说："求洋大人行行好，饶了我的两个不懂事的小孙子吧，你要什么都行……"

劳旦理耸耸肩说："不要给我下跪，都起来。我不明白你在说什么。"

梁孚贵用英国话和劳旦理叽里咕噜一阵，保持着笑容可掬的样子，对余庆涵说："劳先生原谅你的愚昧和鲁莽，允许你进教堂查看寻找，但不能带枪。"

余庆涵把枪还给炮手，大步跨进教堂。古城子教堂是普通民居改造的，格局很小，他犄角旮旯撒睁个遍，没看到可疑的地方，只得垂头丧气地出了门。申氏不死心，要求再进去看看。过了好半天，才一脸绝望地走了出来。

余家大门一直敞着，申氏泥佛似的坐在门口，等着孙子回来。第二天过午，等来了两个差役。差役赔着笑脸对余庆涵说："老爷子，到民衙门走一趟吧，洋神父劳旦理把您告下了。"余庆涵问道："我一没偷二没抢，他个洋和尚能告我啥？"衙役说："告您结伙持械意欲抢劫教堂，依仗儿子的势力威胁教士生命，污蔑神圣不可侵犯的基督教……"余庆涵急赤白脸地说道："我去找自己的孙子，犯了哪家的国法了？我儿子琥霁呢？他咋说……"衙役道："柳大太爷也在找他，还没找到，这才直接请老爷子过去一趟。"

迫于洋人的压力，通判柳大年不得不受理这个官司，他知道也审不出个子午卯酉，叫人把余庆涵直接押进牢房。

余琥霁出城寻人还没回来，申氏不敢怠慢，坐着斗子车去了后翰林府，找长房三大伯哥捞人。余庆泽听了洋人给堂弟定的三条罪名，倒吸了一口凉气，说："坏了，这个洋犊子是想要咱家老十七的命啊！"申氏哭道："也就是到教堂里找孙子，咋就犯了死罪呢？"余庆泽说："你们也忒莽撞。你以为洋教堂是中国的老爷庙么,结伙持械抢劫,就这一条,按照大清律条,柳大人就有权立毙当堂。人家是看在琥霁的面子上手下留着情呢,赶快回去凑银子,先把谢礼给柳大人送去。我试着去教会运动运动,这件事只有教会撤诉,老十七才有救。"申氏心疼银子,试探着问道:"得多少银子?"余庆泽剜了弟妹一眼,说:"有多少拿多少!"

余庆泽带上银票,先去找梁孚贵。梁孚贵死活不肯收,抱歉地说:"按说,咱们乡里乡亲低头不见抬头见,这个忙应该帮。可教会有教会的原则,我可以不追究您兄弟余老掌柜用枪威胁的罪过,教会却不能容忍他污蔑基督教。对不起哦。"余庆泽问梁孚贵:"梁爷,您是不是嫌钱少,说个数儿,我不含糊。"梁孚贵用手画了个"十"字,说了句:"上帝保佑。"起身端茶送客了。

余庆泽碰了一鼻子灰,沮丧地回到家,他纳闷:自古商人重利,怎么信了洋教就变了呢?回到家,申氏还坐在屋里等着听信儿。余庆泽问申氏:"柳大人收了么?"申氏点着头说:"柳大人让我跟你说,抓紧让教会撤诉,他不敢压太长时间。"余庆泽的脑袋夹在裤裆上,低声骂了一句:"姓梁的尖头不给面子。"小妾聂氏提醒说:"老爷,百岁子仗义,您求求他兴许有办法。上次,他把洼子甸洋教堂都砸了,不也全须全尾地没咋着么。"

余庆泽和申氏有病乱投医,一起去了紫云戏楼。余庆泽根根梢梢把事儿说了,百岁子笑道:"余三秧子,你老小子还算懂事儿。要是你爷爷活着,这点面子梁孚贵必给,你就不成了。"余庆泽恭维道:"您成,所以才来求您出马,救救我家老十七。"百岁子说:"我也不成。"申氏哀求道:"杨爷您是大慈大悲的观世音,求求您把我家老爷救出来,要多少钱我给多少钱……"百岁子打断她的话说:"别跟我说钱!啧是的,爷我不用你一个大子儿,保证让洋人低头撤诉。"

百岁子带着义气来到百草堂,对怀瑾说:"余家遭难了,按说这个余庆涵死有余辜,可咱们不能眼瞅着他家让洋人欺负了。我想发动绅商名流联合请愿,逼洋教堂撤诉。你帮我写个请愿书,我带着余家人到各家

第七章 跑毛子

各户拜签，这事儿就成了。"怀瑾说："我的文笔不行了，让毓谦草拟，再请溥泉给看看。"

请愿书写得入情入理、如泣如诉：

失孙之痛，丧乱之情，皆人类共有之常理。莽撞之举，无稽之言，皆情有可原之过错。余家遭难，有断子绝孙之痛；教堂违和，不过一时言语之争，奈何必欲置之死地而后快？雪上加霜，落井投石，有悖我中华公德，难道不悖贵教《圣经》乎？于情于理，义不容辞，我古城子全体商绅耆老社会名流联名请愿，唯愿教会撤诉息讼，衙门释放痛失子孙之余庆涵，则古城幸甚，教会幸甚，余家幸甚……

第三天上午，各界代表齐集教堂门前，郑重其事地向教会递交了请愿书。梁孚贵双手接过请愿书，回到教堂。一会儿，出来对众人说："仁慈万能的主原谅了余庆涵的罪过，各位乡亲，教堂郑重宣布，看在诸位社会贤达的面子上，愿意撤诉。"

众人回到紫云戏楼，余家在那儿准备了答谢堂会。余庆泽坐在朱稼轩旁边，无意闲聊到书院，朱稼轩叹息一声："经费拮据，无力购书，恐怕要难以为继了。"余庆泽掏出一张大面额的银票，说："杨爷和诸位义薄云天，救我十七弟脱离苦海。这笔银子原本是老十七用来请托的，没花出去。今天我替他做主了，拿去做书院经费，也算是我余家对古城子父老的报答。"

余庆涵的两个孙子在人间蒸发了，余琥霁未能破案，空着手垂头丧气地回了城。关于拍花子的谣言从城里传到乡下，越传越凶，越传越真切。旗人家的哈哈珠子和格格、民人家的孩子，都被关在院子里。

拍花子的幽灵，在城乡女人们的嘴中放大，一直用了百多年。时至今日，老人吓唬孩子，还是一句："老拍花子来了！"

## 【毛站五屯】

一口金丝楠木的棺椁，从长江边的江宁将军衙门，一路不沾地儿的北上，自永和门抬进了古城子。

古城子的骄子江宁将军图里琛殁了。

灵柩前，九尺长的绛帛铭旌上写着当今皇上钦加的谥号——"威壮公图之柩"。硕大的花头彩棺，罩着青蓝云缎的缯荒缯帷，上面施加散金，四檐垂着流苏。六十四个车轴般的杠夫，迈着整齐平稳的步伐，不紧不慢地向前移动。孝子喜琳、喜璜全身缟素，率领家人五步一跪，十步一叩，将灵柩迎进了将军府。一路上，临街的衙门、兵营、商号，都在门前摆放香案，烟雾缭绕，空气中跳动着接引的神祇。

旗、民衙门奉旨公祭封疆大吏图里琛。两衙各选满、汉执事一人，把一品旗官、民官的丧葬仪仗杂糅并陈。将军府庭院的正中，高高的旗杆上悬着一面织金龙绮的丹旄，像一条长长的火龙迎风腾舞。

吉林将军长顺主持公祭，吉林各城大员、古城子全体官兵、陈营子全体京旗家长、城乡绅商学子参与公祭，挽幛从将军府一直排到承旭门外。起灵时，哭声震天，二十四拨响器班子齐奏哀乐"拿天鹅"，吹得地暗天昏，撒路钱竟用货真价实的"道光通宝"，四十九桌流水席，场面壮观。

丧事完毕，按照朝廷的制度，喜琳、喜璜要为阿玛守孝二十七个月。喜琳掂着钥匙串，左右为难，问大福晋莫尔登氏："你看交给哪个娘合适？"莫尔登氏掰着手指头说："二娘噶固[1]，喝点小酒，满嘴的三七嘎牙子话，这个家不能交给她。三娘更不成，整天茶呆呆的，成了废人。四娘忒蔫巴，主不起事。五娘虽说不太精明，比起六娘、七娘厚道多了，就让她管吧。"

五娘无儿无女，一直照看着生病的三娘。喜璜回来守孝，接过了照看娘的杂事。喜璜仍没说媳妇，官职倒是升了，现任吉林兵司主事。守孝期间，除了照看生母树氏外，整天都在研读兵书战策。

---

[1] 噶固：方言，爱搞小阴谋，使坏，或者干一些出乎意料的事儿。

连春媳妇熬成婆,太太平平地在古城子坐了一任,以佐领临时署理旗衙门的协领。掌印的第一天,他特意去了自家的坟茔烧了一炷香,三拜九叩之后,掏出"古城子协领关防"大印,对着阿玛托云、讷讷银珠的坟头说:"阿玛、讷讷,您二老看好喽,这是旗衙门的大印,儿子我出息了……"

百岁子瞧不起连春,进衙门点卯,别人都道贺恭维,他却哗楞着铁核桃,兜头泼了一瓢冷水:"我说连爷,咱们都是吉林屯丁的后,扯耳腮动的关系,别怪我说话冷,你这个官不好当!"连春笑容僵在脸上,问百岁子:"杨爷,话得说周全喽,我就不明白了,这官怎么到我这儿就不好当呢?"百岁子说:"连爷,您也瞧见了,洋人骑在咱脖梗上拉屎呢。咱都受不了,朝廷能忍着?早晚不得跟他们宣战。你掂量掂量,对付哈尔滨的老毛子咱古城子有几分胜算?"连春"嘿嘿"一笑,腆脸说:"我武有杨兄您保驾,文有柳兄来调停,本协领不怕。"

百岁子的话是有道理的。己亥、庚子之交,俄国人在古城子横行霸道,民情犹如干透了的蒿子秆儿,只要进出一个小火星儿,就会燃起冲天大火。

每天清晨,百岁子带着李彦崑和义和团成员,在承旭门外的榆树林子里,秘密习练刀枪不入之法,把闭火分砂咒熟悉得倒背如流:

弟子在红尘,闭住枪炮门。

枪炮一齐响,沙子两边分。

这片遮天蔽日的榆树林子,每棵榆树都要三人合抱。最粗壮的一棵要十人合抱,因曾遭雷劈火烧,留下硕大的树洞,可以容纳五人团坐,成为他们的议事堂。

这天,师徒练功归来,路过十字街口,见几个俄国人在街头晃悠。市上的妇女想起了拍花子,忙拉着孩子回家。一个俄国人走到饭摊前,用生硬的中国话说:"掌柜的,我买三碗鸡蛋面。"卖面的看了看他稀疏的黄胡子,脆快地说:"没有了。"俄国人很奇怪,指着吃面的人问道:"他们可以有，我为什么没有？"面铺掌柜说："他们可以有，你不可以有，我的面不卖给洋鬼子。"俄兵大怒，"刷拉"抽出洋刀。面铺掌柜把脖子一伸，轻蔑地说："红胡子，往爷这儿砍！不砍，你就是姐姐养的。"俄兵大怒，一刀扎在面铺掌柜的手腕子上。百岁子见状大怒，大喝道："给我拿下！"李彦崑身手敏捷，把持枪俄兵打翻在地，众人一拥而上，把几个老毛子四马倒攒蹄，捆成了待宰的肥猪，用杠子抬送到了民衙门。

通判柳大年近来心绪烦乱，自打俄国人进了古城子，衙门所审的都是涉外案子。靖边新军前营步队，状告铁路工头张大成，持械擅闯军营。刚要依法审判，铁路八段总管威勃尔以不能影响铁路施工，把张大成取保候审了。接下来是毛站五屯、头屯屯达和韩家店公议会，联名状告铁路局信使抢劫伤童案，证据确凿，却拿两个俄国信使没办法。哈尔滨乡约和顾乡约屯乡约联名控告俄国人擅自挖壕，侵占青苗，请求照章赔偿。柳大年苦笑着准了状，不知道上报吉林将军后能否交涉明白。

轮到俄国人买鸡蛋面寻衅伤人案，柳大年已经嗓子沙哑。他让衙役先给俄国人松绑，根根梢梢问清楚，亲自验过面摊掌柜的伤口，仅是皮里肉外的轻伤。柳大年对俄国人说："饭市上非一家面摊，此家无面，可到彼家，奈何寻衅伤人？本厅念你是化外夷人，从宽发落，速写一份保证书，承认伤人事实，如因伤口造成死亡残废等，愿担一切责任，此事便可了断。否则，只好委屈你们蹲几天监狱了。"俄国人写下保证书，当庭开释离开古城子。

百岁子在民衙门外看着审案，见柳大年退堂，笑着迎上去说："柳大人辛苦，憋十开锅了……"柳大年感叹道："杨爷，我这哪里是什么官呀，就是个大泥抹子，好歹呼拉平了万事大吉。"百岁子笑道："好日子快来了，你没听童谣在唱么——男练义和拳，女练红灯照。先砍电线杆，再扒火车道。烧了西洋楼，灭了耶稣教。杀了毛子兵，百姓哈哈笑。"

毛站五屯本名镶蓝旗五屯，因俄国人在屯内设了火车站，才多了这个别称。站长米沙，是个头脑简单的酒鬼，天天拎着酒瓶子，一边喝酒，

第七章　跑毛子

一边骂人。站里的翻译叫郎云发，是猩猩怪安奎的本家孙子，因常干些调奸窝火[1]的勾当，人送外号"小猩猩怪"。小猩猩怪没别的本事，整日里捣鼓米沙欺压临近各屯村民，镶蓝旗四屯受害尤甚。

二月二，龙抬头的日子，天色酷寒。镶蓝旗四屯屯达猫在家里，盘腿坐在炕头上，就着猪头肉喝烧酒。突然，米沙和小猩猩怪带着俄兵进了当院。他连忙穿上靰鞡迎出屋，赔着笑脸说："米傻子大人，大过节的，您来做啥？"米沙劈头盖脸地骂道："你这个贼头儿，你们屯丁为啥偷车站的木材？"屯达一怔，说："没有的事儿，抓贼抓赃，屯子里哪来的木材？"米沙说："有人告密，肯定是你们屯子人干的，我要挨家挨户搜！"屯达说："搜可以，但得有个说法，如果搜不出来咋办？"米沙蛮横地说："搜不出来也得搜！"说罢，带着俄兵逐户搜查。搜完最后一户，一块木头片也没搜出来。憋着一肚子气的屯达一伸胳膊，拦住俄兵的去路："米傻子，你不能就这么不明不白地拔脚目[2]。"愤怒的村民也呼啦一下围了上来，跟着嚷道："不给个说法，谁也别想拔脚目！"几个京旗远远地站在人圈外助威："把这几个红胡子抓起来，送到民衙门去，告他们栽赃诬良。"年轻屯丁架不住撺弄，一拥而上，把米沙摁了个嘴啃泥。一个俄兵挣脱出去，勾来一群俄兵解救米沙。屯丁奋勇，又抓住五个俄兵，捆绑着押送到民衙。

柳大年刚要升堂，城北洋站站长送来一份电报，吉林将军长顺饬令柳大年立即释放米沙等人，严惩带头闹事者。柳大年长叹一声，下令放人，把屯达以下十七个扭送洋人的屯丁，分别责以笞刑四五十不等。衙役们心中不平，板子抡得呼呼生风，落在屁股上却不伤筋动骨。

屯达等人受完刑，一瘸一拐出了衙门。路过紫云戏楼，被百岁子拦住了去路："来时一根棍儿，回去却像霜打的茄子。唉是的，既然进城了，又赶上二月二，总不能揣个瘪肚子回家不是？麻溜都进来，爷今个儿做东，

---

[1] 调奸窝火：方言，挑拨离间。
[2] 拔脚目：被汉语化了的俄语，原意是离席。

犒劳犒劳你们十八罗汉。"屯达苦笑道:"杨大老爷,今儿个是丢人现眼了。"百岁子哗楞着鹰嘴铁核桃:"敢和老毛子斗,就是爷佩服的巴图鲁。咱们古城子的人若都能像你们这样,老毛子敢扎翅?"

进了酒楼,两张地八仙桌上放着木方盘,盛着热气腾腾的猪头肉,四围搭着几个配菜。落座之后,百岁子让李彦崑倒酒,每人斟一海碗皇武殿老酒,百岁子举起酒碗说:"今个儿的仇先记下,咱跟老毛子不算完。来,要是还敢跟老毛子死磕的,把碗里的酒干了!"众人呐喊一声,一大海碗酒全都下了肚。百岁子说:"这事儿坏就坏在小猩猩怪这个甭种[1]的身上,头屯屯达郎云福是他本家阿哥,你们喝得了酒,先别忙着回家抱老婆,直接去找郎云福,看他咋说。"郎云福是义和团成员,百岁子想考验考验他。

酒足饭饱,镶蓝旗四屯的十八罗汉夜奔头屯,把缩进被窝的郎云福叫了起来。郎云福拍着胸脯子说:"诸位放心,我用家法收拾这个小犊子,给四屯爷们儿出这口恶气。"

第二天一早,郎云福叫儿子找来小猩猩怪。郎云福低着头装烟袋,眼神爬出额头,不屑地问道:"老十五,四屯和你有啥仇怨?干啥领着俄兵到屯子里乱搅和?"小猩猩怪说:"这咋能赖我呢?我不过是个翻译……"郎云福冷笑道:"我是看着你长大的,你一撅尾巴,我就知道你拉几个粪蛋儿。老毛子没几天嘚瑟了,他们垮了,拍拍屁股一走了之。你呢,不还得在古城子混吗?听大阿哥一句劝,别再和老毛子一锅搅马勺了,麻溜回屯子找个正经营生。"小猩猩怪也冷笑一声,反唇相讥道:"大清国垮了老毛子也垮不了。且不说人家的洋枪洋炮,就说人家那劲儿,不打拉倒,一出手就伤人。咱中国人平时瞎咋呼,动真章一个比一个熊。甲午海战,连个小日本儿都打不过,还敢跟老毛子过招儿……""啪!"郎云福给了小猩猩怪一个大嘴巴,这个嘴巴打得狠,两颗大牙打了下来。小猩猩怪啐掉嘴里的碎牙:"郎老大,你敢对我下死手!有种,你好好在

---

[1] 甭种:方言,不肖子孙,坏蛋。

家等着……"

下午,一队俄兵开进了头屯。米沙大喊道:"所有居民都听好了,赶快交出盗窃的木材,否则搜出来一律枪毙!"郎云福明白了,这是小猩猩怪勾来的洋球子。他走出家门,满街筒子已然人山人海了。健壮的青年组成人墙,挡住了俄兵。郎云福从容地对米沙说:"我是屯达,有事跟我说。"米沙阴阴地一笑,说:"有人告发你们屯子的人偷了我车站的木材,我限令你一个小时之内交出木材,否则,一切后果由你负责。"郎云福叉着腰说:"这是我大清朝的国土,你一个洋人,不过是个小工头,无凭无据地逼我要木材,还要我后果自负。爷伺候不着你!"米沙拔出手枪,对准郎云福的脑袋:"你,必须服从我的命令!"郎云福笑了笑:"我操你讷讷!"米沙听不明白,问:"什么意思?"众村民齐声大喊:"我操你讷讷!"人们冲向俄兵,双方打斗在一起。混战中,人们夺下了俄兵的枪械,把他们困在街当心。混乱中,俄兵三人受伤,郎云福的儿子长保胳膊被俄兵咬了一口,小猩猩怪被打得头破血流,躺在地上哀嚎。

郎云福对米沙说:"米傻子,你要是服了,就带着喽啰们滚出屯子,到民衙门取枪去。要是不服,咱们接着磕。"米沙说:"我们服了,请郎先生放我们走。"郎云福让村民闪开一道缝,俄兵咧咧歪歪出了屯子。

见俄兵走远,郎云福派人把缴获的枪支送到民衙门。抱拳对乡邻们说:"这个祸闯大了,官府要怪罪下来,你们尽管把责任往我身上推。我直接到将军衙门那儿投案自首去。"说罢,带上儿子长保匆匆地走了。

【灭洋之战】

逃犯郎云福父子重返头屯,是五月节后的第三天。地里的苞米苗拧出喇叭筒,迎着阳光已然罩垄了。爷俩坐在一辆大铁车上,风风光光地进了屯子。赶车的是骁骑校兼练队总管带百岁子,车后跟着两个骑马的差役。村民们吃惊地张大嘴巴,不知该说什么,郎云福笑着解释:"没事了，咱们的案子翻过来了……"

大铁车没回郎家，而是绕到后街小猩猩怪郎云发家，百岁子一声令下，两个衙役冲了进去，像提溜小鸡似的把小猩猩怪给绑了出来。小猩猩怪吱哇乱叫："我给洋人当差，你们敢绑我？"百岁子上去给了他一个大嘴巴："你的洋祖宗不好使了，过几天，我连他们一块儿绑。"

形势变化得太突然了，太后老佛爷转变了对义和团的态度，使京津一带义和团反洋教运动如火如荼，搞得洋人非常紧张。吉林将军长顺也变得硬气起来，不再屈从俄铁路局的颐指气使，不但照会俄铁路局释放抓捕的镶蓝旗头屯十几名屯丁，还宣布在逃的郎云福父子无罪，并把翻译小猩猩怪列为挑起事端的首恶，饬令古城子严办。

将军衙门的公文一下，百岁子立刻从密室里请出郎云福父子，亲自赶车送他们荣归乡里。

郎云福叫副屯达杀一口肥猪，把镶蓝旗的五个屯达和全屯的老少爷们请来聚餐。开席前，请百岁子讲话。百岁子哗楞两下鹰嘴铁核桃，激动地说："洋人骑在我们脖梗子上拉屎的日子一去不复返了。军宪长大人震我大清国威，不尿他铁路局，宣布郎云福父子无罪，重惩首恶郎云发。这回，老毛子没敢起屁，乖乖地服从了。"众人激动地哗哗鼓掌。百岁子接着说道："诸位，这个事儿告诉了我们一个道理，跟老毛子用不着讲理，把他们削[1]扁了、削服了，一切就妥协了。现在有朝廷和将军衙门做主，老毛子只要敢来起屁，咱们就一个字：狠狠地削！"众人都笑了。有人在一旁笑着纠正说："是四个字。"郎云福打圆场说："一个字，四个字，都是一个意思。杨大老爷就是让咱们抱成团，不惧老毛子。对吧？"百岁子把铁核桃往酒桌上一拍："不但要不惧，还要把他们削服了！"

头天夜里，百岁子收到了天津卫捎来的口信，介绍京津一带义和团率领百姓攻打教堂、驱逐传教士和惩处不法教民的情况，催促他抓紧设坛练拳，在吉林掀起灭洋教、拆铁路运动，迎接扶清灭洋大决战的到来。

---

[1] 削：方言，打。

这件事让百岁子不痛快。他费了九牛二虎之力，仅仅发展了三十多个弟子。这些徒弟有的是市井子弟、有的是八旗子弟，仇视洋教有余，练拳的长进却难尽人意，没有一个练成刀枪不入之法的。他自己也暗中惭愧，怀疑影响功力的原因是当年荒唐行为所致。

扶清灭洋大决战来得比预期的还要早。五月末，赤日如火，热浪翻滚。八国联军在天津大沽口外示威，义和团运动全面兴起。二十五日，慈禧太后下令颁布《宣战诏书》。喜琳、喜璜兄弟被召停止守制，紧急进省，参加收复哈尔滨及东清铁路的大决战。喜琳回任古城子协领，喜璜出任钦派义和团练大臣镇守古城子等处统带。

从省城回到古城子已是子夜，喜琳立即接管了旗衙门协领事务，召集全体官吏训话："大家不要紧张，八国联军进不了咱京城，从天津到通州，到处都是刀枪不入的义和团，他们若敢来犯，只能是自取灭亡。俄铁路局欺压我多年了，朝廷决定调动吉林、黑龙江官兵和义和团，先拿下哈尔滨，然后全面驱逐俄寇。这次大决战，咱们古城子首当其冲，请诸位早作准备，为国建功的时机到了。"百岁子摩拳擦掌说："早就盼着这一天了。没说的，冲锋陷阵，我义和团第一个上！"

第二天，在西街古城子洋教会的对过，百岁子设坛练拳。坛前立起一杆黑色的大纛旗，上绣着"义和神兵"四个杏黄大字。他和弟子们头紮黑巾，身穿黑服，腰系黄带子，昂然行走在街市上，如天兵天将下凡一般。通判柳大年、巡检余琥霁见了，侍立道边，表示敬重。教会神父劳旦理紧闭教堂大门，教民也不敢像往日那样随便出入了。城乡百姓都觉得新奇，围观着百岁子的徒弟们习拳练武。

皇武殿老掌柜汪武昌坐在店铺门口，叼着翡翠鎏金小烟袋，眯眼瞧了一阵，让大孙子庆发把百岁子叫到跟前。百岁子笑嘻嘻地说："咋样？老爷子您老给评价评价。"武昌操起烟袋给了他一下："跟老毛子打仗是闹着玩的么，你挺大的人了，不走正道，咋还干起了哈哈珠子的勾当？"说得，气哼哼地进屋了。

喜琳走的是正道。傍午，他接到吉林将军长顺的密令，筹议攻取哈尔滨总车站的密折得到老佛爷的恩准，命令他务必在十日内招募马、步兵一千名，与官兵混合编队，就地训练，随时准备参战。古城子的八旗子弟参军踊跃，争先恐后报名当兵，没用上三天便超额了。喜琳将官兵分作定胜、必胜、锐胜三营，委任百岁子、连春、明海为统领。

百岁子还是义和团的大首领，两把扇子扇，忙得不亦乐乎。通判柳大年怂恿他："杨大首领，光说不练是嘴把式，光练不干是假把式。你的义和神兵得弄出点响动……"百岁子觉得很有道理，吩咐新提拔的二首领李彦崀："你带上几个弟子，先把梁孚贵的洋货铺砸了，然后号召商绅百姓一起干，什么洋布、洋胰子、洋铁壶……凡是带洋字儿的东西，能烧则烧，能砸则砸！扬扬我天朝大国的威风。"

一会儿工夫，李彦崀兴高采烈地回来了，连声大叫："痛快痛快！"他笑着汇报砸洋货铺的场面，"统统烧了个精光，最解恨的是摔洋油灯。姓梁的新进口五大箱子洋油玻璃灯，你家大少爷元德、二少爷明德，领着一帮小家伙，往马路牙子上摔，啪啪啪，那叫一个脆声儿！"百岁子感到手中的鹰嘴铁核桃转悠得顺溜，笑着问："梁孚贵那个老瘪犊子啥态度？"李彦崀说："熊了。一个劲儿地悔过，还主动拿出八千两银子助饷。"百岁子说："这个老尖头，还算识相。"李彦崀问百岁子："下一步干什么？"百岁子说："烧洋教堂！把动静搞得再大一点。"

第二天午时，西街上人山人海，义和神兵手持香火，口念符咒，做好了焚烧教堂的准备。洋教堂门前，站着英国传教士劳旦理，还有四五十个古城子教民，做出准备殉难的架势。百岁子用冷峻的目光逼视着劳旦理，劳旦理则用淡蓝色的眼珠对视着百岁子。人们屏住呼吸，只能听见那对鹰嘴铁核桃摩擦的哗楞声。

百岁子发出最后通牒："都麻溜地给老子滚开！否则，统统付之一炬。"对方仍纹丝不动。

百岁子不容置疑地发出号令："弟子们，用他们的洋油，送他们上路！"

义和神兵们拿起洋油桶，往劳旦理和教民身上泼，往教堂的墙壁上泼，两个神兵点燃了火把。只要百岁子一挥手，眼前就是一片火海。百岁子

第七章　跑毛子

在等待着时辰。欠登手里掐着一只怀表,手微微地颤抖,半天,他喊了一声:"正晌午时到!"顺手把怀表扔进教堂。怀表是洋货,也不能留。

百岁子刚要发令,猛然听到一声苍老的喊声:"且慢!"人们循声一看,是三个白发苍苍的老者:粟末书院老解元溥泉、皇武殿老掌柜武昌、百草堂老大夫怀瑾。

武昌手掐着翡翠鎏金小烟袋说:"我古城子乃是仁义之地,凡事都要讲个理字。什么异教徒、邪教徒,我不明白。可有一个《大清律条》哇,《大清律条》中哪条哪款写着这些个人要判死罪?更不要说活活烧死……乡亲们哪,听我们三个老家伙一句话,把这些活人麻溜抬走,四个人抬一个,抬得越远越好。"

这是古城子三个德之大者,人们蜂拥而上,连拖带捞地把劳旦理和教民抬走了。

百岁子喊了一声:"烧!"洋教堂登时像一个巨大的火把,燃起冲天的大火,义和神兵挥扇鼓舞,火势迅猛,发出哗哗啵啵的响声。义和神兵兴奋地大喊:"洋妖烧死了……"

六月十四日,钦派义和团练大臣镇守古城子等处统带喜璜来到古城子,他奉命邀请阿勒楚喀城、呼兰城、古城子三地义和团首领,参加配合官兵攻取哈尔滨的前敌会议。人刚到齐,突然接到朝廷军机处的六百里加急密令,打开一看,上面写道:

此次中外勾衅,原系肇自拳民。如与俄兵接仗,务令拳民先驱,我军不可明张旗帜。哈尔滨如果出兵来犯,自当并力迎击,以遏其锋,所谓应战也。仍不可自我开端轻率从事,是为至要。

大战在即,朝廷突然来了这么个首鼠两端的密令,喜璜不由心下骇然。他做出一脸轻松的样子,把密令收起,请众人品茶:"这是我从省城带来的新茶,不忙着开会,先吃茶。"说完,用碗盖一下下抹去茶沫,心里思索着把主动出击哈尔滨的方案,修改为"围而不打,待敌起衅"的方案,如何拿出个理由让义和团打头阵?半晌,他终于说话了:"诸位大首领,老佛爷和朝廷特别信任义和团,为了向洋人展示一下我们义和团的神勇,这次攻取哈尔滨,请阿勒楚喀义和团先行埋伏在上号永发源烧锅,随时准备攻占俄铁路局。请呼兰义和团秘密渡江,入驻下号源聚烧锅,切断俄国人从水路增援或逃窜的道路。本官和古城子义和团一起,沿铁路向北推进,形成三面包围之势,让俄护路队成为瓮中之鳖。诸位,切记不可轻率出击,不能衅由我生,决不先打第一枪,要等待钦差大臣的号令。一旦发起总攻,你们可凭借神功为各路先锋队,尽杀俄国人。"百岁子说:"弟子们的功夫还稍欠火候,需要请京津大法师施法,才能刀枪不入。"喜璜笑道:"这个尽管放心,军宪大人已聘请敬际信大法师来吉,不日即可到前线施法。"

  百岁子一直用慈父的眼神看着喜璜,他觉得喜璜比元德更胜一筹。面对即将发生的战争,喜璜气定神闲,指挥若定,有着三国周郎的风采。他是在戏台上认识的周郎——小生,粉面、银盔、白袍、野鸡翎。他的神情引起喜璜的注意,喜璜笑问他:"杨大首领,你总盯着我干啥?"百岁子回过神来,敷衍说:"我在想咱们第一仗在哪儿打,毛站五屯的工长米傻子最可恶,周边的老百姓对他恨之入骨,咱们就先拿他练练胆儿。"喜璜点头道:"说干就干,今天咱们来个夜袭如何?"

  子夜时分,义和神兵和定胜营出了西门。原野一团漆黑,乌云压得很低,空气湿漉漉的。百岁子一身义和团戎装,率队疾行。抵达毛站五屯,雨淅淅沥沥地下了起来。郎云福钻出青纱帐,抱怨说:"你们咋才来?头半夜,站里的老毛子都登火车躤杆子了,现在就剩下个空车站。"百岁子这下心里有底儿了,发一声喊:"神功无敌!"义和神兵跟着大呼:"刀枪不入!"袒胸举刀,蜂拥着冲向洋站。众人四处搜索,洋站已空无一人。突然,有人喊:"这儿有个老毛子!"众人连忙卧倒,只见一棵大榆树下,一个俄国人靠着树干,仰着脸,张着大嘴,倒举着空空的酒瓶子,等着滴下酒浆。百岁子喊了一声"拿下",义和神兵把洋醉鬼绑了个结实。

第七章　跑毛子

首战告捷。柳大年、喜琳、喜璜率全城商绅出城迎接凯旋的百岁子。柳大年代表旗、民二衙致辞，盛赞百岁子智勇双全，兵不血刃，吓跑数百洋人，收复毛站，活捉俄国侦探的至伟战绩。商界公议会赠送两面锦旗"子龙再世"、"神勇无敌"。接着，民衙门召开公审俄侦察兵大会，柳大年义正词严地宣布了仍沉睡在酒乡的俄国人种种罪状，然后大声喝令："刽子手，将俄寇绑缚柴草市，枭首示众！"一时，观者如堵，人们手抚额头，相互称贺："终于看到我大清的国威了！"

十五日，各路官兵和义和团全部进入指定阵地。他们切断电线，拆毁铁路、桥梁，像铁桶一样，把三千四百余名俄国人困在了哈尔滨。

喜璜、百岁子率部沿着铁路扑向哈尔滨，占领了吴家洋站，行至运粮河，才遇到了俄军。俄军凭借铁路桥的险要，在桥头上匆忙垒筑掩体。喜璜命令道："就地扎营。"李彦崑一怔，问喜璜："统带大人，毛子兵的工事刚修个半拉苍儿，兵力不足百人，正是歼敌的大好时机，为啥不打？"喜璜拿着单筒望远镜瞭望着对方，半天说："这场战役是钦差大人亲自部署，打不打，什么时候打，本官说了不算，要等总攻命令。"李彦崑焦躁地说："打仗贵在攻其不备，出其不意。将在外，军令有所不受。统带大人，请于今夜从正面发动佯攻，我愿带义和神兵从侧翼偷渡，可一举拿下桥头。如不能拿下，我愿提头来见……"喜璜把脸子一撂，断喝道："一切听钦差大人指挥，违令者斩！"

农历六月的天气，燥热难当，兵营扎在运粮河畔，成群的蚊子、瞎虻，把官兵和战马咬得浑身大包。等待命令的兵丁们开始抱怨："操他讷讷的，没被枪打死，快被蚊子咬死了！"

百岁子心里火烧火燎的，整天坐在河边哗楞着手里的鹰嘴铁核桃。作为义和神兵的总坛主和定胜营的统领，他必须无条件听从喜璜总兵的指挥，再加上血脉里的父子情，一切都不在话下了。第五天头上，李彦崑恳请说："对岸俄兵已经增加一倍，且有数门开花炮。我军也得修筑工事，以防俄军来袭。"喜璜笑着摇头道："俄军意在固守，即便溃败，也应从西、北、东三个方向突围，哪有向南突围之理？"百岁子也嫌李彦崑絮叨，没好气地说:"好好待命,别整没用的!"

一日挨一日,一夜熬一夜,整整待了十一天,师老兵疲的定胜军,终于接到了钦差大人的总攻击令。

二十六日清晨,古城子、阿勒楚喀、黑龙江呼兰三路官兵、义和团及筑路土夫,号称一万,在东路翼长庆祺的指挥下,发起了对哈尔滨的总攻击。庆祺所率的呼兰一路在源聚烧锅首先发起进攻,势如破竹,把俄军逼退到城区。阿勒楚喀一路遭到俄铁路局的拼死抵抗,双方各据一隅,呈胶着状态。喜瓒和百岁子率部在运粮河铁路桥上,发动了十余次冲锋,都被桥头的俄军打了回来,伤亡惨重,士气低落。百岁子对喜瓒说:"不能再打了,再打老本儿就全拼光了……"喜瓒连发电报,恳请吉林将军速发劲旅增援。又向义和团团练大臣嵩昆告急,乞求速派敬际信大法师来古城子,施法助战。可是,援兵不至,密报却来了。密报上说:

敬际信及其弟子都是江湖骗子,行为不端,已被处决。省城坛中弟子,法术皆不精通,用这些人为外援,实无把握。望总办便宜从事,克敌制胜。

喜瓒和百岁子看过密报,顿时呆若木鸡。二首领李彦崑恼恨喜瓒坐失战机,又见大势已去,不愿做无谓牺牲,领着几个弟兄携枪不辞而别。时过不久,江湖上多了报号"燕子"的绺子,李彦崑拉杆子[1]上山,当了胡子头儿。

百岁子见久攻不下,担心俄军乘虚反攻,又见铁路两旁、运粮河岸尽是密不透风的柳条通,心生一计,命令兵丁在柳条通内广插军旗,又做了两面大纛旗,一个写着"必胜",一个写着"锐胜",插在铁路两旁的林中。俄军果然紧张起来,以为义和团援兵到了,乃继续加固工事,不敢发动冲锋。

---

[1] 拉杆子:黑话,结伙为匪。

**【国耻民难】**

情势危急,百岁子做好了逃跑的打算。俄国人的援兵已经到了哈尔滨,再守下去只是徒劳。他给喜璜备了一身民装一匹快马,觑人不备对喜璜说:"统带大人,眼下情势危如累卵,疑兵之计不能总用,还得真真假假,虚虚实实。我想劳驾您回城搬兵,协领大人是您的大阿哥,您去比别人有面子。"喜璜摇头道:"大敌当前,我身为统带怎么能临阵脱逃呢?你的心意我领了,此话不要再说了。"百岁子叹了口气:"千金之子坐不垂堂,你还年轻,来日方长。我老了,大不了把老命扔在这儿。"喜璜安慰说:"俄援兵孤军深入,犯了兵家大忌,我们以逸待劳,还是有七分胜算的。"百岁子说:"说来惭愧,我的义和神兵死的死、逃的逃,就剩我一个总坛主了,不怪汪家二叔骂我……"

一阵马蹄声由远而近,百岁子从军帐中迎出。来人是薛家屯地方薛四。薛四浑身是血,滚下马大哭道:"杀人了!今个儿中午,二百多老毛子杀进屯子,闯进张家大院,把张家二十四口老幼,还有十八个养伤的黑龙江官兵,都杀死了,一百四十八间大瓦房也烧了。俄兵走后,又来一拨砸孤丁的土匪趁火打劫,掠走了四百匹骡马。统领大老爷,快给我们报仇啊!"百岁子一惊,问道:"薛地方,你是不是把俄国人引过来了?"薛四摇头说:"没有,他们杀往香坊了。"百岁子暗舒一口气,调遣七十个弟兄,到暖泉子险要处把守,以防俄国人从侧翼来袭。

这天半夜,明海率锐胜营自田家烧锅撤防,驻在了郎家烧锅,与定胜营相隔仅六七里,形成掎角之势。百岁子连夜秘访,两人互通了情况。明海哀叹道:"大势去矣!据我获得的情报,俄援军进哈尔滨后,呼兰和阿勒楚喀相继失利,可惜汪家的两个烧锅,被俄国人烧得片瓦无存。这帮恶魔没半点人性,所到村屯悉行烧毁,凡遇中国人,不论男女老幼、农工商旅,尽行屠戮,遭害者不下数千人,惨不忍睹啊……"百岁子唏嘘道:"我泱泱天朝大国怎么就打不过洋人?甲午之战,被动挨打,一败涂地。这次不吸取教训,钦差大臣高高在上,再次错失战机。难不成天要灭大清……"明海叹道:"钦差大臣误国误民哪!"

百岁子不敢久留,告辞回营。刚出屯子,见路旁的树毛子里人影一闪,不免心下起疑,拉开枪栓喝道:"什么人?"人影探出头来,哆嗦着道:"好汉饶命,我是哈达屯杂货铺的周化南,家遭俄兵蹂躏,去古城子投亲……"

百岁子放下枪,矮声说道:"你不必害怕,我是古城子定胜营统领,出来说话。"周化南哭着说:"统领大老爷,惨啊!俄国人打败了呼兰兵之后,兽性大发,把秦家岗、源聚成、永兴合、曹元店的民户全都烧了。呼兰兵撤回江北,俄国人每天派出小股马队,四出窥探,遇人就杀,遇房就烧。今天白天,二十多个俄兵闯进哈达屯,烧了六家民房,包括小的杂货铺,更夫也让他们杀死了。小的也连夜逃生,不想遇到了大老爷。请大老爷即刻拨兵,以救民命啊。"百岁子这才知道,呼兰兵已从哈尔滨撤走,他苦笑道:"周掌柜,你且去古城子投亲,本统领自有主张。"

子夜,天已渐凉。上弦月斜挂在天边,繁星被人世间的杀戮吓得直眨眼睛。百岁子警惕地看了一眼铁路桥,登时倒吸了一口冷气,密密麻麻的毛子兵,正快速向自己的营盘移动。"哨兵呢?怎么岗哨都没人?"百岁子不敢多想,对着铁路桥开枪报警。

一声枪响,把静谧的夜空炸开。意图暴露,俄兵"哇哇"叫着冲了过来,定胜营没有工事可依,官兵乱作一团。想到喜璜还在营中,百岁子打马冲进军营。喜璜的战马断了一条腿,横卧在地上抽搐着,喜璜挥舞着马刀,还在作最后的抵抗。俄兵本可一刀致命,却有意耍戏,享受着杀人的快乐。百岁子抽出马刀,斜刺冲过去,挥刀砍死俄兵,又与另一个俄兵搏杀在一起。俄兵像一头棕熊,骑着大洋马居高临下,两刀相碰火花四溅,百岁子感到虎口一阵疼痛。他虚晃一招,把喜璜拉上马来掉头就跑。俄兵紧追不舍,百岁子情知难以逃脱,对喜璜说:"你快逃命去吧,我给你断后。孩儿,切记,元德是你的亲弟弟,我死了,你要好生扶持……"说罢,一个鹞子翻身跳下马去,躺在地上把马刀一横,正砍在追敌的马腿上。俄兵重重地摔在地上,百岁子手起刀落,砍断了他的脖子。喜璜大叫:"快上马!"百岁子怒道:"还磨叽啥?快逃!"用刀背狠狠打向马屁股,受惊的马像离弦的箭射进了夜幕。须臾，一群兵丁溃退下来，百岁子立在大道中央，举起马刀，大喝道："弟兄们，逃是个死，战也是个死。有种的和我一起战死，一块儿进昭忠祠流芳千古！"

说话间，俄兵到了近前。俄军帅萨哈罗夫站在阵前喊道："放下武器，否则统统枪毙！"

百岁子冷笑一声，喊道："你要是站着撒尿的爷们，刀对刀的一决雌雄。要是娘们，就开枪。"

俄萨哈罗夫耸了耸肩说："我没闲工夫和你们玩。"对士兵下令，"准备射击！"

百岁子哈哈大笑，高举马刀，大喊一声"神功无敌，刀枪不入。"兵丁也大喊着义和团的神诀，一起冲向敌阵。

一阵排枪，百岁子们像秋秸一样倒在血泊中。两颗鹰嘴铁核桃，从百岁子的怀中滚落，被殷红的鲜血淹没。


喜璜浑身血污地逃回将军府，天已麻麻放亮。他一步踏进大门，便没了气力，四仰八叉摔在庭院。一直苶呆呆的三太太树氏，爬出被窝大叫："我的儿！我的儿回来了！"

喜琳闻声走出上屋，搀起二弟，关切地问道："伤着没有？"喜璜摇摇头，哭道："完了，全完了，俄国人把吴家洋站夺回去了。"喜琳吃惊地问道："百岁子和定胜营的弟兄们呢？"喜璜说："不知道，营盘被敌人端了……"树氏说："我儿没事就好，快进屋里换身衣裳。"

喜璜换下身上的血衣，半晌才恢复了平静。娘俩单独在一块儿，喜璜小声说："三娘，紫云戏楼的杨爷备不住殁了……"树氏的嘴角动了动，没吱声。喜璜接着说："是他把儿子从毛子兵的马刀下救出来的，把马给了儿，掩护儿突的围。"树氏愣怔怔地说："这是他应该应分的，你用不着感念他……"喜璜犹豫了片刻，说："三娘，他和我分手时，咋说元德是我的亲兄弟呢……"树氏一听这话，突然发起了飙："放屁！"又觉得不合适，解释说，"这个死鬼大概是觉着救了你的命，你应该像亲兄弟一样照顾他的儿。"喜璜"嗯"了一声。他不是三岁两岁的小孩子，从面相看，自己和喜琳一点像的地方也没有，却和元德有七分的相像。

天亮后，定胜营死里逃生的官兵，从东门、北门陆续回城。喜琳派人清点人数，没回来的一百四十三人，包括定胜营统领百岁子。一个士兵证实说："杨大老爷带着二十多个弟兄冲向敌阵，去取俄帅首级时殉国了。"这个士兵在冲锋时熊了，滚进土坑里，看到了那悲壮的一幕。他把鹰嘴铁核桃带了回来，交给了元德，核桃的包浆上多了殷红的血沁。元德含着眼泪，一手拉着弟弟明德，一手紧攥着一辈辈传下来的念想——两个鹰嘴铁核桃。

原野上的麦子黄熟了，一片连着一片，沉甸甸的麦穗等待着人们的收割。阡陌上到处都是逃难的人们，没人在意收获粮食，这个节骨眼上，逃命是最要紧的。后世人把这次逃难叫做"跑毛子"。

古城子里的官宦巨商们，携妻挈子跑往帽儿山、双刀护山，小家小户的跑往西河沿、南河沿，城里的往乡下跑，乡下的往城里跑，人们找不到安全可靠的地儿。

必胜营统领连春负责守城。早晨起来，看守承旭门的云骑尉惊慌失措地跑来禀报："城外来了几百号阿勒楚喀城的难民，要求进城避难。他们说，二十四号俄军攻陷阿勒楚喀城，副都统钮楞额弃城南逃了。"连春吓得半晌说不出话来，醒过腔，赶忙去向喜琳报告。喜琳捶胸跌足："这扯不扯，三姓城丢了，呼兰城丢了，阿城也丢了，就孤零零地剩下咱古城子了，这……这……这可如何是好？"连春说："孤城难守，喜大人，赶紧蹽吧！"喜琳沉吟片刻，低声说："你秘密抽调五十名官兵，保护协领衙门佐领以上的家眷，今天夜里出西门，投伯都讷城避难。记住，千万别弄出动静，免得人心惶惶。"

子夜，一辆接一辆的大铁车鬼魅般地出了西门，尽管加着十二分的小心，还是惊动了栖息在树上的黑老鸹，冲着他们"哇哇"地大声啼叫。在大铁车的队伍中，夹带了连春的一份私货——后翰林府余三秧子余庆泽一家老幼。余三秧子忘不了三十四年前黑旗匪灭门的惨案，得知官兵秘密护送官员家属出城，头半夜便把贿赂送到连春家中，还答应负责路途上官兵们一应开销。

通判柳大年被老鸹的夜啼惊醒了，一夜未眠。早晨起来，对夫人说："吃得早饭，你去一趟老爷庙，代我焚香祷告上天，保佑古城子不受兵燹之害。为了安定民心，你不要坐在斗子车里面，要让城民看见官太太仍在城内！"柳大年夫人是个大家闺秀，通情达理，带着贴身丫鬟坐在摘去车棚的斗子车上，慢慢地行走在街市上，一路上谈笑自若。商民们见了，躁动不安的心添了些许的平稳。

一座在俄军虎视眈眈下的孤城，靠一个女子的闲庭信步，是无法保障安全的。街面上谣言四起，一日五惊。

汪家的两座烧锅一日间变成飞灰，老掌柜武昌却很淡定，他叼着翡翠鎏金小烟袋，关切地问逃进城的老屁："伤着人没有？"

老屁说："交战时，我让糟腿子躲在酒窖里了，没伤着。"

"这就好。"

"赵炮头呢？"

"开始和江省官兵一起打毛子兵，被打散了，不服气，到宾州二龙山落草当胡子头去了。"

"等时局平稳了，你去一趟二龙山，就说我请他回来。"

老屁点点头，又说："老掌柜，咱得让黑龙江将军衙门包赔烧锅的损失。"

"国破家亡，千古一理。算啦！"武昌深深地吸了一口烟，长长地吐了出去，似乎两个烧锅万贯家财，就在这一吸一呼之间。

赵忠海的胳膊打了个大窟窿，难过地向老掌柜报灾："阿勒楚喀义和团被老毛子打散花了，却把灾祸引进咱家烧锅，那些不讲理的毛子兵见人就杀，我们被逼无奈凭借土围子抵抗，两个炮手和七个糟腿子全都死了，我被倒塌的大墙砸在里面，算是捡了一条老命。操他妈的！毛子兵也吃了腥，死了十三四个，一怒之下烧了咱家的烧锅。"说罢，呜呜滔滔地大哭起来。

"人固有一死，杀寇匪而死，死得其所。"武昌说，"一律厚葬，报请官府入昭忠祠。有家室的，由总柜出资，从优抚恤。"

老屁问武昌："咱们的烧锅还开不开了？"

"开。"武昌磕了磕烟灰，从容地说，"怎么不开？世道再乱，生意也得做。你们俩都不要走，还是两个烧锅的执事，照旧拿薪水。等消停了，继续烧咱家的皇武殿老酒！"

赵忠海说："城里的大户人家都逃没了，老掌柜是不是也该早作打算？老毛子不讲理，犯不上吃眼前亏。"

武昌扑哧一笑，反问道："往哪里逃？是福不是祸，是祸躲不过。古城子七灾八难，我汪家、粟末书院黄家、百草堂关家，都没逃过，我就不信他老毛子能杀我这个糟老头子！再过几天就是中秋节，我们几个老家伙还得到魁星楼赏月呢。"

庚子年是闰八月，中秋节来得早，天上的满月并不因人间的杀戮而惨淡，依旧清澈，圆圆地挂着天幕上。古城三老溥泉、武昌、怀瑾，坚持着自己爬上了魁星楼的最高层。家人早已把月饼、果品、菜肴和老酒，妥妥地摆在一张八仙桌上，伺候着三位气喘吁吁的老人家，傲视战乱，赏月吟诗。三老上气不接下气地坐了下来，用了半个时辰才把气喘匀乎，彼此相视而笑，意思思地感叹岁月催人老。

今年轮到溥泉出题和韵脚，他说："今天不同往年，且以当下兵燹为题，各作七绝一首。韵脚是——"他用手蘸了下盅里的酒水，写了三个字：城、兵、更。三老摇头晃脑了半天，都有了腹稿。谦让一番，怀瑾第一个献诗，他凭栏东望哈尔滨的方向，高声吟道：

"狼烟四面一孤城，草木萧萧尽作兵。几上敌楼听鼓角，不堪风鹤夜三更。"

溥泉赞了一句："好诗，可浮一大白。"三老象征性地干了一小酒盅。下一个轮到武昌，武昌告饶说："我是个烧酒的，读了几天的书都就饭吃了。还是老规矩,别论平仄,押上韵脚就算通过。"

"千年文脉一古城,百二旗屯皆是兵。何惧罗刹来侵犯,枕戈待旦听漏更。"

溥泉大笑:"虽不工,倒也有些意境,差强人意。亦可浮一大白。"饮罢,忽然听到楼梯吱吱作响,只见一人走了上来,定睛一看,却是通判柳大年。柳大年拱手笑道:"听说古城三老在此赏月和诗,柳某不才,在楼下听得技痒,也来打个搅混,献歪诗一首,以和三老雅韵。"说罢吟道:

"前军一月失三城,江北江东尽是兵。独处孤危拼一死,莫将成算话残更。"

溥泉听出了弦外之音,心中一凛,想到了坊间的谣言,问:"府台大人所说的三城,不知是哪三城?"柳大年知道自己说漏了嘴,犹豫了片刻才说:"省城、阿城、三姓城。"谣传被证实了,三老仍不免惊诧。柳大年宽慰大家说:"七天前,俄军进逼省城,长顺将军为求全计,开城相迎,晓以利害,赏以酒牛,谈笑间,化解了一场浩劫。"溥泉悲愤地把酒杯一摔,仰天长啸一声,拱手面南,悲声吟道:

"忽闻一月失三城,叹我空有百万兵。虽处孤危豪气在,俄贼休把龙旗更。"

柳大年捻髯赞道:"好气概!楚有三户可灭秦,我有三老,古城可保矣。"

四人重新落座,把话题集中在如何保卫古城子上。怀瑾问柳大年:"府台大人,俄铁路局老巢与古城子相距不足百里,铁路洋站近者十里,远者二三十里。人为刀俎,我为鱼肉,不知府台大人如何保境安民?"柳大年苦笑道:"我已然与协领喜大人用六百里加急飞报吉林将军,乞求速派劲旅前来救援。可省城无兵可调,军宪大人的答复是:用手中的兵力,深沟高垒,严密固守,千万不可像阿城那样轻率开战。"溥泉摇头说:"一堆没用的淡话。"武昌低着头点烟,想听听柳大人的成算,可等了半天,柳却没了下文。他吧嗒了一口烟,说出了自己的想法:"既然援兵无法得到,就得自力更生了。旗衙门那边的定胜、必胜、锐胜三营士气低落,未战自怕，百岁子又牺牲了。如今的古城子，蜀中已无大将！老夫以为，民衙门亟宜创办新军，或可解一时之急。"柳大年为难地说："巧妇难为无米炊，本官一缺粮饷，二无枪械，实在是心有余而力不足啊。"武昌笑道："非常之时，需非常之策。老朽认为，古城子民界大粮户多藏有枪械，可用摊派的方式向大粮户征调炮手、枪械、马匹、粮草，折合成银价，事平后抵消捐税。这样，可以不用一文，便可得数千新军了。"柳大年起身长揖："谢三老赐我妙计。就此告辞，我马上回衙筹划……"

古城子有了新气象，四门口多了站岗的新军。柳大年采用武昌的建议，征召了三千六百名新军，分为劲勇、毅勇、奋勇三营，由傅老屁、余琥霖、蔡二阎王各领一营。余琥霖是余三秧子的大儿子，四万六千垧的大揽头，脾气秉性与乃父迥异，既有余家急公好义的优点，又平添了一副说打就打的霸气。蔡二阎王是北江沿太平庄土豪，心狠手辣，有勇有谋。老屁在哈尔滨一带最有人望，与俄国人打交道经验丰富。俗话说："兵熊熊一个，将猛猛一窝。"有这三个统领，民衙门新军别有一番气象。敌情危急，新军来不及训练，也无统一号衣，一半持快枪洋炮，一半持刀棍弓箭，在城外挖筑工事掩体，一派繁忙的备战景象。城内商民略觉心安，城边的田野里，农民挥舞着镰刀，匆匆忙忙地抢收地里的庄稼。

# 第八章
# 寻盟之哀

堂堂成命忽收回,城下寻盟万古哀。圣祖高宗应堕泪,边陲牧养愧栽培。

——［清］古城文人 曾恕初

【兵临城下】

中秋节过后，南大街的街路上，再次响起一阵急促的马铃声，古城驿信使高喊着"六百里加急"，飞也似的直奔旗衙门。大敌当前，如此急件自然引起人们的不安和种种猜测。

信使牵着马从旗衙门走出，过了一袋烟的工夫，喜琳喝醉了一样走出大堂，边走边呵呵傻笑。虽说是笑，却带着哭腔。半天，才对当值佐领连春说："长顺将军与俄国总督讲和了，命令咱们放下武器，赶做白旗……"人们不由得面面相觑，谁都不敢相信自己的耳朵。他们怀疑协领大人在说醉话，我天朝大国的官民不打龙旗打白旗，这叫讲和么？

抗俄灭洋七十三天，连春一管没递，此刻终于如释重负。他瞪大眼睛问喜琳："协宪大人，做白旗干啥？"喜琳抹着眼泪反问道："你说干啥？战败之人，拿着白旗，和洋人好说话呗！"

民衙门通判柳大年骑着毛驴到了旗衙门，柳大年循着六百里加急的马铃声，赶过来打算听个准信儿。见到这场景，心里便明白了一大半，他问喜琳："消息确切吗？这种事可不敢乱说。"喜琳拿出吉林将军衙门的急件，难过地说："你看看就知道了。"柳大年先看了封皮，上面盖着"急件"的红戳，里面写道：

现在和议已成，所有驻扎该处各营自应一律停战，如遇俄官带兵前往开路，务必派员先执白旗迎说免战，万勿开枪打仗。我已与俄国人说明，我兵不开枪，俄兵决不攻打。为此飞咨古城子协领，迅速传知各军一体遵照，切切。

喜琳气愤地说："脑瓜子一热就打，稍受小挫就举白旗，这不是自寻差辱么？"柳大年叹息一声，说："遵命吧。不幸中的万幸，咱俩总算把这座孤城保住了，全城百姓躲过了一劫。"连春在一旁迎合说："这下不用在刀口上舔血了。"

第八章 寻盟之哀

柳大年见喜琳低头不言语,透话说:"老佛爷懿旨说,这次中外勾衅都是拳匪闹腾的,下令各地镇压拳匪以谢天下。咱们古城子是拳匪震字总坛口,妖首百岁子被列为钦犯。军宪大人责令本官清剿古城子拳匪……"喜琳听了,一阵哈哈大笑,笑得莫名其妙的,让人头皮发麻。

柳大年急于与义和团切割。所有的人都知道他是义和团的鼓吹者,俄国人甚至误把他当成义和团的大首领。从旗衙门回到民衙门,巡检余琥霁已候了半天,柳大年命令说:"有谍报说,义和团首领李彦崑藏在八里岗子,报号'燕子'落草为匪了。这家伙矫捷凶悍,你多带几个弟兄,务必将其擒拿归案。"余琥霁应了一声,转身要走。柳大年忽然想到了白旗,叮嘱道:"带上两面白旗,中俄议和了,见到毛子兵举白旗和他们联系,万万不可开枪启衅。"余琥霁眨巴了下眼睛,不解地问:"也不是投降,打白旗干什么?"柳大年说:"议和跟投降也差不了多少,打白旗,好说话。"

余琥霁带上一班衙役奔了八里岗,路过布衣铺,顺便扯了三尺白土布。半道上砍了一根柳条棍,把白土布绑在上面,倒插在马鞍上,呼呼啦啦响了一道儿。走到天德兴烧锅,天已正午,余琥霁在马上回首说:"兄弟们,天德兴的小酯好喝,进去弄点好嚼谷打打牙祭。"

天德兴掌柜是姚大土鳖的老儿子姚希勤,姚、余两家是老表亲。恰巧,姚掌柜刚从江沿儿弄回几条黄尾巴囊,用大酱一焖,香嫩可口,入嘴即化,再饮上一口陈年的小酯酒,舒坦得很。余家人忌讳说吃鱼,却又得味这口,把鱼叫做"划水"。余琥霁吃"划水"有一绝,从头嗦啦到尾,肉被舌头剔得干干净净,却剩一副整整齐齐的骨架。他一只脚踩着凳子,给弟兄们表演绝活,三下五除二,完整的骨架亮给大家观赏,博得一片喝彩。

突然,外面响起枪声,伙计慌慌张张地跑进来,对姚掌柜说:"不好了,毛子兵来了!"余琥霁扫兴地骂了一句,把白旗交给手下,吩咐说:"去和他们解释一下,告诉他们,烧锅里驻的是古城子民衙门官兵,在奉命抓捕义和团。"一会儿,打白旗的耷拉着一支鲜血淋漓的胳膊,扑通倒在了门口,哭着说:"巡检老爷,老毛子根本不认白旗,还把我的胳膊掐折了……"余琥霁大怒,命令道:"抄家伙,跟我出去看看!"

余琥霁登上炮楼，被外面的阵势惊得目瞪口呆。土围子下面是黑压压的哥萨克骑兵，翻译把手扣成喇叭形，冲着他喊："围子里的人听着，吉林将军向沙皇俄国求和乞降了，快开门迎接俄军检查，不然格杀勿论！"余琥霁躲在墙垛后面，摇晃着白旗喊道："我是古城厅巡检，奉命搜捕义和团妖匪，绝无抗拒贵军之意……"翻译狐假虎威地说："少扯犊子，我不管你什么寻剑寻刀，马上开门接受检查。我数三个数，不开门就开枪。一、二、三……"话音儿刚落，俄兵放了一阵排枪，一个柜伙的半拉脑袋露在外边，被排枪揭了盖儿，从炮楼上栽了下去。姚掌柜登上炮楼对着外面喊："我信主，不要开枪……"话未说完，头上的毡帽就被俄兵掀了下来。姚掌柜急了眼，拎着洋炮和柜伙们开枪还击。余琥霁不想趟这个浑水，趁着双方激战，带着官兵越墙向东南逃窜。余琥霁刚刚逃出围子，已被俄国骑兵发现。俄国人打马来追，余琥霁连忙带人钻进高粱地。三个跑得慢的团丁被一阵排枪打倒。俄兵包围了高粱地，不断地朝里面放冷枪。余琥霁趴在垄沟里，想挨到天黑突围。过了好一会儿，翻译开始喊话："高粱地里的兔崽子听着，乖乖滚出来，再不出来，就放火烧死你们。"余琥霁嗅到了洋油味儿，吓得大叫道："有话好商量，千万别放火。我们确实是古城子的官兵哪……"余琥霁正要举手投降，突然响起一声枪响，接着是杂乱的马蹄声，伴随着马贼"嗷嗷"的喊叫。

这是一支不下百人的马队，使用的是杂牌枪炮，作战却极其勇敢，马蹄声坚定而迅猛。俄兵没能抵挡得了这股冲击，向古城子方向败退了。

余琥霁从高粱地爬了出来，向匪首抱拳道："多谢好汉搭救之恩，请留下名号，容在下日后报答。"匪首"嘿嘿"一笑："我是专杀老毛子的燕子，捎带而已的事，无需报答。"说罢，拍马去追俄军。余琥霁半晌没回过神——幸亏没和"燕子"交手，否则就得丢了吃饭的家伙。

余琥霁回到天德兴，烧锅已经被烧塌了架，被打得千疮百孔的土围子里面，横躺竖卧着七八具尸体。姚掌柜躺在血窝子里，脖子上带的十字架沾上了血污。余琥霁长叹一声，领着弟兄，抬着三具尸体仓皇回城。担心再遇到不讲理的俄兵，一路上左躲右躲，走了许多冤枉路。

第二天上午，余琥霁才带队进了城。他把血迹斑斑的白旗往柳大年面前一摔，没好气地说："老毛子一句人话也不听，打这个丢人现眼的玩意儿，没用！"

柳大年忙问："你们开枪了没有？"

"军令如山，哪敢啊！"

"这就好，这就好。衅由他启，责不在我。"柳大年拍拍余琥霁的肩膀，"余大人就是识大体明大义……"

余琥霁说："路上，下官听说韩家店一带出现七八百俄兵携带武器，拉着二十余辆炮车，在松花江、拉林河边布防，不知是何意图。"

柳大年大惊失色，一个不祥的预感袭上心头。

喜琳的仕途碰到一个过不去的坎儿，作为武威将军的嫡长子，朝廷的副都统衔协领，他不想留下开城迎敌的千古骂名。这是梅赫哩家族的底线。可以败家，可以吃喝嫖赌，可以男盗女娼，唯独不可以卖国求荣！

他独自一个人坐在将军府的客厅里喝茶，茶沏得太酽，胃肠感觉不适。家人都到伯都讷避难去了，唯独剩下一个使唤丫头，还有几个看家护院、烧水做饭的下人，府里显得空荡荡的，没了人气儿。他胡思乱想，一会儿想效仿不食周粟的伯夷、叔齐，怕吃不了那个苦；一会儿想遁入空门，担心自己受不了青灯古佛的寂寥……他突然问了一声："今个几儿了？"有些困顿的使唤丫环赶忙答道："八月二十七了。"

老爷庙敲响了四更鼓，使唤丫环打了个哈欠，喜琳受了传染，一个悠长的哈欠憋出满眼苦泪。门子在窗外嗽了一声，轻声说："连大人有要事禀报。"喜琳一凛，困意顿消，沉声说道："让他进来吧。"

连春颠颠地进了屋，荒腔走调地说："大事不好了，城外到处都是毛子兵。"虽说是意料之中的事，喜琳还是打了个激灵，急问道："有多少人？他们要干啥？"连春答："黑压压的一片，月黑头，看不清有多少。"喜琳问："他们叫没叫门？"连春答道："没有，但把四个城门都堵得严严实实的。喜大人，咱可咋办啊？"喜琳手捂着胸口，咬着下嘴唇，半晌说道："丧权辱国的事儿,本协领坚决不干。你去民衙门找柳大年,那小子是个转轴子,他合适干这个。"

连春"嗻"了一声,麻溜去了通判府。

柳大年爬出被窝,命人叫来余琥霁等大小官员,一起听了情况。众人皆不做声,只有巡夜的梆子声,有气无力地半晌敲击一下。柳大年捻着几根稀疏的鼠须,一字一句地命令道:"都不要慌,你们先把白旗插在四个城门楼子上,本官随后就到。"

对于俄军进城的事,他早就掂量好了应对的办法。一不能学黑龙江将军寿山城破自杀,二不能学阿勒楚喀副都统弃城逃跑,他要学吉林将军长顺,迎俄师,备酒牛,化干戈为玉帛。有了这个念头,他从容地穿好官服,乘着官轿去了东城,三步一停地登上了承旭门楼。漏夜残更,四野里虫鸣唧唧,偶尔伴随几声犬吠,矫情镇物的柳大年还是打了个寒噤。他拱手对城外的俄军说:"上国贵军光临敝邑,下官柳大年有失远迎,恕罪恕罪。"下面有人搭话:"我国护路军沙总督率大军进驻古城子,今夜暂住城外,明晨你可前来拜会。"柳大年拱手长揖道:"真乃仁义之师,不扰黎民,下官明日当登门拜谢。"说得,又对着俄军挥舞了几下小白旗。

从城楼下来,柳大年连夜召集官绅商界,会议犒军事宜,有的杀猪宰羊,有的预备美酒佳肴,有的筹办币帛,好像家里来了新姑爷一般。

第二天一早,一切预备停当,柳大年单骑出城,赴俄营拜见沙总督,身后跟着满载犒军物资的车辆。沙总督见柳大年恭敬谦卑,心下高兴,夸奖道:"清国官吏,多桀骜不驯,妄自尊大,只有你最忠诚谦和。本帅格外开恩,准你向我军约法三章。"柳大年莞尔一笑,说:"下官不敢约法三章,唯愿贵军勿伤我民,勿毁我城,便感激不尽矣。"沙总督说:"这个容易,我军不占民居,城内以城北洋站、魁星楼和文昌宫为兵营,铁路两侧的乡下驻军也自为兵营。不过,按照我和长顺将军的约定,你们必须把限定额度之外的枪支弹药,全部交给我军。至于赔款,按约定数额白银五千两、制钱五千吊。"柳大年笑道:"这个自然,下官当竭尽全力。"沙总督又说:"古城子拳匪杀人放火,无恶不作,你们必须彻底剿灭。

否则，我军将逐屯清洗。"柳大年忙说："这个不劳贵军辛苦，柳某不才，愿亲自督励此事，保证一个不留地清除境内拳匪。"

从俄营出来，柳大年心下稍安，想起了晋朝张协的一首诗，随着马蹄声在心中吟哦：

何必操干戈，堂上有奇兵。
折冲樽俎间，制胜在两楹。

柳大年没回民衙门，直接到旗衙门报喜，人未进堂声音先到了："喜大人，我已与俄帅相约，兵不伤民，亦不毁城，两安无事了。"喜琳一夜未眠，两眼赤红，干搓两把脸，涩声问道："俄帅是有条件的吧？"柳大年在椅子上坐稳，一五一十介绍了俄帅的条件。喜琳在大堂踱着步子，越听脸色越阴沉，说柳大年："银钱可以不吝惜，枪械弹药不行！按照他们的意思，古城子的官兵今后都得使烧火棍了。"柳大年心中不悦，说："要想糊弄洋鬼子，只好李代桃僵，多给银钱，少给枪械弹药，以显我们的诚意。"喜琳说："怎么办我不管，反正旗衙门只能拿出四五十杆破枪。"

柳大年乜了喜琳一眼，心里很不舒坦。大敌当前，跟我摆什么气节？气节能救了全城的生灵么？话到嘴边却变了，起身说道："我去办，你就睛好吧。"当晚，民衙门凑了一百三十七杆枪，两万余发子弹，六千三百七十三两白银，六千二百二十二吊制钱，送到俄营。俄官见柳大年一身尘土，连说了三个"哈拉少"。如此顺利过关，柳大年喜出望外，盛邀沙总督、史统领，到紫云戏楼喝酒看戏。

百岁子沙场捐躯，杨家塌了半拉天，孤儿寡母的，家里外头都靠欠登张罗。欠登早就看不惯骗吃骗喝的汤瞎子，不免使出了三花脸的手段，阴阳怪气地下了逐客令："汤先生，您老这么能掐算，咋没算出我妹夫死于非命呢？"汤瞎子说："生死由命，成败在天，这不是人力可逆转的。"欠登说："我妹夫殁了，可就没人陪着您老吃吃喝喝了。可怜见寡妇失业的,怕是养活不起您这位高人了。您哪,是不是该小孩拉屎——挪挪窝了!"汤瞎子说:"我为杨家看风水瞎的双眼,当初有言在先,养我一辈子的老。"欠登啧啧一声:"这普天下阴阳先生多了,没听说谁看阴阳宅瞎了眼睛的。我大妹夫受你忽悠,我可不受。麻溜好里子好面子地走人,可别让我说出难听的话来……"汤瞎子翻了几下死鱼眼,打了个咳声,说:"得,我这就走。不过,有个不情之请。"欠登:"用不着甩酸词儿,我这儿听着呢。"汤瞎子说:"我和你家掌柜的这么多年的交情,不能说走就走,得去他的坟头道一声别,求你派个人把我送过去。"欠登"喊"了一声,喊过一个小戏子,领着他去了杨家茔。到了茔地,汤瞎子对小戏子说:"你忙着去吧,我在这儿坐会儿。"小戏子乐颠颠地走了,刚走出半截地,忽听身后一声响亮,回头一看,却见杨家茔冒出一股五色云气,宛如一条巨龙,直上云霄。汤瞎子哈哈狂笑道:"百岁子,休怪瞎子无情,我叫你杨家出息个戏台上的皇帝!"

柳大年宴请沙总督,点了两出折子戏。一出是武生戏《挑滑车》,一出是花旦戏《拾玉镯》。男旦赛银花扮演孙玉娇,戏台上美艳多情,秋波流慧,沙总督看得津津有味,不免心猿意马,向柳大年提出一个意想不到的要求:"玛达目,玛达目哈拉少。"柳大年明白了沙总督的意思,让人把欠登叫到跟前,低声说:"总督大人是本大人的贵客,他看中了扮演孙玉娇的小戏子,你要把这事儿做圆滑了,万万不能得罪总督大人。听明白了吗?"欠登的脸一阵青一阵白,倏忽间满脸堆笑,用手比划着说:"总督大人,台上的玛达姆是男扮女装,带把儿的,不哈拉少;二道街日本楼的小娘们,下边的是这个,绝对的哈拉少。"沙总督似懂非懂地哈哈大笑,也用手做了个环形:"这个的,哈拉少!"欠登躬身请起沙总督、史统领,引领着两个戈比旦去了二道街日本楼。

日本楼是日本浪人川岛开设的妓院,有日本艺妓七人。

## 【喜琳被囚】

喜琳在府中深居简出了十几天,一直等到街面上的铺商相继开业,老爷庙有了香火,才偶尔到协领衙门走走,看看吉林将军衙门的公文。这些公文告诉他大清国还没亡,吉林省还在大清国的版图内,虽然大小官吏必须仰俄国人的鼻息,一切听从沙总督的指挥。喜琳收到一份密报:闰八月初五,盛京将军增祺弃城出走,从旅顺口登陆的俄军占领了盛京,实现与萨哈罗夫兵团的南北会师,东三省的军事重镇和交通要道全部沦陷了。

"完了。"喜琳知道大势已去,东三省被沙俄鲸吞了。他开始考虑后事,趁自己还有调动兵营兵丁的权力,准备去一趟伯都讷,把在那里避难的官员家眷接回来。然后,辞去这个"亡国之君"。他瞧不起柳大年的嘴脸,昨天还慷慨陈词地忠君报国呢,今天竟有滋有味地舔着俄国人的腚沟子。这种事,自己无论如何也做不来。

喜琳调了五十名官兵,偃旗息鼓地直奔西门,刚出城门,便被四个俄兵拦住了。喜琳坐在马上,冷着脸说:"我是古城子副都统衔协领,把路让开!"俄兵叽里咕噜一阵,翻译冲着喜琳吼道:"洋兵爷说了,我不管你是什么衔,史统领有令,中国军人一律不得擅自行动。统统放下武器,有什么话,去和史统领讲。"兵丁们没人反抗,乖乖地交出枪支弹药,在俄兵的押解下,跟着喜琳去了文昌宫。

文昌宫在古城子东南隅,驻古城子俄军司令部设在里面。喜琳被单独带进司令部,俄军统领史约林召见了他。史约林叉开两条长腿,手扶指挥刀柄,劈头呵斥道:"喜将军,你太傲慢无礼了!沙总督到古城子时,你为什么不来参拜?我驻扎古城子十几天,你为什么不来探望?"喜琳不卑不亢地答道:"本协领不是外交官员。送部引见,只叩拜圣朝天子;到省,只参拜吉林将军。此外,不敢卑躬屈节。"史约林耸了耸肩,说:"喜将军,你的态度很不友好。我们有权怀疑你有继续作恶、组织策划袭击我军的图谋。我谨代表沙总督宣布,从现在起,你们将失去自由,到哈尔滨笆篱子接受审查。"喜琳大怒道："我是大清国的三品命官,你们无权扣押和审查我,我抗议!"史约林怪怪地一笑,说："涅涅涅,喜将军,请记住,你们早已没有抗议的资格了!"

俄军把喜琳押送到哈尔滨,软禁在一个废弃的大车店里,士兵们住在一个桶子屋,喜琳单独关在一间小卧室,门口有两个哨兵把守。一日两餐,黑面包和红菜汤。

一周后,俄军把喜琳押解到香坊俄铁路局笆篱司,接受审查。审讯室阴暗潮湿,一人高的半空有个巴掌大的窗子,在审讯台前打上一块方方的光斑。主审法官达涅尔,留着一脸橘红色大胡子,翻译是姜家店少掌柜姜广仁。喜琳抗议道："我是大清国的朝廷命官,你们无权审问我。"达涅尔摇了摇头,说："抗议无效。按照国际惯例,在这次庚子事变中,我们受害国俄、德、法、英、美、日、意、奥及比、荷、西、葡、瑞典、挪威,有权调查贵国的侵害行为,以便向贵国提出赔偿军费和损失费。我可以负责任地告诉喜将军,在这次事变中,仅我们俄国就损失了一亿多两白银。你必须老实交代,古城子的官兵是如何与义和团勾结,对铁路局实施侵害的。"喜琳听姜广仁翻译完,哈哈大笑起来。达涅尔奇怪地问道："你笑什么?"喜琳半天没言语,突然声泪俱下地说："你们是受害国?你们跑到我们中国来横行霸道,怎么反倒成了受害国呢?我们呢?我们中国老百姓,在自己的国家里生活,在自己的田亩里耕种,害着你什么了?你们强占了我们的土地,开采我们的矿山森林,破坏我们的风水,杀我黎民,奸我妻女,到底谁害着谁了……"说完,无奈地闭上眼睛,凄惨地大笑不止。达涅尔连连摆手,说："涅涅涅,你说的不对。东清铁路是贵国大臣李鸿章请我国来修建的,是你们出尔反尔,以野蛮的方式企图霸占我铁路。要强占我们俄罗斯土地,必须付出血的代价。"喜琳垂下头,不再言语。他觉得自己没必要浪费口舌,与一个外国强盗讨论道理。

押回大车店途中,姜翻译递给喜琳一个小纸卷儿。喜琳回到住所打开一看,上面潦草地写着一行字:

俄国人忌惮大人，审查是虚，扣押是实，不日即可释放，勿虑。

一场苦霜，园子里的茄子、辣椒被霜打蔫，枯萎的叶子贴在杆上，只有江刺腊没心没肺的，仍绽放着金灿灿的黄花。吃过早餐的黑面包，喜琳照例等着提审，却半天没有动静。

傍午，姜翻译来见喜琳，拱手说："贺喜大人，您和您的兵丁可以回家了。"喜琳下意识地掸掸身上的尘土，问："几儿了？"姜翻译说："九月初九。"喜琳叹了口气，走出牢门。五十个闲得五脊六兽的兵丁，早就急不可耐地打上行李卷。喜琳问姜翻译："没收我们的枪支弹药呢？"姜翻译说："在军械库呢，我这就带你们去认领。"

九九重阳节，瘦成杆儿狼的喜琳，骑着刀螂似的白骟马，回到久别的古城子。过了穷神庙，承旭门便遥遥在望了。喜琳回头对兵丁说："都给我打起精神来，唱着《苏武牧羊》进城。"

"苏武牧羊北海边，雪地又冰天，羁留十九年。渴饮雪，饥吞毡，野幕夜孤寒。心存汉社稷，梦想旧江山。历尽难中难，心如铁石坚。兀坐塞上时听笳声，入耳心痛酸……"

承旭门外，站着古城三老、商绅百姓和家眷亲友。喜琳终于忍不住了，放声痛哭。让他感到不解的是，旗、民二衙的官员没有出迎。他问连春，连春含糊其辞地说："您先回府，回府好说话。"

回到将军府，连春告诉喜琳："喜大人，您遭难之后，柳大年就欢式[1]起来了，身兼吉林将军衙门帮办古城子交涉委员，整天和老毛子史约林狗搭连环[2]的。"连春说了柳大年的一大堆不是，最后言归正传说，"半个月前，柳大年向长顺将军告了您的黑状，说您敷衍公事，平庸无能；又说古城子地处冲要，一切交涉事务繁重，协领不能总这么空着。长顺将军听信奸言，把你和伯都讷左翼协领德升对调了……"喜琳气得脸色

---

[1] 欢式：方言，开心、活跃。

[2] 狗搭连环：狗交配，借以形容狼狈为奸。

铁青，换个话题问道："连大人，你这段时间过得如何？"连春哭道："别提了，倒了八辈子血霉了！您被老毛子抓走的第四天，在伯都讷避难的家眷自个儿返回古城子。走到南河沿，碰上了一群红胡子，我的老弟连荣挨了一枪，肠子被掏了出来，弟妹吞大烟殉情而死。逃回城里，我的老儿子因惊吓抽风也殁了，一下子暴亡三口，孩子他讷讷经受不起打击，不吃不喝也殁了。我料理完后事，带着家人回老屯躲避血光。不想闯来几个毛子兵，硬逼我腾房子给他们驻军，我磕头跪炉都不好使。如今，一家老幼已居无定所了。新来的协领非但不体恤抚慰，还把我的察街处佐领的差事给撤了……"喜琳连连叹息："我家西南隅闲着一所空房，你收拾收拾将就住吧。"

第二天，喜琳穿上官服去了旗衙门，新任协领德升大模大样地坐在太师椅上，对喜琳说道："喜大人，回来得好，咱俩把各自的协领印信和事务交接一下，伯都讷那边等着大人上任呢。"喜琳说："这个不忙。本官没有任何过错，为什么在我被俄国人拘留期间撤我的职？且待我请示过将军后再作定夺。"又客气地说，"德大人，您先请到客店歇息几日，本协领要开印办公了。"德升眨巴了半天眼睛，讪讪地站了起来，不尴不尬地离席而去。

喜琳在椅子上坐定，对围观的官吏说："各位都各就各位，原先做什么现在依旧做什么，不折腾。"

不折腾的喜琳，晚上到客店看望德升，邀他一起到紫云戏楼喝酒听曲。德升满心不悦，客气了几句，还是接受了邀请。喜琳斟酌再三，没有邀请柳大年。

一个月后，喜琳等来了吉林将军衙门的公文，长顺将军饬令喜琳立即交出印信，如再拖延，必严厉参办。喜琳回函给长顺将军，柔中带刚地说：

"先父与军宪大人有袍泽之谊，我侍大人如侍先父，想必大人待我如亲子。庚子之变，我兄弟以忠易孝，追随大人，赴汤蹈火，不曾稍违。俄酋无辜羁押晚辈，奈何听信谗言夺我协领之职？请大人三思，收回成命。

第八章　寻盟之哀

或触虎威，请交朝廷严办，决无含怨。"

数日后，将军衙门再来公文，长顺将军恢复了喜琳古城子协领的职务，训诫说："古城子地处东清铁路要冲，与俄交涉频繁，万不可书生意气，诸事务求妥协，不负本将军期待。"

一晃儿，进了腊月。野山上刮起了白毛风，铁道旁电线杆子上面的一排排电话线，在风中凄厉地鸣叫着。偶尔，一只视力不好的野鸡一头撞在上面，折翅而死。花子们又一次遇到生死考验，一边跺脚，一边哗啦着哈拉巴，长腔短调地唱着"花子乐"：九月暖，十月温，冬月里还有个小阳春……

粟末书院的窗户纸上挂着厚厚的一层白霜，屋里的南北大炕上，坐着十几个童生，默诵着各自的课文。溥泉慢条斯理地研着墨，一边思考着古城子庚子年发生的大事。砚台是法玛黄五爷留下的，正宗的梅花坑端砚，石眼多，发墨快，是个老物件。他几次提起笔，又几次放下，这一年发生的大事太多，头绪也太乱，八月份之前用了五百字写完了，闰八月之后也限定在这么大的篇幅。他想了又想，终于落笔：

闰八月初三，协领喜琳等五十兵丁被俄国人扣押于哈尔滨，逾月释放。初五日，四俄兵进太平庄天增源烧锅逼要银元，枪毙掌柜张尊荣二人，伤一人，掠走马两匹、牛六头。二十六日，五俄兵入室抢走姜家窝堡王贵两支抬枪、两支洋炮、两支开丝枪及大量财物。二十九日，民衙署刑房王辅臣家遭逃兵散勇洗劫。义和团余党周老疙瘩七人在十间房打劫。是月，俄军肆虐。民界耕字牌，被焚房屋一千零四十六间，被俄兵杀死者二十四人；勤字牌被焚房屋九百二十间，被俄兵杀死者十八人。屯民惊恐，庄稼不能收获，大欠。

腊月，古城子有"除夕尽杀洋人"童谣。驻城俄统领史约林甚惧，柳大年以不法之徒谣言不可信，安慰之，并通知协领喜琳追查谣言。

是年，俄国人将奶牛引进洋站，其形与耕牛同，硕大，善产乳，俄国人赖以为食品。又有植物"毛嗑儿",即丈菊,又名向日葵,亦俄国人引种,炒而食其籽,味道绝香。

## 【洋匪肆虐】

皇武殿烧锅老掌柜武昌殁了,殁在《辛丑条约》签订之后。条约规定,中国要向"受害国"赔偿四亿五千万两白银,史称"庚子赔款",洋人称"拳乱赔款"。临终前,武昌把皇武殿烧锅的钥匙串和翡翠鎏金小烟袋,传给了孙子附贡生汪庆发。此时的仁义汪家,长房、二房、三房、四房,共有大大小小二百多号人、几十家商号。老掌柜一辈的武川还健在,父辈当令的小二十位,和庆发平辈管事的五十来人,晚一辈的也有六七个开始打理生意。汪家像一棵通天神树,枝繁叶茂,浑然一体,成为古城子人口最多的第一大宅门。这个宅门,将要靠这个三十七岁的中年人来团弄[1]。

庆发正式理事的第一天,把老屄、赵忠海请到上房,商量哈尔滨上号、下号两个烧锅重建的事——这是法玛生前未尽的遗愿。庆发嘴里叼着翡翠鎏金小烟袋,恭恭敬敬地把两位父辈的执事人让到土座。见老屄不停地打着噎嗝,关切地问道:"您老的病好些了吗?"老屄说:"吃过百草堂怀瑾老先生的几服汤药,好多了。妈巴子的!昨天又被老毛子气犯了。呃——这群红胡子,忒不把自己当外人,也不和本乡约商量,竟擅自把哈尔滨更名为松花江市,火车总站叫松花江站。呃——当官的怕他们,敢怒不敢言。我不惯他们的菜儿,领着各村的地方去铁路管理局抗议,跟他们的大戈比旦吵吵了小半天,把噎嗝病气犯了。呃——"赵忠海在一旁插话说:"傅乡约大不易,又压不住火气,照这么下去,不等老死,就得被老毛子气死。"老屄的眼圈红了,"呃"了一声,说:"老毛

---

[1] 团弄:方言,笼络,摆布。

子不懂人语，跟他们生气犯不上。我要是被气死，罪魁祸首也是交涉局和民衙门。呃——该管的，不敢管、不想管，见到老毛子像耗子见猫似的。不该管的，却把爪子伸得老长，一个在上号成立了税局，一个在下号成立了税局，把哈尔滨牌的这点油水……呃——全都刮走了。"

老屁仍担着哈尔滨牌乡约，自打跑毛子之后，他管辖的地盘被俄铁路局零割肉似的，越割越小。且不说在俄铁路局购买的晾网地上设置了笆篱司，凡涉及铁路的命盗杂案均归他们审理，就是到哈尔滨牌地界里抓人，也不跟自己打招呼。更可气的是，俄国人擅自召开特别议会，讨论在哈尔滨行使行政权问题。长顺将军和柳大年通判装聋作哑，他位轻言微，斗不过俄国人，得了噎嗝病，总觉得有一股气圈在胸口，却打不出来。

庆发吧嗒了一口烟，开宗明义地说："今天把二老请来，是想就重建源聚烧锅和永发源烧锅商量个意见。这件事，是我仙逝的老法玛生前的宏愿，其意义就不多说了，二老心里都有数。今天，就说说怎么办，什么时候办，办到啥程度。"

老屁"呃"了两声，说："趁我还当点令，马上办。呃——跑毛子之后，哈尔滨牌被铁路局挤兑得只剩下……呃——傅家店、北四家子了，田家烧锅屯差不多……呃——成了老毛子的地盘了。"

傅家店本是个鸡毛小店，是老屁的二哥开办的。东清铁路开建，吹气似的成为几百户人家的大屯，街道店铺林立，尤以旅店娼妓业最为发达。跑码头的三教九流五行八作，也都来凑热闹，整天乌烟瘴气的，不得消停。为了维持地面，老屁成立了两个机构，一个是傅家店稽查处，一个是傅家店公议会。公议会会长是他的大哥，儿子傅祥礼做翻译。

庆发问老屁："在旧址上重建行不？"

老屁摇头说："呃——不行。源聚烧锅太靠近松花江，受水气，呃——不如在顾乡约屯旁边……呃——另起炉灶，也免得日后和老毛子一锅搅马勺。呃——正阳河口有块风水宝地，我惦念有几年了，呃——大掌柜，就在那儿，成不成？"

庆发点点头，说："傅爷虑及得长远。别看老毛子闹得欢，他们是兔子尾巴长不了，咱不能把烧锅建在火药库上。就这么定了。"

赵忠海说："永发源烧锅死人太多，太血腥，不吉利。我在阿勒楚喀东南趄摸个地儿，当地土名叫玉泉，山泉水喝着甜丝丝的，比较适合开烧锅。"

庆发说："行。东清铁路正好从那儿经过，也算给咱家的皇武殿老酒安了个铁轱辘，把酒卖到海参崴不成问题。"

接下来，研究了兴建烧锅的具体细节。临了，老屁却突然提出辞职："呃——大掌柜，我是心有余而力不足了。别误了仁义汪家的事业……"庆发见傅爷一脸真诚，笑着说："您老先别打退堂鼓。您看这么办行不行，让我的祥琦叔接手源聚烧锅，您老扶上马送一程，啥时候能脱手，啥时候交鞭。"傅祥琦是老屁的老儿子，为人精明，懂毛子话。老屁爽快地答应说："谢东家信得着我们爷们，您就踮好吧！"说得，还是禁不住呃了一声。

老屁从古城子回到哈尔滨，远远地看见傅家店稽查处乱哄哄地挤满了人。他打马走到跟前，下马后"呃"了一声，众人立刻让出一条道。他把缰绳交给乡勇，背着手进了公事房，身后一群人争先恐后地跟着进来。

"都消停地在外面排着，呃——本乡约……呃——一个一个地处分。"老屁喝了一口茶，开始办公。

二棚王什长禀报："小的今儿下晌领着乡勇查街，在北十字街看见二十余人因赌群殴。小的带乡勇拉劝，两个赌徒不容劝解，反用木棒将乡勇右额角殴伤，小的遂将凶犯擒获，禀请乡约大人处置。"老屁说："把凶手押起来，转交民衙门惩办。其余赌徒，每人罚款一吊钱，串大绳游街。"

傅家店稽查处徐哨长禀报："傅家店民户王赵氏于昨夜被洋人闯进房间，抢去银钳子一副，扁方一支，兜兜链子一副，小银元一百一十块；又有民户李士中，也于昨夜被两个洋人抢去银元四十七吊、夹被一床；又有……"老屁气得呃了半天，说："麻溜向民衙门备文呈明，请通判大人鉴核。"

黄昏时分,总算清堂了。老屁站起身伸了个懒腰,打了一串长嗝,准备回家。走到门口,又被一群人堵住了。

"呃——什么事?"

"辛成禄霸占善地,乡约大人,您得给我们做主。"说话的是公议会副总理申大扒瞎,"去年冬月间,从火车下来的老少疲弱,弄得咱傅家店死倒儿遍街。乡约大人您可怜见,与本街公议会从公核议,逼着恩胖子把屯东头那片荒地施舍作了乱葬岗子。前些日子,有个别尖头在乱葬岗子挖土卖钱,臭糜子[1]辛成禄见财起意,竟把乱葬岗子赖为己有。现在街面人烟稠密,病故的穷人太多,若无乱葬岗子,死人如何掩埋?我等出于义愤,特请乡约大人主持正义。"

老屁"呃"了一声,问申大扒瞎:"你不是在扒瞎[2]吧?"众人异口同声地说:"绝不扒瞎。"老屁一挥手,说:"你们前面带路,本乡约去会会那个王八犊子!"

两挂洋马车飞也似的出了哈尔滨,沿着乡路向西南疾驰。车上坐着下乡打野食儿[3]的俄国人,还有两名翻译,每人都抱着一支快枪,直奔古城子西河沿民界。傍晚时分,一行人到了石人沟旁的双龙泉屯,强行住进大粮户姚大土鳖家。自从天德兴被俄兵血洗、老儿子遇难后,姚大土鳖恨透了俄国人,也不信洋教了。他害怕悲剧重演,提心吊胆地,鸡鸭鱼肉地小心伺候着。第二天临走,还是牵走了姚家的白骟马。白骟马是姚大土鳖的坐骑。

从双龙泉出来,一行人到了石人沟,干了一把砸窑别梁子[4]的勾当,把大粮户李全义、冯喜孟两家洗劫一空。李全义是燕子李彦崑的拜把子

---

[1] 臭糜子:土著居民。
[2] 扒瞎:方言,说谎话。
[3] 打野食儿:本意是打猎,这里特指到乡村抢劫民财。
[4] 砸窑别梁子:黑话,入室抢劫。

兄弟，燕子闻讯后率四十多号弟兄，纵马狂追，活捉了一名俄匪和两个翻译。燕子对李全义说："兄弟，老毛子吃了腥，肯定不会善罢甘休。他们若来寻仇，你就告诉他们我去了伯都讷，要想人票全须全尾地回去，拿一万块银洋来赎，以三天为限。"说罢，带着三个人票，向拉林河谷撤去。

几个漏网的俄匪逃进了古城子，要求通判柳大年派兵营救人质。柳大年好言安慰一番，连忙向俄总督、俄铁路管理局总监工报告，并以四百里加急告知伯都讷厅，请求协助围堵，设法救出被绑架的俄国人。又派巡检余琥霁率领衙役星夜出城，追捕燕子李彦崑，无论如何把俄国人救回来。

余琥霁刚出城门，俄军统领史约林已在城外等候："余巡检，我奉沙总督的命令去营救人质，你给带路。"余琥霁一怔，笑着推辞说："不劳史统领大驾，营救人质的事，包在本巡检身上，您就赡好吧。"史约林耸了耸肩说："不可以！总督大人的命令必须执行！"余琥霁只得实话实说："史统领，您就不要为难下官了，朝廷有严旨，官兵不得擅自给洋人当向导，更不得擅自越境，违者重惩。"史约林大怒道："总督的命令就是圣旨！马上出发。"余琥霁不肯，派人请示通判柳大年。一会儿，接到了柳大年的指令："一切听史约林安排。"

这起土匪枪杀洋匪的事件，被古城人传得玄而又玄。令人始料未及的结果，竟是柳大年和余琥霁双双被革职严办。

韩钱串子茶馆新招来一个说书先生，绰号邓眼澜。邓眼澜为了招徕听客，把道听途说的各种传言编排成评书，大受茶客欢迎。他把醒木一拍，绘声绘色地讲道：

"今天，在下讲一段发生在咱们古城子的稀罕事儿。那位客官问了：'什么事儿啊？'有《西江月》为证：绿林好汉燕子，不怵洋人枭雄，石人沟里抱不平，引得风起云涌。

"闲言少叙，却说巡检余爷奉了父台柳大人的钧旨，领着俄兵星夜兼程，直奔西河沿而去。旦见河谷，黑压压柳条通里无动静，白亮亮拉林河上跑冰排，却不见燕子的身影儿。

第八章 寻盟之哀

"且说这位燕子,乃我古城子第一奇人,自幼习武甚精,又拜长白山一尊佛为师,得其真传,艺冠群雄,成为东三省武林第一高手。其身轻如燕,可日行千里。枪法如神,打眼珠不碰眼毛。洋大人史约林跌跌撞撞,难觅燕子,正在焦躁,忽有探子来报:"燕子潜伏在对岸伯都讷境内,限俄国人三日内拿一万块银洋赎人,否则撕票。"史约林不懂江湖揆程,反令余琥霁为向导,带领俄兵深入伯都讷之境。当地官绅突然见到这群长着红胡子、蓝眼睛、大鼻子的洋兵,吓得东奔西逃。如此三日,人票才被找到,可怜鹅头山上孤榆树,三个人票都成了吊死鬼驾鹤西去了。

"余爷无功而返,哪承想伯都讷官民不依不饶,联名向吉林将军长顺控诉其引领洋人残害地方的罪行。虎威震怒,一道饬令,余爷被押送省城受审。老父台柳大年素与余爷交厚,亲自护送。也是他老人家弄巧成拙,画蛇添足。出发前,私下恳请铁路局洋大人从中斡旋。怎知这二百五的洋大人豪横惯了,竟电令吉林将军放人。常言道:顺着好吃,横着难咽。堂堂的天朝大国的一品大员,岂能受这份儿洋鸟气,一封朝奏,可怜老父台和余爷,以与俄国人沆瀣、越境残民在先,干涉办案在后,双双革退。柳大年洒泪去职待罪,忽有西牌佃户为其立德政碑一通。

"这正是:土匪洋匪谁是匪?德政碑前论难定……"

自打百岁子阵亡,梁孚贵信了洋教,韩钱串子茶馆就像丢了魂儿一般,茶客们变得像一盘散沙,可做谈资的话题,也缺乏了辩论的生动。山中无老虎猴子称大王,紫云戏楼的欠登成了茶馆里的角儿。他很领袖地进了茶馆,轻嗽了一声,说书先生闭上口如悬河的嘴巴,众茶客也扭头回望。

"诸位,新任父台大人马上到任了。新父台老太爷贵姓木土'杜',讳'学瀛',浙江绍兴人,捐换花翎[1],明敏练达。他老人家官衔的全称是,钦加四品衔、赏戴花翎、在任补用府正堂、候补抚民府、特授农安县知县、调署双城理事抚民、加九级记录五次……"

一个茶客马上加了个注脚,说:"来了个绍兴师爷。"清代官署中的

---

[1] 捐换花翎:即花钱捐的官。

幕僚，绍兴籍人最多，善打官司。听语音，含着似褒似贬的味道。

欠登手捻鼠须说："杜老父台受命于危难啊，不知道他老人家如何解决洋匪虐民。"

韩钱串子像迎财神一样，把欠登请到靠着窗户的雅座，亲自沏了一碗他得味的六安瓜片，四个压桌碟儿，多了一碟新鲜玩意儿——毛嗑[1]。韩钱串子笑着说："您老尝尝这洋玩意儿，喷儿香。"又提供一个话题，"八月节前，光天化日的，八个洋匪、一个高丽、三个翻译，手持快枪、洋炮，到安家窝堡打野食儿，闯进屯丁安文广家，把他的老儿子吊在房梁上拷打，威逼索要钱财。抢走七十吊钱，还有一个紫褡裢、一件布坎肩、一双白布袜子、一杆洋枪。傍晚，又在杨青甸子砸窑，抢了大粮户杨老鬼家。杨老鬼眼里不揉沙子，发现这几个家伙衣帽不齐，携带的武器是些杂八凑，挨家挨户地见东西就抢，断定不是正规毛子兵。杨老鬼没惯菜儿，召集村民拿着枪炮、棍棒，尾随追击，当场击毙一个老毛子，夺回被他们抢走的马匹、毛驴和财物。嘿嘿，案子已然报到了民衙门，就等着新来的杜大太爷勘验查处呢。"

没待欠登发表宏论，一个胖茶客在一旁"嘿嘿"冷笑说："杜大太爷再能耐，也咋地不了老毛子。哈尔滨被铁路局霸下了，民衙门、旗衙门得看着铁路局的眼色说话，交涉来交涉去，你听说哪个杀人越货的洋匪被正法了？糊涂庙糊涂神吧……"

欠登不满意地哼了一声："这话也不尽然。前些天，洋人在拉林河沙坨子上起出三具洋人无头尸，王翻译和车家城子的坏种赵广父子，带着俄兵到伯都讷三马架子，讹赖一个姓孙的老乡作案。第二天，又将尸体运到楼上屯借尸诈财，逼迫百姓捐钱捐物。然后一路勒索，在白土崖子一顿抢劫，还下了邓家屯乡勇祖英奎的枪支，搜去金壳怀表和二百块银元。结果，被蔡二阎王撞上，抹肩头拢二臂押送到旗衙门，喜协领不也把王

---

[1] 毛嗑：方言，葵花籽，因老毛子将其引种古城子，又喜欢嗑食，俗称毛子嗑，简称毛嗑。

第八章　寻盟之哀　215

翻译和赵家父子给办了么！"

胖茶客抬杠说："打不住野狼套家狗，有章程，把俄兵也办了！"

欠登被呛得没了兴致，沏好的六安瓜片也不喝了，拂袖而去。

## 【非常盗】

杜学瀛是位食不厌精脍不厌细的主儿。古城子第一餐，由通判府大厨裴麻子亲自掌勺，上桌四道拿手菜：猪肉炖粉条子、茄子炖鲶鱼、小鸡炖蘑菇、雪里蕻炖豆腐。杜大太爷夹了一口雪里蕻，立马吐了出来："呵！你这是想齁死本老太爷么……"等着夸奖的裴麻子一怔，小心地夹一点尝尝，咂摸了咂摸，说："咸淡挺合适呀。"杜学瀛把筷子一摔："你打死卖盐的了吧？你这雪里蕻比咸菜还咸！"裴麻子挂不住面子了，把围裙一摘，说："我前前后后伺候了四任通判老太爷，没一个不夸我做的菜有滋有味。杜老太爷，得了，您另请高明吧。"说着，拱了下手转身走了。杜学瀛也算阅人无数，见过有脾气的大厨，却没见过这么脾气大不懂规矩的，一时哭笑不得。好在府里还有个二厨，按照他的吩咐，重新做了四道清淡可口的小菜，这才把脸儿圆下来。

二厨叫郑中良，因搓麻将经常点炮，诨号"郑三炮"。郑三炮心灵手巧，一直不甘居于裴大厨之下，有了这个进身机会，使劲周身解数，想把这个新通判伺候好。杜学瀛嘴馋且好为人师，把一本杭帮菜谱借给他用，还亲自指点如何将就古城子的食材，做一些清淡可口的佳肴。

一日，杜太爷要宴请哈尔滨铁路局的戈比旦白毛将军，看过郑三炮拟的菜谱后，说："俄国人喜欢酸甜口，你能不能把焦烧肉片改成酸甜口的？还有这个葱花摊鸡蛋，也得改造改造，弄得精致一点，再整出西洋口味儿，就差不多了。你别小瞧了请客吃饭，吃得顺口，双方的关系就会融洽，关系融洽了，古城子的涉外公事也就融洽了。"郑三炮笑嘻嘻地说："敢情有这么大的意义，您老赇好吧，小的保准让老毛子吃'融洽'喽。"

客人到齐，郑三炮精心预备了十道菜，其中自创了一道"甜酸爆肉"，选了上好的黑猪里脊，合欠煨好口，过了两遍油，菜一出锅，外焦里嫩，点缀香菜、葱丝，一浇汁儿，炸出了满屋的香气。白毛将军尝了一口，连声称赞："哈拉少，哈拉少，欧其尼哈拉少[1]！"接着，又上来一盘"酥黄菜"，松软酥香，甜美可口，令白毛将军大快朵颐。最后，郑三炮端上来一个浇汁儿松花江大鲤鱼，鱼头尚鲜，鱼嘴不停地一张一合，鱼身则被炸得外焦里嫩，呈摆尾状，众吃客惊讶万分，只见郑三炮把调好的酸甜口的汁儿往上一浇，"吱啦"一声，效果登时出来了，白毛将军高兴得为之鼓掌，作陪的众吃客也跟着一起鼓掌。

白毛将军饱餐一顿，心情愉悦，夸奖杜学瀛："古城子历任通判，你是第一讲究文明的官员，希望这种令人心旷神怡的宴会能经常搞一些。"杜学瀛笑着说："只要大人肯光临，本官随时恭候。"

七月初十，东清铁路正式通车运营。在吉林将军的陪同下，俄财政大臣维特到古城子车站剪彩。杜学瀛再次举办招待宴会。古城子两衙要员、乡绅名流，均应邀参加作陪。老解元溥泉以年迈体衰，辞谢不去。举人毓谦因身体不适也未参加。庆发听说后，一半认真一半自我解嘲，对永兴复烧锅新掌柜梅连源说："十四爷，咱们是尖头[2]，比不得溥老爷子他们清高，啥世道也得经商做买卖。走，去看看马神到底是咋用轮子跑的。"他一直纳闷，轮子怎么能在平地上自个儿往前跑？梅连源是梅家二房图里根的孙子，和庆发是打折骨头连着筋的老表亲。

老解元溥泉在《古城志》的大事记上做了如下的记录：

光绪二十九年七月初十，城北洋站正式运营，沙俄财政大臣维特亲至，吉林将军来贺，通判杜学瀛设宴招待，人以为盛事，竟不知东清铁路已不为我大清所有矣。俄铁路局扩建洋站，征我正黄旗四屯、头屯纳

---

[1] 欧其尼哈拉少：俄语，非常好。
[2] 尖头：江湖黑话，商人。

租地五十七垧、正红旗五屯垦荒地四百零三垧、正白旗头屯纳租垦地一百四十垧。

搁下毛笔,溥泉不由得发出一声浩叹。毓谦端着茶碗,走到案前先睹为快,看罢,也不由得叹息一声,慨然道:"老子说,'道可道,非常道。'我的理解是,道如果成了道,就不是永恒的道了。用这个道理解释今天的事,便可说'盗可盗,非常盗'了。这沙俄本就是打着帮助中国建铁路,遏制小日本的幌子。接着,借着庚子事变,铁路和哈尔滨就成他们的了,这个货真价实的强盗,在大清国便成了贵客上宾。什么将军啊、都统啊、协领啊、通判啊,都抢着对他们的抢劫成功表示祝贺。美其名曰'睦邻'、'包容'、'求同存异'等等……"

溥泉听了毓谦的宏论,说:"世侄啊,孔子著《春秋》,也挡不住乱臣贼子。所谓胜者王侯败者贼,古往今来,概莫能外。"他从书架上拿下《古城志》光绪二十八年卷,递给毓谦看:"你光看见外国洋盗强取豪夺了,咱们古城子的官盗也毫不逊色啊!"

毓谦展卷细看,其直笔竟不避亲友之恶:

年初,古城子协领衙门以兵饷军费枯竭,立名目而敛民财,向京旗、屯丁开征房捐。协领喜琳欲抽红以鼓励横征者,吉林将军止之曰:"值此时艰,若办一事辄以津贴鼓励,问心能无愧乎!"

三月初四,设阿宾双拉筹饷分局,专门劝办房捐、六厘捐、车捐、盐捐等,以为练兵防守经费。复开烟灯捐,每烟灯收捐五十文。

民衙门通判杜学瀛开办彩票公司,劝买"裕饷彩票",村汉愚氓趋之若鹜,至有博彩而荡产者,官不以为意。所得收入,三成助饷,七成归公司……

见毓谦低头不语,溥泉说:"古往今来,为官牧民,在于以正道教化万民,劝人学好。哪有劝子民赌博、吸毒而抽红肥己的?白居易的《卖炭翁》

中黄衣使者白衫儿,强买一车炭,还得用半匹红绡一丈绫,系向牛头充炭直呢!如今的官盗,一边引诱或放任百姓堕落,一边榨取油水。世侄,你说,这洋盗和官盗能分出伯仲么?"

毓谦去了两次将军府,想找表哥喜琳谈谈,两次都没碰上面。一次赶上喜琳下乡检查清丈地亩,一次是到民衙门送旧迎新。杜学瀛调任宾州厅,阮忠植署理古城厅通判。

这天天刚放亮,毓谦便赶到了将军府。表嫂笑着说:"举人兄弟来得正巧,我家老爷刚起来。"

喜琳早已没了当初的心劲儿,被俄国人整治得柳顺条杨[1],没了脾气。他现在犯愁的事儿只有两件:一是如何东挪西凑给官兵乡勇发饷;二是如何把风起云涌的土匪镇压下去。在丫环的伺候下,喜琳用洋胰子洗得脸,对着西洋镜编着辫发,屋子里散发着一种怪异的留兰香味儿。

"吉圃来啦。"喜琳笑着说:"三顾频繁,有什么要紧的话儿?"毓谦看了眼丫环,说:"不急,把辫子编得再说不迟。"喜琳道:"你不说,我先说。有这么个事儿,将军衙门让咱们推荐三个满洲世家子弟,到京师大学堂入翻译科读书,我琢磨了一个人选,你是方家,看看合不合适?呵呵,那个大学堂是太学的继承,狗长犄角——羊(洋)式罢了。"毓谦点点头,他对此略有耳闻,这个大学堂是光绪帝下诏,咸丰状元、大学士孙家鼐创立的,注重实学,一直心向往之。喜琳说:"我家二爷为报答百岁子的救命之恩,推荐了秀士元德。另外两个,我考虑再三,一个是宗室黄家溥泉的孙子恒昕,一个是你的弟弟毓逊。"毓谦沉吟了半晌,说:"百岁子为国捐躯,不能入昭忠祠,咱古城子亏欠杨家的太多,二爷于公于私这个举荐都不错。黄五爷创办粟末书院,引领古城子文运的兴起,恒昕当之无愧。我的二弟就免了吧,一则才疏学浅,二则先祖和家严已安排他继承百草堂,悬壶济世不可中途废弛。当年袝祀富老中堂,先贤皆

---

[1] 柳顺条杨:方言,顺从,不敢反抗。

各得其所，唯有武举汪大人不得入祀，我法玛生前常为此遗憾，这个名额如能给汪家，也算是一个补偿吧……"喜琳顺水推舟地说："那是那是，那就这么定了。"突然把话茬一转，说毓谦，"听说溥老爷子在他修的《古城志》中说了我不少坏话？吉圃，咱们是什么交情？都是从抓帽胡同走出来的后生，你帮表哥求求他，手下留点情分。"毓谦正色说："《古城志》我基本都看了，坏话一句没有，都是真话。你保持民族气节，被俄国人关押，高唱《苏武牧羊》回城这一节，有。你借筹措兵饷侵民肥官一节，也有。有一说一，有二说二，这是董狐直笔，不是坏话。"喜琳红头涨脸地说："我也是没办法！不当家不知柴米贵，溥老爷子越老越糊涂，白在衙门里混了半辈子，说话咋不分个亲疏、轻重？我替他儿孙着想，他咋不替我身后名着想……"毓谦笑道："表哥能顾忌身后名很好，兄弟三次登门来访，就是为了您的身后名而来。梅家来古城子屯田，一世开天辟地衬祀富公祠；二世驰骋疆场，耀祖光宗，诏立专祠；如今，表哥锦衣玉食，可则继往开来，做个人人敬重、后世敬仰的忠臣循吏，不可则独善其身，退而做一个忠厚君子，何苦随波逐流，做个后世唾骂的污吏呢？"

喜琳吃惊地问道："你是让我辞职？"

"能做个为民做主的好官，当然最好。若力所不能，退隐江湖，做个富家翁，也未尝不是上策。梅赫哩氏几世的荣耀，不能败坏在你大阿哥的手上！"

喜琳用手摩挲一把脸上的汗水，说："兄弟一番话振聋发聩，容哥哥思之。"

喜琳没有辞官。他想做一个为民做主的好官，针对古城子每况愈下的治安形势，几经变通，终于得到吉林将军批准、俄帅同意，组建了古城子练军，由两个扎兰[1]增至五个扎兰，其中三个马队、两个步队。添设委营总一员、笔帖式二员，委总管由明海充任。

自百岁子战死，明海成了古城子带兵的元老。新官上任，明海想要

---

[1] 扎兰：满语，又作甲喇，参领，军队编制单位。

有所作为。他派出探子四处活动，寻觅匪踪。

冬月，是土匪砸窑别梁子的旺季。一则老财的手里有了卖粮的银子，二则土匪们需要多弄点钱财粮食，好与家人过个肥年。早晨，明海率领三扎兰马队悄悄地出了城。头天晚上，明海获得情报，匪首灭洋、燕子、过江龙、关傻子、田大下巴，搅和在一块，在哈达牌一带抢劫。这几个绺子最令白毛将军头疼，俄护路军没少吃他们的亏。如果能把这几个匪首擒获，古城子新练军就一战成名了。

迎面的北风，咬得脸蛋子生疼，马蹄溅起雪嘎巴，马队像箭一样射向哈达屯。哈达屯坐落在哈尔滨西的一个高岗上，居高临下，马队的一举一动，屯里的胡子看得清清楚楚。没等马队进屯，乡约周化南颠颠地跑出屯迎接，大老远就嚷嚷："明大老爷，胡子眼睁睁地看见你们过来，都蹽杆子了。"明海无奈地说："这无遮无盖的大平原，瞎子都能看见。他们往哪儿蹽了？"周乡约用手向东一指说："蒋家桥儿。"明海二话没说，拨马奔了蒋家桥儿。蒋家桥儿风平浪静的，不见土匪踪影。一个屯丁在山上架鹰逮兔子，明海问屯丁："你在这玩鸟遛鹰的，见没见到胡子？"屯丁比划着告诉明海："见到了，有四五十号人马，绑着几个人票，到海旺窝堡啃富[1]去了。"队兵们一听，吓得勒住了缰绳。明海在新疆作战时没少打硬仗，挥手说："怕他个屁！过去会会……"到了海旺窝堡村口，终于瞄上关傻子的绺子。胡子们吵成一团，在义合成大院杀猪开伙。练队追了一小天，此时已人马困乏。有人怯战说："明大人，吃过饭……"明海怒道："好不容易才把胡子咬住，麻溜跟我杀进屯子！"

匪首关傻子原是屯丁，本名关明正。因不满清丈地亩，打伤清丈局官员，落草为匪。虽然当了胡子，关傻子却有着严格的绺帮行规，绑票、砸窑也有十分讲究，专挑有钱缺德的财主下手。一次，他听说江北一个绺子绑了噶家崴子豆腐匠老张头的孙子，还抢走了拉磨的驴，他单骑闯匪窑跟匪首理论，斥责道："大当家的，做人得敞亮点，别花黑心钱！缺

---

[1] 啃富：黑话，到大户人家吃饭。

钱花去碰响窑，欺负穷人算啥能耐？"一番话掷地有声，江北胡子乖乖地交出了孩子和驴。张豆腐匠无以为报，咬咬牙，要把十七岁的老丫头许配给关傻子。关傻子见老丫头年轻俊俏，也有些心动，却断然拒绝道："爷图的不是这个，做人要讲究，爷就是当一辈子胡子，你们闻一闻，身上没臭味！"

大院内的土匪也发现了官兵，关傻子站在炮楼子上往外撒眸，见追兵只有二三十人，笑着喊道："外面的跳子，别不开面儿。我已三番两次地让着你们，是朋友，大路朝天各走半边。不是朋友，就开磕，看看谁的管直。"明海也不搭话，下令开火。胡子有高墙作掩护，四周是开阔地，官兵无法靠近。一个队兵不小心露出脑袋，被土匪一枪打碎了吃饭的家伙。明海震怒，发起冲锋，又有四个官兵负伤。关傻子笑道："跳子，你们不是对手，扯呼了吧！"明海更加愤怒，亲自带队发起第二轮冲锋。关傻子素有神枪之名，举枪洞穿明海左臂，明海跌落马下。官兵不敢再战，护着明海仓皇败退回城。

古城子土匪越剿越多，俄铁路局不断敦促抗议，吉林将军只得改剿为抚，命令喜琳招安各股土匪。经过谈判，李彦崑的一百二十多人，关明正的二十三人，向古城子协领缴械投降。

受降仪式安排在穷神庙。协领喜琳披挂整齐，带兵出了承旭门，到穷神庙亲自受降。李彦崑、关明正等匍匐马前，表示改过自新。喜琳善言安慰，宣布道："皇恩浩荡，赦免尔等前罪，凡本协领下八旗子弟，可立即归旗，安分当差，以赎前罪。李彦崑、关明正和他们的四梁八柱，可在穷神庙劝善坛学习《圣谕广训》，学满归旗。"

自百岁子死后，穷神庙的劝善坛便荒废了，这次重又恢复起来，公举庆发主持此事。仁义汪家活着的人中，唯有庆发知道穷神庙的隐情，救赎这些义匪，自是多了十二分的体恤和照顾，还与李彦崑、关明正结了八拜之交。

转眼到了腊月，古城子年货市场在庙开张，东神道、西神道的两边搭起了货摊床子，坐商小贩和渔民猎户，把各色年货摆在床子上叫卖。

柴草市上，卖秫秸的、卖蒿杆儿的、卖黑炭的，排成一溜儿，对面的一溜儿是卖靰鞡草的。靰鞡草讲究边砸边卖，大木榔头此起彼伏，发出"砰砰砰"的声响。被砸成丝绵状的靰鞡草，散发着草香。

柴草市上，一个汉子守着一担蒿杆儿，等着买主。这担蒿杆儿身量高，捆粗，干爽，一担能分成两担。小猩猩怪郎云发进了柴草市，卖柴人吓得直缩脖子。郎云发蹲了几个月的大狱，跑毛子后又欢式起来，给北门外洋站俄国站长当翻译。郎云发走到大汉跟前，三角眼一撩，冷笑道："刘青山，燕子绺子里的二当家。嘿嘿，被招安学好了，当卖柴人了，好好好。多少钱一担啊？"刘青山不卑不亢地说："四个大子儿。"小猩猩怪故作惊讶地"哎哟"一声："终是个贼头儿，禀性难移！人家一担三个大子儿，你怎么要四个？想抢钱么？"刘青山说："市场上有的是蒿杆儿，你看谁的便宜就买谁的去。"小猩猩怪眼睛一立，说："他妈了个巴子的！大爷就买你的，三个大子儿，麻溜给大爷挑家去。"刘青山把手一抄，说："你要是这么说话，多少钱，刘爷我也不卖给你。"小猩猩怪大骂道："你这个千刀万剐的胡子头儿，还敢欺行霸市，老子一枪崩了你！"说着，掏出枪顶在刘青山的前胸。胡子最忌讳这一出儿，刘青山手疾眼快，枪口反转顶在小猩猩怪的肋下，"呼"的一声闷响，小猩猩怪倒在地上。

"杀人了！"柴草市乱成一团。刘青山没逃，大步流星赶到民衙门，投案自首。匪首再次犯案，打死的还是俄国人跟前炙手可热的翻译。民衙门把刘青山打入死牢，准备就地正法。

消息传到高家窝堡，李彦崑正和家人一起包豆包，他嘴角微微一挑，看了送信人一眼没有吱声。送信的在绺子上干过，杵在地当腰等李彦崑给个说法，见李彦崑没了下文，讪不搭地离开李家，心下嘀咕："李爷最讲义气，好友刘青山含冤入狱，马上死到临头，他怎么无动于衷呢？"

李彦崑被招安，在劝善坛学了几天《圣谕广训》，本想留在衙门当差，可是他的名气太大了，没人敢用，只得回乡务农。刘青山打入死囚牢，李彦崑的心又不安分了。当天半夜，他召集了十三个旧部，骑着快马闯入古城子，打开民衙门监狱，劫走了刘青山。顺手牵羊，绑了大兴涌洋行老掌柜梁孚贵的两个孙子，一路奔向松花江。

燕子李彦崑反水，消息震动了古城子，他的五十多个旧部，重又回到了绺子。

相关匪警接踵而来：王家窝堡大粮户郭士官三弟被绑票；苏家窝堡大粮户刘洪臣两匹好马被抢；镶黄旗二屯云骑尉永太家被洗劫一空；凌家窝堡、赵家窝堡等数屯四十余人被绑票……燕子神出鬼没，飘忽不定，官兵疲于奔命，却抓不到半个人影儿。

太平庄练长蔡老猫接到警信，心下不以为然，对乡勇们说："燕子他不敢来。且不说咱这土围子高大坚固，就说俺哥蔡二阎王的名头，他也得绕着走。"大粮户赵明山、赵振和还是心里发怵，请蔡老猫喝酒，商谈防范之策。喝到半醉，蔡老猫嘴上少了把门的，蹾着酒碗说起大话："别人怕燕子，我却不怕，他千万别碰到我，我这猫爪子一叨，他燕子非折翅不可！"众人解颐，一阵哈哈大笑。不曾想隔墙有耳。第二天早晨，燕子幽灵般地出现在民团会所，没等蔡老猫反应过来，土匪已经缴了练队的枪，抢走了四套崭新的练兵号衣。蔡老猫吓得一个劲儿说好话、套近乎。燕子一句话没说，冲着蔡老猫撇了撇嘴。蔡老猫"嗷"的一声，两个膀子被土匪的枪托砸折了。

# 第九章
# 末世微光

及废科举，谋学堂，公知人心之习旧而难于杂新，乙巳夏，乃捐廉千金为士绅倡，士绅翕然，捐私产或田或房，未匝月，积巨款，遂于启心书院旧址创设官立中学堂。继又于文昌宫院内增设高、初两等小学堂，为他邑模范。

——《古城志》

【二次跑毛子】

　　汪庆发坐着斗子车出北门，径直到了洋站，准备乘火车去趟哈尔滨，看看两个烧锅分号的生意。他喜欢乘火车，享受火车的快速稳当，在有节奏的咣当声中，靠在座椅上假寐。如今，他不仅知道火车是如何前进的，还大概其地知道了蒸汽机的原理，并且能用俄语与俄国人聊上几句闲嗑。他今天颇有兴致，逗弄车老板苑大脑袋："想学毛子话不？"苑大脑袋"嘿嘿"一笑，说："想是想，就是记不住。"汪庆发说："好记，你听着——一到中国街，满街毛子调。握手鲁嘎包，都拉斯基好。奶油斯米旦，列巴大面包。水桶喂大罗，兰波电灯泡。戈兰自来水，笆篱子蹲着。没钱喊涅都，有钱哈拉少。"苑大脑袋笑道："这个顺口溜好记，大掌柜您真了不起，除了不会养孩子，没您不会的……"汪庆发抄起翡翠鎏金小烟袋，刨了下苑大脑袋："你个大脑袋，有你这么夸人的吗？"

　　到了洋站广场，汪庆发觉得气氛不对。车站上到处是荷枪实弹的俄国护路军。一个俄兵走过来，用生硬的中国话说："铁路戒严了，今天火车停运，快快离开……"

　　汪庆发纳闷，好奇地问了句："好好的，戒什么严呢？"俄兵说："我们俄罗斯帝国和小日本宣战了。"

　　去不成哈尔滨，苑大脑袋圈马回城。汪庆发一口接一口地吧嗒旱烟，心里掂量着自家的买卖。牤牛闯进瓷器店，想好也好不了啊。路过韩钱串子茶馆，见一群人围着看民衙门的告示，汪庆发说："麻溜停车，我下去睒一眼。"

　　……日俄失和用兵，虽在我境内宣战，非与中国开衅。两国均系我友邦，为维持稳定，上谕持局外中立态度。我官民人等不得为两国充当兵员及从事其他服务，两国兵船不得在我沿海口岸停泊、采运及作战，不得出售军火、粮食、煤炭给交战国，对两国商船一律妥加保护。切切此布，望军民人等周知，恪守中立，勿生事端。

> 吉林将军富顺
> 光绪二十九年腊月二十五日

  茶客大多识文断字，不免议论纷纷。紫云戏楼老班主欠登憋了半天，红头涨脸地说："操他个妈的，两个二流子进咱家屋里打仗，咱既不拉架，也不帮着任何一方，杵在屋子当中看热闹。嘿嘿！这个热闹，不好看……"一个茶客接着话茬说："弄不好，不是溅一身血，就是把家砸个破头齿烂，没好！"欲仙楼老掌柜余庆涵去过旅顺口，很明公地说："旅顺口离咱古城子远着嘛呢，你们用不着看三国掉眼泪，兴许没打到咱这儿，就有了结果了。"茶客们顺着这个话头，又议论起谁胜谁败来。韩钱串子眯着小眼笑道："各位爷，别死冷寒天地站在外面议论了，麻溜进屋，屋里暖和，到屋里论天下大势……"

  汪家有家规，不许进茶馆。老太太桃儿生前说过："茶馆是什么地儿呀？"闲人花钱扯闲篇儿、架秧子起哄的杂八市。汪家爷们一律不许进。茶客进了茶馆，汪庆发去了百草堂，他想听听表叔毓谦的看法。

  毓谦和他年龄晃上晃下，论学识却高出一大截子。进了后屋，给表叔表婶打千儿请安，毓谦笑道："稀客，大侄子今儿怎么得闲到我这儿一坐呢？"汪庆发说："本打算去哈尔滨，赶上铁路戒严，顺脚拐到这儿，用您的书卷气冲冲身上的铜臭。"毓谦一怔，问庆发："听没听说为啥戒严？"汪庆发根根梢梢说了一遍，叹口气道："也不知是福是祸。"毓谦说："这还不清楚，昨儿是一个强盗进屋，今天是两个强盗进屋，你说是福是祸？！"毓谦连打了几个咳声，捶胸顿足地说："我大清朝如不迅速变法维新，发愤图强，这片大好河山迟早要被世界列强瓜分了……"

  日俄战争的发展态势果然被毓谦言中了。

  七月半的时节，苞米和高粱一人多高，茂密黑绿的枝枝叶叶覆盖了大地，苞米蓼儿散发着沁人心脾的幽香，苞米穗子甩出了白的、淡粉的胡子。高粱抽出了齐刷刷的穗头，几个哈哈珠子不顾季节已过，钻进去打最后的乌米[1]。多年难得一见的雨水调和,给古城子带来了对丰收的憧憬。大粮户和佃户们胳肢窝[2]夹着一把镰刀,三三两两地在地头地脑转悠,看护着庄稼不受祸害。

这天,铁路上开来一辆摩托嘎。从摩托嘎上下来一群俄兵和几个俄国工匠,他们不由分说,闯进庄稼棵子里钉木头橛子。这片土是镶蓝头屯练长郎云福的恒产地,郎云福闻讯跑到了地头,责问俄国人:"你们这是要干什么?为什么要糟蹋我家的庄稼?"俄工匠耸了耸肩说:"修快道。为了打日本,古城子所有在铁路旁的地亩都要征用宽四丈的土地……"郎云福叉腰问道:"有衙门的章程么?拿章程来!"俄工匠不再答话,在俄兵的保护下继续钉橛子。郎云福大怒,把钉下去的橛子拔了出来。俄兵头目开枪示警,翻译大喝道:"不许拔!否则以违反中立,帮助日本人破坏军事设施罪,就地枪决!"

一个衙役骑着快马,在铁道道基上奔来,边跑边喊:"京旗、屯丁、佃户人等听了,俄国人修快道临时征用土地,尔等务必持中立态度,不得与之发生纠纷,所平毁的庄稼由战败国赔偿!"

郎云福泄了气,把木头橛子使劲一摔,背着手回了屯。侍弄这些庄稼容易么!眼瞅着就要成熟了,说毁就给毁了,造孽!路上不断有人打听,俄国人为啥占地,郎云福没好气地说:"修败道!"

秋去冬来,"败道"一直没投入使用。俄国人被小日本打败的消息、小日本被俄国人打败的消息,交替在坊间传播,都说得有鼻子有眼儿的。

进了腊月,俄国人开始在铁路沿线村屯挨家挨户查点人口、牲畜、房屋,一一登记。翻译对村民们说:"大家不要惊慌。过几天,俄罗斯帝国的军队要到村里驻扎,守护铁路,阻击日本兵。"

皮影戏南家班编排一段新戏"鹬蚌相争",迎合了古城子人的情绪,

---

[1] 乌米:一种生长在作物顶端的真菌,嫩时可食。
[2] 胳肢窝:源于满语,腋下。

猫冬后，被各屯争着接来接去。候到村屯演得，韩钱串子把南家班接到茶馆，每天坐堂演出。"鹬蚌相争"没有一句唱词，一只鹬、一只蚌，你争我斗，机关算尽，最后相持不下时，一个渔翁上场了，伸手逮住了鹬蚌，发出"呼哈哈哈"的得意大笑，就此剧终了。茶客们跟着"呼哈哈哈"大笑，笑够了，感慨也就来了。欠登品了一口瓜片，卖关子问道："诸位明公，你们说这鹬是谁？蚌是谁？渔翁又是谁？"一个茶客抢着说："鹬是小日本，蚌是傻老毛子，渔翁是咱们大清皇上。"

在幸灾乐祸的欢笑中，蛇年的春节来了。

过了破五，汪庆发去了韩家甸子牧场。城乡又闹起了"白狼"，生发出种种传说，怪诞恐怖。汪庆发不信有什么白狼，但也挂念着牧场的安全。他一个人骑着马跑在乡间的雪路上。冬天的太阳小却明亮，一路迎着太阳，眼睛被雪地反射的阳光扎得生疼。出了大封堆，太阳终于像个葫芦头似的坠入地平线，天际留下一抹羞怯的云霞。汪庆发搭个手棚，瞅见了那棵通天神树，神树被霞光映衬得更加神秘、庄严，渐渐地看清了神树遒劲峥嵘的枝杈。

"喔喔——"远处传来一阵狼嚎，接着，便是此起彼伏的回应："喔喔——""喔喔喔喔——"汪庆发的手心见汗了。他自惭形秽，想起了法玛当年徒手杀狼的事迹，还有傻子六格草原灭狼的故事。突然，路边的柳条通里闪出几个人影，为首的厉声喝道："你好大的胆！蘑菇，你哪路？什么价？"汪庆发抱拳回道："在下是古城子仁义汪家的大掌柜，到前面韩家甸子牧场去。"几个拦路人听了，倒地便拜，为首的说："大水冲了龙王庙，恕小的有眼无珠，原来是大当家的并肩子[1]，失敬失敬。"原来，这几个劫道的是关傻子的喽啰。关傻子投诚之后，担心被他打伤的明海报复自己，又见燕子重新拉起了杆子，也跟着扯出来拉杆子为匪。汪庆发笑道："请客不如撞客，告诉你们大当家的，就说我来了，麻溜来咱家牧场喝酒！"

---

[1] 并肩子：黑话，兄弟。

牧场掌柜汪长发和汪庆发是一爷公孙，排行老大，老远地见汪庆发来了，高兴地说："老七，你可来了，咱这疙瘩又闹白狼了……"

汪庆发笑道："大哥，你先弄点好嚼谷，我要招待客人。"

"多少人？"

"照着四桌安排。"

"没问题，今天早晨刚杀的猪。"

关傻子带着喽啰进了牧场，酒席已然准备好了。大家前簇后拥地进了伙食房子，开始大碗喝酒、大块吃肉。汪庆发见众人的肚子垫了底儿，这才开口说话："大当家的，真没想到能在这个前不着村后不着店的地儿碰见你们。"关傻子"嘿嘿"一笑："哥哥还没傻透气，知道这不是接财神、吃皮子[1]的地儿，听眼线说，伯都讷的白狼马上要过来了，担心这些外口来的[2]砸兄弟家的响窑，这才赶过来说和。没想到刚别梁子，就碰了大掌柜了。"汪庆发感激地抱拳说："老哥义薄云天，亏您惦念着，叫兄弟不知该如何感谢了……"关傻子说："哥哥不图这个，人在江湖，图的就是个义字。"

汪长发问："真的有白狼？"

插签柱接过话茬，笑着说："江湖上谣传的白狼，其实是伯都讷的两支绺子——狼子和五营，手下有一百多个喽啰，穿统一的红棉袄，打着写有'白郎'二字的红旗，以杀富济贫为口号。每到村屯，必吹洋号、敲洋鼓。三天前过的拉林河，在花园、白土崖子一带接财神、踢卡拉[3]，专门绑富人家的肉票，限期勒赎。稍有迟缓，便把人票的耳朵割下来，送给其家人。有时还化妆成官兵，神出鬼没，伯都讷的官兵根本不是对手。这回，够古城子官兵喝一壶。"

汪长发变颜变色地问道："白狼这么嚣张，那可咋办？"

---

[1] 接财神、吃皮子：黑话，绑票、让人进贡。

[2] 外口来的：外地的胡子。

[3] 踢卡拉：黑话，砸窑。

关傻子拿着一个哈拉巴,边啃边用另一只手拍着自己的胸脯子:"有你傻兄弟呢!这点面子,他们得给我关傻子。我本打算鸟儿悄地把事儿办了,不想还是偏劳了大掌柜。"

汪长发说:"要不是我七弟的面子大,老哥我请都请不来!各位兄弟在这儿多住些日子,明个儿我再杀一头猪,血肠白肉可劲儿造。"

俗话说三月三苣荬菜钻天。进了三月,古城子耕牛遍地了。大粮户一天三顿粘豆包,犒劳田里劳作的长工。长工两头不见日头,向土地要农时。

旗、民二衙门召集乡约、总屯达、公议会总理,进城开会。协领喜琳把大家拢在一块,伸手向下压了压,止了大家的嗡嗡声。如此农忙召集开会,大家心里都没有准谱,你一句我一句地胡乱猜测着。喜琳见大家都看着自己,开言道:"大农忙的,一天顶两天使。把大家召集到一块,也是迫于形势。日俄战事一夕三变,古城子难免受池鱼之殃,如何妥帖应对,将军衙门有了定数,下面让阮通判给大家开示开示。"阮忠植往中间站了站,说:"诸位,告诉大家一个坏消息,俄军被日军打败,已退蹙吉林、宽城子一线。昨天,接到兵司通报,日军的先头部队已经进逼昌图,大有奔袭哈尔滨之势,兵司要求我兵民人等务必保持中立。一旦战事在我境内发生,古城子官兵一律回到兵营,以向参战国宣示中立立场……"镶蓝头屯练长郎云福瓮声瓮气地问道:"阮大太爷,小的可是听说,溃退下来的毛子兵奸淫烧杀,还有他们收编的'花膀子队',干的都是吃红肉拉白屎的事。这帮畜生要是进屯子祸害老百姓,咱民团练队该咋个中立法儿?"阮忠植矮声说:"还是要尽量安抚。""安抚不听怎么办?"郎云福追问道。阮忠植颇感无奈,摊开手说:"按照吉林将军衙门的饬令,无论发生任何情况,都要保持中立立场。如果参战国破坏了我中立立场,强占官房,侵占民宅,强抢财物,勒买牲畜,甚至奸淫妇女、焚烧房院。凡是其蹂躏处,要据实查明,报省立案,一旦战争平息,由战败国如数赔偿。"郎云福哼了一声,抢白道:"小的听明白了,就是眼睁睁地看着他们祸害，对不对？"阮忠植耸了耸肩，一时无话可说。屋里乱成了一锅粥，军队进营，民团练队不许反抗，老百姓咋办？众人呛呛的结果只有一个字：跑！

四万六千垧大揽头余琥霖，叼着蜜蜡嘴的烟袋，一字一板地说："眼下是八步赶蝉的时候，说跑容易，地还种不种了？兵燹有没有还说不一定，没了吃粮一定得饿死！"喜琳觉得余琥霖说得在理儿，矮声问他："余掌柜你说咋办？"余琥霖挺了挺腰板，说："先瞒着，让老百姓安心种地，等屎堵腚门子再拉也不迟。"阮忠植点头道："余先生这个意见好，大家回去后，要维持地方稳定，让老百姓安心把地种完。"

镶黄旗佐领说："哈尔滨的老毛子不消停，纷纷窜越，在营子里恣意扰乱，以搜查武器为名，掠取鸡鸭，以致各旗学生不能到学馆学习。我等虽屡次催促，都推辞说，洋乱不安，哪里有心读书。是不是暂时把满义学停了？"

喜琳摇了摇头，却表态说："这乱八地的时候，停就停了吧。"

人们在一日三惊中把大田种完，铲蹚接踵而来，被黑土磨得锃亮的锄板儿，随着"嚓嚓"声在阳光下闪跳，铲地的人心都提溜在嗓子眼儿，原野上任何的异样，都会产生草木皆兵的效果。在古城子的原野上，发生了数次莫名其妙的逃难事件。一个屯丁犁地时撞到古砖，犁铧打了，着急跑着回家换犁铧，竟让人们惊慌失措，丢下耕牛和犁杖，撒丫子乱窜。跑毛子，似乎成为一种"企盼"。

一日数惊中，古城子进入多雨的伏季，青纱帐一起身，俄军的溃兵没下来，匪患却不期而至。

交上七月，雨水勤，气温高，苞米、高粱和谷子都有了身量，黑臻臻的叶子显示着苗壮。余琥霖骑着马巡视四万六千垧的庄稼，很为开春时自己的力排众议而得意。如果不是他制止跑毛子，满地生长的就不是这些庄稼了。余琥霖还担着拉林河七牌的民团练长，各屯的治安全仰仗着他去维持。余家这一辈人最出息的只有他了。堂兄弟余琥霁吃了柳大年的瓜落儿，气怒之下去了黑龙江，混到今天也没啥起色。

余琥霖转了一圈,心满意足地回到余家烧锅。远远地见自家宅院门口站着七八个人,一个个搓手跺脚,焦急地候着他,领头的是单城子地方江老臭。见余琥霖圈马回宅,江老臭跑前几步,抽抽着脸问余琥霖:"您老上哪儿卖呆去了,胡子头过江龙在我们屯作妖呢!"余琥霖问江老臭:"过江龙来了多少人?""呼吵喊叫的,有十来个小崽子。"余琥霖不屑地说:"来得正好,咱就拿他练练胆儿。"

余琥霖派人召集乡勇,分两路包围了单城子。乡勇都是杂八凑的农民,大多没打过仗,余琥霖把过江龙围在屯里,也不敢贸然组织冲锋。天黑下来,趁着月黑头,过江龙带着崽子开始突围,乡勇一阵排枪,撂倒了六七个喽啰。过江龙爬上马背,冲余琥霖喊道:"老余,你他妈忒不江湖,有种你在这儿等着,老子回老号搬大乐子去!"大乐子是哈尔滨的巨匪,手下有六七十个弟兄,使的是清一色的连珠快枪。余琥霖乍着胆子,冲过江龙的背影喊道:"有种你让他来,余爷不信他癞蛤蟆三只眼!"

余琥霖着意防范了几天,一直没有土匪的动静。余琥霖安慰自己:自古匪不和兵斗,自己好歹是兵,大乐子也不是他过江龙的护院的。

撂下匪事,余琥霖进城看望老爷子余庆泽。余庆泽的身体越发硬朗,在小妾奶水的滋养下,掉了多年的槽牙又齐刷刷地长了出来,坐在炕上咯嘣咯嘣嗑榛子。见大儿子回门,开口又是要钱:"家里缺人手,我想再办一个。"余琥霖心里一紧,脸上却挂着笑,问余庆泽:"您老又相中谁家的丫头了?"余庆泽腆着老脸说:"界壁儿[1]孔二爷家的孙女。"余琥霖笑了,说:"大胖啊!合适吗?论起来还是您老的孙子辈呢……"余庆泽撂下脸子:"放那没味的闲屁!不沾亲带故的,我和她论什么辈分!"余琥霖辩解道:"人家是孔圣人的裔孙,讲究个礼义廉耻,能同意吗?"余庆泽"嘿嘿"一笑:"有他祖宗说和,就不怕他不乐意。"余琥霖一怔,问余庆泽:"谁是孔二爷的祖宗?""是孔方兄啊!"余庆泽谐谑道。

从城里回来,余琥霖一路都不痛快。他不是心疼老爹纳妾花的几个

---

[1] 界壁儿:方言,邻居。

小钱，是担心那群小妈们生下的崽子，到时候会瓜分自己的家产。真是奇了怪了，老爹年逾古稀，竟还能生育。车到四眼井，江老臭打马迎面飞来，见到余琥霖，江老臭滚到马下，哭着报丧说："余大掌柜，大乐子进了余家烧锅，把大少爷给插了……"

在余琥霖进城的空当，大乐子偷袭了余家烧锅。过江龙到余家寻仇，杀死余家老少七口，抢走了二三十匹好马。

余琥霖一口气上不来，险些背过气去。江老臭帮余琥霖摩挲前胸后背，才让他把气喘匀。余琥霖回到烧锅，院子里已摆上七口白茬棺材。余琥霖在棺材上拍了一掌，咬着牙叫过几个乡勇，循着土匪的归路追去。

余家几乎被灭门，遂了过江龙的意。过江龙和大乐子并不急于逃走，想那余琥霖不知在哪里哭着找庙门呢。过江龙和大乐子把绺子扎在蒋家桥儿，一番搜掠之后，正在大粮户家吃午饭。余琥霖循迹追到蒋家桥儿，发现过江龙的绺子压在了赵显廷大院。回古城子搬兵已来不及，余琥霖安排乡勇盯着，自个飞马去了哈尔滨。余琥霖找到姜翻译，通报情况。俄军官带着四十名护路队骑兵，奔向蒋家桥儿，把赵家大院围得像个铁桶。大乐子见势不妙，带上自家喽啰扯呼了。

过江龙被围在大院里，借着土围子拼死顽抗。枪声爆豆般响成一片，俄兵调来开花炮，把土围子炸开缺口，俄兵蜂拥而上，见人就杀。余琥霖大喊："不可滥杀无辜！不可滥杀无辜……"俄兵根本不听他的指挥，过江龙的绺子被悉数剿灭，赵廷显一家及数名无辜百姓，也惨死在俄国人刀枪之下。面对横着二十来具尸体的残垣断壁，余琥霖凄然惨笑道："这回算是给我儿报仇了！"

后翰林府余家搬俄兵血洗蒋家桥儿，血腥味飘到了古城子。大家聚在韩钱串子茶馆，个个义愤填膺的，紫云戏楼老班主欠登拍着桌子提出动议："联名请愿，要求阮大太爷法办余琥霖！"茶客们没人接话茬。快当快当嘴是一回事，签字请愿又是一回事。韩钱串子端着茶壶说："余大掌柜搬兵是冲着胡子去的，并没有让毛子兵杀害无辜，要法办得法办毛子兵。"欠登反驳道："没有他勾引，毛子兵能血洗赵家吗？"韩钱串子一笑："得了，您甭跟我来劲。冤有头，债有主，咱们都是瞎操心。他赵廷显也不是吃素的，能不到衙门喊控？"大家正在莫衷一是，民衙门当差的茶客李老佐进了茶馆。李老佐拣个亮堂的雅座坐下，见众人都看着自己，痰嗽一声说："都别跟着瞎起哄了。此案已然惊动了将军老大人，老大人斥责余琥霖，轻调俄队实属多事，厅衙署已奉钧旨，将余琥霖传唤送省了。"韩钱串子巴结李老佐，对众茶客说："听听，这才是正根儿。"

余琥霖重新出现在四万六千垧地界，已是深秋。余琥霖破费了大把银子，争来个无罪释放。佃农们开始割糜子，糜子不敢太成熟，口松，一阵大风就能摇落到手的收成。余琥霖带上四个乡勇，到各牌视察了一圈。

余琥霖到了二泡子，忽见张把头领着几个艄公，慌慌张张地往屯子里跑，余琥霖心中一凛，策马迎过去问道："张把头，你不在船口摆渡，跑回来做啥？"张把头急吼吼地说："不好了！毛子兵冒面子过来了，都在河那沿儿呢……"余琥霖呵斥道："这有什么可大惊小怪的？走，一块儿去迎接毛子兵。"

余琥霖到了船口，对岸已拥挤了上百号俄兵，叽里咕噜叫喊着。翻译把手合成喇叭筒，冲着这岸喊道："船老大，我们是俄国军队，赶快把船摆过来，接我们过河。"余琥霖打定安抚俄兵的主意，他向对岸喊道："在下是古城子南河沿儿七牌练长余琥霖，是特地来此迎候贵军的，请你们的戈比旦说话。"翻译喊道："俄帅古勒巴特钦说，你们的哈拉少，我们奉命转移到古城子驻扎，路过贵地，吃过午饭就拔脚目。"余琥霖说："拜托军帅，乡愚胆小多事，若能不进村屯，本练长愿杀猪宰牛、献上美酒，犒劳贵军。"隔了一会儿，翻译说："俄帅古勒巴特钦恩准了，快点把船摆过来吧！"

在金钱屯南金代古城废墟里，余琥霖殷勤地招待了俄帅古勒巴特钦和他的溃兵，一面组织各村供奉猪牛鸡鸭，一面派人给古城子报信儿。余琥霖的热情令古勒巴特钦非常满意，酒足饭饱之后，下令开拔。余琥霖怕俄帅纵兵扰民，满脸堆笑说："惜别，惜别！本练长按照接待贵客的礼节,一定要恭送将军到我所管辖的边界。"

另一队俄国溃兵,从拉林河铁路桥涌进古城子界,望山屯首当其冲,逃难的人东奔西闯,跑不动了,钻进尚未收割的高粱地。俄兵尾随着钻了进去,肆无忌惮地抢劫财物、强奸女人,求救的哭喊声响彻四野。为了显示恪守中立,古城子官兵奉命集中在兵营内,不得越雷池半步。俄兵溃走后,俄国人收编的胡匪"花膀子队",在匪首扫北、大义子率领下,从铁路桥、花园船口涌入古城子。刚刚遭受俄兵抢劫的百姓,重新被蹂躏一遍。老百姓纷纷逃难,此事件被称为二次"跑毛子"。

望山屯一个年轻的女子,被俄兵轮奸后又遭花膀子队的胡匪强暴,好端端的大姑娘被逼疯了。她赤身露体地在山上乱跑,忽而迎风而立,瑟瑟秋风吹乱她干焦的头发,她两眼直勾勾地看着冒烟的屯落,一遍遍地嘶声哭喊:"有站着撒尿的爷们么?"

深夜,燕子李彦崑的绺子进了望山屯,擒获了二十个花膀子。村民们走出破败的院落,齐了二十桶苏子油和二十捆苘麻秧子,送给了燕子。燕子明白,这是想点花膀子的天灯。

李彦崑问众人:"谁会点天灯?"

人群往后退了退,没人回应。

一个村民乍着胆子,说:"古城子只有一个人会。"

李彦崑循声问了句:"谁?谁会?"

"民衙门刽子手白富起。"

"麻溜的,用快马把他请来。"

白富起家住大把抓四屯,赶到望山屯时已是后半夜。他看着二十个一脸惊悚的花膀子,龇着一口黄牙说:"得抓点紧,天亮前整利索喽,天亮了,就没效果了。"又对村民说,"麻溜告诉十里八村的老百姓,没事都过来看看热闹。这场面难得一见,过了这个村就没这个店喽。"

白富起把苏子油倒进一口头号大缸,吩咐打下手的喽啰,把花膀子们的衣服扒光,用麻秧子一个个捆紧。捆得,白富起笑着解释:"各位膀爷,都别熊喽。死也得死个明白:这点天灯,也叫倒点人油蜡,是古已有之的玩意儿。非罪大恶极之人，是没这个享受的。第一步，扒光衣服；第二步，用麻秸子或麻布包裹好；第三步，放进油缸里浸泡；第四步，大头冲下拴在木杆上，趁着夜色从脚上点燃。嘿嘿，也该着白爷有这个福气，一次点二十个天灯，过瘾！"

花膀子们有的嚎哭，有的大骂。有人提议："把他们的嘴勒上嚼子！"白富起嗔笑一声："说这话就是个力巴，全靠那张嘴出效果呢。"

二十根"倒点人油蜡"，在望山屯的鹅头山顶"一"字排开，惨叫声伴着焦臭，映红了半边天。

火光中，一个赤身露体的女子，突然出现在点天灯现场，好奇地看过几只燃烧的人蜡，回头再看着瞧热闹的老少爷们脸上撒眸一圈，嘶声喊道："有站着撒尿的爷们么？！"


## 【俄兵入驻】

太阳刚从城墙探出头儿，怀瑾老阿玛打开闸板，挂上膏药幌子，开始了一天的营生。往天，王小白话已在门口卖鱼，今儿却没见影儿。街面冷清，小叫花子打着单调的竹板：

"打竹板，你细听，城外来了毛子兵。毛子兵，胆子大，姑娘媳妇都害怕。满地庄稼不许割，打米骂面要吃喝。城里城外没处猫，要想活命撒腿蹽……"

小叫花子前脚走，通判大太爷阮忠植乘着官轿后脚过来了，后面跟着汪庆发、梅连源、欠登几个商绅。他们刚从俄军兵营与俄帅古勒巴特钦谈判回来，个个面有喜色。欠登边走边喊："都开门营业吧！阮大太爷与俄帅签了《驻军之约》，俄帅答应约束俄兵，公平交易，不扰害商民。"

怀瑾老眼盯着两个表侄孙，汪庆发用眼神示意连源，连源快步走进百草堂，给怀瑾打千儿请安。

怀瑾问梅连源："阮大令和俄帅签了啥驻军之约？"

连源答道:"这次驻军不同以往,所有临近铁路的村屯都要入驻,大约是三个月。司令部设在文庙和魁星楼。阮大太爷答应俄帅,保证提供充足的给养。庆发代表绅商给了古勒巴特钦一些礼银,俄帅这才答应约束部队,公平交易,不扰民害民。"

怀瑾说:"咱中国人讲究个'言必信、行必果',答应的必须办到。老毛子能说到做到么?你们呀,少不更事。都别乐得太早了,庆父不死,鲁难未已。俄兵一天不走,咱古城子就一天不得消停!"

第二天,旗衙门刚开门,堂前便挤满了苦主,控诉俄兵违约害民。喜琳气急败坏地去了民衙门,大堂前也是闹吵吵一片。他劈头责问阮忠植:"阮大人,你这个约是咋签的?怎么连个揩腚纸都不如?"阮忠植也是官宦世家子弟,没想到喜琳竟说出如此有失官体的粗话,脸红一阵白一阵,竟无言以对。喜琳见他不搭话,又说:"老毛子咱惹不起,那些个为虎作伥的翻译咱惹得起不?一客不烦二主,你再去一趟俄兵大营,向俄帅讨个尚方宝剑,先砍断这些个狗腿子……"

喜琳的狠话提醒了阮忠植,他二话没说,骑上快马去了俄军司令部。一袋烟的工夫,阮忠植直接去了旗衙门,对喜琳说:"喜大人,俄帅同意由我们惩处翻译,由他们惩处俄兵,您就大胆地干吧!"此时,喜琳的气儿已顺了,也觉得早晨的话有些过火,用商量的口气问阮忠植:"阮大人,你看这么着行不行,把古城子的翻译集中到民衙门,咱俩来个二堂会审。将军衙门也来了明令,翻译扰害地面,可按光棍扰害地方斩决例,就地正法。"阮忠植连连点头,说:"好,就这么办。治乱用重典,也该杀杀这些狗仗人势的东西了。"

城里和各屯的翻译们接到通知,齐聚在民衙门大堂,等候通判大太爷开会。翻译们胸脯挺着,自有悠闲自得的气派。非常时期,官老爷们也得借重他们,才能与洋大人对话。卯时一到,荷枪实弹的官兵围了上来,衙役敲着锣在街上喊:"旗、民两衙老太爷,二堂会审依恃俄势扰害地面的缺德翻译了!有冤的申冤,没冤的卖呆看热闹了!"

拉林街乡约上堂喊冤,控诉翻译魏福堂,带领俄兵强奸民妇。镶蓝旗头屯屯达等联名呈控,翻译赵金玉在各旗屯勒捐诈赃。喜琳当即传唤魏、赵二人对质,魏翻译抄着手,满不在乎地说:"这跟我有啥关系,强奸民妇的是毛子兵尤拉,有章程,老太爷您把尤拉抓了判了!"赵翻译大喊冤枉,说:"勒捐诈赃是俄少尉飞牛金,我只是跑腿学舌而已。不信,你们去问飞牛金。"喜琳冷笑道:"难怪老百姓说你们狗仗人势,到了公堂还敢拿俄国人跟本官叫板。衙役们,拉出去,先以咆哮公堂罪打二十军棍!"商民憎恨翻译,一起高声喊打。衙役抡圆了军棍,铆足了力气,把两个翻译打得爹一声娘一声。打马骠子惊,那些身有劣迹的翻译,跟着龇牙咧嘴,觉着每一军棍打在了自己身上。把魏、赵再拉上来,二人都没了脾气,乖乖地录了口供,签字画押。喜琳脸色一变,判道:"二犯本非善良,自恃能说俄话,怙恶不悛,现值俄军大队撤回古城子驻扎之际,为害地方,证据确凿。按光棍扰害地方斩决例,立即押赴东门外就地正法!"这个判罚太重,也太出乎人们的意料了。喜琳"就地正法"一出口,翻译们面面相觑,有人开始身不由己地哆嗦起来。卖呆的人群受了鼓舞,跟着鼓噪:"好哇!把他们都正法喽……"

接着,正白旗二屯丁众代表陈锡德击鼓喊冤,状告翻译王凤山。陈锡德呈控称:"王凤山借口为俄兵号占民房,勒诈未遂,怀挟愤恨,将屯丁李世昌房屋违章全占,毁弃家具。又带领俄兵携带刀械,夜闯屯丁陈世恒家,企图强奸妇女。还在汪廷斌家放枪吓诈,扰害地面,以致阖屯不安。"喜琳一拍惊堂木,衙役把堆缩在后面的王凤山薅了出来。王凤山丧魂落魄,"扑通"一声跪倒在大堂前:"青天老太爷,我错了,我再也不敢了!我若是再扰害地方,您就把我也办了……"喜琳"嘿嘿"冷笑说:"别耍熊,起来起来!从实招供。"王凤山老老实实认罪,当堂画押。喜琳再拍惊堂木:"罪犯王凤山,仍照光棍扰害例,按军法从事,斩决示众,以昭炯戒而快人心。"

喜琳断过两案,又连着点了六个翻译的名字。每点一个,衙役就薅出一个,翻译一个个吓得面如土色,磕头告饶。喜琳笑着说:"风闻你们几个挺固懂,里挑外撅,经常捅咕俄兵祸害地方。本协领本该一块儿把你们也办喽，念你们平素尚且本分，就饶你们一刀，笞一百，回去好好做人。如若再犯，定斩不饶！"

笞刑结束，官兵弹压一众翻译，跟在三个囚车后面去了穷神庙，现场陪绑。三个翻译大呼小号，刽子手白富起披红乘马，肩上的鬼头刀发出阵阵寒光。正晌午时，三个翻译被开刀问斩。人头装进木笼子，由骑马的兵丁拎着，从街里游到俄兵驻军的村屯。

旗、民两衙下发了对不肖翻译即行军法从事的布告：

嗣后，如有不肖翻译，以及能说俄话、不通洋语之人，倚恃俄兵，借端勒诈奸淫不法，坑害乡民，实有确据者，准各该处嘎山达、屯达、乡、地、练长暨商民各色人等，立即捆送前来，定当按法究治。本协领、通判言出法随，决不姑宽。切切特示。

两衙合力砍了狗腿子，翻译们规矩多了，古城子渐渐恢复了往日的秩序。没了狗腿子的俄兵，作恶少了许多。

永兴复烧锅掌柜梅连源，是个在商言商的尖头。他不吱声不言语，与俄军司令部军需官史特林成为莫逆之交。史特林是个大块头，酒糟鼻子，喜欢喝酒，也会喝酒，服兵役前，是莫斯科一家伏特加酒厂的大工匠。两个人第一次私下喝酒，是在永兴复的伙食房子，从原浆正流喝到咸丰五年的陈酿，俩人越喝越投脾气。

史特林问梅连源："梅掌柜，你能喝多少酒？"

梅连源伸出一个指头。

"一磅？"

梅连源摇摇头。

"一普特？"

梅连源又摇摇头。

史特林惊讶地问："到底能喝多少？"

梅连源说:"一直喝!"说着,把脚丫子从靴鞡里拔出来,亮给史特林看。梅连源的脚心湿漉漉的,靴鞡里满是酒气。这叫酒漏子,无论喝多少酒,都从这儿漏出去了。

史特林敬佩得五体投地,连说了几声"哈拉少"。

喝到咸丰五年的陈酿,梅连源显显摆摆地问史特林:"这是我家当年开烧锅,我法玛亲手酿出来的第一茬老酒,尝尝,清冽醇香,大清国第一!"

史特林内行地品了品,摇头说:"味道是不错,可不合我们俄罗斯人的胃口,我在莫斯科酿造的伏特加,那才叫哈拉少呢!"

梅连源不信,说史特林:"光说不练假把式,你拿出你的伏特加对比对比!"

史特林晃晃荡荡地站起身,说:"你等着,我拿给你品品……"

梅连源装了一袋烟,一边抽烟等着,一边琢磨:"古城子、哈尔滨这么多的老毛子,我要是能烧出洋酒伏特加,肯定能发一笔大财。"可伏特加怎么烧呢?他想:"傻老毛子能烧出来,咱聪明的中国人一准也能烧出来。"

一袋烟刚抽得,史特林踉踉跄跄地回来了,手里拎着一个玻璃棒子。梅连源有了生产伏特加的心思,并不急于品尝,而是拿在手里端详。透过玻璃棒子,伏特加酒跟泉水一样晶莹澄澈,不像自家的陈酿略带谷物的色泽、黏稠挂杯。玻璃棒子上贴着一张花花纸,印着大大小小的洋文。打开之后,梅连源对着瓶口嗅了嗅,酒气冲得他差点打了个喷嚏,侧对着再嗅了嗅,没有曲子的香气和谷物的留香。倒进杯里,品了品,清淡寡味,不甜、不苦、不涩,不禁摇了摇头。一杯落肚,这才有了与众不同的感觉——烈焰烧膛的刺激。他点点头,对史特林说:"不大离儿。老史,你说说,这个酒是咋烧出来的?"史特林说:"伏特加酒以谷物或马铃薯为原料,蒸馏制成高达95°的酒精,再用蒸馏水淡化至60°左右,经过活性炭过滤,除臭后装瓶,就是这么简单。"他解释说,"我们俄国人不习惯曲子的臭味儿和谷物遗留的臭味儿,必须除掉。伏特加是最纯洁的白酒,我们喜欢。"梅连源搂过史特林的脖子,说:"谁叫咱们是哥们了,你喜欢喝，我就给你烧。"史特林耸了耸肩，说："这需要上一条生产线，很麻烦的。"梅连源说："嗐是的！为朋友两肋插刀都不算疼，上条生产线算个屁！你说咋干就咋干。"

永兴复烧锅生产出了伏特加酒，同时开始勾兑色酒。永兴复的新产品供不应求，除了供应军营外，还装瓶行销哈尔滨，利润超过烧酒的数倍。

梅赫哩家族中，梅连源算是又一个隔路[1]人，他的大胆，有点像五法玛图里琛将军。他充满灵光的经商头脑，谁也不像。梅连源的离经叛道，引起了同行的非议，同行嘲笑永兴复的酒，不是"娘（酿）造的"，全都是"狗（勾）兑的"。

起初，对永兴复烧制的伏特加，俄帅古勒巴特钦并不以为意，后来才发现，古城子的伏特加，让他的士兵失去了战斗力，兵营里横躺竖卧着醉醺醺的酒鬼，到处是污秽难闻的呕吐物。古勒巴特钦向古城子民衙门提出交涉，要求禁止商家卖酒给俄兵。然而禁令毫无作用，俄帅不得不成立自己的稽查队，侦破卖给俄兵烧酒洋酒的案子。永兴复停止了向俄军营供酒。梅连源把伏尔加和黑豆蜜酒，行销到哈尔滨和铁路沿线。

醉醺醺的俄兵从古城子撤军了。

溥泉老得拿不动笔了，但头脑依旧清楚，把大孙子恒旼叫到身边代笔。恒旼是古城子的满学教习。溥泉颤颤巍巍地口述道：

日俄战争结束，俄败。虽为战败国，不偿中国一文。俄国人修败道，占镶黄旗地亩一十六坰二亩四分，占正白旗地亩三十二坰四亩八分，占正蓝旗地亩八十八坰六亩一分七。共平毁大豆、高粱、谷子、麦子、玉米等一百三十七坰三亩四分。

俄兵入驻古城子，通判阮忠植曲意贿赂俄帅，与之约法，终不能禁止兵燹，旗、民两衙联手杀翻译，号"除狗腿子"，而不敢问俄兵之罪。

---

[1] 隔路：方言，个性强或与众不同。

逾三月,俄撤军,其驻地魁星楼、文庙残败不堪矣。

是年跑毛子,庄稼不能收获。米贵如珠,新谷每石价银四两二钱,较上年逾倍……


【捐建新学】

举人关毓谦闭门读书三个月,俄兵撤走后才走出家门。

关毓谦径自去了粟末书院,抚摸着书架上的《二十四史》,感叹道:"第一次跑毛子,咱大清是战败国,庚子赔款四亿五千万两白银;这次跑毛子,俄国是战败国,中国损失了何止四亿五千万两白银,可人家连一卢布都不赔,还听凭军队在咱大清国土上耀武扬威,奇耻大辱,情何以堪!纵观《二十四史》,也无如此先例啊。"

溥泉眯着昏花的老眼,说:"世侄说得极是。虽说这大清国未亡,可咱爷们已两度沦落成亡国奴了。我爱新觉罗的列祖列宗,怎么不显显灵,管管这个腐败的朝廷呢?该死的不死,该活的不能好好活着……"毓谦心知肚明地点点头,换个话题说:"今儿想和您老人家商量个事,能不能把粟末书院改良为新学堂?"溥泉的老眼闪出瞬间的光亮,点着毓谦说:"咋办新学堂?你说说看。"毓谦正色道:"日本明治维新,摆脱了半殖民地化的危机,成为东方唯一的世界列强。维新的显著特点是学习西方的文物制度和科学技术。首要一条是大办新学,通过教育,对西方的先进经验加以消化、运用。咱大清国要扭转积贫积弱的现状,从民间的角度看,只有靠教育兴邦。"溥泉点点头,说:"我老了,观念陈旧,心有余而力不足了。这是个好事,偏劳你规划一下,看看需要多少银子。"

回到家中,毓谦把朝廷颁布不久的《癸卯学制》,又从头到尾参详了一遍。这个学制由张百熙、荣庆、张之洞奉旨拟订,是以日本学制为蓝本的学堂章程,原名《奏定学堂章程》,因颁布之年是农历癸卯年,故称《癸卯学制》。

不知不觉间天已大亮,园子里的杏树上,几只山雀在树叶间飞来钻去,"吱吱"地欢叫。湿润的南风把草甸子艾蒿和香蒲的清新捎了过来,令人舒畅。毓谦喝了一碗鸡蛋水子,算是早餐。他把桌子搬到杏树下,一边研墨,一边打着腹稿,却迟迟不能落笔。不能落笔的原因是,对只有三间海青房的粟末书院来说,无论怎样精简都嫌规模过大。新学不是塾学,无法南北大炕书桌摆上。

后院的大门轻轻被人推开,通判阮忠植不请自来。阮忠植环顾一下庭院,清香幽雅恍如桃源,感叹道:"这大概是古城子最宜读书的地方了。"毓谦连忙站起来,礼让阮忠植坐下,说:"尊府何得如此闲暇,能到寒舍……"阮忠植苦笑道:"卑职来到古城子,早就该渭水访贤,只因匪患洋乱交替,怠慢了举人先生,请勿怪罪。"他瞟了一眼桌子上的《癸卯学制》,嘴角微微露出了笑意。近日,他也一直在研究《癸卯学制》,这次来访毓举人,就是想探讨这个问题。他笑着说毓谦:"听说御匾关家的菊花枸杞茶最佳,能讨一杯吃吃否?"毓谦笑道:"光顾着和尊府大人说话,忘了待客之礼了。"连忙叫朱氏沏茶。

阮忠植端起杯来品了一口,说:"举人先生一脸憔悴,想必是熬了个通宵了。"毓谦点点头:"杞人忧天罢了。"阮忠植笑道:"你我不妨在手上写字,看看你我所忧之事是不是同一个。"二人各提毛笔写好,伸手对观,竟都是"新学"二字,一起哈哈大笑起来。阮忠植说:"古城子为吉林通省富庶之区,聪明好学之士比比皆是,却囿于旧学,如何能培养出栋梁之材呢!我欲捐养廉银一千两,倡办新学,先生可愿助我?"毓谦闻之,已是热泪涌动,起身连连大揖,激动地说:"毓谦德薄才疏,却愿为大人所差遣。"阮忠植指着研好的墨说:"看来先生已胸有成竹了,偏劳你做个办学规划和捐款章程,咱们说办就办。"

毓谦忙了一夜,天色曙白才撂下毛笔。吃得早餐,毓谦拿着办学规划和捐款章程,先去了粟末书院,请老解元溥泉掌掌眼。溥泉对"中学为体、西学为用"的新学大加赞赏,表态说:"我把这满屋子的图书都捐了,为新学添砖加瓦。"

当天下午，阮忠植发了一圈请帖，邀请古城子各界名流耆老、大商名贾，到启心书院喝茶。茶话会很简朴，除了菊花枸杞茶，每桌还有四碟小点心。阮忠植朗声说道："今日卑职邀请古城子诸位贤达吃茶，有一件大事拜求诸位。简而言之，就是捐办新学，为古城子培养造就可用之才。何谓新学？就是以'中学为体，西学为用'，以忠孝为本，以中国经史文学为基，俾学生心术归于纯正，而后以西学瀹其知识，练其艺能，务期他日成才，各适实用，为立学宗旨。"阮忠植把新学的规程设置，一一向诸人阐明。宏论一了，有人问道："父台大太爷，您讲了一溜十三遭，这新学有啥好处？"阮忠植说："小日本能大败老毛子，靠的是明治维新。明治维新靠什么？最重要的一条就是兴办'洋为日用'的新学。"这句话说到人们心头的痛处，现场立时踊跃起来。有人正在钻研科举，担心地问："在新学堂读书会不会影响科举？"阮忠植笑道："光绪二十七年朝廷推行新政，各地封疆大吏纷纷上奏，要求改革科举。去年，朝廷颁布《奏定学堂章程》，科举考试已然改八股为策论，废除科举是迟早的事。将育人、取才合于学校一途，则是大势所趋。卑职不敢自夸高瞻远瞩，却能为古城子父老多看三步棋。"见众人再无疑问，阮忠植请起毓谦，说："老举人关先生连夜草拟了规划和章程，请他跟大家念叨念叨，有什么修改意见，大家尽管提出来。"

毓谦站起来鞠了一躬，根根梢梢介绍了新学的规模。学校地址设在启心书院和文昌宫，创办一所中学堂，还有高、初两等小学堂各一所，备有图书和仪器，实行分科教学。第一年，中学堂计划招生六十名，高、初等小学堂各招生四十名。学堂设监督一人、文案委员一人，总理学务。新学堂总投资两万一千两白银。毓谦说："我们的府台大人已认捐养廉银一千两，宗室解元溥泉认捐粟末书院全部图书，折合白银九百两。"

紫云戏楼班主欠登站起来认捐："我们东家元德捐二百两。"

欲仙楼老掌柜余庆涵说："欲仙楼认捐三百两。"

汪庆发说："我汪家各号认捐二千两。"

后翰林府余琥霖当仁不让，叉着腰说道："后翰林府捐二千一百两。"

梅连源高举手臂，压住后翰林府一个点："将军府认捐二千二百两。"

正白旗恩贡生关锡廉说："我把南河沿一百垧柳条通捐了，作为学堂的学田和薪炭林。"

……

一个茶话会，认捐白银一万四千两。阮忠植大喜过望，笑着对毓谦说："吉林通省尚未设置中学堂，咱古城子要首开这个先河了，委屈你做新学堂筹办处总理，争取今年秋季开学。"

毓谦读了半辈子书，挑头做事还是大姑娘上轿——头一遭。回到家中，背着手在堂屋里转磨磨。阿玛怀瑾瞅着他呵呵一笑，点拨说："工程的事儿，交给刘小华堂。办学的事儿，去请教你溥泉叔。"毓谦挠挠头皮，说："您老人家能帮儿子做点啥？"怀瑾背着手回了柜上，临出门说："有这两句话就够了！"

启心书院和文昌宫是刘小华堂承造的，对里面的结构了然于胸。毓谦把三个学堂的设置说了个大概，刘小华堂铺上一张高丽纸，在上面勾勒草图，哪里做课堂，哪里做图书室，哪里做实验室，哪里做总理室和教研室，如何间壁，如何节省工料，一应等项，描画得一清二楚。刘小华堂拍着胸脯说："举人老爷尽管放心，这是给古城子学子干活，我得给子孙后代留个好念想。"

工程的事儿定妥了，毓谦又急急赶到粟末书院。溥泉正在指挥儿孙，忙着给图书登记造册，弄得灰眉灶眼的。见毓谦登门，吃惊地问道："这么快就来取图书了？"毓谦笑着说："哪能够。改造工程刚安排得，不着急，您老先歇歇，愚侄有事儿请教您。"溥泉停下手里的活儿，让儿孙们下去，一边擦脸一边问毓谦："啥事？弄得跟有本要奏似的。"毓谦开门见山地问溥泉："表叔，您老说办学啥最重要？"溥泉给了个赞赏的眼色，说："能第一句话问这个，真孺子可教也，也算阮大令慧眼识珠，没选错学堂总监。"他使劲地揩了揩老眼，"世侄啊，办学不难，惟难师资。就说这科举，为什么有的地儿年年出状元？咱东北一个不出？不是东北的学子笨，是没有好塾师。海南岛不出进士，苏东坡一去，就出进士了。"毓谦点点头，说："世叔的一席话，让愚侄下定了决心。从俭建校舍，重金聘名师。请名师办名校，以不负古城子父老乡亲的重托。"溥泉说："没错。你亲自回一趟京城，在京城和直隶延聘主科名师。副科就不必了，用当地的秀才将就吧。"毓谦为难地说："抓帽胡同早已没故人亲友了，偌大个京师，我到哪儿找人去？"溥泉想了想，说："你到宗室觉罗八旗第一高等小学堂，打听一个叫济川的宗室子弟，我们两家是世交。求他帮着引见京城和直隶的教育名家。"

三天后，毓谦乘着火车南下，辗转去京城延聘名师。他坐在三等车厢里，靠在硬木座椅上，透过明亮的车窗，浏览着外面的景色。虽是三等车厢，却十分洁净舒适。毓谦是第一次坐火车，想起了当年洋站典礼，汪庆发参加后回来的显摆，油然感到学习西洋先进科技的重要。

宗室觉罗八旗第一高等小学堂，坐落在京城安定门大街前圆恩寺胡同。毓谦虽说是正宗的京旗子弟，初到京城也不免有些懵门，费了九牛二虎之力才算找到。一打听，济川已经毕业了，幸亏学堂有他家的住址，毓谦又按图索骥，找到他家，远远瞅见了笼罩宅门的苍翠古槐。顺着胡同走到门口，仰头看见磨砖对缝的门楼上，镶嵌着一块金字匾额——"清白传家"，院里传出悠长的古筝声。毓谦敲了敲门，古筝声悠然止了，一个男子把门打开，老成持重的面孔探出门缝。毓谦忙问："这位可是济川先生？"对方笑了笑，说："正是在下，济川，冠汉字姓董。快屋里请。"进门后是一个青砖雕花的影壁，绕过影壁，正面是五间海青大瓦房，红漆明柱，前出廊檐。东西是两趟青砖瓦房，也是红漆明柱。粗大的槐树下，汉白玉的石桌上摆放着一架古筝，旁边的香炉里散发着袅袅的青烟。进了客厅，毓谦把溥泉叔的引见信递给了董济川。董济川看了，笑着说："满洲故里创办新学，可喜可贺。既然世叔有话，济川一定尽力引见。"又说，"新学教员不同于科举的塾师，教授八股的名师已是昨夜星辰了，不可用也不好用。当下，举国都在兴办新学，最缺的就是师资。不瞒您说，鄙人读的宗室觉罗八旗第一高等小学堂，那是京师大学堂附属学堂，师资也是杂八凑。"毓谦问:"先生的意思是……"董济川说:"最好的师资当然是留学归来的饱学之士了,但这种人根本不会去穷乡僻壤教学,这个打算就不要有了。其次是京师大学堂肄业生,这些人也属凤毛麟角,不易聘请。再次是中学堂和高等小学堂的肄业生,这些人多是两河水,前一大半学的举子业,后一小半学的新学,总比那些顽冥不化的老学究强。"

关毓谦问济川:"延聘中小学堂肄业生需要多少束脩[1]?"

董济川说:"抛家舍业到苦寒之地教书,一年不能少于六百两。低于这个数儿,肯去的只能是滥竽充数了。"

关毓谦实在没想到,在京城聘请教员的费用这么高,古城子的通判太爷的年俸也不过是五百两,养廉银两千两而已。他心里核计着手头的银子,顶多够聘四个教员。

董济川看出他面有难色,笑着说:"大老远来了,我做东,到北来顺涮羊肉去,讨个彩头。"北来顺的涮羊肉地道,羊肉是从坝上草原采办来的,鲜而不膻,肥而不腻。

第二天,董济川引见了几个人,都没谈成。学问确实不错,眼界也宽,不是束脩要得过高,就是嫌古城子路遥天寒。济川费尽唇舌,毓谦也再三恳求,还是弄得不欢而散。接下来几天又接触了几个人,有人有文凭没水平,有人有水平没文凭,都不合适。

董济川忽然想起一个人,带着毓谦跑到通州,去见他的旧友詹珏先生。詹珏,字幼文,文人武相,从日本留学归来,不仅学识渊博,而且慷慨豪迈,毓谦与詹珏一见如故。关毓谦也不隐瞒,把古城子的情况和创办新学的想法,根根梢梢和盘托出,然后说:"幼文先生若肯前去,束脩自不会少。"詹珏笑道:"大丈夫当以四海为家,詹某不才,平生所希望者,是干一件前无古人的好事。古城子能开吉林通省之先河,创办新学,吉圃先生又千里迢迢来顾寒舍,士为知己者用,不谈束脩,我詹某义无反顾了!"又说,"用人在精而不在多,主要是抓好中学堂,带动高等、初等小学堂。

---

[1] 束脩:送给老师的酬金。

师资匮乏，可一师兼多科，中师带小师，主科带副科，逐步完善。"关毓谦的眼里重又露出希望之光，激动地说："幼文先生，您说再聘几人？"詹珏说："吉圃先生，你也不必东奔西闯了。"詹珏的手指着董济川，"就是他了。我负责教算学、物理、化学诸科。济川负责教读经讲经、中国文学，带着美术等科。"董济川摆摆手，对詹珏说："你去实现你的远大抱负，别扯上我，我是散仙一个，犯不上和你去松漠北国受冷风去。"詹珏半真半假地申斥道："亏你还是爱新觉罗的子孙，竟说出这种忘本的话！你去也得去，不去也得去，谁让你把吉圃先生领到我家来的。"关毓谦笑着在一旁劝道："济川先生，古城子没你说的那么苦寒，您不妨先去看看，实在受不了我送您回京。"董济川哈哈一笑，算是答应了。董济川的国学底子深厚，能诗会画，不仅古体诗作得好，还会写新诗。绘画长于山水人物，尤擅内画鼻烟壶，是"京师三大名家"之一。

光绪三十一年农历七月，古城子官办的新式中学堂、高等小学堂、初等小学堂如期开学，公举关毓谦为中学堂监督。吉林将军以其办学有功，请朝廷恩赏六品顶戴笔帖式、委章京。中小学生穿着校服，精神抖擞地在操场上做体操，给古城子平添了现代的洋气。

老屁得意新学，把大孙子傅菊川送进了新学堂。为了适应哈尔滨开埠之需，吉林将军衙门紧锣密鼓，张罗在傅家店设置道台府，首任道台杜学瀛提前到职，哈尔滨牌寿终正寝，老屁被安置在商务会任副总理。如此安排很让老屁失落，噎嗝病更加严重了，整天像只大鹅似的，"呃呃"地叫个不停。

老屁瞧不起道台府，说是个府，还没他当年的牌大呢！也就是傅家店那么一小疙瘩地方。

## 【花子秧歌】

竿儿头张天九起了个大早，堵在仁义汪家的宅门口，规规矩矩地候着。

第九章　末世微光

张天九是张祥的孙子,虽说有了不小的家业,但依旧承继祖业,管理着古城子的花子房。汪庆发吃得早餐,刚一出门,张天九迎上来打千儿请安。

汪庆发停住脚,问张天九:"张爷一大早跑来,怕是有事吧?"张天九躬身道:"按说也没啥大事儿,这不上年跑毛子,天灾人祸的。现在青黄不接了,各家各户都揭不开锅,我们这些花子要不着饭了。"汪庆发"哦"了一声,沉吟一下说:"张爷,你看这么着行不行,明天烧锅出的酒糟都归你,你再到柜上取一石红粮,掺和着熬点野菜粥吧。过贱年,这也是没法子的事。"没等张天九说话,车老板插嘴说:"张爷知足吧,东家都喝稀粥了。"张天九点头道:"知足知足,这节骨眼上,还向汪大掌柜的讨粮食,真不落忍……"汪庆发笑道:"没啥不落忍的,打小我就知道,无论丰歉,有汪家吃的,就有乞丐处喝的。"张天九奉承道:"要不咋说是仁义汪家呢!"汪庆发说:"没别的事儿咱改日再聊,新通判宴宾,邀我到紫云戏楼观风。"

闰四月,刮倒大榆树的天儿,街道上风沙打脸。新任通判李廷璐轻车简从,徒步去了紫云戏楼。李廷璐,字葆珊,顺天宛平人,监生出身。宴宾,是父母官上任后的三件事之一。和李廷璐同桌的古城子绅商,除了汪庆发,还有中学堂监督关毓谦、后翰林府老掌柜余庆泽、将军府永兴复大掌柜梅连源。听戏是走过场,聊天才是真正的功课。新官和商绅之间,借此打探对方的人品喜好,了解地方的风土人情。李廷璐拣个时机,说:"没想到古城子文风很盛,有这么干净的戏园子,难得难得。"大家都听明白了,话外音是街道太脏。余庆泽自恃年高,咳嗽一声说:"古城子早年居住的是臭鞑子,没那么多讲究,过日子皮儿片儿[1]的,八旗屯垦才多了些讲究,街是街、道是道的。眼目前刮大风,风住了,街面就干净了。"李廷璐笑道:"穷日子、富日子,得过出个心劲儿。街面如同人的脸面,一年三百六十五天都得洗,埋了八汰的,不像正经过日子的人家。"见众人不接话茬,李廷璐顾自说了下去,"本官查看了监狱,人满

---

[1] 皮儿片儿:方言,脏乱差。

为患,里面关押不少罪轻的犯人,不如把他们改做苦工,负责维修街巷道路、打扫卫生。白天由司狱巡检看着,晚上交给乞丐处管着,岂不两便?"余庆泽竖起大拇指,啧啧赞道:"府台大人这一招高明!"

李廷璐的新政显出了效果,经过苦工们的打扫和修整,古城子街巷路平沟净。随后,古城厅巡警总局挂牌成立。古城子过去没警察,前通判阮忠植提倡,其夫人黄淑芬典当钗环带头捐款,这才筹得了专款。李廷璐继往开来,把这件事促成了,古城子街面出现了警察,黑制服、大盖帽,威风凛凛的。

兵燹后的饥荒,被新麦粥浓郁的香气冲淡,还未完全成熟的麦粒,在野菜中间上下翻腾,像一颗颗珍珠。中学堂教员食堂一直坚持着吃干饭,菜肴中多少有点荤腥。本地教员回家用餐,住宿学生在集体食堂喝粥。毓谦凭借着人脉关系,保证着两个饭堂的供应。

早上,毓谦刚走到学堂门口,门房老路头小声告诉他:"李大太爷来了,在院子里转悠呢。"毓谦揣度着通判大人的来意,赶过去迎接。中学堂开办时逢饥荒,经济拮据,千难万难,李廷璐未曾过问一句,如今有啥紧要事要微服亲临呢?

李廷璐正在和詹珏、济川说话,见关毓谦匆匆走来,笑着说:"吉圃,新学办得大有起色,本官到此受受熏陶。"关毓谦客气道:"府台大人过奖了,初创之际,诸事从简,还望大人多多指正呢。"李廷璐说:"无事不登三宝殿,我冒昧前来,是求贤问计——挖墙根儿来了。"关毓谦摸不着头脑,一时无法接话。李廷璐说:"眼下饥馑已过,本官打算召集全城士绅,到你这里观摩,开办个兴学会,在城乡劝办新学。"关毓谦舒了一口气,说:"好事啊!这怎么是挖墙根儿呢。"李廷璐说:"兴学会要设总董、视学,本官久仰幼文大名,想请他任总董兼视学。"詹珏插话道:"愧不敢当,愧不敢当。不过,恭敬不如从命,即便挂个虚名,也不敢耽误中学堂的课程。监督请放心,我的课程只能教好,不能教坏。"关毓谦本意想要拒绝,听詹珏如此一说,只好顺水推舟,笑道:"通判大人既然决定,我只好忍痛割爱了。"李廷璐笑道:"本官兜比脸还干净,总董、视学、劝学员,均为尽义务。办公经费,还得请开明绅士们认捐……"

兴学会设在关帝庙院内,詹珏两头忙活,这让关毓谦很心疼。关毓谦买来一头小毛驴,给詹珏骑乘。詹珏人高马大,留着大仁丹胡子,骑着毛驴来往于街市间。在他的督导下,到了秋季,乡下办起了十几所新学堂。

新粮入场,汪庆发打发十几个伙计,下乡采办新粮。今年也就是七分年景,能多抢点粮食,就多一点踏实。梅家的永兴复烧锅比较从容,初秋,采购了一大批"鬼子红"土豆,土豆是酿造伏特加的好原料。这几年,永兴复仗着伏特加,跟汪家的皇武殿拔跟头[1]了。汪家烧锅守着传统的酿酒工艺,酒没了曲子和粮食的味道,寡淡得挂不住杯,那还叫酒么!

打发走伙计,汪庆发掏出了翡翠鎏金小烟袋,刚吧嗒两口,民衙门差役找上门来,说:"汪大掌柜,李太爷请您到衙门说话。"

李廷璐正与人喝茶聊天,见汪庆发进屋,示意他坐下,介绍身边的客人说:"汪掌柜,这位是日本商人横井增太郎。"横井增太郎站起身,彬彬有礼地鞠了一躬:"请多关照。"李廷璐对横井增太郎介绍汪庆发,说:"这位是古城子绅士汪庆发。"汪庆发拱了拱手。李廷璐笑着说汪庆发:"横井君相中了古城子一块儿风水宝地,就是你家北二道街的门面,打算开个水茶屋。"汪庆发问横井:"什么是水茶屋啊?"横井增太郎解释说:"就是你们说的怡红院。"李廷璐说汪庆发:"本官琢磨着,既然横井君要在北二道街发财,干脆把这条街办成个风月一条街,便于警察管理。"汪庆发听明白了,嘶嘶哈哈没搭话。横井增太郎出了个价码,竟比正大街还高。汪庆发笑着接受了:"有府台太爷在场,我就不能讨价还价了。"

日本水茶屋是地道的妓院。按照民衙门的规划,妓院、大烟馆都被集中在北二道街。头脑灵光的饭馆老板也迁过去凑热闹。溥泉耳朦听说了此事,找了辆斗子车,过去走马观花。回到家中,气得白胡子直哆嗦,吩咐孙子:"去把皇武殿汪掌柜请来,我有话对他说。"一会儿工夫,汪

---

[1] 拔跟头:方言,一比高低。

庆发颠颠地进了屋，打千儿道："给溥老爷子请安了。"溥泉劈头盖脸地说："汪大掌柜，您千万别叫我老爷子，我担待不起！"汪庆发一怔，赔着笑脸说："这话是咋说的，晚辈啥时得罪您老人家了？"溥泉沉吟了半天，说："这回，你们汪家的风月一条街，可比仁义汪家粥厂更出名了！"汪庆发这才知道醋是从哪儿酸的，辩解道："李大人要征用，我也没办法呀……"溥泉叹口气道："各得其所，各得其所！汪大掌柜，翡翠鎏金小烟袋呢？麻溜拿出来吧，我得替法玛把它收回来。"汪庆发激灵一下见了汗，这才意识到问题的严重性——自己办了件遗臭万年的臭事，后悔的眼泪随着汗水涌出。看着溥老爷子冷峻的神情，乖乖地交出了小烟袋。

回到家，汪庆发一病不起。进了年关，咬着牙下了炕。张天九乐颠颠地前来报喜："汪大掌柜，小的升官了。"汪庆发瞅了他一眼，没好气地说："猪倌？马倌？"张天九正在兴头上，说："都不是，是七品灯官。"

李廷璐别出心裁，命令张天九做三天灯官，日子在正月十四至十六，许其穿七品官服，乘坐四抬大轿，摇鹅翎大扇，代管市政灯火，有罚款、派捐大权，前提是被处罚者必须被逗乐。

汪庆发吃了李廷璐一回亏，不想再吃第二回，哼一声没吱声。张天九道："汪爷，小的准备办个花子秧歌，给古城子添点乐子，您老还得帮衬帮衬。"汪庆发叹了口气，说："到柜上支取吧。"

正月十四，花子秧歌上街。张天九穿着七品知县的官袍，坐在敞篷的大花轿上，招摇过市。花子们涂抹得魂儿画儿的[1]，趿拉着破靴鞋，装神弄鬼。有扮《西游记》中人物的，也有扮《大西厢》人物的，还有扮《白蛇传》人物的，虽说不像，却别有一番风味。夸张粗俗的表情和动作，引来一阵阵笑声。李廷璐故意走在对面，挡住去路。张天九学着戏台上的三花脸，鹅翎大扇一指："嘟——大胆！尔是何人？见了本大老爷还不回避！"李廷璐笑着回避让路。花子秧歌最独特的角色是灯官娘子。一个小叫花子扮成灯官娘子，身穿大红袄，腿套绿裤子，脚蹬破靴鞋，前

---

[1] 魂儿画儿的：方言，形容肮脏。

胸槽了两个猪尿泡,耳朵挂两个尖辣椒,脸上涂抹得像驴粪蛋子挂霜,表演极为骚情。一会儿,抽冷子摸一把男人裤裆,一会儿,黑爪子作势抓向女人的前胸,引来一阵锐叫。

扭到欲仙楼,老掌柜余庆涵出来接秧歌。灯官娘子身后的"账房先生"戴着绿帽子,背着乌龟壳,专门负责收账。他蹲到余庆涵眼前,龇着大黄牙,扒拉着手里的大算盘儿唱道:

"老掌柜的你细听,今年你很不正经,灯官娘子你嫖了八次,每次干的可不轻。今天和你算嫖账,八十根蜡烛做个花灯。"

余庆涵被逗得哈哈大笑,说:"认账。"让伙计取来八捆蜡烛。讨得了蜡烛,扮刘海的花子打着竹板唱喜歌:

"打竹板,我就迈金步,花子来到了喜庆处。唱喜歌,我就迈喜步,招财进宝东家富。一步一个聚宝盆,十步一棵摇钱树,百步一个金银山,绫罗绸缎做瀑布……"

余庆涵听了,更加高兴,大声道:"唱得好,再赏五百粒元宵。"

花子秧歌到各个店铺,煞有介事地与各家掌柜算"嫖账"。掌柜吝啬不给赏钱,灯官张天九就要"落轿",亲自处罚,所罚无非是元宵几百、蜡烛几十而已。

这个元宵节过得喜庆,从此,成为古城子地方风俗。


雁翎水一出,大田准备开犁。余琥霖找到民衙门,承领一百垧罂粟种植许可。李廷璐说:"种植罂粟的收入和捐税最为可观,只要不吸食,官、民两得其利。"余琥霖信誓旦旦地保证:"李大太爷尽管放心,我的佃户都是本分人家,绝不会吸食。"乡间出来一句新农谚:"要想富,找廷璐。"新农谚传到毓谦耳朵里,他随口添了句:"要败家,种罂花。"

韩钱串子到中学堂拜访,神秘兮兮地拿出一个小药瓶,请教关毓谦:"举人监督老爷,您给掌掌眼,看看是啥药?"药瓶上都是洋字码,关毓谦不识,反问道:"你说这是啥药?"韩钱串子说:"洋人的戒烟药,好使。"关毓谦心中一凛,拿着药瓶去找外语教员,外语教员扫了一眼说:"吗啡。"关毓谦不知吗啡是啥，问道："能用它戒烟么？"外语教员说："笑话！这个比大烟还厉害。"韩钱串子不大乐意，筋着鼻子四下嗅了嗅："哪儿来的大粪车，啊？咋这么臭！"

韩钱串子拿着吗啡申请成立戒烟善会。他笑着对李廷璐说："小的响应李大太爷的号召，仿照哈尔滨戒烟善会的章程，以三十人为一排、七天为一期，看守断瘾。无论何人都可以到会所戒烟，一切费用均由善会承担。"李廷璐拿过小药瓶，端详半天，说："戒烟立会本属善举，但恐瘾未能断，反借此渔利，百弊丛生。你要出具保证书，找两家坐商保结，才可设立。"韩钱串子点头道："那是必须的，小的马上就办得。"

韩钱串子找了保商，拿着文书再找李廷璐，李廷璐已然高升离任了。

## 【朱大记者】

韩钱串子申请成立戒烟善会的呈文，在怀里揣了一个月，总算把新任通判鲜俊贤盼来了。他乐颠颠地到了民衙门，没曾想在门子栗成那儿卡了壳。栗成竖着眉毛，怪物一样地看着韩钱串子。韩钱串子开了一辈子茶馆，察言观色是他的本事，试探着问道："这位爷，小的不懂规矩，您老给点拨点拨……"栗成乜了他一眼，冷笑道："嘛玩意，跟爷装傻充愣是不是？栗爷我走南闯北，在衙门当差，是随便让人支使的吗？老驴老马还得给口草料呢！"把手一伸："规费[1]！"韩钱串子扑哧笑了，在怀里一阵摸索，说："栗爷，不是小的装傻充愣，古城子设厅二十多年，还真没这个规矩。"说着，递过去一张两吊钱的银票。栗成把银票打在韩钱串子脸上："你这是打发要饭花子呢？"韩钱串子猫腰捡起银票，低声下气地问道："小的不懂规矩，您老说个数。"栗成心不在焉地伸出两个

---

[1] 规费：旧时衙门对百姓、商铺等提供特殊服务时，所收取的带有工本费性质的收费。

指头。

"二十吊？"

栗成的手指头还伸着。

"二百吊？"

栗成收回指头，捏起细瓷茶碗："没这个数，谁在这儿受清风啊！"

趁着学堂放农忙假，关毓谦延请了两个木匠，修理桌椅板凳和门窗。为节省工钱，自己顶替个小工，帮着抬抬扛扛，累得汗巴流水的。教员们看着不落忍，也过来帮忙，被他撵了回去："备课、批改作业要紧，可不敢瞎耽误工夫……"关毓谦正忙得欢式，抬头见有人对着他笑，细一打量，是大舅哥朱露天。朱露天是优贡生，在盛京衙门做笔帖式，三年五年难得一见。

"大哥，啥风把你给吹回来了？到家了么？"关毓谦放下手里的活儿，拍打着袍子上的灰尘，领着大舅哥进了监督室。监督室原本宽敞，被他间壁出个小屋，大半做了教员办公室。

朱露天拣个地方坐下，夸奖妹夫道："你这是清官骑瘦马呀！咱大清国的官员要都有你这劲儿，国家早就富强了。"

关毓谦解嘲地一笑，没搭话茬。自打当了这个监督，他没开过一文工资。家里有百草堂支应着，成全了他的清廉。

朱露天说："我这次回来就不走了，《盛京时报》聘我做古城子分社总理，兼管古城子、五常、宾州的新闻报道。今儿过来，是请你帮个忙，给愚兄找个办公的场所。"

"我这儿不行。"关毓谦思谋一下说，"韩钱串子茶馆倒是合适，古城子的新鲜事都在那儿扎堆儿。在那儿赁个屋子，还有茶水伺候着，找人也方便。"

朱露天点点头，从包袱里拿出一份报纸："这是最新的《盛京时报》，你仔细看看，下一期的《东北新闻》就有古城子专栏了。"

关毓谦不再说话，埋头细读报纸。他还是第一次接触这新玩意儿，被深深吸引住了。过了半天他抬头叹道："开阔视野，抨击时弊，增长见识啊！我们中学堂先订一份。"

朱露天揶揄道："穷得监督都当力工了，还有钱订报纸？"

关毓谦说："两码事。有了报纸，教员们就不做井底之蛙了。"

朱露天在韩钱串子茶馆租了间屋，韩钱串子精明，以在茶馆里增设阅报栏顶替租金。不断更换的报纸，吸引了许多新茶客，为了看个新鲜，至少得喝一碗便宜喽嗖的大碗茶。

五月十四日，阅报栏前站满了人，新挂上去的《盛京时报》有条古城子新闻：

杨同枢买官

古城子署理拉林分防巡检杨同枢，顺天通州人。坊间传闻，为得该官缺，其求之当权者，贿买得之。政界中人颇为不平，私下议论，欲连名控之。

茶客们相视而笑，都知道当权人指的是谁。一个茶客点着报纸，对众人说："妈巴子的！这下鲜大老爷和杨巡检可就天下闻名了！"韩钱串子眯着小眼睛在一旁暗笑，一是幸灾乐祸，二是高兴茶座爆满。消息传进民衙门，鲜俊贤大怒，要派人去抓朱露天。沙仲兰连忙拦挡："太爷息怒，《盛京时报》是日本人办的报纸，咱惹不起。"沙仲兰也是鲜俊贤的门子，喜好出个主意。鲜俊贤气急败坏地说："我又没得罪姓朱的，他凭什么往老爷头上扣屎盆子？"沙仲兰说："记者就是这个玩意儿。您老请他见个面儿，让他今后别再写这类新闻，有啥条件，满足他不就得了。"鲜俊贤点头默许，示意让沙仲兰去请朱露天。一会儿，沙仲兰回了衙，垂头丧气地说："朱大记者架子忒大，我没请来呀。"鲜俊贤"哼"了一声，顺手把茶碗扔在桌上："不扯他，还反了他了！"

第三天，朱露天摘下旧报纸，贴上新报纸：

### 门子栗成、沙仲兰勒卖讼费

古城厅每有讼案，事无巨细，皆门子栗成、沙仲兰二人经受，乡地练长，无不索取规费，大牌至五百吊，小牌一二百吊不等。古城子设民厅凡二十余年，未尝有此，官民皆怨之。

这下，鲜俊贤害怕了。东三省总督徐世昌每日必看《盛京时报》，鲜俊贤不怕朱露天曝光，也不怕老百姓瞎起哄，却怕惊动徐世昌。徐世昌一怒，自己的乌纱帽就难保了。权衡再三，鲜俊贤领着栗成、沙仲兰，到韩钱串子茶馆拜访朱露天。三人出现在茶馆门口，把韩钱串子吓了一跳，踩着碎步迎上去问道："您老这是……"栗成没好气地说："鲜太爷要见见朱记者。"鲜俊贤纠正道："不是见，是拜访，偏劳你通禀一声朱大记者。"韩钱串子"哦"了一声，赔着笑脸说："不巧，朱大记者到宾州厅采访去了。"鲜俊贤说："朱大记者若是回来，烦劳你说一声，就说我亲自来拜访他。"

隔了一周，《盛京时报》又有了古城子新闻。这是条社会新闻——七十三岁老翁余庆泽古稀得子。虽说不关官场的事儿，又勾起了鲜俊贤心中的顾虑，他带着栗成、沙仲兰，再次去了茶馆。没等几人开口，韩钱串子笑着说："这扯不扯！朱大记者刚走，去了拉林仓。"鲜俊贤看了看挂着门牌的小屋，失望地问道："朱大记者得几天回来？"韩钱串子说："后天，或者大后天吧。"鲜俊贤问韩钱串子："你跟他说我来看他了吗？"韩钱串子说："能不说么，可人家没理咱这茬儿……"

入夏，古城子持续干旱，天气酷热异常，市面上粮价猛涨。朱露天采访断炊的农家，途中却赶上一场瓢泼大雨。回到茶馆，浑身湿透，采访本也淋了雨，钢笔字模糊一片。他换了一身干爽的衣服，韩钱串子殷勤地端来一壶碧螺春。朱露天连打了几个喷嚏，谢了韩钱串子的热茶。韩钱串子说："衙门里的鲜老太爷又来拜访您了，还帮您订出去三十份报纸。"朱露天喝了口茶，答非所问地说："这茶沏得讲究，色翠、香郁、味甘、形美。"忽然想起个事儿，说，"韩掌柜，麻烦你派个伙计把中学堂关监督请来，我有事和他商量。"

关毓谦打着雨伞进了茶馆，里面一间小屋，门口挂着《盛京时报》的招牌，小字写着"古城子分社"。朱露天把妹夫让进小屋，说："京都法政大学堂举办国际法速成班，我建议你把学堂监督辞了，去大学堂深造深造，顺便在京城开阔一下眼界。你这个京旗子弟呀，眼瞅着变成鼠目寸光的乡儒了。"关毓谦脸一红，沉吟一下说："这事可行，学堂也步入了正轨，我就按大哥说的办，再做一回读书郎。"

自打失了黄五爷的翡翠鎏金小烟袋，汪庆发整个人就丢了魂儿。家人特意到哈尔滨给他淘换一个翡翠烟嘴的小烟袋，他试抽了几下，扔进被阁子里——烟还是那个烟，抽着就不是那个味儿！

近日，省商务会敦促古城子成立商务分会，众商推举他负责筹办，有了这个新鲜营生，把翡翠鎏金小烟袋的事儿淡了。每天张罗着选址、劝招会员、收缴会费，筹备公举分会总理、副总理。这天，他正和众人商量大会议程，沙仲兰笑呵呵地找到他："汪爷，忙着呢，我家太爷有请。"汪庆发撂下手头的事，跟着沙仲兰去了民衙门。去岁开始，旗衙门又降一格，权限仅限于管理旗务。

鲜俊贤客气地请汪庆发坐下喝茶，询问了商务分会筹办的情况，笑着说："东三省总督徐世昌徐大人锐意改良，古城子商务分会是改良的重头戏，务必要搞好。咳，巡警局的改良六条已经拟订了，却无法执行。听说你们筹措到五千吊制钱，先拿过来应应急，改三过五，本太爷再给你补上。"汪庆发张了张嘴，还是不好拒绝，犹犹豫豫地说："这笔钱也不急用，在开会前掂对回来就行。"

一晃儿，商务分会开始选举了。汪庆发几次去民衙门，鲜俊贤都避而不见。汪庆发没办法，去巡警局询问钱的事。巡警局长大吃一惊，肯定地说："汪爷，没这八宗事儿！巡警局从来没花过商务分会的一文钱。"出了巡警局，汪庆发找到朱露天，气恼地把事情说了一遍。

几天后，此事见报：

第九章　末世微光

商会五千余吊去向不明

古城厅筹办商务分会，筹得会费五千余吊。大令鲜俊贤以改良巡警局挪用，信誓旦旦及时归还。商会将开，多次派人往取五千余吊，大令不见。复询问巡警局，局长称未花分文。恐此款私囊中饱矣。

新闻见报当天，吉林巡抚陈昭常发明传电报，追问鲜俊贤，令其解释清楚。随后又发密电："现接到告发栗成、沙仲兰的呈控，命立即秘密抓捕二人，送省接受审讯。"鲜俊贤大惊，赶紧让二人逃回老家躲避，之后煞有介事地下达了缉捕令。古城子舆情大哗，《盛京时报》又连篇累牍披露了民衙门的丑闻。徐世昌大怒，以"听断糊涂，纵容丁役"之名，将鲜俊贤奏参革职。慈禧太后即予准奏，下旨拘押鲜俊贤。

## 【月色朦胧】

京师法政大学堂卒业的关毓谦，穿着法政大学校服，头顶大盖帽，兜上别着一管自来水钢笔，笔挺的裤子，脚上穿一双锃亮的皮鞋，长髯也剃成了短短的八字胡。大舅哥朱露天去接站，夸奖道："这回，你可以领袖一方了。"

斗子车直接跑到百草堂，弟弟关毓逊见哥哥这副打扮，惊得停下脚步，呆愣愣地看着他。阿玛怀瑾在厅堂向外望，昏花的老眼看清了儿子的轮廓，笑着骂道："小兔羔子，狗长犄角——羊（洋）式了。"

晚上，朱露天在紫云戏楼设宴，为妹夫接风洗尘，特意邀请了通判许元震。许元震，字东藩，浙江山阴人。毓谦在京时，通过阅读《盛京时报》，了解到许元震在古城子激浊扬清、重建秩序的新闻，这些新闻都出自大舅哥的手笔。

许元震拱手道："久闻吉圃先生大名，今日得见，果然气度不凡。"
关毓谦感慨道："学生走时，古城子黑云压城，今日回来，却是一片尧天舜日。谢谢府台大人啊。"许元震笑道:"吉圃过奖了,都是令兄抬举,实在愧不敢当。"话锋一转,问道,"这次深造,所学是何专业?"关毓谦答道:"主要是国际法和君主立宪制度。"许元震说:"厅里送省培训的宪政讲解员都是半瓶子醋,他越讲我们越糊涂。先生回来得正好,给我们讲讲君主立宪制是怎么回事。"这话搔到了关毓谦的痒处,他笑着回道:"所谓君主立宪制,就是在保留君主制的前提下,通过立宪,树立人民主权、限制君主权力、实现事实上的共和政体。君主立宪可分为二元制君主立宪制和议会制君主立宪制,世界上大都为后者。议会制君主立宪制的主要特点是,议会是国家的最高立法机关,君主是象征性的国家元首。君主交出所有的权力,首相是国家的主要行政人,首相只能在宪法和法律内治理国家。英国是最早实行议会君主制的国家。"众人听了似懂非懂,却也频频点头。许元震说:"言简意赅,学问贯通。先生旅途劳顿,先休息两天,然后请你为厅衙门官吏讲一课。"

扯了一会儿闲篇儿,关毓谦忽然想起一件事,正了正声色说:"在京城学习时,我去了趟抓帽胡同,在那儿碰见了鲜俊贤,在教授阿訇的几个孩子。他也认出了我,却装作不认识。瞅着他穷困潦倒的样儿,不免心生恻隐。"许元震放下筷子:"咳,不是我残念他,革职后要我代他还亏欠,一问竟有两万余吊钱。我刚上任,哪有公款可筹!"朱露天说:"鲜俊贤在任期间亏累巨万,其中一部分确实用于教育改良,朝廷逼他破产还债,似乎有失公允。"许元震微微一笑:"露天兄,书生意气了。朝廷立这个揆程是有道理的,铁打的衙门流水的官,要是准许亏累,一任接一任地亏,衙门还不得难以为继么!咱大清朝的封疆大吏,只有两千两银子额度的财务审批权,超过这个数,就得事先报工部审批,事后报工部审查。"众人听了皆点头称是。

回到百草堂,关毓谦见阿玛屋里的灯亮着,忙过去给阿玛、讷讷请安,陪着说话。怀瑾已经八十一岁,精神依然矍铄。唠着嗑,扯到了将军府梅家。喜琳和连春都被革职了,徐世昌一直亲自督办,对造成的亏空勒令退赔。讷讷含笑气哼哼地说:"一辈子没好妻,十辈子没好子。都怪那个没正事的老五，娶了七个福晋、侧福晋，没一个地道货。把孩子一个个惯的！这下好了，砸锅卖铁也堵不上那么大的亏空……"关毓谦问："亏空了多少啊？"阿玛说："不打准儿，有人说亏两万吊，有人说七万吊。"关毓谦吸了口冷气："干啥了？这不是作死么？喜琳他人呢？"阿玛说："在省城关禁闭呢。"关毓谦又问："老二喜璜呢？"讷讷说："早就跑到躲家庄躲着去了。这小子，跟哥哥一点都不亲，遇到这么大的事儿，竟一点也指望不上……得了，不说这些堵心窝子的事儿了，你麻溜回自个儿屋吧。"

关毓谦到民衙门演说，引来不小的轰动。女子师范学堂堂长吕惠如亲自来送请帖，邀请他去女子师范学堂讲演。吕堂长是山西学政吕凤岐之女，九岁能诗，书法和绘画造诣极深，与两个妹妹并称"淮南三吕"。初嫁塘沽盐课司使严朗轩之子，严遭弹劾，吕乃孤身一人离家游学，曾任职于北洋女子公学。

关毓谦经过一番思量，在女子师范讲演了"宪政与女权"，一向心高气傲的吕惠如，总算在古城子遇到了知音。

关毓谦也接到了旗衙门的邀请，却把这次演说排在了最后。经过再三推敲，演说题目确定为"宪政是根除腐败的一剂良药"。他的讲演极富感染力，渊博的学识和气度，引起各界人士竞相效仿。比如：同胞们、中华民族、物竞天择、优胜劣汰、民权、民生、民主等等新词汇，成了古城子新潮人物的口头禅。

百草堂庭院里的山梨树，绽开满树白花，花香引来蜜蜂嗡嘤着采蜜。蓝点颏、红马料在枝头跳跃着，发出欣喜的鸣叫。小风拂面，让人半痴半醉。毓谦得闲，在杏树下研读《天演论》。有人轻轻地叩门，未及答话，门已被轻轻推开，来人是吕惠如。关毓谦站起身拱手笑道："吕堂长，稀客，快请坐。"喊出妻子朱氏，泡了一杯菊花茶。吕惠如没有朱氏漂亮，但举手投足间都显现出一种大气。她笑道："路过贵舍，想起有事讨教，冒昧打扰。先生好雅兴，这一树梨花胜晴雪啊！"关毓谦随口吟出："巧笑解迎人，晴雪香堪惜。"吕惠如接口吟出元人的词句："一枝晴雪初乾，几回惆怅东阑。料得和云入梦,翠衾夜夜生寒。"吟到最后一句,竟脸生红晕。

关毓谦假作没解词意,笑着问道:"堂长有何见教?"吕惠如说:"府台大人责成我兴办女子学堂,追缴协领衙门的一千吊赃款,充做办学经费。可后继款项却无有着落,今天特来求先生帮忙想个主意。"关毓谦对古城子旗、民两衙比较了解,思谋片刻说:"官署罚款和正浮丁征收杂项、社戏花费、庙产收入,这些属于闲款,堂长可呈文给府台大人,拨作女子学堂经费。"吕惠如点点头,又道:"我在天津北洋女子公学任教时,每到春暖花开,学校都组织运动会,古城子却无有,与现代文明仍有差距呢。"关毓谦连连点头:"这个提议好!我俩联名向府台大人建议,创办中小学堂运动会,以振作国民尚武精神。"说完正事儿,吕惠如转睛欣赏梨花,情不自禁地说:"花开得好,枝杈也挺拔疏朗。可否请示嫂夫人允准,让我在此作两天写生?"关毓谦说:"没问题,正好开江鱼刚下网,松花江三花五罗最负盛名,我请你吃鳌花。"

吕惠如花下写生,朱氏不离左右地伺候着,多少影响了她的情致。吕惠如吃不惯酱焖,亲自下厨做了两道菜,一道是清蒸鳌花,一道是清炒柳蒿芽。清淡鲜美,透着江南女子的秀气。临走,吕惠如留下一幅写生画,关毓谦请人裱好挂在客厅,闲时常立在画前,颔首细细地品味。

朱氏心里不是心思,女人的直觉告诉她,丈夫心思恍惚,自己又不好直说。她把家兄朱露天找来,含而不露地说了自己的担心。朱露天仔细品味吕惠如的写生画,确乎是才女手笔。他略一思忖,在画上提了个款:"一树梨花压海棠"。毓谦再去欣赏梨花图,见了多出的题款,认出是大舅哥的手笔,不免惭愧。对朱氏说:"大哥来过了?"没容朱氏作答,伸手摘下梨花图,卷成一轴,插入卷缸,从此再未提及。

古城子商务分会成立的时间定在五月十三,武财神关老爷磨刀的日子。

厅衙门三天前发出通知,拉林、帽儿山等远道的商人,提前到了古城子。会址定在紫云戏楼,汪庆发早早来到会场,凭感觉,首任总理非自己莫属。有人给他透话儿："梁孚贵、蒋清芬、余庆涵，都在私下请客拉票呢。"汪庆发一笑，挥挥手说："让他们拉去，我就不信，一顿馆子就能让人心长歪喽！"

选举开始，厅衙门指定的十六个候选人，汪庆发、梁孚贵、蒋清芬、余庆涵等，脸对着主席台，身后各放着一个洋瓷盆。全体会员鱼贯往洋瓷盆投豆，发出叮叮当当的声响。汪庆发低声和梁孚贵嘀咕："听听你盆子里的动静儿像啥？"梁孚贵仔细听了听，摇摇头。汪庆发说："钱串子响。"梁孚贵的老脸一红，知道他是在讥讽自己贿选。

选举结束，当场唱票。通判许元震宣布："由全体商务会会员公选，古城子商务分会正式产生。总理梁孚贵，协理蒋清芬，议员汪庆发、余庆涵、梅连源……"汪庆发感觉自己一下子跌进了枯井，他咬牙挺着，机械地和大家一起鼓掌，做出喜气洋洋的笑脸。梁孚贵笑容可掬，先是给会员们鞠躬，然后一一和当选的议员们握手，握到汪庆发显得更加热情，笑着说了句："民选好哇，民意向背一目了然。"汪庆发脸色铁青，"嘿嘿"冷笑道："总理大人，汉贼不两立，这个议员我还就不当了！"说罢，下台拂袖而去。

汪庆发的落选，出乎很多人的意料，包括通判许大人。但这是民选，必须尊重民权。尊重民权，是政治改良的核心价值。汪庆发后悔自己过于自负，大意失了荆州。他在众目睽睽之下走出了紫云戏楼，他明白，要想把脸面转回来，必须给自己另外找个舞台。

第二天一早，他去了厅衙门拜见许元震。许大人以为是选举的事，笑着安慰道："都是本厅安排的不周……"汪庆发做出豁达的样子，摆手说："那一页早翻过去了！学生这次来，是想和大人呈请个大事。这件事，学生酝酿了多年。"

"请讲。"许元震亲自斟了一杯茶，等着汪庆发的下文。

"古城子最大宗的买卖是粮食，粮栈在城内收粮，然后运到洋站用火车发往各地，折折腾腾，路途艰难，还要支出一大笔花费。学生打算修一条马拉轻便铁路，贯穿城里直达北门外洋站。一则挽回利权，二则方便粮食贸易，三则免去了商民颠簸之苦，不知是否可行？"

许元震一听，十分震惊，笑容枯干在脸上，他锁着眉头捻了半天胡须，点头道："好事，敢为天下先，本官全力支持。"又嘱咐道，"这个工程耗资巨万，需要与俄国人交涉，切不可操之过急。你先回去设计个草图，拿个收益计划，再拟个筹措资金的章程。最好多联合几个有识之士，群策群力，才可稳步推进呢。"

马拉轻便铁路的创意，最初来自巡警局交涉员傅菊川。傅菊川，字鸿轩，傅老屁的大孙子，喝过几年洋墨水，他每逢放假都要乘坐火车回家，一次，看见几个工人推着一节重载的车厢奔跑，心里产生了灵感，对汪庆发说："庆发兄，要是能铺一条马拉轻便铁路，我回家可就方便多了。"说者无心，听者有意，从此，汪庆发便多了这份心思。

他直接拐到巡警局，把傅菊川叫到僻静处，说："菊川老弟，哥求你个事儿，给哥画几张图纸行不行？"傅菊川问庆发："画啥图纸啊？"汪庆发说："一张马拉轻便铁路图，一张从庙头至火车洋站的线路图。"

傅菊川惊讶地说："汪大掌柜，您这是要办轻便铁路啊！"

汪庆发拍了拍傅菊川："兄弟，你看不像么？"

"呵呵，像是像，不过，咱大清国还没哪个商人办铁路呢？"

傅菊川是个见多识广的青年，按照汪庆发的要求，用三张宣纸绘制了一个十二匹马拉的轻便货车彩图，又用三张宣纸绘制了一个三匹马拉的轻便客车彩图，最后，用两张宣纸绘制了非常写实的行程线路图，气势和效果马上出来了，汪庆发欣赏着图画中的美景，心里有说不出的舒坦。傅菊川心无涯岸，多个场合说起轻便铁路的事，没几天，这事儿就传遍了古城子。后翰林府余琥霖表示愿意加盟，巨商蒋清芬也主动找上门，和汪庆发商量入股的事。汪庆发喜道："桃园三结义，大事可成矣！"话音未落，一人推门而入，笑着接过话茬："千万别落下我。"三人回头一看，却是永兴复大掌柜梅连源。汪庆发笑道："你就是常山赵子龙！"四人正说得热闹，关毓谦也不请自来。汪庆发说："吉圃叔来得正好，就缺您老这个诸葛亮了。"关毓谦摆手道："我是个穷书生，掺和不到你们堆里去。

我的大舅哥抓我民工,让我把这事写个新闻,在《盛京时报》上传播出去。"

大事底定,几人相约到紫云戏楼吃酒。菜还没齐,却见恒旼跌跌撞撞地跑了进来,对着毓谦哭道:"世叔,我法玛怕是不行了,请您过去一趟。"几个人大惊,相跟着去了宗室黄家。黄家满屋子都是人,怀瑾守在溥泉旁边。

溥泉的眼睛眨也不眨,死死地盯着门口。关毓谦进了屋,他浑浊的老眼放出片刻光亮:"快,快……过来,我有……话说。"关毓谦连忙跪在溥泉跟前,把脸贴了过去。溥泉指了指胸口上的一叠书稿:"这是,没修完的《古城志》,我孙儿恒旼,学识不够,你就接了吧。"毓谦忙推辞说:"《古城志》是老前辈黄五爷传给您的,您还是传给恒旼最合适,我来帮衬。您老放心,我必倾心辅佐,不敢懈怠。"溥泉点点头,又哆哆嗦嗦地从褥子底下抽出翡翠鎏金小烟袋,说:"这是……是从……咱抓帽胡同带出的老物件,是个念想,德者有之。我掂量许久,只有你佩[1],接了吧!"说到这儿,歪头气绝,眼睛仍直勾勾地盯着关毓谦。毓谦双手接过翡翠鎏金小烟袋,屋内屋外响起震天的哭声。

安葬了溥泉老爷子,毓谦和恒旼打开了《古城志》,瞻仰着老爷子的绝笔:

许元震治古城子,拨乱反正,造福一方,甫一年,号为大治。

小米每石价银一两六钱。古城子为吉、江两省最大粮埠,中西商人云集。

许元震主编《古城乡土志》,中学堂监督张孚先等纂修,委协领云海多方襄助。

九月初二,松花江、拉林河泛滥……

喜琳被判破产还债,怀瑾得着信儿后,领着老伴乘着斗子车去了将

---

[1] 佩:满语,够资格。

军府。没进大门，院子里传出一片哭声和叫骂声。汪氏含笑是梅家姑奶奶桃儿的亲闺女，老了便有了讷讷的脾气，推开大门竖着眉毛喝了一声："哭啥哭？都把眼泪擦了！"二娘和三娘投奔了自己的儿女，四娘、五娘、六娘、七娘，大福晋莫尔登氏、二福晋萨麻喇氏、三福晋于氏，梅家各枝的男女，一个个泪眼婆娑，怔怔地看着怀瑾老公母俩。

怀瑾满脸惆怅，嘀咕了句："造孽呀！"问大福晋莫尔登氏："到底亏空多少？"莫尔登氏小声答道："三万吊。"怀瑾心中一震，又问："家里能划拉多少？"莫尔登氏说："为了往外捞人，家中存的银子早都花光了，还外欠四千多吊呢。"汪氏责问道："你这日子是咋过的？大将军给你们留下的金山银山，这才几年呀，就都胡曰曰了？"莫尔登氏说："姑奶奶！您老可不敢乱说，这么大的家业，这么多的心眼，人吃马喂，底抓上挠，稀淌花漏的，就是财神爷也难攒下钱！"萨麻喇氏也在一旁帮腔，她的娘家弟弟蔡品三在浙江巡抚衙门当差，妹随兄贵了。怀瑾说："破家值万贯，能典的典，能当的当，总得把喜琳救回来不是？"四个娘你瞅瞅我，我瞅瞅你，都不言语，各房的掌柜更不搭话。怀瑾指名道姓地问道："连源，你是永兴复大掌柜，你说说，能掂对多少？"梅连源吭哧半天，抓挠着腮帮子说："钱是有几个，都投到马拉轻便铁路上了……"汪氏气得直哆嗦，恨恨地说："你们自家都揣着心眼儿，别人还咋帮？"扯着怀瑾的胳膊，"走！咱们不管了。谁造的孽，让谁自个儿受去！"

回到百草堂，老公母俩半天才把气儿喘匀。关毓谦叹息道："君子之泽，三世而衰。这才两世，就眼瞅着破产了。梅家的四娘、五娘、六娘、七娘无儿无女，留点心眼也不为过。永兴复是梅家唯一的希望，无论如何也得保住。看来，只有卖将军府这一条道了。"

省旗务处释放了喜琳。喜琳事先得到信儿，将军府已卖做女子学堂了。腿顺，也是想再看一眼将军府，他围着将军府转了一圈，里面传出女子琅琅的书声。他想起了先世中的第一个"梅家败"——盛京将军的少爷，胡打海摔[1]，把京城里的将军府给败了。可人家败出了名堂，能捧着金饭碗在皇城根要饭玩儿。自己呢？也把父辈造的将军府败了，败得窝窝囊囊，不明不白。一样的败家，比其曾祖差了一大截子，更不要说自己的亲阿玛了……

回到自家的小四合院，心里依旧憋闷。这是仁义汪家给他安置的，虽说是至亲，终究是溜人家的房檐儿。丫环、老妈子、门人、院工早都散了，四娘、五娘、六娘、七娘也都各奔了东西。进到屋里，看见妻妾笑脸背后掩饰不住的悲凉，双腿一软跌跪在地上。

关毓谦过来看喜琳，喜琳低着头拿纸牌摆八门，莫尔登氏提醒说："吉圃来了！"喜琳抬起头，嘻嘻一笑："你坐，等我摆完这把。"又低下头去翻纸牌。关毓谦忽然想起当年的情景——喜琳从哈尔滨笆篱子回来，一路唱着《苏武牧羊》，不由得低声唱了起来："苏武牧羊北海边，雪地又冰天，羁留十九年。渴饮雪，饥吞毡，野幕夜孤寒……"

喜琳的手抖了一下，停止了摆纸牌，眼泪吧嗒吧嗒滴在纸牌上。

---

[1] 胡打海摔：方言，本意是经得起磕碰，不娇惯。引申为放肆，不理智。

# 第十章

# 改良之巅

不用掐,不用算,宣统不过二年半。

——宣统朝民谣

【海选议员】

老话说,三月寒四月温。过了三月,拉林河的坚冰不知不觉间酥软了,投降了,虽然还冷着一张脸,已没了一指横江任你走车跑马的强横。一夜春风,河边浮出雁翎水,河面上跑起了轰轰烈烈的冰排。

古城子自治研究会会长关毓谦,从省城开会回来,搭上了开河后的第一趟摆渡。站在船头,看着清凌凌的河水上漂着残冰,沉浮间消融于无形,联想到千呼万唤的宪政春天,沉睡百年的大清国终于猛醒了,不由得心潮澎湃。

船老大王小白话认识关毓谦,说起来,两家人也是世交,见了倍觉亲近。王小白话连拉带拽地说:"举人老爷,赶到晌午了,吃得开江鱼再回去也不迟。"盛情难却,关毓谦留在渔窝棚,就着窝阑鸟愉快的鸣叫,美美地吃了顿河水炖河鱼。虽说春意盎然,几个来陪酒的乡绅仍穿着棉袍,小心地陪着他喝酒。文明初开,乡绅都是选举人。关毓谦咂吧着鲤鱼头,问乡绅:"马上就要海选省咨议局议员了,你们打算选谁?"乡绅停了筷子,直眉瞪眼地你瞅我,我瞅你,不明就里。王小白话抢过话头说:"他老姨嫁给谁咱都喝喜酒。选谁都不大离儿。"关毓谦问:"你知道海选议员的意义吗?"王小白话说:"咋不知道,又多了几个吃皇粮的呗!"关毓谦心平气和地解释说:"海选议员是立宪的重要一环,关乎国家兴亡,也关乎每个老百姓的幸福与否。这么和你们说吧,日俄战争,也就是二次跑毛子,为什么小日本能打败老毛子?日本是民主立宪国,俄罗斯是君主专制国,专制国和立宪国交战,专制国必败!当下世界,立宪乃大势所趋,立宪之后,时弊尽除,国家富强,人民安康,就可以过上好日子了……"王小白话和乡绅们停了筷子,搔着头皮听着,却是满脸茫然。

回到古城子,天色已近黄昏。关毓谦直接去了自治研究会,学员们都在,见会长回来,有的掸座,有的沏茶,都围拢上来想听听新精神。毓谦润了下嗓子,掏出翡翠鎏金小烟袋,装上烟丝,一个学员忙擦着一根洋火。关会长深吸一口,缓缓吐出,朗声说道:"皇恩浩荡,筹备省咨议局如期开始,我们梦寐以求的宪政,要在全国实行了!"光绪三十年,慈禧太后在宪政派强烈吁请下,下诏实行预备立宪。转年,颁布了九年预备立宪诏,恩准各省模仿西方议会制,筹设咨议局。

有人问毓谦:"咱吉林省啥时候成立?"

关毓谦说:"巡抚大人的意思是,上半年各府厅县着手准备海选,下半年成立。"

"还得腾[1]半年!"

关毓谦正色道:"慢工出巧活儿,何况这是中国从未有过的大事。慎始方能善终,切记不可浮躁。从明儿起,诸位要深入八旗四隅五乡,宣讲宪政强国的意义,搞好选民登记。"想到在渔窝棚与乡绅的对话,感慨一句,"唤醒民众的宪政意识任重道远啊……"

紫云戏楼老班主欠登来找关会长,站在自治研究会门外。见会长出来了,迎上去说:"会长老爷,小的想和您讨教个事儿。孟太守安排小的扩建紫云戏楼,要求能容纳二百看客,还让小的到直隶聘请名角高玉兰戏班演京戏。您老是知道的,我家小东家元德在京读大书,小的不敢擅自做主,想让您给拿个主意?"

古城子刚刚撤厅升府,新任知府孟宪彝,萧规曹随,也是个喜欢繁荣街面的人。

关毓谦思谋片刻,说:"我看行,将来各行各业都得搞民选、搞集会,古城子正缺个大会场。白天开会,晚上唱戏,一举两得。"欠登担心地问:"官府开会给不给钱啊?"毓谦笑道:"小门小户的,你收点占场费。如果知府衙门开会占场,你可申请减免税捐。"

上年的丰收,给屯丁佃户们带来了从容。一场及时的春雨,麦田一夜间染上一层葱绿,大田的秧苗也陆续罩垄了。关毓谦到报马川屯检查选民登记,报马川紧靠松花江,立屯最早,曾是内务府的官网。李乡约

---

[1] 腾:发轻声,方言,靠时间,往后拖。

没在家，带着人在屯北加高江堤。关毓谦到了堤顶，李乡约撂下手头的活儿，挖挲着手，不知该咋接待。关毓谦笑着问："这晴天朗日的，江水浅得都能趟过去，你修什么江堤？"李乡约找到了台阶，很行家地说："会长老爷，这您就有所不知了。春天晒江底，到秋没房脊。您瞧着吧，交上七月准发大水。俺们报马川受水气，宁肯少铲一遍地，也得把屯子保住喽。"关毓谦一怔，忙说："如此，我就不打扰了。你简而言之地告诉我，海选议员的事准备咋样了？"李乡约说："有啥准备的！这些个大字不识的草民，您就是扯耳朵灌也听不进去。到时候，您给俺画个道，俺再给他们画个道，不就齐了。"

海选议员，城里的情况好于乡下，镶黄、正黄二旗好于其他六旗，营子里好于民界。镶黄、正黄二旗住着近千户的京旗，热衷于国家大事，随根儿。民界五乡，除了大揽头、大粮户还有几分热情，一般乡绅随帮唱影儿，没有选举权的佃户则一无所知。关会长认这个账，宪政意识要想深入人心，绝非一朝一夕。他叹了口气，拍了拍李乡约的肩膀，说："努力吧。"然后，沿着晾网地去了顾乡约屯。

五月无雨。关老爷磨刀那天，洒落了几滴，雨过地皮湿，算是应了节气。一入六月，海选准备进入验收，关会长带上几名学员，马不停蹄地逐旗逐乡检查。毒太阳烤得人脸上冒油，到处都是求雨的人群。农民对龙王爷和龙母的虔诚远远超过海选议员。雨水可以活庄稼，有庄稼就有吃食，那个什么咨议局的议员，当吃当喝么？屯达和乡约虽接待殷勤，言语中也透着无奈——这是件多不着调的事啊，还能选一群人管皇上老子？

六月二十七，关毓谦检查到西北乐字乡延敦网村。路上，西北方开始布云，空气中有了凉意。毓谦刚进村公所，脑瓜顶闪过一道立闪，"喇"地劈在地上，随后一声霹雳，瓢泼大雨迎头浇下。看着外面的雨幕，孙乡约一个劲给关毓谦作揖："会长老爷，您是龙王爷下界啊，前脚刚进屋，后脚雨就来了。"

这场雨下到七月初八，还没有放晴的意思。瘦得断流的松花江、拉林河，平槽串沟子，野地一片白亮。午后吉林城山洪暴发，大水骤然出槽，沿江房舍尽行摧倒，洪水卷走木材，男男女女搂抱着木板、箱柜，顺水而下，呼救之声不绝。

七月十五，厉鬼下界，暴雨才渐次住了。被阻在延敦网的关毓谦，赶忙收拾行李准备回城。孙乡约苦着脸说："河套、江套子地淹个屌蛋精光，哪还有心思海选，贱等着闹胡子吧……"

经历了戊子年大水和乙未三年奇灾，眼前的洪涝就不足为奇了。岗地的庄稼长出了身量，叶子被雨水催得宽大而又厚实，不遭早霜，可有十分收获。洼地则惨不忍睹，谷子、苞米、黑豆、糜子沤在水里，只有高粱穗子直着脖子，苟延残喘，如果水撤得快，尚有几分收成。

乡道泥泞不堪，低洼处水深三四尺。青乖子成群结队乱窜，天上飞着数不清的蚂螂。中午，关毓谦在小西荒大粮户王老西子家打尖，他询问王老西子："这场大雨能减产多少？"王老西子无奈道："总而言之减产五成，不过要落到人头儿，那就是有人哭、有人笑了。"

关会长从乡下回来，初选议员便如期开始了。

后翰林府年逾古稀的老掌柜余庆泽，清早抽了个大烟泡，逗弄一会儿咿呀学语的老儿子，便认真地研读起《选举章程》。自从大哥、二哥相继过世，他便成了余家的活祖宗。今天，他要把余家各支代表召集到一块，商量儿子余琥霖竞选议员的事。不管花费多少，也要让他当上省咨议局议员。

太阳升起一竿子高，各房掌柜陆续到齐。余庆泽的话头绕了个弯儿："今儿把大家找来，是商量海选议员的事儿。通省三十人，比道台还珍稀，咱后翰林府余家，一定要争一个席位，这是光宗耀祖的好事儿。老十七，你说呢？"余庆涵敷衍地一笑，说："三哥说得极是。"余庆泽点点头，对众人说："按现在时兴的规矩，咱余家先海选一把，各房推举一位，然后公议。"余庆涵一支推举了余琥霁，余庆泽一支推举了余琥霖，其他各支也都各有推举。余庆泽看了看名单，笑着说道："咱余家果然后继有人，各支派不乏俊杰之士啊。老十七，我的眼神不济，你的眼神好，把这个《章程》给大家念念，这是个硬杠杠，过了这关的，再接着挑选。"

第十章　改良之巅　273

余庆涵拿起纸单，痰咳一声，一字一板地读道："凡属本省籍贯之男子，年满二十五岁以上者，具下列资格之一者，有选举咨议局议员之权。曾在本省地方办理学务及其他公益事务满三年以上卓有成绩者；曾在本国或外国学堂及与中学堂同等或同等以上之学堂毕业有文凭者；有举人、贡生以上出身者；曾任实缺职官文七品、武五品以上未被参革者；在本省地方有五千银元以上营业资本或不动产者。非本省籍贯之男子，年满二十五岁寄居本省满十年以上、在寄居地方有一万银元以上之营业资本或不动产者，亦得有选举咨议局议员之权。凡属本省籍贯或寄居本省满十年以上之男子，年满三十以上者，得被选举为咨议局议员。凡有下列情事之一者，不得有选举权和被选举权。品行悖谬、营私武断者；曾处监禁以上之刑者；营业不正者；失财产之信用、被人控实尚未清结者；吸食鸦片者；有心疾者；身家不清白者；不识文义者。下列人等停止其选举权及被选举权。本省官吏或幕友；常备官兵及征调期间之续备、后备官兵；巡警官吏；僧教及其他宗教师；各学堂肄业生，现充小学堂教员者，仅留其选举权而停止其被选举权。"

余庆涵越读越泄气，自己的儿子余琥霁被挡在了门槛之外。各房掌柜呛呛一阵，一致推选余琥霖参加议员竞选。余庆泽再三辞谢，说："多蒙各房抬爱犬子，能不能顺利当选，还得请各房群策群力多拉选票。"余庆涵做出姿态说："这事不能含糊！我欲仙楼豁出去千八百个大烟炮，只要把选票投给咱家琥霖，就赏他个大烟炮。"粮行掌柜余琥震说："我把城乡的老主顾都打点一遍，保证把选票都投给琥霖兄。"余庆泽忘了活祖宗身份，不停地作揖拜票。中午，他大排筵宴，作为答谢，好像议员已经竞争到了手里一般。

吉林屯丁支持紫云楼杨家，推举京师大学堂毕业生元德，作为议员候选人。欠登虽不是亲舅舅，却比亲娘舅还热心，带着戏班子到各旗屯、民屯唱戏拉票，通过戏曲小帽，宣传杨家几代人对古城子的贡献。宗室黄家、仁义汪家、将军府梅家、前翰林府砇家、西河沿大户姚家、南河沿大户章家，也都有了自己的议员候选人。

海选的日子定在八月初一。海选头三天，主办海选的会长关毓谦，突然宣布不再行使会长的权力了。学员们不明就里，眼睁睁地看着他收拾东西，离开了自治研究会。众人送他到门口，他拍了拍副会长的肩膀："海选的事儿就拜托你了。"毓谦径直去了知府衙门，向孟知府提交了辞呈。孟知府大惑不解："干得好好的，眼瞅着海选了，咋说辞就辞了？"关毓谦笑道："我是候选人啊。"孟知府说："先生多心了，没人怀疑你利用职权拉选票呀！"关毓谦说："已经有人开始拉选票了。"说罢，告辞回家，闭门谢客。

八月初一卯时一到，初选监督宣示被选举人名册，选民鱼贯投票。经过第一轮初选，关毓谦、汪庆发、朱露天、杨元德、余琥霖、梅连源、砦子文等三十九人当选。

听完初选当选名单，余庆泽紧锁眉头，余琥霖的名次有点偏后。他把余家各支召集到一块，商量下一步的对策。余庆泽说："感谢各房鼎力支持，咱家的琥霖初选算是旗开得胜了。下一步复选至关重要，三十九进二，进去了，才可能在滨江道选区中正式参选议员。大家有啥好点子，都说说。"余庆涵说："这节骨眼上啥都不好使，只能花钱买人头儿！"有人担心："背对背投票，只怕人家拿了钱不投琥霖的票。"有人出主意："把选票买到手，由咱自己写。"余庆涵"喊"了一声："胡说呢！复选的监督是知府孟老太爷，还有投票管理员、监察员盯着，没等你作弊就露馅了。"余庆泽拍了下桌子，从太师椅上站起来，说："舍不出孩子套不住狼！这钱由我出，你们负责送。一人先送一百块银元，选上后再送二百块。"二房靴行掌柜余琥霆听着肉疼，急赤白脸地说："要是选不上，这银元不就打水漂了！还不如送洋式皮鞋，大人孩子一人一只，琥霖兄选上了，我把另一只送过去。选不上，我把送去的要回来，咱啥也不搭……"余琥霖打断他的话："这种下三烂的勾当，哪是咱堂堂翰林府干的！我丢不起那个人。"余庆泽也觉得余琥霆的主意不着调，说："都不要说了，按我说的办。你们都掂量掂量，谁有面子能把钱送出去，我就感激不尽了。"各房挑挑拣拣，最后剩下关毓谦和朱露天两个人。余庆泽说："老十七，你长着一张善说六国的巧嘴,这两个人非你弹弄不可。"余庆涵心里也怵,却硬逞干巴强,说:"行,官不打送礼的,我还不信他俩能给我撅回来。"

余庆涵先去了百草堂,见了毓谦,先扯一会儿闲篇儿,绕着弯地说到了复选:"古城子开辟的时候,旗人的领袖是你们的黄五爷,民人的带头人是我家的老举人,珠联璧合,百年传诵,配享富公祠。如今,您继往开来成为旗人大当家的,这次复选议员,我们民人无不赞成。嘿嘿,我翰林府长房家的琥霖也忝在其列,若能与您同赴省城,便是攀龙鳞附凤翼了。"毓谦客气地说:"余老掌柜谦虚了。翰林府世代热心公益,古城子有目共睹,琥霖兄初选入围当之无愧。"余庆涵笑着说:"下一步复选,还得仰仗您多多抬举呢。"毓谦正色说:"议员是民意代表,到时候我自会权衡,投下庄严的一票。"余庆涵连连拱手说:"这就好,这就好。"说着站起身,把一百块银元拿了出来,做出难为情的样子说:"这是琥霖的一点小意思,事成之后另有奉赠,务必笑纳。"毓谦犹豫了一下,双手接过,说了声:"谢谢。"

第一个红包顺顺当当地送了出去,余庆涵便不那么打怵了,出了门,去了韩钱串子茶馆,径直上了二楼。在报馆办公室见了朱露天,又重复了刚才的过程,最后,把红包拿了出来:"朱爷朱大记者,务必赏个面子……"

朱露天把眼珠子向上一翻,明知故问:"你这是贿选?"

余庆涵尴尬一笑:"朱爷言重了。"

"多少?"

"一百块。"

"少了点儿。"

"当选后,再奉上二百块。"

"人人有份?"

"一视同仁。"

朱露天把红包收了。余庆涵没想到,这个貌似隔路的大记者能这么痛快,心想:"有钱能使鬼推磨,朱子的裔孙也照样。"余庆涵辞了朱露天，一溜小跑下了楼，一些熟头巴脑的茶客和他打招呼，余庆涵心情好，嘻嘻哈哈地敷衍着。突然，楼上飞下一阵银光闪闪的小雨，掉下满地银元……

复选在自治研究会举行，知府孟宪彝为选举总监，经过投票、计票，孟知府宣布当选人名单："毓谦三十四票、余琥霖二十三票，二位当选正式议员；元德九票、汪庆发七票，二位当选候补议员。四位议员请听通知，务必按时参加滨江道选区参选省咨议局议员。"

会场响起了热烈的掌声。

当天晚上，毓谦提溜个精致的礼包，去了后翰林府。余庆泽父子在门口接着毓谦，余庆泽长揖道："不愧是大先生的嫡孙，义薄云天，提携犬子，老夫感激不尽了……"毓谦连忙打千儿问安。进了客厅，主客双方又说了一些客气话，毓谦便起身告辞了。余庆泽父子打开礼包，里面是他家的一百块银元。银元原封未动，只是上面多了张纸条，纸条上是一首打油诗：

五爷翰林处半生，清茶一杯两袖风。还金只为立宪政，后人莫愧二老翁。

余庆泽叹道："关爷果然人情练达！"余琥霖跟着点点头："是京旗的范儿……"


## 【余会长】

余琥霖成为古城府第二任自治研究会会长。在滨江道最后的选举中，余琥霖本来顺风顺水，却在关键时刻因《盛京时报》曝光其贿选而功亏一篑。关毓谦高票当选了省咨议局驻会议员，余琥霖退而求其次，接任了自治研究会会长。

余庆泽安慰儿子："省议员算个屁！还是回来当会长实惠。你就不要去四万六千垧了，把钥匙交给你五弟琥雷，腾出手来当你的会长。好好露两手，不蒸馒头蒸（争）这口气！"余琥霖对自己有信心，说："您老放心，这个脸儿子早晚得找回来。"余庆泽叮嘱说："见了姓朱的王八蛋，用不着扭头别棒的，学着冷在心里笑在面。他用笔头子戳你，你得想个法儿把他戳死喽！"说得，哈欠连天，烟瘾上来了，连忙进了里屋。

余琥霖上任之前，乘火车去了趟哈尔滨。晚上回来，换了一身新行头，长袍马褂换上了洋料子制服，头上的瓜皮帽变成了西式礼帽，络腮胡子剃成两头高跷的八撇短须，一手拄着文明棍，一手拎着洋公文包。人没进屋，先传来洋式皮鞋的"咔咔"声。

第二天早上，余琥霖进了研究会，一屁股坐在毓谦原先的位子上。屋子里很冷清，副会长辞了职，去团林子开办粮栈，学员只剩下孙琴堂、张允升二人。余琥霖见屋子皮儿片儿的，问孙琴堂："这么大的研究会，咋能没个杂役？"孙琴堂苦笑着说："知府衙门拨给研究会的经费十分有限，仅能维持正常办公，大家都是尽义务……"余琥霖说："我们研究改良政治，富官富民，却把自己整得穷嗖嗖的，这说不过去！从今天起，咱们也得改良。"说着，吩咐孙琴堂，"你想办法雇个机灵勤快的杂役，再置办点好茶叶和关东烟。"孙琴堂痛快地应一声，却站着没动。余琥霖解嘲地一笑，从公文包里拿出一张银票："我先垫着，你记个账，该花就花，别抠抠搜搜[1]的。有本会长在，缺啥也不能缺钱。"

下午，孙琴堂雇来个杂役，是个山西少年，姓裴，行二。孙琴堂怕会长忌讳，给改了个吉利的名字——高升。高升是个干净利索的孩子，很有眼力价儿。第二天上班，屋子被打扫得窗明几净，办公桌案不染纤尘，刚沏好的茶水，温凉不烫，喝着舒服。余会长喝得了第三泡茶，感慨地说："朝廷推行宪政大张旗鼓，地方自治和改良千头万绪。一个会长领着你们两个哼哈二将，整天蹲在这所小庙里，能作多大的妖？"说得，起身去

---

[1] 抠抠搜搜：方言，小气，不大方。

了知府衙门。

在知府衙门内堂，余琥霖见到了孟宪彝，施礼道谢道："感谢府台大人提携，学生愿效犬马之劳。"孟宪彝说："余会长来得正好，巡抚大人又来电报，要求迅速推行宪政，全面改良，不能做拖改良后腿的顽固派。"余琥霖笑着说："学生正是为此事而来，有几个不成熟的想法，特来请教大人。"孟宪彝微笑着示意他讲下去。"其一，是改良古城府自治研究会。会所学员应改招收为考试，通过考试，拔取真材，杜绝滥竽充数。"孟宪彝插话说："这一条好，堪为全省楷模。"余琥霖灵机一动："如果能劳动府台大人亲自出题、亲自主持考试，这个经验就更有分量了。"见孟宪彝颔首点头，余琥霖接着说自己的想法，"其二，是在各镇、旗、乡开办讲习所。开启民智，破除迷信，使全体国民共跻文明。其三，由研究会学员对全府商民学界开展忠君爱国宪政改良教育，每逢初一、十五，学商各界一体悬挂龙旗，以示改良的根本——忠君爱国。"孟知府展颜赞扬道："都说新官上任三把火，余会长这三把火一定要旺点烧，不仅要让老百姓烤脸，还要让总督和巡抚大人都知道……"

研究会举行大考，会所高悬一面崭新龙旗，请来紫云戏楼的响器班子，弄出很大的动静。余琥霖以孟知府的名义，邀请了《盛京时报》大记者朱露天，以及商界学界的头面人物。参加考试的是全府的举人、贡生和中学堂毕业生。开考前请孟知府训示，题目是《论宪政与忠君强国爱民之关系》。孟宪彝举人出身，虽三十多岁却做过三任知县，学识渊博，好口才，训示赢得阵阵掌声。开始考试，余会长从孟知府手里接过封好的信封，郑重地当众拆开，高声道："太守孟大人高度重视此次考试，百忙之中，亲自出题。题目是——日俄之胜负，立宪专制之胜负也。所以，宪法者，强国、御外、安邦、保民也。"

考试用了一个半时辰，当场批卷。举人李桂霖、贡生孙琴堂考中教员，中学堂毕业生唐纯礼、贡生张允升考中学员。余会长宣布：自冬月初一开始授课，对全府商界学界从业人员，进行一次全员轮训。

散场后，余会长在紫云戏楼包下三桌酒席，邀请孟知府和众贵宾用餐。

他热情地拉着朱露天到了主桌，安排在孟知府的身旁。酒过三巡，余琥霖笑着对朱露天说："太守大人能亲自出题亲自批卷，拔取改良真材，这在吉林通省乃至东三省应该算是一个新闻吧？拜托朱大记者妙笔生花，把古城子父老乡亲对孟大人的感激之情报道报道。"朱露天不慌不忙地夹一片血肠，吃得，从公文包中拿出采访本，说："早已写出来了。"余琥霖打开一看，果然写得精当：

孟太守重视改良

　　署理古城府孟宪彝太守热心宪政，为防止自治研究会员滥竽充数，昨日亲临考场出题，并做主旨讲演，考生踊跃，李桂霖、孙琴堂二君考中教员，唐纯礼、张允升二君考中学员。研究会将于冬月初一授课。古城府自孟太守莅临后，凡宪政改良之事，必躬亲之，由是古城府改良有声有色日呈茁壮矣。

　　余琥霖连连赞叹，头面人物你一言我一语，恭维朱大记者的妙笔。孟太守笑道："朱兄过奖，孟某愧不敢当了。"

　　酒酣耳热，余琥霖伏在朱露天的耳根，说："城北正黄旗四屯，有个叫莫英祥的新潮人物，在他的倡导下，乡董那永德、何常顺等人，在本屯自发组织了自治讲习所，自费购买贵报，读报启迪京旗屯丁民智。我按照府台大人的吩咐，派人扶持总结，不日将在全府推广了。"朱露天见孟知府略略一怔，知道是余琥霖在给知府脸上贴金，冷笑一声，夹了一块红烧肉，说："这是我家不常吃到的。"

　　余琥霖把家搬到了城子里。清晨起来，对妻子水氏说："城里不比乡下，你得捯饬捯饬，像个文明人儿似的，大甲、二甲也都老大不小了，不能当街溜子，马上送到府立小学堂念书去。你看看老姑奶奶家，孙子进京读大学堂，重孙子是中学堂的高材生……"水氏出身贫寒，父亲是伯都讷著名的土匪头子，报号"小白龙"，水氏十岁时，小白龙在农安城被正法了。水氏随娘改嫁到古城子。余家相中了她的姓氏，琥霖看好了她的牌模儿，迎娶为妻。水氏牢骚说："我的会长大老爷，前者好说，我自不会给老爷丢脸。后者就不好说了，咱家的两个小鬼头，在乡下气跑了两个先生，整天舞枪弄棒，打架斗殴。送到官学，也难安生念书，指不定惹出多少祸端呢。"余琥霖说："你不会打么？好孩子是打出来的！整日惯纵，到头来还不得出息成马贼？"水氏最不乐意听的就是马贼、胡子、土匪这些字眼儿，赌气说："好孩子不用管，打死不成人。亏你还是个书香门第的会长大老爷，孩子他爷爷说什么来着——因什么柴火什么教……"余琥霖说："因材施教。""对，因材施教。最好把这两个小祖宗，花钱送到东三省讲武堂去……"余琥霖打断水氏的话："不行！咱翰林府世代以耕读传家，我不能坏这个规矩。"

孩子去哪儿学习没个底定，余琥霖带着烦躁去了老爷庙。他正帮孟知府组创教育会，会所借用了庙里的三间西厢房。刚走进小院，义发成掌柜梁孚荣跟进来，说："会长老爷，我们山行庄想请您帮着改良改良，中午在紫云楼备了酒菜，请你务必赏个脸儿。"余琥霖说："客气个啥？我处理一下公务，腾出手就过去。"梁孚荣是梁孚贵的本家弟弟，专营皮货、猪鬃、马尾生意。

走进会所，会长砦子彦迎了过来。砦子彦是老姑奶奶马莲的孙子，京师大学堂师范科肄业生，满口的京腔，全然看不出是山东棒子的后生。砦子彦拃挲着手说："我的会长兄，您来得正好，邹道长要撵我们走人了！"余琥霖看着砦子彦，诧异地问道："为啥呀？这个牛鼻子老道，我三天没来，他又起什么幺蛾子？"砦子彦说："还不是我们拿不出房租费、薪炭钱。"余琥霖挥手说："你对他说，我翰林府担保，一个大子儿也不会欠他的。要是急着用钱，让他来找本会长。"口风一转，说，"老弟呀，你这个喝洋墨水的大学士，既然当了教育会的会长，就该懂点经济。政治改良也好，教育改良也好，离开了钱，就玩不转了。孟大人对本会长说，当下的要务是兴办乡村模范学堂。本会长建议孟大人，在今年征收新租时，每垧加征二百文钱，用来兴办乡村模范学堂。再一件是改良私塾，对塾

第十章　改良之巅

师进行一次资格考试，考试合格者，准其进入师范学堂深造，成为乡村模范学堂的教员。这两件事办好，你们教育会就名利双收了。"砦子彦说："我已经派人去正黄旗头屯，在那儿组建初级小学堂，以期在全府示范推广。女子学堂拟扩招六十名新生，学堂仍设在将军府。"余琥霖叮嘱道："女子学堂开学典礼，一定要邀请孟大人亲临，别忘了请记者和摄影匠。塾师考试也要搞得热烈点儿，当场出题，一定要办成学界盛会。"

研究完具体细节，已是中午时分。砦子彦和教育会的人嘀嘀咕咕的，张罗着凑份子请余会长吃饭，余琥霖站起来，笑着说："老弟呀，你们这些清高之士，就不要勉为其难了。本会长这就告辞，那边还有人等着呢。"

梁孚荣已然候在庙门口，见余会长出来，上前接过公文包，引领着去了紫云戏楼。进了高间，里面站着八家山行庄掌柜，迎财神似的把余琥霖让到首座。余琥霖环顾左右，笑着问道："什么大事儿，让诸位老哥如此破费？"梁孚荣满脸堆笑，说："先喝酒，边喝边聊。"酒过三巡，梁孚荣说："会长大人，您老是知道的，咱古城子山行庄倒腾猪鬃、马尾、诸色皮张，一向按照七厘捐、四厘捐纳税，后来又添个九厘捐，每一吊钱纳税四十文。再后来，又添营业税，每吊钱合计纳捐税一百多文。捐税可谓不薄，我们仍坚持照章交纳。今年五月，忽蒙饷捐局晓谕，令猪鬃、马尾照皮张税例，每吊钱再纳税银一分，骤增三倍。小的们理应遵谕办理，只是猪鬃、马尾与皮张不同，系零星货物，利似蝇头。况此等货物仅有洋商收买，洋商见捐税太重，势必自行采买，我等非倒闭不可。事出无奈，特请会长大人从中斡旋，帮助改良。"余琥霖把筷子撂下，皱着眉说："本会长没来之前就知道，这顿饭不好吃的。皇粮国税，怎么改良呀？你们这些个尖头啊，时下正值官府款绌之际，加税是为了裕国保民，你们食毛践土，就该俱有天良，纳税报国。说些不着边际的可怜话，这不是让本会长为难么？"众商人作揖哀求，梁孚荣小声说："会长若能救我等于水火，情愿每吊抽十文，孝敬自治研究会……"

酒足饭饱，余琥霖到韩钱串子茶馆，喝茶听曲醒酒，傍晚，去了知府衙门。孟宪彝刚办完公事，余琥霖汇报了教育会的进展，又把山行庄所托之事提了出来："山行庄虽说不是古城子的主业，却事涉洋商贸易，为朝廷换取外国的银子，如果倒闭，影响不小。请大人三思。"孟知府生气地说："饷捐局纯粹是胡闹，简直是竭泽而渔！本府一贯奉行实业兴邦，为发展古城子商埠，你告诉他们，本府答应他们的请求。"余琥霖伸出大拇指说："孟大人莅临古城子，实业界长足发展，堪称一柱擎天。"

喜琳被叫到旗务承办处开会。改良后，协领衙门不叫协领衙门了，叫旗务承办处。剿匪作战的兵权交给了知府衙门，旗务承办处仅剩下管理八旗事务。古城子人私下叫它"杂务处"。

虽说因亏空丢官荡产了，喜琳却保留着正三品协领的官衔和俸禄，每年的岁俸银子二百四十三两。平素他不去旗务处，领年俸也由三福晋于氏代领。今天的情况特殊，处长明海召开全府旗官大会，无故不到者罚款一百两。

喜琳穿着正三品武官的顶戴，一步三摇地进了后堂，在门口一站，官员们都凑过去打千儿问安。古城子的旗官都是他的老部下，这点面子还是有的。

明处长先跟喜琳请安，把他让到上座，然后痰咳一声，宣布开会："诸位大人，今天把诸位劳动到处里开会，是落实东三省总督徐世昌大人的钧旨，一是正风俗，二是禁鸦片。先简单地说说正风俗，主要是禁止跳神治病，禁止左道惑众，今后，如有故意违背者，定即究办，以正人心而息邪说。关于这件事，知府衙门将另有安排，就不多说了。本处长要重点说的是禁鸦片……"话刚出口，一个佐领条件反射似的犯了大烟瘾，哈欠连天，眼泪鼻涕跟着下来了，跟前没有烟具，幸亏有人随身带着吗啡，当即扎了一针，这才有了精神。明处长接着说，"却忘了说到哪儿。"笔帖式提醒说："禁鸦片。""对了，禁鸦片。近来，本处长屡奉严旨，可见我皇上以净绝嗜好为第一要政。凡受鸦片之害者。亟应淬厉奋发，力拔根株，务使流毒一律廓清，痼疾早日净尽……"说话间，又一位佐领

第十章　改良之巅　283

的哈剌子[1]淌了出来,手下的领催跑出去买了一支吗啡,众人忙活了一阵,那位佐领才缓醒过来,自我解嘲地骂了一句:"妈了巴子的!早不犯瘾晚不犯瘾,这个节骨眼犯瘾……"明处长不敢展开说了,再说下去,说不定有多少犯瘾的,简而言之说:"省旗务承办处要求,古城子六名嗜好在案的官员,要给百姓做表率,具结保证,彻底戒毒。若其他官员有嗜好者,发现一个,具结保证一个,决不姑息。若长期不能戒毒,严惩不贷。散会。"

喜琳没那口累,散会回家,心说:"怎么就六个官员?少说也得一大半,纯粹是扯犊子。"喜琳回到家,大福晋莫尔登氏报了个喜讯——莫尔登氏的娘家侄子德忱,升任省城巡警局长了。喜琳赞了一句:"这小子还能出息。"莫尔登氏又说:"汪家给送过来一脚子猪肉,还有一袋子新伐[2]的小米。"喜琳说:"咋没送只羊?这时候正该涮火锅……"莫尔登氏"啧"了一声:"要饭还嫌馊!如今不比在将军府了,一到年节,送礼的排队。"二福晋萨麻喇氏说:"涮猪肉也不错。"三福晋于氏说:"还是吃猪肉炖粉条子实惠。"三个福晋正说得热闹,余琥霖带着斗子车过来串门,车老板左拎右扛,往院子里倒腾东西。喜琳吃惊地说:"余会长,你这是演的哪一出儿?咋还烧起我这个掉蛋废官的冷灶了?"余琥霖笑道:"昨儿夜里梦见了老祖宗,迎面给了我一嘴巴子,说你咋忘了梅家狼口救我的大恩大德了?这一巴掌打得重,醒了,这脸还火辣辣的……赶紧的,先送点好嚼谷,您可千万别挑理。"喜琳叹道:"难得难得,一百来年的事儿还能惦念着,忠厚传家呀!"余家送来的好嚼谷中,有一只拾掇好的肥羊,喜琳说:"琥霖啊,你就不要走了,在家涮火锅。"

喜琳让三福晋于氏到库房拿出放了一年的火锅。火锅是将军府的老物件,红铜鎏金嵌银的工艺,精美绝伦,再配上象牙的筷子,清一色景德镇粉彩细瓷的酒盅、吃碟、小碗,那叫一个讲究。可惜,家里没存好酒。喜琳吩咐儿子连鸿说:"去,到咱家永兴复烧锅取点好酒,再把连源叫来

---

[1] 哈剌子:方言,口水。

[2] 伐:方言,碾。

陪客。"余琥霖连忙插话说:"我得味皇武殿的陈酿,顺便把汪掌柜的一道请来,人多热闹。"

冬月里坐在火炕上涮锅子喝烧酒,是件特别舒坦的事儿。四个人一边喝酒,一边扯闲篇儿。扯着扯着,扯到了旗务处没正事儿、知府孟大人实心任事上,喜琳把旗务处开会的闹剧说了一遍,余琥霖借题发挥说:"孟大人来古城子才一年,励精图治,干了多少得民心顺民意的事,咱们应该表示表示,也借此鞭策一下旗务处。"喜琳"吱溜"喝了一盅酒,说:"应该。郑板桥说得好:新松恨不高千尺,恶竹应须斩万竿。"余琥霖说:"这样大的事,民人那边我余家就当仁不让了。旗人这边,您的官阶最高,威望也没的说。您要是说句话,再加上汪大掌柜帮衬,就给足了孟大人的面子喽。"汪庆发对孟宪彝的印象非常好,鼓动喜琳挑这个头。喜琳借着酒劲说:"你们就以我的名义干吧。"

腊月初七,余琥霖、汪庆发率领城乡旗民绅商,敲锣打鼓,给知府孟宪彝恭送一块匾额,还有两张万民伞,以示拥戴之情。孟知府辞谢再三才收下。

数日后传来喜讯,孟宪彝获得朝廷擢升,任吉林西南路分巡兵备道道台。


## 【金大杀】

"金大杀"要到古城子接任知府,余庆涵听说这个小道消息,吓得差一点背过气去。他颠颠地跑到自治研究会,向余琥霖打探实情:"大侄子,听说新城府的金大杀要来?"余琥霖看着方寸已乱的十七叔,疑惑地点点头。余庆涵掏得实底儿,捶胸顿足地说:"这下可坏了!我的欲仙楼呀……"

金大杀,本名叫金永,字道坚,浙江钱塘人。虽说是纳捐得官,却才识闳通,亲近文人,与画家吴昌硕关系最笃。金永在新城府任上,最能收拾官膏店,十家有八家破产。

余琥霖笑着安慰说:"十七叔,你慌个啥嘛!古城府十六家官膏店,有侄子罩着,假使倒闭十家,也轮不到咱家。他们倒闭了,烟鬼们就得往咱家挤,您老踌等着发财吧。"余庆涵说:"该送礼,叔舍得花钱,就怕他不吃这口。"余琥霖笑说:"大清朝的官员有不吃贿赂的吗?人人都吃,只是吃法不同而已。"余庆涵信服地点点头,说:"官膏店的业主们圈络我出面通融……"余琥霖哂笑一声,说:"十七叔,恕侄子说句大不敬的话,您老儿虎[1]哇?敢情炒豆大家吃炸锅一个人包着,咱爷们可不干那个蠢事。您听我的,就踌好吧。"

余庆涵吃了颗定心丸,每天小心翼翼地支应着门面。几天后,巡警总局警务长私下告诉他,金知府到任了,还带来一个专门缉捕土匪的魔头,绰号"曹大抓"。

五月初的天气,大地开始还阳,二道街的几株柳树早早地展开了绿叶。余庆涵抄着袖子在店门口卖呆,漫不经心地看着来往的行人。却见一个绅士打扮的中年人带着一个青年,在二道街上逡巡。二人走到余大切糕的床子前,余大切糕猛地喊了一嗓子:"大切糕嘞!热乎的大芸豆的大黄米面的大切糕嘞……"中年绅士吓了一跳,扭头看看切糕,停下脚步说:"买一斤。"余大切糕操起大片刀,唰地一刀下去,往秤盘子一摔,秤杆子撅得老高。"好咧,一斤高高的,四文制钱。"中年绅士付了钱,嘟囔一句:"分量有点不够啊。"余大切糕是二道街有名的泼皮无赖,欺负中年绅士眼生,骂骂咧咧地说:"我家三代卖切糕,余爷我也在二道街卖了快四十年了,一天卖两坨子,还没一个人说老子缺斤短两呢。你是哪儿来的山驴屄,敢在古城子二道街刮旋风?"中年绅士不怒不恼,说:"你再称称。"余大切糕一称,果然少了一两[2],中年绅士说余大切糕:"生意人要讲商德,不能用秤杆子撅人。"余大切糕挥舞着大片刀,不耐烦地说:"你算是哪

---

[1] 虎:方言,傻。

[2] 一两:当时十六两为一斤。

根葱,也敢教训余爷?"绅士随身的青年厉声说:"这位是新任知府金永金大太爷,怎么就教训不得你?"余大切糕一愣怔,见二道街的人都瞅着自己,虽心下发虚,却放不下面皮,强横地说:"知府老太爷怎么了,难不成为一两切糕能把我给杀喽?"金永把切糕扔在案上,盯着余大切糕冷笑了一声,一句话也没说,转身走了。余庆涵看得真切,凑到余大切糕跟前,坏笑着说:"余爷,你是根棍儿,敢和知府大太爷犟嘴。"

第二天傍午,二道街街面上响起了锣声:"军民人等注意了,新任知府金大太爷出法场,欢迎站脚助威……"余庆涵循声望去,却见官兵们押着两辆囚车,跟在金太守等人的马后,向二道街缓缓走来。一个囚车里站着行将处斩的杀人犯,另一个囚车却是空的。余庆涵心下奇怪,往常出法场都走南二道街,顺道。这金知府绕了半个城子,拉辆空囚车,不知是要起什么幺蛾子。二道街上的五行八作都停了生意,挤挤插插围着看热闹,余大切糕把切糕床子推进门洞子,袖着手伸长脖子观瞧。队伍走到切糕床子跟前突然停下,骑在马上的金知府马鞭指着余大切糕喝道:"把这个欺行霸市的棍匪拿下!"曹大抓一把薅住了余大切糕,衙役蜂拥着把他塞进空囚笼。余大切糕挣扎着叫道:"老子不服!为一两切糕杀人,不合大清律,这是草菅人命!"金永"嘿嘿"一笑,说:"你这个棍匪还知道有大清律?你且听本太守的判词,看看是不是草菅人命。"金太守痰嗽一声,从容宣判道:"棍匪余大切糕,欺行霸市,为非作歹。自称在二道街卖切糕四十年,每天卖两坨二百斤。本太守买切糕,你尚敢欺负,一斤少给一两。平民百姓买切糕可想而知。且以一斤差一两计算,一天二百斤差十二斤半,一年合计四千五百六十二斤,四十年就是十八万二千五百斤。积小恶为大罪,且怙恶不悛,不杀不足以平民愤。依据惩办棍匪章程,着即押赴刑场,斩立决,悬竿示众三日。"余大切糕傻了,干嘎巴嘴说不出话来。到了法场,由刽子手白富起执行。白富起没少吃余大切糕的切糕,余大切糕凄然一笑:"一两切糕搭了老命,白爷,给余爷我一个痛快的,爷到阴曹地府去阎王爷那儿告金大杀去。"白富起笑道:"余爷别想不开,你该喊一声二十年后又是条好汉才对。"说着,把鬼头刀举了起来。余大切糕撑不住了，腿一软跪在地上。白富起手起刀落，一个人头飞了出去。余大切糕的人头眼珠子圆睁，嘎巴了几下嘴，啃了一嘴土。白富起把血淋淋的人头装进木笼，挂竿示众。

余大切糕被砍头的下午，古城子下起了毛毛雨，雨中夹带着腥气。雨一直下到半夜才住。乌云不散，又是月黑头。突然，十几个人影扑到西城墙外，从豁口处窜进城中，藏头露尾去了庙头柴草市，摘下装着余大切糕首级的木笼。返回的路上，见西街义发成店铺亮着灯，骗开门蜂拥而入。为首的两个人，一个满脸连毛胡子，一个脸色鳖黑，脸蛋子上点着几个麻子。连毛胡子问店铺老板："梁掌柜，认得我们不？"店铺掌柜梁孚荣，吓得浑身抖作一团，结结巴巴地说："江湖好汉，小的眼拙，着实不认得。"连毛胡子"嘿嘿"一笑，说："大爷我叫关傻子，这位爷叫西霸天，特意进城和新来的金大太爷叫叫板。天亮后，你过去跟他言语一声，别他妈的和手无寸铁的买卖人使横，有章程到西河沿跟爷真刀真枪地磕！"梁孚荣连连磕头："小的不敢……"黑麻子吼喊："就这么说！"梁孚荣忙不迭地答应："是是是，就这么说。"

义发成掌柜梁孚荣，吓得拉了一裤兜子屎尿，土匪走了半个时辰才缓醒过来，换了裤子，查点一下财物，只是被顺走了几件货物，无大损失。梁孚荣想起了土匪的吩咐，出门去巡警总局报案。巡警局长正为余大切糕首级不翼而飞恼火，听了报案，连忙向金知府汇报。金永素以剿匪著称，刚到古城子，竟被土匪进城叫板。他把曹大抓叫到内堂，说："老曹，惯匪关傻子和西霸天，昨夜进城摘走了余大切糕的首级，和咱俩叫板。我限你半月之内，务必将这二匪抓捕归案。抓不着，咱俩就夹包走人，回家看孩子去！"

曹大抓不敢怠慢，城里城外放出眼线。七天后，拿获了关傻子绺子中的二当家。二当家的叫刘殿贵，是城西惯匪，江湖上匪号"抓破脸"。同时抓获的还有三省、大贵子几个喽啰。金永突击审问，全部问成斩立决，第二天在柴草市开法场，将"抓破脸"等就地正法，枭首悬竿示众。三天后，再开法场，又砍了十一个土匪的人头，仍悬竿示众……柴草市上的人头木笼,比鸟市里的鸟笼还多,人头腐烂,爬满了绿豆蝇,"嗡嗡"着到处乱飞。

看到满街巷飞舞的绿豆蝇,百草堂老大夫怀瑾叹息一声,吩咐儿子毓逊:"麻溜多配些连附理中丸。"毓逊疑惑地看着阿玛,怀瑾说:"祸乱、霍乱,你没看见满世界的绿豆蝇么?古城子要闹瘟疫了!"他想起百岁子、阿玛和黄五爷,如果他们在世,一定会出面干预这事儿。杀人不过头点地,干吗非得悬竿示众呢?他没这个魄儿,怵着金大杀罗织罪名的手段。一两切糕都能把人杀了,这古城子里大概就无不可杀之人了。

余庆涵到了儿没躲过灾星,被古城府初级审判厅打入了死牢。

事情来得很突然。金大杀开法场后不久,太太平平的余庆涵从欲仙楼往家走,途中,发觉身后鬼鬼祟祟地跟着两个人,其中一人有点面荒儿,翻了半天眼皮,想起来了,是新成立的古城府初级审判厅的捕快。余庆涵鼻子尖冒出了冷汗,他加快脚步,转弯要去自治研究会,向大侄子求救。两个捕快发现了他的意图,把他堵在墙旮旯,掏出一张蓝框蓝字的传票,冷笑说:"余大掌柜,你犯事儿了。"余庆涵哭唧唧地说:"我一个本本分分的买卖人,能犯什么事儿?"捕快说:"给胡子供应枪支弹药的通匪罪!"两人不由分说,铐上余庆涵,牵着去了审判厅。余庆涵担心路上被人看见,央求说:"二位爷,给个面子,把铐子摘下来,我保证不跑。咋说,我在古城子也是个有头有脸的人,让人看见了,出来难见人……"捕快"嘿嘿"一阵冷笑:"做你的黄粱美梦去吧!下次开法场,你老小子就是挨刀的货!"余庆涵一听这话,差点昏死过去。也是人急生疯,余庆涵突然嚎了一嗓子:"我冤枉……"

进了审判厅,没等喘口气,立即过堂。主审官是曹大抓。曹大抓立着眼睛问余庆涵:"余庆涵,你可知罪?"

"小的委实不知。"余庆涵喘着粗气回复道。

"萧家窝堡陆老九,你可认识?"

"认识,是欲仙楼的常客。"

"陆老九揭发你是巨匪关傻子的顺天梁[1]，常年为该匪提供枪支弹药。上次，关傻子进城，就是你做的内应。余大掌柜，你也是古城子有头有脸的人，好汉做事好汉当，马上从实招来，免受皮肉之苦。"

余庆涵这才知道自己为何被抓，心里反倒踏实了。笑着说："曹大老爷您初来乍到是有所不知，小的乃翰林府殷实人家的子弟，我家曾数次遭胡子祸害，怎么可能和胡子沆瀣一气呢！陆老九与小的有宿怨，诬我为匪。请曹大老爷明察。"

曹大抓问："与陆老九有宿怨的不止你一人，他为什么不诬陷别人，偏偏诬陷你？"

"这我哪里知道啊！"

曹大抓大怒，一拍惊堂木："分明是狡赖蒙混，来人哪！大刑伺候。"还没容手下行刑，书记员递过一张纸条，曹大抓看了之后，沉吟一下说："余大掌柜，咱这是改良后的审判厅，重证据而不轻信口供。今天就审到这儿，你好好考虑考虑，考虑明白了再交代。"

余琥霖托狱卒捎进来便条，告诉余庆涵无论如何要挺住，他正在联络城内商绅联名具保。余庆涵心里一阵高兴，接着又是一阵心酸，祖坟是不是埋错了地儿，怎么他这枝子总不太平！有了这张纸条，余庆涵踏踏实实地睡了个好觉。半夜，突然被狱卒从被窝里薅了出来："麻溜穿好，知府老太爷亲自给你过堂！"

余庆涵哆哆嗦嗦地跪在堂前，金永盯了他半天，才说："好。全须全尾，很囫囵。怪不得久审不招呢，敢情是有许多银子作了撕掳[2]。来人，先用杠子压。"余庆涵大呼冤枉，拼命挣扎，被压得昏死了两次，坚持着咬牙不招。金永大怒，下令打一百鞭子，余庆涵大呼小嚎，扯着脖子喊冤。鞭刑结束，天也亮了。

审判厅的门口，站着古城子一百多号绅商，元德、砦子彦、汪庆发

---

[1] 顺天梁：土匪绺子里的军需官，也叫粮台。

[2] 撕掳：清末一个特殊名词，通过张罗、排解，使罪行和惩罚得以减免。

恭恭敬敬地向金知府递交了恳恩书，联名担保余庆涵。金永见到几位文化名流的签名，当即准予保释，同时下令抓捕陆老九归案，以诬良为盗罪，拉到欲仙楼前，狠狠责打一百鞭子，算是替余大掌柜解恨。余庆涵穿上一身簇新的长袍，站在门口观看，因私下给了捕快一些银两，行刑的捕快特别卖力，鞭头子也有准儿，专拣皮肉细嫩处打，打得陆老九鬼哭狼嚎。

余大切糕被正法那天，古城子下了场毛毛雨。打那儿之后，一直燥热无雨，亢旱持续到五月。金永下令，不许用迷信的方式求雨，否则抓住领头者按邪教处罚。

五月十三，金大杀在东门外穷神庙开法场。坊间传说，这次共处决一百零八个，要用土匪的血水给关老爷磨刀。

卯时一过，出红差的剑子手白富起扛着鬼头刀，骑着高头大马，出现在大街上。没那么多的囚车和枷锁，一百多个囚徒用大煞绳穿成两串，在官兵的押解下徒步出了东门。百草堂老大夫怀瑾叹了口气，自言自语说："古城子开辟以来，正常年景也就处决几个人，这咋还杀欢脱了呢？"说书先生瞪眼澜过来抓药，笑着接上话茬："岂止是欢脱，还杀出了讲究。三十六天罡，七十二地煞，整个浪儿是一百单八将……"

金永亲自监斩，正晌午时，一声炮响，白富起手起刀落，切大头菜一般，一口气结果了三十六"天罡"。鬼头刀卷刃，鲜血把招子漂了起来。七十二"地煞"多是些小偷小摸的主儿，吓得大小便失禁，有的抽起了羊角风。这些人是被拉来陪绑的，金大杀要的是个气氛。见白富起一脸淡定，金永揶揄道："怪不得有民谣说，金大杀，曹大抓，架不住白富起一顿大咔嚓……"

法场出得，众人心颤着散去。古城子东南卷起一堆墨云，在城楼子上空盘旋。墨云带着风，风中腥着雨意。一个炸雷把墨云轰塌，瓢泼大雨疏忽而至。大雨下了三天三夜，为古城子洗涤了地上的血污，也滋润了久旱的农田。积水在穷神庙法场汪成了小水泡，水泡里生出一种奇怪的小红虫，头眼耳鼻俱全，生命力极强。有人拿到百草堂，请教老大夫怀瑾，怀瑾眯着眼睛看了半天，满脸疑惑地说："《太平广记》里说，汉武帝也看见过这种红虫,让东方朔辨认,东方朔说,这虫名叫'怪哉'。从前秦朝时关押无辜,平民百姓都愁怨不已,仰首叹息:'怪哉!怪哉!'上天愤怒,就生出了这种虫子。汉武帝问他,怎么除去这种虫子呢?东方朔说酒能解愁,用酒灌它就会消亡了。汉武帝令人把怪哉虫放在酒中,一会儿虫子全部消失了。"

水洼中游动的怪哉虫,给古城子带来了一场瘟疫。第一个染病的是曹大抓,好好地坐在衙门里,突然腹痛如绞,上吐下泻。开始还以为是受了风寒,却总不见好转。几天工夫,整个人瘦得尖嘴猴腮,像是换了个脑袋。差役把他抬到百草堂,找老先生怀瑾医治。怀瑾翻了翻曹大抓的眼皮,对毓逊说:"瘟疫,麻溜煎一服四逆汤来!"药汤灌下,曹大抓才缓醒过来。怀瑾问曹大抓:"你喝过不洁净的水吧?"曹大抓哼唧了半天,点头说:"孩子抓怪哉虫,可能不小心掉进水缸里了……"怀瑾说:"让家人把水缸好好清洗清洗,都麻溜吃几粒连附理中丸预防着。这病来得快当,治疗慢就能要人命。"又对衙役说,"你们哥几个最好也抓上几服。"

## 【复举风波】

霍乱来得快当,灭得也快当。金大杀剿匪的威名,声震吉、黑两省,外地的土匪不敢到古城子骚扰,古城子的土匪皆远遁他乡。城里乡下夜不闭户,大有咸丰朝以前的气象。

早上,余琥霖到会所上班。他照例对全体职员进行一次训示:"诸位,太守金大人治乱用重典,取得了一劳永逸的胜利,古城子地面空前安定,为地方自治和改良铺平了道路……"杂役高升小心翼翼地递上一张名片。余会长止住了训话,问:"人呢?"高升说:"在门口候着呢。""你麻溜把汪大掌柜请到客厅,我这就过去。"

汪庆发前脚刚迈进客厅,余会长脚跟脚进来了,寒暄了几句后,汪庆发说:"还是轻便铁路的事儿。金太守天天剿匪,不得闲暇。最近,总算拉开蹚了，想向他汇报汇报，想起他那身瘆人毛，不敢唐突，这才过来请会长出头。"余会长笑道："应该的。呵呵，您带头从死牢把我十七叔捞出来的事儿，一直来不及感谢。今天来了，我得请您喝几盅。"汪庆发说："喝酒的事儿咱先撂一撂，还是紧着轻便铁路吧。"

余琥霖和金永有过两次接触，第一次是例行公事，第二次是为十七叔撕掳，投其所好，送去一枚出土的古印和一张一千两的银票。金永收下了古印，银票却当即谢绝。这枚古印只花了他十文钱，是从城南三合店一个农民手里买的。古印上刻着九叠篆字，铜质，驼钮，厚约四分，钮高寸许，重二十八两。金永爱不释手，问余琥霖："可知这古印是何代的物件？印文为何字？"余琥霖笑道："学生才疏学浅，也曾进行了多年的求证，好像是'诸王之印'，元朝之物。"金永笑了笑，摇头说："此印是金代王印，篆文为'诜王之印'。《金史·百官志》载，凡封王，大国二十，次国三十，小国三十，内无诜王。诜为古字，读莘。《说文解字》有诜无莘，莘字为后出，古代制篆字印信，不得臆造，故以诜代莘。金朝开国元勋完颜娄室曾追赠莘王。是个好物件，金某惭愧，夺人所爱了。"余琥霖根本没把这个铜疙瘩当个好东西，见太守大人如此欢喜，暗中称奇。说："府台大人若是喜欢，我下乡时一定留意，多给您淘换几件。"

汪庆发见余琥霖走神儿，强调说："万事俱备，只欠东风。就等着金太守出面和俄铁路局交涉了。"

余琥霖回过神儿，笑着说："你回去取图纸、文件，再把相关人员招呼着，咱们在知府衙门门口会合……"

"能行吗？要不要准备些赘敬？"

"不必。"余琥霖底气十足地显摆说，"本会长这点面子还是有的。"

余琥霖等人到了后堂，金永正在接待《盛京时报》和《远东报》的记者。金太守温文尔雅地招呼他们坐下，问道："诸位贤达，有何事见教？"余琥霖把兴办轻便铁路，以及铁路对粮食生产、贸易的好处，说得详详细细。金永笑着对记者说："你们看，古城子的商绅果然锐意改良，集股修筑轻便铁路，符合世界先进潮流，对争取利权、提振古城实业具有引领作用。

本府责无旁贷,全力支持。"他大致浏览一遍图纸和文件,说:"你们把集股的简章修改一下,交我审定后,咱们一起去哈尔滨,与俄铁路公司交涉。"

数日后,《远东报》发布消息:

古城府金太守以轻便铁路为提倡实业之引线,不日仍赴哈埠,与铁路公司交涉。乃于月之二十一日饬将由城里直达北站之路线,绘图八张,俟将交涉办妥,以作存案暨分报各处之预备云。

经过谈判,俄铁路公司终于表示,同意派人查勘后再行协商。汪庆发天天盼着查勘人员,半个月过去了,仍不见动静,动工之日更遥遥无期了。

金永也很着急,绕过俄铁路局,亲自到奉天、省城,向东三省总督锡良、吉林巡抚陈昭常面陈此事。陈昭常赞扬说:"该府绅商公民代表禀请由郡城修建轻便铁道,与东清铁轨衔接,以便利交通而兴商务,洵为当务之急,深堪嘉许。"鉴于轻便铁路透入东清铁路境内[1]二里许,饬令吉林交涉司正式立项备案,与俄铁路公司开展交涉。

汪庆发憋着一肚子火,这天吃过午饭,又去知府衙门打听消息。热脸碰个冷屁股,还是啥信没有。汪庆发有劲无处使,转了一圈,去了《盛京时报》古城府分馆。进了韩钱串子茶馆,见元德和自己打招呼,说:"我找朱大记者。"元德说:"朱大记者没在。"笑问汪庆发,"赌气囊腮的,跟谁生气呢?"庆发骂道:"这群强盗!当年修铁路占咱们那么多土地,啥时候和咱交涉了?红胡子似的,说钉橛子就钉橛子,说修败道就修败道。把青苗毁了,连一文钱的赔偿都不给。咱们在自家的地界修轻便铁路,他们却拿五作六地横扒竖挡……"元德哧地一笑,小声说:"你听小叔一句劝,这个朝代你是甭想修轻便铁路了!"汪庆发一怔,没听明白。元德说:

---

[1] 东清铁路境内:即火车洋站,为俄租界。

"我把话撂在这儿，要想修铁路，除非咱大清国……"他沾着茶水在桌面上写了个"亡"字。韩钱串子刚好过来续茶，话也听见了，字也看见了，吓得撒手把茶壶掉在地上，不顾烫脚，连忙用毛巾擦抹桌子，压着嗓音说："我的小祖宗，你咋敢说这祸灭九族的话呢！"元德满不在乎地一笑："我在京城听得多了……"韩钱串子连忙捂住元德的嘴："您老行行好，麻溜请，茶钱我不要了！"

在京师大学堂同文馆，元德读的是翻译科，外国语读不下去，半途而废，改学艺科。大学堂经常排练演出西方剧目，因他长得周正，身材魁梧，凡是外国皇帝，都由他扮演，应了当年汤瞎子的诅咒，成了戏台上的皇帝。

元德这次回乡，是和一个同学搞个西方合作社试验——在古城子开办农业试验场。通过召开农产、土特产品评会，带动全府农业经济，从小农经济向现代化经济发展。可惜天不作美，伏雨连绵，七月初一，拉林河顷刻暴涨，河面宽达十五里，沿河庄稼、农舍全部被淹，难民惶惶乱窜，哭声震野。接着，淫雨连绵，庄稼收成难料，市面粮食涨价。元德的计划基本落空，赔了一笔巨款。好在他有帝王般的胸怀，整天优哉游哉，跟个没事儿人似的。

汪庆发被元德说得有点泄气，低着头，长吁短叹地往家走。半路碰上了永兴复大掌柜梅连源，梅连源把他拉到道边，说："咱俩是打折骨头连着筋的实在亲戚，你听我一句劝，别干那好高骛远的傻事了。别说你，就是皇上，也整不了老毛子！酒仙会马上就举行了，你这个会长咋还不张罗呢？"汪庆发皱着眉头说："今年就改选，我推荐你来当。"古城子酒仙会建于道光年间，会长由德高望重的烧商担任。每年的农历八月十八，各烧商执事人齐聚一堂，主要是斗酒、喝酒、取乐。这年，商务会要求酒仙会改良，增加了分派捐税、兴办公益等任务，成为正经八百的行业组织。梅连源笑着说："我不怕官小，你让我当我就当。"又说，"府粮业公所遵照金太守的钧旨，在拉林镇添设一处粮业分所，又在韩家店添设一处经收粮捐处。想偷漏税赋，不大可能了。"汪庆发说："金太守抓税收跟抓土匪差不多，是个狠茬。早上我路过旗务处，各旗屯屯达受不了金太守催提大租的严厉峻急，担心遭惩罚，纷纷辞职呢。"

在轻便铁路这个项目上，余琥霖表现出特别的豁达。余琥霖不过是扔把笤帚占个碾子，可有可无。不像汪庆发那样一根筋，急三火四地张罗开工。这些日子，他按照金太守的旨意，全力以赴筹备公选城议事会。早晨吃饭，老爹余庆泽问他："城议事会是干啥的？"他想了想，做了一个很贴切的类比："相当于老毛子的哈尔滨自治公议会。城议事会议长不仅代表民意，而且掌握着全城的发展建设大权。"余庆泽听明白了，说："这个议长得咱家当。"余琥霖说："金太守已有这个意思了，儿子和那把金交椅只差一步了。这次选举由儿子主持，会议工作人员全部由我的部下担任，可以说是万无一失。"

公选的日子订在八月二十二。

天一放亮，余琥霖穿戴整齐去了紫云戏楼，安排工作人员悬挂龙旗，点缀彩红，布置会场，摆放投票箱。今天的选举很重要，主要是选城议事会的甲级议员和乙级议员，参加投票选举的是全城三百多位有选举资格的绅商。

最先进入会场的是万通店执事谷绍周。谷绍周是晋商，看见余琥霖忙拱手问候："会长辛苦。"余琥霖开玩笑说："你这个谷老西儿，穿得跟周吴郑王似的，是想当正议长吧？"谷绍周还真有这个心思，古城子的商人一半是晋商，其次是冀商和鲁商，旗人和臭糜子连三分之一都不到。这次选举前，晋商暗中下了不小的功夫。他从兜里掏出一只西式烟斗，摁上俄国烟丝，很优雅地叼在嘴上，"嚓"地划着一根洋火，把烟斗点着，喷了一口烟，谦卑地说："我一个外地人，古城子哪有我说话的地儿，能有次选举权已然是最大的恩典了，可不敢胡思乱想。"余琥霖抹着八字胡，问谷绍周："你在商界是大拿，试着猜猜看，这把谁能选上正议长？"谷绍周笑了："您这是揣着明白使糊涂，秃头的虱子明摆着，非您莫属啊。"余琥霖得意地笑道："也就你老西子看重我……"

投票前，余琥霖作了一番训示。刚讲几句，下面的绅商就不耐烦了，一个晋商打断他的话："你烧焦摸烂[1]的说闲话，快点投票，完了，我们还得回去照顾店铺呢！"一个山东口音迎合说："你翻弄[2]到天黑，俺就不用投票了。"台下一片哄笑。余琥霖有点挂不住面儿，又不好此时发火，坚持着把话讲完。

甲级议员投票的结果，谷绍周得票最多，其次是梅连源、毓逊、蒋清芬。唱票员唱完结果，余琥霖感到情况不妙："一个晋商，一个冀商，一个奉天旗人，一个京旗。臭糜子被排斥在外了！"

乙级议员选举结果，汪庆发得票遥遥领先，其次是砦子彦、余琥霖……

余琥霖脸上见汗，总计票人喊了三声，他才回过神来，上台宣布议员当选结果。他面色难堪，机械地宣读道："根据地方选举法之规定，谷绍周、梅连源、毓逊、蒋清芬等四君，荣膺古城府城议事会甲级议员；汪庆发、砦子彦、余琥霖、徐子清、傅荩臣、王允发、赵普卿、尚连喜、颜鸿宾等十君，荣膺乙级议员。选举结果有效。"

什么时候散的场，怎么散的场，余琥霖都毫无记忆，他只觉得脑浆炸裂地疼，天旋地转。他不停地回忆自己对古城子的贡献，回忆余家在公益事业上的慷慨大度。为什么两次选举，自己得票这么少？这不是真正的民意！一定是谷老西子捣的鬼，他与那些滑老畜、山东棒子串通一气，做的这个局。余琥霖在家躺了一天，第二天勉强上班。余琥霖做出一副毫不介意的样子，坐下来慢慢地喝一杯茶，痰嗽一下，对下属说："我偶感身体不适，看来是无法履行自治研究会会长的职责了，你们另请高明吧！"众人连忙上前安慰，余琥霖只是一味地摇头。谷绍周、蒋清芬、汪庆发闻讯也来挽留，余琥霖仍是不肯转意。金太守只得派典史袁藻楼，监督选举城议事会正、副议长。余琥霖本以为议员们能给个面子，选他做副议长。投票结果：汪庆发满票，其次是谷绍周，余琥霖排在第五名。

---

[1] 烧焦摸烂：山西方言，闲的没事。
[2] 翻弄：山东方言，卖弄。

第十章　改良之巅

袁典史爱莫能助，当场宣布："汪庆发为正议长、谷绍周为副议长。"

散会之后，余琥霖直接去了知府衙门，面见金太守，坚决请求辞职。金太守笑着说："不要耍小孩子脾气，下面还要选城董事会总董呢，这个位置谁也争不去。"几天后，金太守亲自主持城董事会总董的选举。投票前，金太守的讲话倾向性很明显，引导议员推举余琥霖。投票结果出来，竟是砦子彦票数最多，余琥霖排在倒数第三位。金太守毫不客气，宣布说："本太守决定，余琥霖当选城董事会总董，仍兼自治研究会会长。"又问砦子彦，"砦先生，你可有异议？"砦子彦是余琥霖的表亲，笑着说："我过了年还要到京师大学堂深造，教育会会长都得请辞，哪有心思当总董，没异议。"金太守环顾一圈众议员："有反对的么？反对的举手。"

城议事会的选举风波过后，关毓谦从省城回来省亲。弟弟毓逊告诉他，汪庆发当选了城议事会正议长，有点不知如何开展工作。毓谦笑着说："我过去一趟，把吉林城议事会的揆程说给他借鉴，顺便讨杯喜酒喝。"

毓谦走在街路上，感觉有点陌生，街巷比以前更整洁了，家家户户的门面、牌匾、幌儿，都搞得规范而讲究。每个街巷路口，都站着一个手持扫把的清洁工，一打听，原来是被判了苦役的耍钱鬼。路过韩钱串子茶馆，十几个旗人拦住了毓谦，一个说："议员老爷，您老给评评理。旗务处明处长那个瘪犊子，为了创办什么满蒙实业学堂，把四隅地基租金一下子提高了两倍，这合乎么？"一个气哼哼地说："他说是改良，咱也改良。师范学堂学生因饭食不好，罢课三天。咱们也罢市三天，看看老明他还嘚瑟不……"关毓谦笑着说："诸位乡谊，创办满蒙实业学堂，是省民政使邓大人的要求，也是旗人哈哈珠子的福祉，大家出点资也理所应当。但骤然增加两倍的税负，确实有待商榷。你们都回去，自然会有人为大家请命的。"

关毓谦到了汪家，汪庆发大喜道："叔属及时雨的，侄儿一念叨，您就自己驾临了。快帮侄儿出出主意，我这个议长该咋当？"毓谦说："你先把旗务处重租累民的事办了，就知道议长该咋当了。"汪庆发挠了挠头皮，说："这事儿我早就知道，明处长是有点过分。"毓谦掏出翡翠鎏金小烟袋，慢条斯理地点上火，吧嗒了几口，说："你应该以议长的身份，就此事向金太守提出抗议呀。就说，城内居民生计艰难，以前所有捐税已属挖肉补疮了，若再重租累民，市民就更无法谋生了。旗务处是借改良之名聚敛钱财，隐寓吞噬之心。"汪庆发嘶哈了半天，犹疑着问："用这种口气和太守大人说话，是不是太强硬了？"毓谦说："议长代表民意，自然要理直气壮。这就是宪政，这就是改良。你要是害怕，就别当这个议长。"

汪庆发还是有点打怵金大杀，他仗着胆子到了知府衙门，见到金永，矮着声音把毓谦的话说了一遍。金永一愣，笑着反驳说："议长大人，现在办理新政，自宜上下同谋公益，不宜因此率起风潮，致碍大局。旗务处的呈文，本府已经批准了，不好朝令夕改。"汪庆发试探着妥协道："为了顺应民意，可否将提高两倍改为提高一倍？"金太守点点头："民意不可违，议长大人说话了，本府只得不吝改正咯。"

走出知府衙门，汪庆发感到通体舒泰，他做梦也没想到，自己能和父母官平起平坐，还给老百姓争了口袋[1]，尤其是说一不二的金大杀，一口一个议长大人，说话的口气竟是商量，这太不可思议了。他一边走一边傻笑：改良这东西，确实不大离！

---

[1] 争口袋：方言，替人争取利益。

第十章 改良之巅

# 第十一章
# 虎烈拉

东死鼠,西死鼠,人见死鼠如见虎。鼠死不几日,人死如圻堵……

——［清］师道南《死鼠行》

### 【大疫初来】

宣统二年的冬季出奇地暖和,百草堂后院的果树,抢在老秋时又开了一茬花。虽说星星点点,怀瑾老先生仍有点心神不定,对儿子说了句:"四季颠倒,告厉违和,不是好兆头啊。"进了腊月门子,天气仍不见寒冷,义发成皮货铺硬是没开张,掌柜梁孚荣嘟嘟囔囔诅咒着鬼天气。

刽子手白富起好久没出红差了。金大杀实行了杀人改良,斩立决变为符合人道主义的枪决。白富起顾影自怜:可惜了他的一手杀人绝活,没了用武之地。不出红差,饷银照领,按理说不差啥,可白富起就是没滋拉味的,打不起精神。实在无聊,晃晃悠悠去了西门里顾老三的狗肉馆。白富起是正宗的陈满洲旗人,按习俗是不该吃狗肉的,狗救过老罕王的命。他却不管那些,偏偏得味这口儿。顾老三见老主顾上门,笑着说:"白爷您来着了,刚熬好的狗鞭壮阳汤。"白富起点了一盘椒盐狗肉、一碗狗鞭壮阳汤、一壶永兴复烧酒。没别的顾客上门,顾老三斜倚在柜台上,跟他搭话:"您老可有些日子没出红差了,啧啧,可惜了您那手绝活了。"白富起把酒杯一蹾,叹道:"骂拉巴子的,搞改良了⋯⋯"就着酒劲,过过嘴瘾,介绍起他杀人的手段:"一般人不明白,以为杀人只要有蛮力咔嚓一下就行。其实,这杀人是个细作活儿。这第一刀,要把犯人的绑绳砍断,这是个学问,人只有没了束缚,灵魂才能出窍。这第二刀,要把大腿筋磕折。在人犯跪下来的一瞬,这第三刀就得下了,要的是个准当,刀刃得一毫不差地从脖颈骨的锥缝切过去,脑袋掉下来才利索,飞得才远⋯⋯妈了巴子的!好好的,却被他讷讷改良了⋯⋯"

酒足饭饱,狗肉汤助性,白富起想起相好的小杨柳,打马奔了大把抓四屯。他从十七岁当刽子手,一身血腥,女人看着害怕,害得他一辈子没娶上老婆。钱随挣随花,没别的嗜好,主要用在填坑上。

出城不远,突然马失前蹄,白富起被射出一丈多远。还没等他反应过来,树毛子里蹿出几条大汉,把他按在地上捆了个结实。白富起知道,这是遇上胡子了。领头的胡子是西霸天,已经盯了白富起好一阵子。西霸天拎起白富起的辫子,看着他的脸,笑说:"白爷,咱们可是老相识了。"白富起挣扎着坐起来,说:"原来是西霸天大爷呀,白爷今儿个认栽。"西霸天说:"还是白爷痛快,今儿个没别的事儿,想跟您借点东西。"白富起自知必死无疑,爽快地说:"借吧,只要白爷我身上有的,随便拿。爷要是哼唧一声,就不是好汉。"西霸天竖起大拇指:"尿性,要不是走的两条道,爷我真想交你这个兄弟。"白富起惨笑道:"下辈子吧,我做了鬼也去找你。"西霸天宽厚地笑笑:"好,咱先说这辈子的事。白爷这对鸡爪子[1]挺厌恶,我得替傻子兄弟先把它借了。"过来两个土匪,用麻绳勒住白富起的双腕,割下两手,抹上红伤药,用布包扎好。白富起看着自己的两只手被拿走,咬着后槽牙没吭声。西霸天"嘿嘿"一笑:"你的踏木子[2]没少去法场,也借了吧。"依次又借了胳膊、大腿、眼珠子、耳朵、鼻子、舌头,最后剩下一段身子,一个残缺不全的脑袋,像个不倒翁。西霸天已探听清楚白富起的路线,命令土匪崽子,抬着血葫芦似的白富起,放在小杨柳家的炕头上。小杨柳鬼叫一声蹿到炕梢,拿枕头堵上眼睛不敢再看。西霸天笑道:"小杨柳,这个扳不倒儿平素没少给你填坑,你得好好伺候着。要是走得太快,我就叫你陪着,做对苦命鸳鸯。"小杨柳胡乱地磕着头,嘴里含混地答应着。西霸天带人离开,白富起张开嘴,吐出带着血沫子的碎牙。

白富起被西霸天零割肉这天,义侠燕子李彦崑在秦家岗被捕了。

燕子在望山屯点了花膀子的天灯后,一直活动在铁路沿线,绺子里的弟兄不仅是骏马快枪,还会飞身上下火车,专门抢劫和绑架俄国人。燕子在吉林绿林中的声望,与三姓金匪唐殿荣齐名。唐殿荣以财宝巨万,称雄三姓;燕子以骁勇善战,勇冠三城。年初,他曾号召阿勒楚喀饥民抗捐,响应者逾万,死党近千,所向披靡,俄国人和官府都非常怕他。燕子在

---

[1] 鸡爪子:黑话,手。

[2] 踏木子:黑话,脚。

古城子有两处秘密窝点,只有插签柱[1]等几个心腹知道。

那天,燕子躲在古城子秘密窝点,翻看梁启超的《变法通义》,插签柱进屋交给他一封信。封皮无字,拆开一看,却是密山府吴知府的手札:

彦兄台鉴:

本府久仰彦兄大名,密山新设府治,属地广袤,地方亟须弹压,兄若有意,请来面叙。

吴

燕子沉吟了片刻,问:"你见过吴太守吗?"

"见过两次。"

"会不会使诈?"

"不会。吴太守正缺人手,也知道大掌柜的厉害,绝不会自找麻烦。"

燕子说:"你告诉二当家的,带着弟兄们压在四方台,我去密山府和吴太守碰碰码,如能谈妥,就算是给弟兄们谋个好下场了。"

当天,燕子化了妆,在城北洋站乘坐上一等车厢,直达下城子洋站。与吴太守商谈无果,在返回的途中,火车在秦家岗待避,燕子下车到月台上散步。他发现,一个妙龄女子冲着他微笑,定睛细看,是旧时的一个相好。燕子竟随之出了检票口,去了女子的家中。好事还未做成,窗外响起了一阵排枪,燕子向外看去,里三层外三层的,都是火车站洋兵营的官兵,只得束手就擒。押解途中,哈尔滨全城为之戒严。原来,燕子在去相好家中的路上,被仇家识破,这才招来杀身之祸。

当天晚上,燕子在俄铁路局笸篱子受审。燕子拖着死囚的镣铐,昂首进了审讯室,眼睛一扫,主审席上坐着两位大人,一个是道台萨荫图,一个是白毛将军霍尔瓦特。警官大喝道:"跪下!"燕子不理白毛将军,只跪萨荫图。萨荫图问:"罪犯燕子,所犯何罪?"燕子答道:"多了!

---

[1] 插签柱:土匪绺子里负责谍报的头目。

攻城劫饷，杀人越货，都是过眼云烟，岂能一个一个地数说清楚？何况你们问案定罪，无非虚构，何尝根据过口供？你想让我说什么，我就说什么。"接着，白毛将军讯问他劫掠俄国人的各个案件，由翻译官一句句地翻译，翻译官常常表述得词不达意。燕子笑着挥手制止，操一口流利的俄语回答提问，最后笑着对霍尔瓦特说："白毛将军，你不配审问我。你把我看做强盗，我也把你看做强盗。我之所以成为强盗，都是你们俄国人奖励、诱导的结果。比方，我用的枪支，哪一条不是你们俄国造的！明明是你借给我兵械，鼓励我抢劫的啊！再说，你们俄国到我大清国，不也是在做更大的抢劫生意吗？"

腊月初二，燕子在哈尔滨被正法。临刑时，燕子自叹道："我活了二十六岁，名满关东，可惜不能为国建功，始终草泽。太可悲了！"

与燕子同一天死去的，还有义发成皮货铺掌柜梁孚荣。腊月初二，梁孚荣到哈尔滨上货，碰见出燕子的红差，混在人堆儿看了一会儿。晚上乘小票车回家，坐在炕头和家人白话一通燕子的事儿。然后，喝了壶老酒，便早早地进了梦乡。半夜，老伴被他的咳嗽声惊醒，只见梁孚荣蜷缩在炕头儿，像条老狗似的不住地咳嗽，身上热得像火炭。老伴披上棉袄，在炕柜里翻找一块烟膏，给梁孚荣服下。梁孚荣高烧非但不见减退，又胡言乱语起来。一会儿大叫："燕子来了！"一会儿变声变调地喊："有站着撒尿的爷们么？"老伴以为是犯了冲撞[1]，连忙舀了半碗凉水，取三根筷子，放在梁孚荣的头顶上，边立边问："是大侠燕子吗？是燕子您就立下……"筷子倒了。又问："是大吗？是，您老就立住……"筷子站住了，林氏拿扫炕笤帚打倒筷子，连碗一起送到屋外。梁孚荣的病仍不见丝毫的减轻，他一声大、一声娘地打着滚哀号。借着洋油灯光，老伴发现他皮肤出血，鼻子出血，下边两头窜血。吓得连忙叫起儿子，去百草堂请大夫扎古。

关毓逊匆忙赶到，屋内忽起撕心裂肺的哭声，梁孚荣已经断气了。

---

[1] 冲撞：迷信认为如果冲撞了鬼或先人，会产生谵妄现象。

梁家人哭着问毓逊:"这是个啥病呀?咋就这么凶!"毓逊随口说了句:"快当病"。

回到家,关毓逊一头扎进书房,翻箱倒柜看药书。怀瑾觉轻,爬起来问毓逊:"深更半夜的不睡觉,折腾啥呢?"关毓逊停了手,学说了到梁孚荣家往诊见到的情形,问阿玛:"您老见过五脏出血、尸身紫黑的病么?"

怀瑾惊道:"这是黑死病,洋人叫它虎烈拉,又叫虎疫、鼠疫。"

"阿玛,你扎古过这病?"

"未曾,只是听你法玛讲过。金元之际,蒙古人把黑死病带到中原,全国五分之一官民死于瘟疫。前几天,知府衙门成立施医院,邀请我参加典礼,听余琥霖说,哈尔滨发生了虎疫,为了防患未然,金太守让他承办的施医院。你看看,说来,这虎疫就来了……"怀瑾又吩咐儿子,"你麻溜去知府衙门知会一声,我找找你法玛的书稿,看看有没有扎古这病的药方。"

关毓逊摸着黑儿敲开知府衙门的当值室,当值官吏让他去找府医官[1]陈兴周。陈医官听了毓逊的报告,吓得伸出舌头,半晌缩不回去。毓逊说:"是不是组织施医院的医生过去看看?"陈医官点点头,派人去召集施医院医生。

陈医官硬着头皮,领着施医院医生去梁孚荣家查验。梁孚荣的老伴也传染上了虎疫,五脏流血,不治而亡。两个儿女忙着给娘穿装老衣裳,没等把鞋穿妥,也有了症状。医生们又是针灸又是灌汤药,熬到第二天傍晚,相继暴亡。两天的光景,好端端的一个家庭绝门倒户,这在古城子历史上闻所未闻。

陈医官吓坏了,向金太守递交了辞呈,不待批准,连夜乘火车逃往直隶老家。火车刚过拉林河大桥,陈医官开始咳嗽发烧,俄国人乘警把他扔出车厢,暴尸铁道旁。尸体成了饿狼的美食,染疫暴毙的饿狼,又

---

[1] 府医官:相当于卫生局长,负责管理全府医疗医药。

成了老鼠的食粮，老鼠再把瘟疫带进村庄……

关毓逊受命担任临时府医官。余琥霖说："梁孚荣一家四口还在家停着呢，得找人发丧出去。"梁孚荣的哥哥全家去山西省亲，古城子没有其他亲人。毓逊说："让乞丐处理了吧。"余琥霖冷笑道："梁孚荣是晋商同乡会的，也是商务分会会员，无论从哪个方面论，他谷绍周都该出这个头。"汪庆发叹了口气说："到场不到场，是人家的心思。我去……"

余琥霖一直和谷绍周别着劲儿，他了解这个奸老西子的品性，瘟疫一来，绝不会做出头椽子给公众服务。他径直去了万通店，在门口大声说："谷副会长，你的同乡梁孚荣一家染上虎疫绝门倒户了。"谷绍周早听说了此事，故作吃惊地问道："你听谁说的？"余琥霖嗔怪道："汪会长不顾传染亲自去了梁家，你咋还坐着不动窝呢？"谷绍周"嘿嘿"一笑，说："会长老将出马一个顶俩，我去不去不打紧……"余琥霖狠狠地抽了他一记耳光："你这个奸老西子，说的是人话么？"两个人撕打在一块，你拉我扯去知府衙门告状。听了二人的叙述，金永戳着谷绍周的鼻子说："梁孚荣是晋商，绝门倒户了，他家的后事你责无旁贷。哼哼，叫你唱幺二幺[1]，怎么不打死你！本府还告诉你谷绍周，古城子的鼠疫是晋商引进来的，不爆发则已，若要爆发，所有的损失都由你晋商同乡会负责。滚出去吧！"

接手大疫，毓逊有点理不清头绪。他派施医院医生姜士林去滨江道，拜访钦差全权总医官伍连德，了解防疫灭疫的方法；又央求懂点外语的元德，去哈尔滨打探俄国人的对策。自己白天坐镇施医院，晚上和阿玛一块研究用中草药治病灭疫。

腊月十二，巡警局接到上峰急电，要求派一百名巡警奔赴哈尔滨，帮助焚烧掩埋尸体，防止疫情蔓延。姜士林和元德相继回到了古城子，一个说焚烧掩埋，一个说严密隔离。元德购买了一大批西药，亲自送到各家各户。《远东报》报道了他的善行：

---

[1] 唱幺二幺：方言，对分内的事撒手不管。

**社会贤达杨元德救治民命**

　　古城府仕宦子弟杨元德，日前自费购得治疫药品若干，每日躬亲施送。闻是项药品治疫甚效，恒升永柜伙服药痊愈者已有七人。四处居民服药得愈者不下五六十人。本郡人士故咸颂杨君拯救之恩不止云。

　　对全府四十多万人口来说，杨元德的药品杯水车薪而已。腊月十七，全府染疫死亡人数急剧上升至五十五人。金永下令，春节期间暂停一切庆贺活动，所有通往哈尔滨的道路一律堵死。

　　虎疫的蔓延像池塘里的涟漪，比邻哈尔滨、靠近铁路的村镇成了重灾区，古城镇首当其冲。身兼着城议事会正议长、施医院总理的汪庆发，昼夜奔波，却无法控制住疫情的扩散。

　　这天，汪庆发发现自己也有了症状，那是一种打空腔的吭吭声，听着瘆人。在料理梁孚荣一家人后事时，他并不感到害怕，他以仁义汪家的宽厚慈爱的风范，感染着所有前来助葬的人。可是，随着对鼠疫认识的加深，恐惧感便与日俱增了。意识到自己感染上了鼠疫，汪庆发撒腿就往百草堂跑去。

　　跑到门口，咳嗽更加剧烈。他担心传染给别人，站在门口，隔着门问正在用大锅熬药的怀瑾："姑爷爷，我得鼠疫了！您老说，这病真就没方子治了吗？"怀瑾一怔，从容地说："进屋来，屋里好说话。"汪庆发"吭吭"咳嗽几声，说："不进去了，我看出来了，这瘟疫是空气传染。"怀瑾说："让你进来，你就进来。我百草堂的屋里，啥瘟疫也别想刮旋风。"汪庆发手捂着嘴进了屋，隔着老远站在旮旯里，瞪着绝望的眼睛说："姑爷爷，我死之前有两件事得跟您老说。一是防鼠疫的千招万招都不如隔离这一招，您老千万告诉毓逊；二是轻便铁路，我死了之后，这铁路不能半途而废。"怀瑾"呵呵"一笑，说："就凭你这些个话，你也死不了，业心太重，阎王爷不收你。来来来，把锅里的药汤子喝了，能喝多少喝多少。这是我阿玛从道教祖庭白云观抄的秘方。"汪庆发不想死，抱着死马当做活马医的念头，围着大铜锅，拿着一把长把儿勺子，"吱溜吱溜"地灌大肚子。

喝着喝着汗下来了，汗水紫黑，带着一股恶臭。怀瑾抄着手观看，鼓励说："接着喝，喝到汗水变清，你小子就算拣了一条活命。"汪庆发不知不觉地不再咳嗽了，他问："姑爷爷，古代也发生过鼠疫？这仙方是谁的？"怀瑾说："成吉思汗率蒙古兵灭你家的大金国时，大金国爆发了鼠疫，十口人死两口，谁也遏止不了，长春道人丘处机写了这个方子，这才拯救了苍生。后来，这种病销声匿迹，方子也被后世冷落了。"他又补充说，"过去叫黑死病，如今叫虎烈拉、鼠疫，古方治今病，不敢说百治百效，你来得及时，心术又纯正，效果就显著了。你小子别以为毒排除去就万事大吉了，好好将养，再犯，神仙也医不活。"

小年这天，根据白云观古方，怀瑾父子研究成功三个预防和治疗鼠疫的药方——解表保命汤、解毒护命汤、清营救命汤，开始在百草堂熬药舍药。

余琥霖一直不倒槽，奔波在城乡之间。腊月二十六，古城府防疫所成立，金太守任命汪庆发和他二人充任总理。汪庆发在家养病，余琥霖不顾危险去了汪家，商量防疫大计。汪庆发说："疫症流行跟火燎毛一样迅速，要想杜绝疫根，必先堵住其来源。以我的管窥之见，当务之急是彻底隔离。余兄，偏劳你去趟衙门，恳请金太守下令城内戒严，所有居民一律不准出家门。衙门把柴火、粮油定个统一的官价，派专人为居民购买传送。从现在开始，隔断交通七天，以绝传染之害。"

余琥霖点点头，风风火火地去了知府衙门。


【大爆发】

庚戌狗年没三十儿，腊月二十九即除夕。巴拉人跪在烟囱桥子旁，放声号啕。大金国灭亡时，他们的先人经历过同样的瘟疫，在万劫中九死一生，躲过了兵燹和瘟疫，在古城子繁衍生息。

老萨满大卜魁传了神谕，大小萨满跟着大卜魁，去韩家甸子祭拜通天神树。枯绝的通天神树,几年前又生发出根芽。他们在雪地上架起七堆篝火,赤着脚跳舞禳灾。萨满们敲击太平鼓,扭动着腰铃祈祷天神阿布卡恩都里,下凡驱逐时疫,保佑他可怜的子民。

这天,是洋教徒的礼拜日,西街的教堂上空响起庄严的钟声。神父面色庄重,为死于虎疫的基督徒作弥撒:"愿全能的天主垂怜我们,赦免我们的罪,使我们得到永生。"

老爷庙里的药王殿,香火格外旺盛,对这位冷落多年的神祇,人们表现出少有的虔诚,香案上摆满了各色牺牲。送匾的,送灯的,布施烧香的,络绎不绝,殿内红烛闪亮,香烟缭绕。殿外那匹消灾祛病的铜马,被人们摩挲得锃亮。

所有的祈祷,所有的虔诚,都不能撼动虎烈拉,古城子每天疫死的男女超过百人。

韩钱串子忍痛关了茶馆,插死大门,紧闭二门,守在家中躲灾。他相信隔离,只要与外界隔离,虎烈拉就不会祸害他韩家。"咚,咚咚,"有人敲大门。韩钱串子眉头攒成个疙瘩:"这谁呀,忒没眼力见儿,这都火燎眉毛了还往别人家跑。"在当院抽冰尜的老儿子颠颠跑进屋,气喘吁吁地说:"爹,李老丫抱着他侄子来了,给不给开门?"韩钱串子压着声音说:"不开!这个节骨眼上,皇上他二大爷来也不开。"李老丫是韩家没过门的媳妇,警官李老佐的老闺女。韩氏过意不去,隔着门说:"老丫呀,闹虎疫了,改日来串门吧。"门外李老丫哭道:"娘啊,我们全家都死光了,李家就剩下这一根独苗。求求您老把门开开,救救我们吧。"韩氏回头看了眼老头子,韩钱串子使劲地挤咕小眼睛。韩氏带着哭腔说:"闺女呀,不是大娘不通人情,实在是这虎疫太霸道,实在是不敢开这个门哪。"李老丫哀求说:"我俩没感染上虎疫,只求您给铺炕住就行,我们自己带着银子呢……"韩钱串子终于忍不住了,生气地说:"你这丫头咋这不明事理!东南隅何老好,女婿染疫他去探望,女婿鼻儿故[1]了。何老好把虎疫

---

[1] 鼻儿故:方言,死。

带回家，和两个儿子都鼻儿故了。邻居老赵到他家取东西，回家没几天也鼻儿故了。剩下个儿媳妇没地方去，逃至邻居老王家，自己鼻儿故了还不算，害得老王家公母俩也鼻儿故了……"韩钱串子愤愤嘈嘈越扯越多，门外早没了动静，屏住呼吸趴门缝往外看，空荡荡的早没了人影。李老丫是个烈性女子，没想到夫家如此绝情，抱着幼侄回到家，竟点火自焚了。

"妈了个巴子的，这哪像过年！"汪庆发从早晨忙到天黑，组织乞丐处的花子搬运尸体。大冬天的挖坑困难，在穷神庙附近找了一个黄土坑，男尸一堆、女尸一堆，摆一层，铺一层雪，再摆一层，再铺一层雪。几个抬尸的花子也染上了虎疫，刚把尸体摆上，也一个跟斗栽在旁边，撒上雪，一块儿埋了。花子头张天九解嘲道："虎疫好，不管是穷是富，都一个待遇！"

正月初三，古城府防疫所升格为防疫局，金永亲自兼任局长。金永询问汪庆发和余琥霖："两位总理，跟我说说，防疫最大的难事是啥？"余琥霖撇撇嘴说："不瞒知府大人，财神爷甩袖子——就是个钱紧啊。"金永苦笑道："这算说着了，本府的兜比脸还干净呢。"余琥霖说："记得府尊大人曾说过，虎疫是晋商带进来的，一旦蔓延，就该由晋商同乡会负责。那可是大钱匣子呀……"金永问："谷绍周呢？"汪庆发说："病了。"余琥霖"哼"了一声："什么病了，他是装病。不信，咱们这就去他家看看！选举那会儿你看把他嘚瑟的。防疫就装瘪犊子，影身挪移了。按军法，就该办他个临阵脱逃罪。"金永站起身说："走，你俩跟着本府去拜拜这个财神爷。"

三人到了谷家门口，汪庆发上前敲门。半天门才打开，屋子里飘出酒菜的香气。谷议长躺在炕头，脑门上敷着一条湿手巾。汪庆发说："金太尊来看你了。"谷绍周哼哼唧唧地客套几句，就有气无力地闭上眼睛。余琥霖撒眸一圈，见地上一双绣花鞋。屋内再无藏人的地方，他伸手拉开炕琴门，"呀"的一声惊叫，露出一个十七八岁的女子。余琥霖揶揄道："呵呵，谷副议长好雅兴，这节骨眼还玩金屋藏娇呢！"女子是窑子里的妓女，为避虎疫不敢接客，暂被谷绍周包养。刚才二人正在喝酒，情急之下才躲进炕琴。谷绍周吓得从被窝里滚到地下,一个劲儿给金永磕头。

"谷绍周,谷大议长,你是想喝敬酒呢,还是想喝罚酒?"金太守盘腿上炕,问跪在地上的谷绍周。

"敬酒罚酒,都请太尊明示。"

"我来你家,本是想擢升你为防疫局副总理,号召晋商同乡会为防疫捐一万吊制钱。这就是敬酒。可是,没想到你自甘堕落,在此虎疫横行之际,竟临阵脱逃携妓作乐。本府先办你个枷号游街,再办你个传播虎疫罪。这就是罚酒。"

"太尊慈悲,小的愿喝敬酒。"

金永笑盈盈地说:"谷副总理,快快请起。防疫紧急,这笔款子在晚饭前务必筹齐,我在防疫局候着你。"

谷绍周咬着牙说:"太尊放心,下官这就去办。"

余琥霖看似不计前嫌,开玩笑说:"绍周兄,染上了虎疫还能吃嫩草,挺驴性啊!"

两个时辰后,谷绍周黑着脸,把一万吊银票送到知府衙门。金永示意谷绍周,直接把钱交给汪庆发,笑着说:"防疫局总理、副总理都到齐了,研究下一步的防疫吧。这笔钱说多不多,说少不少。哈尔滨屁大点的地儿,防疫费用是一百万两官银。咱们得节省着花,老百姓遭了这么大的灾,不能再向老百姓伸手了。"汪庆发不大赞成这种吃大户,但也想不出别的好办法,分析说:"这几天的疫势来得凶猛,还有几件具体的事请太守大人定夺。一是以知府衙门的名义下发防疫章程、消毒规则、检疫规则,规范官民人等的行为。二是对无主尸体采取焚烧处理,以免因天气渐暖尸体腐烂传染疫情。三是在城内实行更加严格的交通管制,隔绝城内百姓与城外的一切交通。剃头棚、澡堂子暂停营业,审判庭也暂不受理诉讼案件。"

金永说:"行,就这么办。"

正月十二,古城子全境疫势最为凶猛。城区死亡三十八人,乡区死亡一百二十七人。街上家家关门闭户,店铺停业,邻里不敢往来。第二天,金永下令集中八百多具染疫无主尸，在穷神庙火化掩埋，巡警在尸体上覆盖烧柴，浇上洋油，焚化的腥臭气飘于城乡。

正月十五元宵节，大臕月亮[1]挂在天上，街巷静悄悄的，古城子不见一个灯笼，也听不见一声爆竹。突然，街上响起一阵锣鼓和唢呐，花子秧歌扭上了大街。花子头张天九坐在轿上，大喊："古城子的老少爷们儿，虎疫不算个啥。宁肯瘟死也不能让它吓死。乐呵一天是一天，孩儿们，浪起来！舞起来呃——"去年的灯官娘子疫死了，算账的乌龟先生还活着，唐僧四人就剩下了猪八戒，一个人舞着钉耙，显得孤寂。白娘子也没了许仙，花子秧歌显得文齐武不齐。花子负责搬运无主尸，极易染疫，乞丐处减员了三分之二。空旷的大街上，他们孤独地扭动着，没有观众，没有喝彩，脸上写着"乐天知命"、"视死若归"。老先生怀瑾打开大门，拱手问："占爷，还罚不罚款了？"张天九一挥鹅翎大扇："免了！"

韩钱串子的精神彻底崩溃。没过门的儿媳抱着幼侄自焚，他嘴上不说，心里已担起逼死烈女的恶名。他叹了口气，自己这辈子没干过昧良心的事儿，或者说没干成过昧良心的事儿，这回，为了自己和家人逼死了没过门的儿媳妇，真是罪过啊！

他孤独地坐在茶馆里，想着往日的热闹，想着茶客们围着报栏玄天玄地的评论，想着每天源源不断的进项。他闲得憋屈，整天猴抓心似的难受。一天，他烧了一壶水，象征性地给茶客们沏茶斟茶，自己端起一杯对着热气缭绕的茶杯们说："喝吧，地道的明前龙井茶……"品了一口，噗地吐了出来，茶是好茶，水不对劲啊，又涩又腥的苦井水，怎比得了拉林河甘甜的活水，一口下去，比尿还难喝！

"这日子没法儿过了。"他魔魔怔怔地说。

老伴翻箱子底儿，翻出来两本书——《太阳经》、《高王观音经》，对他说："看你闲得五脊六兽的，念经能消磨时光。"经书是几年前茶客给的，生意忙，一直无暇阅读。他拿起经书，有一搭无一搭地翻看了几页，

---

[1] 大臕月亮：满汉合璧方言，臕，源于满语"月亮"。

居然入了迷,开始点灯熬油地研读。自我感觉渐入佳境,天眼一开,就不是一般的凡人了。

在家人眼中,韩钱串子疯了。

这天,韩钱串子眼睛一亮,指着五弟襁褓中的小孙女说:"嘟!好一个妖怪!分明是李老丫托生的,欲来害我韩家老小。哇呀呀!若不将汝致死,阖家必被汝害。现奉神命,将汝吞食,以救众生!"说罢,张嘴就咬,幸亏弟妹眼疾手快,抱走了孙女。

韩钱串子迈着戏台上的碎步,嘴里"呛呛呛"地响着锣鼓点,跟在后面尾追。韩老五信洋教,不听这个邪,伸出双臂拦住他:"四哥,你这是整的哪一出啊?装疯卖傻……"韩钱串子眉毛一立,戟指道:"大胆狂徒,见了本城隍为何不跪?待我吃了妖精,再来与汝算账。"绕开韩老五,又"呛呛呛"地四处搜寻那女婴。

韩钱串子的疯病时好时犯,犯疯病时忽土地忽城隍,忽是张翼德忽是赵子龙。只苦了钱串子的侄媳妇,整天抱着孩子东躲西藏。韩氏天天盼着解除交通管制,只要茶馆恢复营业,老头子见了茶客,这个魔怔病准会烟消云散。韩老五公母俩是基督徒,劝四嫂让四哥信主,信了主,魔鬼就不敢附体了。韩氏说:"老爷庙里的关老爷最灵,还是求关老爷帮着说和吧。"

韩家和老爷庙毗邻,韩氏领着老头子从墙头爬进老爷庙,烧香磕头,求关老爷显灵出面说和。从老爷庙回来,韩钱串子果然消停了,坐在炕头上闭着眼睛盘腿晃悠。家人窃喜,以为关老爷的说和起了作用。如此三天,家人放松了警惕。第四天偏晌,韩钱串子趁人不注意,鬼魅似的转悠出来,在五弟的西屋终于把女婴找到了。他张牙舞爪,眼放绿光,一口叼住女婴的脖子,连撕带啃,竟活活把孩子咬死了。见女婴咽气,韩钱串子跳出屋,冲出大门,张开满是鲜血的大嘴,在大街上嚎叫:"我把小妖怪咬死了!我把小妖怪咬死了……"

【革命前夜】

疫情消解，古城子像做了场噩梦。噩梦醒来，汪庆发恢复了以往的生活规律。一大早儿，到皇武殿烧锅转悠一圈，和糟腿子们唠一会儿嗑。然后，视察大街小巷的卫生，看看哪儿的垃圾还没有清理，哪儿的路上碾出了车辙，谁家的门头牌匾被大风刮歪。

汪庆发最大的心事儿还是轻便铁路。进了四月，商务分会改选。选举前，汪庆发诚恳地发表声明："因个人精力有限，决定不当候选人。"此话一出，选举的形势出现了重大变化。投票结果，蒋清芬当选了正会长。梅连源当选副会长。蒋会长是乐亭老奤，为人八面玲珑，是晋商领袖谷绍周的妹夫。他的三丫头许配给了余琥霖的大公子，和余琥霖是正儿八经的儿女亲家。

在修筑轻便铁路的问题上，蒋清芬和余琥霖的态度很近似，有一搭无一搭，属于坐香油车那种。梅连源也拿得起放得下，但心疼着一根筋的汪庆发。

六月十五，俄铁路局终于善门大开，批准了轻便铁路方案。金太守叫人把消息传给了汪庆发。汪庆发听了喜讯，一路小跑到了知府衙门。金永见他心急火燎的，说："不急，先喝杯茶，等等蒋会长和余总董，咱们一块儿合计。"不大一会儿，蒋清芬和余琥霖脚跟脚到了知府衙门，冲汪庆发拱手致贺。金永痰嗽一声，说："汪会长多年的夙愿终于实现了！可喜可贺。"对蒋清芬说，"明天，由你们商务会牵头，组织召开招募股金大会。本府亲自到场演说。汪会长也准备一下，向大家详细介绍一下轻便铁路的好处。余总董也别闲着，宣布募集股份的章程。大家都去分头筹办吧。"

招募股金大会当天，汪庆发一大早去了紫云戏楼。离入伏还有八天，却闷得让人喘不过气。街道上没几个人，一个人影在晨雾里，"呛呛呛"地飘了过来，不用猜就是韩钱串子。在鼠疫爆发的日子里，他逼死了没过门的儿媳，咬死了未满月的侄孙女，人便疯得不成样子了。韩钱串子飘到跟前，止住脚步，对着汪庆发大放悲腔：

"曹孟德领人马八十三万，擅敢夺东吴郡他吞并江南。周都督虽年少颇具肝胆，命山人借东风在南屏成全。庞士元他把那连环来献，黄公覆苦肉计火烧战船。料不想大英雄不幸命短，空余那美名儿在万古流传。只哭得诸葛亮把肝肠痛断，我把肝肠痛断，公瑾哪！呃、呃、呃呃……"

韩钱串子入了戏，趴在汪庆发肩头号啕大哭。汪庆发心里犯膈应[1]，又不好发火，只好闪身子走开。

募股大会开得不顺当，余琥霖宣读募股章程时，台下一片嗡嗡声。汪庆发不得不强调几句："股份公司不是拿大家的钱发自己的财，是利益均沾，风险共担，按股分红。这是改良，懂不懂？学西方，把死钱凑到一起共同创业、共同发财……"台下一片沉寂。半天，一人站起来说："我认二十个股。"汪庆发喜道："三义庄刘掌柜哦，好，谢谢你的信任。"众绅商既吃惊又怀疑，有人小声嘀咕："一个卖菜籽的，这不是虎凿[2]么！"外面响起一声霹雷，压住了人们的议论，大风把会场大门刮开。须臾，瓢泼大雨随风而至，雨里夹着豆粒大的冰雹。汪庆发骂道："妈巴子的！不怕十五下，就怕十六拉拉。好好的募股大会，全让它给搅了！"

第二天早晨，金太守领着汪庆发、余琥霖、蒋清芬，乘火车去了哈尔滨，与俄国人继续会商。出了北门，满目萧条得近似劫难，庄稼被雹子打得狼狈，大豆只剩下一根棍儿，苞米高粱的叶子，像被木梳梳了一样。汪庆发最怵和俄国人打交道，怵怵忐忑地煞在最后。蒋清芬会半拉架儿俄语，谈判磋商时，表现得从容淡定，叫汪庆发很是佩服。

谈判进行到第五天，金永接到一封加急电报，竟是家母去世的噩耗。金太守悲伤欲绝，撇下汪庆发等人，连夜登上南去的火车，回江南奔丧去了。汪庆发站在月台上，目送火车开走，愣怔怔地一动不动。余琥霖

---

[1] 膈应：方言，讨厌。

[2] 虎凿：方言，形容做事莽撞，不计后果。

小声对蒋清芬嘀咕："亲家啊，这个轻便铁路的妨性[1]忒大……"

回到古城子，新任代理知府武云松已经上任。商务会理事刘酸茶接站，对蒋会长说："武太尊命令商务会筹集粮食，运往省城灾区。上次各粮栈都摊派了一次，眼瞅着今年年景不好，米价蹦着高往上蹿，粮商惜售不肯借，看看咋办？"

汪庆发前脚到家，杨元德、关毓逊、朱露天跟着进了门。关毓逊开玩笑说："大雨泡天的闲着没事儿，过来讨会长两盅皇武殿陈酿喝喝。"汪庆发笑道："小叔，我这条小命都是百草堂给的，莫说是两盅陈酿，就是把皇武殿烧锅送给您，大侄子我都不含糊。"关毓逊说："你瞅那天把你吓的那个熊样儿，临终遗嘱都做了。对了，轻便铁路股份公司进展到哪儿了？"汪庆发说："这回不大离了，老毛子答应得挺痛快。"杨元德说："痛快就好。"汪庆发说："你们都入股，只要运营起来，红利绝对大。听我的没错，我忽悠谁也不能忽悠你们！"朱露天翻楞着眼睛说："我不入。我要是有本事，就把老毛子霸占的铁路收回来。把下巴搭在他们的碗边上，跌份儿！"关毓逊拦挡说："别说这些乱糟糟的，张罗喝酒。"

酒话扯到了大清朝，朱露天慷慨激昂。说到积贫积弱，汪庆发有感而发："这大清朝的官儿，咋一个个像乞丐处的竿儿头似的？整天拆了东墙补西墙。今个儿，我们刚下火车，蒋会长就被武太尊请去了，没别的事儿，就是伸手借钱借粮。身穿官袍，被人一口一个太尊地叫着，瞅着都可怜。"关毓逊说："朝廷推行新政，凡事都需要改良，今天成立这个会，明天成立那个会，哪儿离开银子都不转。朝廷一道道诏书催逼，下边的衙门穷得尿血，可不得求你们这些财神爷么。"杨元德"喊"了一声，端着皇帝的架势，抑扬顿挫地说："民力惟艰，国储至重。朝廷号召新政，官府无钱经营，只能盘剥商民百姓。我以为，恐怕新政未成，苛政已来呢！"朱露天把酒杯蹾在桌子上："搞苛政恐怕都来不及了，皇族内阁臭名昭著，强行实行铁路国有不得人心。南方人心思变，大清朝气数已尽

---

[1]　妨性：迷信认为某些人或事物在冥冥中对外界的伤害。

了！"汪庆发一听此话脸色陡变,喝止道:"朱大记者别瞎咧咧,你醉了!"说着望向窗外。外面依旧下着大雨,房檐的水流像一道瀑布。杨元德说:"看把你吓的。我在京城读书时,私下骂皇上也没人告密。如果朝廷错过了这次宪政机会,国将不国矣。"汪庆发听得头皮发麻,拱手对关毓逊说:"小叔,求求你,领着这两位爷麻溜走吧!愚侄实在是担当不起……"

汪庆发不想听朝廷的事,也听不懂。

七月二十六,哈尔滨传来消息,俄领事馆通知汪庆发,速来洽谈轻便铁路通入俄租界的条约。放下电报,汪庆发就去找蒋清芬,又和蒋清芬邀余琥霖,余琥霖说:"不瞒二位,我准备竞选古城府议事会议长,这节骨眼上,你们得容我到下边运动运动……"汪庆发不好强求,拉着蒋清芬去了哈尔滨。领事馆的俄人很嚼牙[1],从草拟到拟定,再从拟定到签字,来回跑了十二趟。八月十六,双方终于坐下来签字。拿回条约文件,汪庆发整个瘦了一圈。

余琥霖顺利当选府议事会议员,成为全府三十个议员之一。

由议员竞选议长,三十个议员的每张选票都是有分量的。余琥霖不敢掉以轻心,选举前摸底,他得到二十一张选票的许诺。在他与议长的位子一步之遥时,一个意外,竟让他白忙一场。

乡友王文灿在吏部当主事,回古城子省亲,余琥霖闻讯前去拜望。一是通个问候,二是想听听京城的消息。路上,一群孩子围着插标游街的人起哄,游街人是二泡子船工王小白话。王小白话进城闲逛,顺嘴嘞嘞了几句革命党闹事的瞎话,被府亲军队捉拿,插标游街三日。

辘轳把街上,韩钱串子正直着脖子唱戏文:

"老二买肉又杀鸡,不是孝顺为的银子,银子让他得了去,我养爹二年屈不屈!到那时狗啃骨头干咽沫,猫咬尿泡空欢喜……"

王家在辘轳把街西头。余琥霖进屋时,屋里挤满了人,都在询问朝廷大事。王文灿打官腔说:"京城甚是安堵,唯民间谣传乱事。"见余琥

---

[1] 嚼牙:方言,搬弄是非。

霖来了，少不得客套一番。余琥霖说："走，拣个清静的地儿喝几盅。"王文灿正愁难以脱身，跟着他去了正阳楼。正阳楼坐落在紫云楼对过，是古城子最地道的鲁菜馆。

余大甲也在这条街上，领着朋友在紫云楼看戏。师范学堂的几个学生坐在包厢里，穿着校服，显得斯文儒雅。余大甲看着心里很不舒服，对朋友骂道："几个小子太能嘚瑟，看戏还穿校服？"一人怂恿道："整他！"余大甲站起来，蛮横地对学生说："这两个包厢是大爷我的，麻溜给大爷腾出来！"学生问："你有戏票吗？"余大甲眼珠子一瞪："少他妈的废话，你们腾不腾？"学生们知道他是个混世魔王，让出了一个包厢。余大甲仍不依不饶。欠登过来帮虎吃食，喝令府亲军队，用马棒把学生殴打出去。

第二天，是选举正副议长的日子。报童手举《远东报》，沿街叫喊："快看重大新闻了，余家大公子仗势欺人，大闹戏园子，殴打师范学生了……"余琥霖买了一张，看完后差点晕过去。选举按时举行，朱露天当选府议事会正议长，明海当选副议长。

余琥霖强撑着回到后翰林府，在柜子里翻出快枪，"哗啦"一声，子弹上了膛。他四处趸摸余大甲。余大甲没在家，余琥霖对水氏吼道："那个畜生呢？今儿个老子非崩了他不可！"水氏平时怵着老爷，到了这个当口，反倒来了章程，厉声道："儿子犯了啥王法了？用得着你枪毙！要枪毙你先把我毙喽……"吵嚷声惊动了余庆泽，老爷子引经据典地说："子不教，父之过。你咋不把自己崩喽？年轻人火气大，哪个不打架的？你那个议长当不当能有多大的油水？麻溜把枪收回去！你看不上我大孙子，我还指望他光宗耀祖呢！"

韩钱串子茶馆重新开张了，新的执事人是韩老五。老五是个追逐新潮的爷，对茶馆进行了改良，增加了读报说时文。报纸有四种，哈尔滨的《远东报》、盛京的《盛京时报》、大连的《泰东日报》，还有一张搞不清啥人办的《国民报》。四家分社都租赁了二楼的高间，向茶馆提供免费的报纸。

下午三点读报念时文，韩老五拿着报纸，准时出现在大堂。他环顾四周，茶座依然爆满，痰嗽一声说："诸位老少爷们，先向大家报告一个大新闻，昨夜，武太尊派兵查抄了《国民报》分社，《国民报》的大记者兼经理人黄青山被捕，报社财产全部捣毁。对不住诸位，今后就没有《国民报》可念了。"

茶客们一片哗然，乱糟糟的听不出个头绪。韩老五静待茶客口干舌燥，续了茶水，这才开始读报：

"今日《盛京时报》新闻，拟公推蔡君总理公捐。浙江省帅府幕僚蔡品三君，月前回古城省亲。方欲整装南上，因闻鄂省革命党起事，不敢前往，遂家居事亲，以尽子职。顷闻公捐处总理辞差，各绅咸欲公举蔡君继任，不知肯否？"

"下面一条是《远东报》的新闻：明处长告诫属员。顷闻官界人云，旗务处处长明海在值日办公处告诫属员等，切勿听信市井宣传，为革命党仇视满人、专事杀戮，而起排斥汉人之心，违背列祖列宗一视同仁之意。况且，国家自咸丰、同治以来，锁钥大开。庚子之后，大局日危，黄种人岌岌不保。倘若同室操戈，不知道将成为哪国之奴！各属员深为钦佩，皆认为是治国安邦之高论。"

趁人不备，韩钱串子闪进茶馆，拣个宽绰处亮了个相，开口唱道：

"……如今韩山发人马，青龙会还有八百兵。前面已是金銮殿，急急忙忙去见君。老夫上殿奏一本，一本一本往上升。万岁准了我的本，君是君来臣是臣；万岁不准我的本，紫禁城杀一个乱纷纷！"

茶客们哈哈大笑，给老掌柜的报了声"好"。韩老五丢下报纸，拉着四哥出了大厅。一个茶客感慨道："咱这大清国，疯子都明白了……"有茶客悄声说："我在哈尔滨，听人说哈尔滨的革命党在古城子组织了乡团马队，号称一千五百号人，准备起事呢。"又一茶客哂笑道："不是新闻了！陆军左队队官乌勒锡春刚刚拿获了五个匪首。这几个胡子借革命名义，想推翻巡警，获取军火后起事。"欠登抹搭一下眼睛："你们云山雾罩的说些没影儿的事！知道么？审判庭、检察庭撤销后，巡警清理房间时，发现床榻下有六七枚炸弹。嗯,案子到现在还没破呢。"众茶客神情一凛,情不自禁地瞄了眼茶桌底下。

进入十月,时局一天一变。在街头罚做苦工的王小白话突然无罪释放了。古城子成立了保安会,公举代理知府武云松、蔡品三、朱露天为议长,朱露天严词拒绝。保安会成立大会上,朱露天慷慨陈词:"诸位国民,我古城子百姓已然水深火热,本年江河两岸、下洼地亩,遭受水灾甚巨,民不聊生。当务之急不是成立什么保安会,而是如何拯救民生,朱某以府议事会正议长的名义,正式向知府衙门提出三项吁请。第一,免征今年的警饷学捐,组织赈济,并上报省督抚奏明免除租赋;第二,对银市公所买卖空盘,激成金融巨案之罪魁祸首绳之以法;第三,开放言论禁锢,确保民权不受侵犯。"武云松脸色陡变,偷眼瞄了瞄朱露天,心说:"朱露天肯定是革命党!"有了这个判断,在表面上多了几分敬重。散会后,特意走到朱露天跟前,主动握了握手,说:"朱会长所言极是,本府一定照办。赈济救荒之事,偏劳您全权负责,本府先捐一千吊养廉银。"

腊月二十六,新报纸到了古城子。杨元德习惯性地浏览报纸,头版上赫然刊着:《宣统帝昨日退位　总理大臣袁世凯全权组织临时共和政府》。杨元德骨子里特像百岁子,想一出是一出。想到京城看到的洋学生,找了把大剪刀,齐着脖颈铰掉了辫子。他穿上京都大学堂的校服,在镜子前一照,把自己吓了一跳。散开的齐肩黑发,使脑袋看起来变了形,非僧非道,怪模怪样的。他有些后悔,对着镜子呆坐了一会儿,再看一遍报纸上的退位诏书,平添了几分的勇气,自言自语说:"共和了,革命了,我杨元德该出山了!"

杨元德打起精神,一手掐着报纸,一手转悠着鹰嘴铁核桃,昂头走出家门,引起路人的围观。他抖动着报纸,对围观的人不停地重复着:"皇上退位了,共和了,革命了……"有人问他:"杨爷,革命就革这个?"杨元德说:"留着猪尾巴,就不能革命。"又问:"都得革命吗?"杨元德说:"都得革命。只有革命,才能走向共和……"有人戏谑道:"可不敢革命,没了辫子,老婆不让进被窝……"

杨元德大摇大摆地走进茶馆，把韩老五吓了个趔趄："我的杨爷！你的辫子呢？"

"革命了。"

茶客们好奇地站起来，看怪物似的围着杨元德。杨元德问韩老五："今天念时文了么？"韩老五说："报纸刚到，还没到读报时间呢。"

杨元德把报纸举过头，朗声说道："诸位，特大喜讯——皇上退位了，总理大臣袁世凯全权组织临时共和政府了。"说着，展开报纸，一字一板地宣读了退位诏书：

"朕钦奉隆裕皇太后懿旨：前因民军起事，各省响应，九夏沸腾，生灵涂炭。特命袁世凯遣员与民军代表讨论大局，议开国会、公决政体。两月以来，尚无确当办法。南北暌隔，彼此相持。商辍于涂，士露于野。徒以国体一日不决，故民生一日不安。今全国人民心理，多倾向共和。南中各省，既倡义于前，北方诸将，亦主张于后。人心所向，天命可知。予亦何忍因一姓之尊荣，拂兆民之好恶。是用外观大势，内审舆情，特率皇帝将统治权公诸全国，定为共和立宪国体。近慰海内厌乱望治之心，远协古圣天下为公之义。袁世凯前经资政院选举为总理大臣，当兹新旧代谢之际，宜有南北统一之方。即由袁世凯以全权组织临时共和政府，与民军协商统一办法。总期人民安堵，海宇乂安，仍合满、汉、蒙、回、藏五族完全领土为一大中华民国。予与皇帝得以退处宽闲，优游岁月，长受国民之优礼，亲见郅治之告成，岂不懿欤！钦此。"

茶馆里一片死寂，突然，有人发一声号啕："我的主子啊，你咋就这命苦哇……"

众茶客回头一看，是疯子韩钱串子。